ワトスン君、これは事件だ！

コリン・ブルース
布施由紀子＝訳

角川文庫 12280

Translated by Yukiko Fuse
Published in Japan
by
Kadokawa Shoten Publishing Co., Ltd.

目次

イラストレーション
川口澄子

ブックデザイン
鈴木成一デザイン室

著者まえがき

十九世紀の末、基礎科学は勝利をおさめ、完成に近づきつつあるように見えた。世界は、直接的で直観的に理解できる法則、明確に説明できる法則に従って動いていた。かの偉大なケルヴィン卿（一八二四―一九〇七。イギリスの物理学者。熱力学の基礎研究で知られる。大西洋海底電信敷設の指揮にあたり、各種測定器を考案するなど、科学の実用化にも尽くした）も、将来の物理学者に残された仕事は、定数をいっそう正確なものにする研究だけだとまで言いきった。探求すべき領域はもうないと思われていたのだ。

だが、解決を見ていない矛盾はいくつか残っていた。そのひとつは、光速にまつわるパラドックスだ。光の速さは光源の動きにも観察者の動きにも関係なく、驚くほど一定していることがわかっていた。また、どうしても明確に説明できないミクロの世界にまつわるパラドックスも、手つかずのままに残されていた。こうした未解決の小さな問題が、今世紀に入ってわずか十年か二十年のあいだに、旧来の居心地のよい輪郭のくっきりとした世界観、十九世紀の科学者たちが丹念に描き上げてきた世界観を、一気に吹き飛ばしてしまったのだ。わたしたちは、現在もまだそうした世界観を取り戻せていない。いまなお未解決のこうしたパラドックスは、どんなむずかしいパズルより魅力的だが、すぐれた直感が働きさえすれば一気に解決しそうな、もどかしい感覚をも抱かせる。

わたしがパスティーシュの形で本書を書こうと思い立った理由は、ふたつある。ひとつは、ワトスンのこんな言葉に同情を感じたからだ。「数学は勘弁してくれ、ホームズ。わたしは代数に恐怖を覚えるのだ」わたしは、特殊相対性理論と量子論の見かけ上のパラドックスを、純粋に視覚的、論理的な方法で解説したいと考えた。そうして、現代の物理学者があいまいにしか記述していない自然の姿を、読者のみなさんがご自分なりに考え、イメージする一助としていただきたいと思った。

ふたつめの理由は、なるべく消化しやすい形で情報を提供したかったからだ。近ごろわたしは書店へ行くたび、店頭に並んだ科学書の分厚さに圧倒されてしまう。いちおう、膨大な情報を載せた大部の本を手にとり、これを読めば頭がよくなるんだろうな、などと思ってはみるが、わたしは頭のよいほうではない。元来が怠け者なので、すぐに軽い読み物が置かれたコーナーへ行ってしまう。最近は誰もが情報の洪水に押し流されそうになっているようだ。わたしは各編を、なるべくふつうの小説と変わりなく読めるよう、むずかしくならないよう工夫して書いてみた。

ジーン・コナン・ドイルさまには、お父上の生み出された有名な登場人物の名前を使うお許しをいただき、ほんとうに心から感謝している。アーサー・コナン・ドイル氏の非凡な才能は、たぐいまれな頭脳を持つ男を現実味のある人物像として生き生きと描写することに成功した。一世紀を経たいまもシャーロック・ホームズは、最高の探偵として世界中の人々の心の中に生き続けている。わたしたちは、ホームズが科学者を自認していたことを知っている。ホームズの金言の多くが示唆していることは（まず観察し、そして推理してはじめて、ほんとうのことがわかるのだ／事実を確認しないうちから理論を構成してはいけない／ありえないものをすべて除外したあとは、どんなに途方もないことに思えようとも、残ったことを事実と考えるべきだ／例外があるということは、その規則が正しくないということだ。これを無視してはいけない)、すぐれた科学調査を行うためのルールと言ってよい。率直なところ、現代の科学哲学者の中には、この姿勢を目標としていただきたい人がしばしば見受けられるように思う。

わたしはまた、ドイル氏が生んだべつのシリーズの主人公、短気で歯に衣(きぬ)を着せないもの言いでおなじみの、チャレンジャー教授というキャラクターも拝借した。あまりに多くの科学者が政治家のようにふるまっている昨今(目上の人の意見を批判せず、くだらないことに対して意見を求められた場合は、礼儀正しくあたりさわりのないことを言っておく、など)、彼のような人物の登場が切に望まれるのではないだろうか。

最後に、本書を執筆中、原稿を読んで貴重な助言をくれた姉のベリンダ、編集者のジェフ・ロビンスにも感謝を捧(ささ)げたい。

コリン・ブルース

オックスフォードにて

一九九七年四月

1 科学好きの貴族

「その近代科学とやらがきみの脳みそを腐らせないことを祈るよ、ワトスン」

わたしは、読んでいた挿絵入りの科学雑誌から目を上げた。シャーロック・ホームズは、わたしの真向かいにいて、二脚ある肘掛け椅子のうち、座り心地のよいほうにゆったり腰を落ち着けている。手にしたパイプだけはくつろいでいない。

「わたしは少し知識を広げようとしているだけだよ」わたしは言葉に小さな棘をふくませて言った。「きみは、わたしには緻密な論理がわからないと思っているらしいが――」

「何を言うんだ、ワトスン、とんでもない！　ぼくはね、きみの読んでいる記事が、よく見かけるような講義形式じゃなくて、充分な情報を提供する形で書かれていることを祈る、と言いたかったのさ。きみのような知的な読者が、頭を働かせて独自の意見を持てるように」

ホームズは表紙をじろじろと見た。「ところで、どの記事を読んでいるんだい？　星の性質についてというやつかい？　地球の起源とやらを論じたものか」

わたしは頬が赤らむのを感じた。「いや、じつはね、ホームズ、この雑誌では最近、ハーバート・ジョージ・ウェルズ氏の『タイム・マシン』という小説も連載されているのだよ。いま見ていたのは――」

友が鼻を鳴らした。

「勘弁してくれ、ホームズ、わたしはわたしなりに精いっぱいやってるんだ！」わたしは大きな声で言った。「だが、もしきみがわたしを教育してやろうともくろんでいるなら、少々斟酌（しんしゃく）してもらいたいことがある。まず第一に、わたしは数学の緻密な論理に関しては、まったくお手上げなんだ」

ホームズはにっこりしてから、もったいぶった仕草で右手を上げ、てのひらをこちらに向けた。「了解したよ、ワトスン。安心してくれたまえ。ほかのことできみの脳をいじめることはあっても、数学だけは絶対に使うまい！　じつのところ、科学研究の論理にとっては、細かい数学など、たいがいは二次的なものなんだ。重要なのは計算ではなく、法則を見つけ出すことだからな」

「ふたつめの問題はだね、ホームズ、内容がときにまったく無味乾燥なことさ。わたしが興味をそそられるのは、人間にまつわる事件やもめごとなのだ。広大な宇宙体系の中ではちっぽけなことだろうがね」

「それについてはまったく同感だよ、ワトスン。ぼくがどういう職業を選んだかを見れば一目瞭然（りょうぜん）だろう。しかし、可能性というのはいつでも――」

だがその瞬間、思いがけない邪魔が入った。ふたりとも、話に熱中していたので階下の物音には気づかなかったのだ。突然、勢いよく扉があき、きちんとした身なりの青年が、服装に似合わない血走った目をして飛び込んできた。

「シャーロック・ホームズさんでしょうか。助けてください、お願いします。父のことでうかがったのです。これからいっしょに父のところまで来ていただけませんか」

わたしは弾（はじ）かれたように立ち上がった。「具合でもお悪いのですか」

「死んでいるのです！ 唯一、手を下せる立場にあった人間は――警察が犯人と断定しそうな人間は――このわたしなのです！」

シャーロック・ホームズが両眉を吊り上げた。「失礼ですが、あなたは？」

「わたしはフォーリー子爵。父はあのフォーリー卿です。父についてはお聞きおよびのことと思います。古典科学者として昔から名を知られていますが、最近ではむしろ慈善事業家としてのほうが有名でしょう。父が手がけたいちばん大きな事業は、ここから二マイル足らずの場所で完成を待つばかりとなっている〈宇宙天文博物館〉です」

われわれは揃ってうなずいた。テムズ南岸で建設中の威風堂々とした建物を見たことのないロンドン市民など、ひとりもいないだろう。ガラス張りの緑のドーム形建造物で、テムズの対岸に建つセント・ポール大聖堂に匹敵する規模だが、口やかましい評論家たちは、大きすぎる鉄道駅舎のようだと酷評している。多くの人々に科学に親しんでもらうため、科学装置や模型を展示するのが目的だというが、内部がどのようになっているかは極秘とされており、詳しいことはいっさいわからない。

「おそらくご存じのことと思いますが」と、子爵が続けた。「父は、建物の中に何があるかは、あさってに予定されている正式な開館日まで秘密にしておき、みなさんを驚かせようと思っていたのです。そのために、作業員たちにも秘密を守ると誓わせ、建物の玄関口の鍵も二個しか作らせませんでした。鍵のひとつは父が持ち、もうひとつはわたしが持っています。ほかの出入り口は全部ふさがれていますから、毎日、工事のはじまる時刻と、終わる時刻には、必ずわたしか父が立ち会い、職人を中へ入れたり鍵をかけたりしなければならないのです。

きょうはもちろん土曜日ですが、父は最後の点検をするため、天文博物館へ出かけたのです。わたしも、正午に来てくれと頼まれました。ところが、少し早く着いたのに、玄関扉に鍵がかかっているではありませんか。わたしは鍵をあけて中へ入り、また鍵をかけました。そのまま、まっすぐ建物の中央まで進んでいき、大きな声で呼びました。返事がなかったので、父はまだ来ていないのだと思い、ひとりで展示物の点検をはじめました。何もかも、きちんとしているようでした。ところが、ある角を曲がったら、目の前の床に、うつぶせに倒れていたのです。後頭部がへこんでいました。何か強力なもので殴られたに違いない……」

フォーリー子爵は言葉を切り、肩を震わせた。

「お父さまだったのですね？」ホームズが静かにきいた。

「ええ。誰かがアメリカのギャングのように待ち伏せをしていて、棍棒か何かで殴ったのだと思います。わたしはたいへんな衝撃を受けました。けれどもホームズさん、あなたに隠しておくつもりはありません、わたしと父とは、もはや仲のよい親子ではなかったのです。わたしはつねづね、父が家の財産を――つまりわたしが相続するはずの財産を――いろいろな事業に注ぎ込みすぎているように感じており、周囲の者にも、そのことを率直に話していました。ですから、この状況はわたしにとって不利だと思いあたったのです。博物館の錠はスイス式の設計で、ピンなどであけられるようなものではありません。もちろん、建物のすみずみまでよく調べてみましたが、人が押し入った形跡もなく、侵入者も見つかりませんでした。父のほかにあの建物に入れた者は、わたしだけなのです。ちなみに父の鍵は、いつものように首から掛けた鎖に下がっていました。

警察へ行けば、間違いなく逮捕されると思いました。そこで、もう一度玄関に鍵をかけ、こちらへうかがった次第なのです」

ホームズは両手をこすり合わせながら、立ち上がった。「第一級の謎だ」と、大きな声で言う。「密室で起きた殺人事件なら、何度か扱いましたが、密室状態の博物館で、というのは、まったくはじめてだ。警察にはいずれ届けざるをえないでしょうが、まずは現場へ行って、われわれが独自に捜査をしてもなんら害はない。おっしゃるとおり、警察はときに想像力を欠きますし、ぼくとしても、あなたが拘置によっていやな思いをなさるような事態は防ぎたいのでね」

緊急の場合だというのに、われわれの依頼人は、どうしても途中でユニヴァーシティ・カレッジ（ロンドン大学最大のカレッジ）に立ち寄り、この事業の主任科学顧問であるサマリー教授に事件のことを知らせたいと言う。だがサマリー教授は不在で、置き手紙を書いたため、さらに余分な時間がかかってしまった。

そこからテムズの川縁、ヴィクトリア・エンバンクメント通りへ行くには、ユーストン駅で地下鉄に乗るのがいちばん速い。われわれはその方法をとったが、信号の関係で渋滞が起きて、暗いトンネル内でほかの列車と並んで何分か待つはめになり、依頼人の興奮はいっそうつのっていった。

「ああ、やっと動いた！」横に並んだ列車の窓が滑るように動きだしたのを見て、わたしは叫んだ。誰も異を唱えなかったが、やがて列車の最後部が窓の外を過ぎたとたん、ほんとうはこちらのほうが停止していたことがわかった。わたしは自分の勘違いを謝りはじめた。

「よくある思い違いですよ」子爵が言った。「列車にかぎらず、宇宙全般でも同じことが起こります。恒星や惑星は、それぞれ違う速さで動いていますから、現実には、何もかもが完全に静止しているときはないし、また、すべての星がひとつ残らず動いているときもないのですよ。ご承知のとおり、火星は秒速数十キロで動いていますが、もし火星にも天文学者がいるとすれば、向こうは自分のほうが静止していて、地球のほうが高速で動いていると考えたがるでしょう。あなたのご意見は正しいとも言えるのですよ。あの列車はまだ停止している、この列車と地球のほうが動いているのだとも考えられるわけです」

わたしは、依頼人は衝撃のせいで少し頭がおかしくなっているのだろうと推測した。この理論には、いくらか子どもじみた哲学的な妥当性はあるだろう。だが、数百万人におよぶロンドン市民に、現実にはどちらの列車が停止していると思うかと尋ねれば、間違いなく意見は一致するはずだ。しかし、青年はなおも続けた。

「父は、どんな考え方や体系にも、同等の価値があると固く信じていました。西洋の科学の、何ごとも容赦なく単純化してしまう傾向、どんな科学的命題にも明確な正答、誤答があるとする考え方ほど不快なものはないと思っていたのです。

父はまた、古代の人々のものの見方にもっと敬意を払うべきだとも考えていました。たとえば、ギリシア哲学には、現代の哲学よりもすぐれた面がたくさんあります。物理学について、現代のように広い視野に立って考えることができなかったのは、正確に計測する道具がなかったせいですから、そうした道具を持たなかったからといって、軽蔑（けいべつ）してはならないのです。古代ギリシアの哲学者は、実験ではなく論理に重きを置いていました。討論だけで、どの仮説が逆説や矛盾にいたるかを検証し、合理的な結論を導き出したのです」

「ぼくは、ギリシア哲学の欠点は、そうした道具がなかったことだけではないと思います」ホームズが言った。依頼人が自分の置かれた立場を束の間忘れていられるのなら、どんな会話でもしたほうがよいと判断したらしい。

「たとえば、物体の重さが二倍になれば、落下の速度も二倍になるという彼らの考えを取り上げてみましょう。むろん、われわれ現代人は、空気抵抗がなければどんな物体も、大きさや密度に関係なく同じ速度で落ちることを知っています。どこかのギリシア哲学者が、実験などというみっともない手段を使わずに、自分たちが考えた説を検証しようと考えたとしましょう。その哲学者は、二個の煉瓦(れんが)をセメントでくっつけたものが、ある速度で落ちるところを想像したはずです。

では、このセメントをやすりで削り取り、二個の煉瓦を並べて同時に落としたら、どうだろうか。それぞれの煉瓦の重さは、二個くっついていたときのちょうど半分です。だが果たして、半分の速度で落ちるだろうか。

さらにこの論法を進めてみてもいい。この二個の煉瓦を、髪の毛ほどの細い糸一本でつないで落としたら、落下の速度は二倍になるだろうか。ばかげた矛盾が出てきますよ！　ギリシア人は哲学や政治学には秀でていたかもしれないが、残念ながら、科学的な思考力には限界があったと言わざるをえないのではありませんか」

「まあ、父はたいへん頭のよい、有名な古典科学者でしたから、わたしとしては、あなたのご意見より父の意見のほうを尊重したいですよ、ホームズさん」答えた子爵は、かなり気を悪くしているようだ。

友は何も言わなかった。そのあとも目的地に着くまで静かに座っていたが、問題の天文博物館に着き、どっしりした扉の前に立つやいなや、また張り詰めた表情を取り戻した。子爵がわれわれを中へ招じ入れ、壁に取りつけられた大きなスイッチをひねった。

わたしは思わず息をのんだ。いくつもの電灯がぱっとともり、天井いっぱいに不規則な模様を描き出したのだ。すぐに、なじみ深い星座の形であることがわかった。だが背景は真っ暗な空ではなく、ドーム一面に描かれた色鮮やかな天井画だ。アルテミス座、サソリ座、カニ座といった古代ギリシア以来の星座が確認できた。美しいことは美しいが、異教の寺に迷い込んだような居心地の悪さを感じさせる。

ドームの床には、作動していないさまざまな機械や、仕切り板に囲まれた模型などが所せましと並んでいる。子爵はわれわれをドームの中央へ案内していきかけた。と、突然、巨大な物体がぶんと振れて視界を横切り、ホームズとわたしは身をこわばらせた。

「申しわけありません、驚かせるつもりはなかったのです」子爵が言った。「あれは〝時〟を象徴する大振り子です」

中央部へ近づいていくと、振り子がはっきり見えた。半球形の天井の中心、頭上五十メートルほどの高さからおもりが下がり、腰の高さのあたりを通過して、右へ左へと重たげに振れている。中央付近の床には、明るい色の架台が何個か、横倒しになって散らばっていた。きっと開館日以降はこの台を柵代わりに並べて見学通路を作り、入場者がうっかり振り子の通り道に入り込むのを防ぐのだろう。

円形の床の、中心から十メートルほどのところに、陰惨きわまる光景が展開していた。男がうつぶせに倒れている。足は中央部を向き、頭はその反対側。後頭部にべっとりと血がこびりついていた。わたしはそばに膝をついた。死後六時間以上経過していることを確信するには、数秒で充分だった。

われわれはあたりを見まわした。驚くほどたくさんのどっしりした機械が並んでいるが、事故の原因になりうるほど近い場所に置かれたものは、一台もない。第一の容疑者とも言える振り子は、まったく無関係な方向に振れている。遺体は中央からやや東寄りの位置に倒れているが、振り子は、そこからゆうに十メートル以上離れたところを、南北に振動しているのだ。衝撃で撥ね飛ばされたと仮定しようにも、振り子の振動方向からして、それはありえない。

シャーロック・ホームズは、のんびりした足どりで周囲の展示品を見て歩いている。

「これはすばらしい」直径二メートルほどの地球儀に目をとめ、その前で立ち止まった。「浮き彫りだな。ほほう、こうしてさわってみると、ヒマラヤ山脈がちゃんと一ミリ浮き出ているのがわかる。しかも、みごとに均整がとれているね」ホームズは常平架におさまった地球儀をそっとまわした。「だが、これの唯一の動きは回転だから、事故の原因にはなりえない。はて、そっちはなんだ?」

地球儀に近いところに円卓のようなものが置かれていた。ほぼ全面が青く塗られ、天板には、大陸の形に浮き彫りが施されている。中央には管が突っ立ち、上に白いふたがかぶせてあった。

「それはね、ホームズさん、昔のヨーロッパ人が想像していた平らな地球なのです」子爵が説明した。「この機械を稼働させると、真ん中の穴から水が噴き出し、それが北極の氷の下を流取って言う。「さぞ美しいだろう」
「世界の縁から均一に、絶え間なく、滝となって流れ落ちるのですね」ホームズがあとを引き
れて――」
「だが、よく考えると、ばかげた想像をしたものだな。ほんとうに水がそういうふうに流れて
いたら、ある程度わかるはずだ」わたしは意見を述べずにいられなかった。
　子爵が冷ややかに答えた。「多くの民族が地球は平らだと信じてきたのですよ、博士。あな
たにはそうした文化の価値を否定なさる権利はないはずです。わたしの父は、どんな世界観で
あれ――アメリカ先住民のものだろうとオーストラリアのアボリジニのものだろうと――、あ
なたやわたしの世界観と同等に尊重するべきだと、死の間際まで信じていました」
　ホームズが歩きながら、低い声でわたしの耳にささやきかけた。「かりに、われわれの依頼
人が航海に出たとしてみたまえ。食糧が乏しくなってきたときに、航海士が地球は平たいと信
じて針路の計算を誤っていることがわかったら、あんなふうに寛大でいられると思うか。とた
んに、いろいろな世界観の価値について真剣に考えだすだろうね！　ま、芸術家を気どる貴族
の信念など、その程度のものさ。おや、これはなんだ？」
　ホームズを立ち止まらせた機械は、中心部に巻き上げ機か歯車箱のような装置がついており、
そこから四方八方へ水平に、長さの異なる腕が何本も突き出ていた。どの腕の先端にも色ガラ
スの球体がついているが、それぞれの色と形は大きく違っている。巻き上げ機のてっぺんには、
みるからに強力そうな電球が取りつけてあった。
「驚いたな、ワトスン、これは惑星の運動や位置を示す太陽系儀だよ。ほら、真ん中の電球が

太陽なのさ。いちばん短い腕にくっついている赤い球体は水星だ。青緑のが地球だね。いろいろな色がついたばかでかいやつは木星だな。どこのガラス職人の仕事だろう、みごとな技だ！　土星にはちゃんと環がつけてある。いちばん遠くにあるのは、海王星に違いない（冥王星の発見は一九三〇年で、ホームズの時代にはまだ存在を知られていなかった）」

　ホームズはさらに詳しく、その装置を観察した。「中心の歯車箱は、ぼくが見たことのある太陽系儀のものに比べると、やや複雑なようだ」

「そのとおりですよ、ホームズさん。これは、惑星の軌道の形は円ではなく楕円であるという事実、それから、惑星の公転速度が太陽からの距離に反比例するという事実を考慮して作ってあるのです」フォーリー子爵が説明する。「偏心歯車（中心をずらした歯車）を使うだけで、実際の惑星の運動をきわめて正確に再現することができるのですよ」

　驚いたことに、ホームズはひょいと上体をかがめて装置の内側に入り、立ち上がって、地球を表すガラス球の中に頭を突っ込んだ。こういう使い方ができるように、球体の下部に穴があけてあったのだ。

「ご明察です、ホームズさん。あなたはいま、地球から見えるとおりに、ほかの惑星をごらんになっている。お望みなら、水星や木星からの景色も眺められます。また、この太陽系儀は、高速で回転させて、惑星の位置を自在に前進させたり後退させたりできるので、いまから何千年前の宇宙も、何千年先の宇宙もお目にかけることができるのです。つまり、ある意味では、宇宙旅行だけでなく時間旅行も楽しめる機械なのですよ」

「開館日には、かのH・G・ウェルズ氏をお招きになることをおすすめしますよ！」わたしは言った。

ホームズが次の装置の前で、とまどったような顔をして立ち止まった。一見、太陽系儀にそっくりだが、中心には、地球の大陸の絵を描いた大きな丸椅子が据えてある。その椅子から何本もの腕が出ており、その先端に、惑星を表す球体が載っているのだ。腕には複数の継ぎ目がついていて、どの継ぎ目にも小さな歯車がついている。試行錯誤を繰り返してへたにいじりまわした跡が見られ、まだうまく機能する段階には達していないようだ。

子爵は困惑の表情を浮かべている。「それはアストロラーベ（紀元前三〜二世紀から古代ギリシアなどで使われていた天体の高度を測る器具。時刻や緯度も計算できた）ですよ、ホームズさん。けれども、よくお見かけになるものより、近代的な造りになっています」

ホームズは真ん中の丸椅子に腰かけた。「ほう、なるほど。太陽系儀の地球から見たときとまったく同じ景色が見えますね。独創的な展示物だ」

ホームズはわたしのほうを向いた。「覚えてるか、ワトスン、偉大なる天文学者コペルニクスが地動説を唱えるまでは、地球が宇宙の真ん中に静止していると考えられていたんだ。恒星を貼りつけた天球が、一日に一度、地球を中心として回転し、ほかの惑星や月や太陽もまた、それぞれ軌道を描いて地球の周囲をまわっているのだとね。どの軌道の形もみんな、神の完全なる御業を反映した正円だと思われていた。

残念ながら、ごく原始的な観測方法を使っても、地球の周囲をまわる惑星の軌道が円形などではないことは、簡単に証明できたのさ。だが、かの天才理論家プトレマイオス（二世紀中ごろ活躍したギリシアの天文学者）は、周転円（回転する円の円周上に中心を持って回転する小円のこと）の導入によって、この仮説のほころびを繕うことに成功した。

プトレマイオスはね、個々の惑星は、天空上の目に見えない一点を中心に完全な円運動をしていると仮定し、さらに、その見えない中心点が、地球を中心に完全な円運動をしている、と考えたのさ。こうしてふたつの運動が組み合わさることで、惑星の運行速度がときに速くなったり遅くなったりするというのだが、それでもなお、等速円運動こそが〝完全なる調和〟を生み出すという古来の考え方が前提になっていた。

その後もっと正確な観測が行われるようになると、惑星一個につきひとつの周転円を想定しただけでは足りないことがわかってきた。そこで、また新たに周転円を想定し、その中心点がまたべつの点を中心として円運動をし、さらにその中心点が、またまたべつの点を中心として回転し……という具合に、周転円を増やしていくはめになったのさ。

だが、周転円論の間違いをきちんと証明することは、なかなかできなかった。観測が正確だったかどうかはともかく、周転円を増やせば必ず、その結果どおりの惑星運動を再現することができたからね。しかし、周転円という考え方があまりに複雑で扱いにくくなってきたので、もっと単純な仮説を望む声が高まってきた。やがて、修道士だったコペルニクスが、地球をふくむすべての惑星が太陽のまわりをまわっており、地球そのものも自転していると考えれば、はるかに簡単な作図が可能ではないかと言い出した」

「新しい考えがたくさん盛り込まれているから、一度に全部受け入れてもらうのはむずかしかっただろうな」わたしは言った。

「そのとおりだよ。コペルニクスはね、地球がほんとうに太陽のまわりをまわっていることを信じてもらおうとしたわけじゃないんだ。ただ、これが純粋に数学上便利な方法だと仮定すれば——ちょうどむずかしい計算を簡単にするために、代数を使うようなものだと考えれば——、天体の運動がもっと簡単に、もっと正確に予測できるんじゃないかと提案するだけにしておいたのさ」

「賢く保身にまわったわけだね」

「ああ、そうさ。ガリレオはもっと直截（ちょくせつ）に地動説を支持したものだから、法王に宗教裁判で拷問にかけると脅され、自説を撤回するはめになった。権力者層の知識や知恵に異議を申し立てれば攻撃されるのは、いまも昔も同じだな。今日でもまだカトリック教会は謝罪していないし、ガリレオやコペルニクスの説の正当性を認めるにはいたっていない。悲観的なことを言うようだが、その責務を果たせる進歩的な法王が現れるのは、百年ぐらい先になるだろうね」

周転円装置

フォーリー子爵が注意を惹こうと、咳払いをした。

「おふたりの目の前の装置は、じつは、父がたいへん自慢に思っていたものなのです。父は、コペルニクス以前の古い宇宙観も、敬意を受けてしかるべきだと考え、周転円論を再現する装置を考案してみようと思い立ちました。

残念ながら主任科学顧問のサマリー教授は、この機械をごらんになったときには、失笑を禁じえなかったようすでした。この装置がかなり正確に仮説を再現していることは否定なさいませんでしたが、小さな食い違いがあるために周転円をいくつも増やすはめになったこと、そのせいで、使う歯車の数が常識では考えられないほど膨大になり、構造が複雑になったことを、何度も指摘なさいました」

ホームズは考えに没頭しているらしく、じっとその場にたたずんでおり、子爵は落ち着かなげなようすで、あたりを歩きまわっている。わたしはふいに興奮をかき立てられて、アストロラーベを指さした。

「天王星がついている腕を見たまえ」わたしは言った。「いまはいくらか折りたたまれた格好になっているが、これが伸びきる瞬間もあるのだろう?」

わたしは、アストロラーベが誤作動か何かによって、突然〝未来〟の方向へ回転したところを想像してみたのだ。この腕がさっと突き出て、気づかずに立っていたフォーリー卿の頭に、球が激突したのではなかろうか。

「ありえないよ、ワトスン。この長さではとても届きはしない。それだけの衝撃があったら球体に傷がついているはずだろうしね。いや、フォーリー卿のご子息はたしかに好青年だが、われわれは技術の粋に気をとられないようにして、もっとありふれた証拠に目を向けなければならないよ」ホームズは冷ややかに言い、若き子爵のほうへ歩いていった。

「この……なんというか……事故から、すでに数時間が経過しましたね。お望みなら調査を続けてもかまいませんが、そろそろ警察に連絡して、彼らの手にすべてをゆだねるべきでしょう」

子爵がさっと青ざめ、何か言おうとしたそのとき、外の扉を激しくたたく音がした。子爵は音のほうを見た。

「いけません、子爵はここにいらしてください！　ワトスン、鍵をおあずかりしたまえ。きっとわれらが法執行機関の同僚だろう」ホームズが早口に言う。

しかし扉をあけると、そこにはほっそりした体つきの老紳士が立っていた。

「わたしは、この事業の総監督を務めておるサマリー教授だ。中へ入れてくれんかね」年齢に似合わない機敏な動作でわたしのわきをすり抜け、ドームの中に入った。そして、瞬時に状況を把握した。

「フーコーの振り子だ！」と大声で叫ぶ。「ああ、フォーリー卿が、ご自身の生半可な判断に頼らず、専門家の助言を入れておられれば……」

教授が横柄きわまる態度で、ホームズに向かって手を上げた。ホームズは子爵の腕を軽くつかんでおり、万一子爵が逃亡を企てるようなことがあれば、すぐにでも柔道の技を使って押さえ込む気でいる。「その青年を放してやりなさい。これは犯罪ではない」

教授は視線をめぐらして、われわれを見た。「いったん振り子を動かせば――」と、頭の悪い子どもにでも話すように言う。「それは、最初に振れた方向に振動し続ける。違うかな？」

「もちろんです」わたしが答えた。「ですからわれわれは、振り子を検討対象から外したのですよ」

サマリー教授は鼻を鳴らした。「では、地球はどうだ。やはりずっと同じ方向を向いとるかね？」

ホームズはくやしそうに声をあげ、ぴしゃりと額をたたいたが、わたしの顔には、そのとき感じたとまどいがありのままに表れていたことだろう。

「簡単な例をあげよう」サマリー教授は、巨大な地球儀に歩み寄った。「北極点で振り子を揺らしたとする。振り子はペガサス座から乙女座の方向に振れはじめ」――ちらっと頭上のドーム天井に目をやり――「そのまま振れ続けるものとする。時間がたち、地球が自転をすると――」

「振り子の見かけ上の振動方向が変わるのか！」わたしは叫んだ。

「正解だよ。六時間たてば、最初の振動面と直角を成す方向に振れるようになる。振り子にとまった虫の目には、そのように見えるだろう」教授は地球儀を見ずに、わたしのほうを見ている。「振り子を置く場所が北極点ではなく、もっと緯度の低いところなら、もう少し計算がややこしくなるがね。だが、原理は同じだ。振り子が振動する方向は、地球が自転するにつれて変わっていくのだよ」

フォーリー卿（きょう）は、このドームに何か斬新なものを計画しておられた。だが、わたしがしばしば、論理に非の打ちどころのない批判を加えたせいか、卿は絶対に詳細をわたしに明かさないという、子どもじみたふるまいをなさるようになった。おそらくゆうべのうちにこの振り子を取りつけさせて動かしておき、朝になってから、ほかの装置の点検をしに出向いてこられたのだろう。だが振り子の振動面は夜のあいだに移動し、思いもよらぬ方向を向いていた。振り子は、最初の振動方向に合わせて防護柵(ぼうごさく)代わりに二列に並べてあった架台をなぎ倒し、フォーリー卿がご自身の作品をほれぼれと眺めておられるところへ向かっていった――」

「安全と信じていた場所に立っていたフォーリー卿は、後頭部を強打され、即死なさったわけですか！」わたしは大きな声で言った。「しかし、それからまた数時間が過ぎて、振り子の振動面がさらに移動し、われわれがここへやってきたときには、また遺体から遠く離れたところに移っていた。だから、われわれは、振り子のせいではあるまいと推測した」

サマリー教授は悲しげに首を振った。「事故の原因は、フォーリー卿がそれなりに教養の高いおかたであるにもかかわらず、古い思想の有効性について独自の信念を持ち、それにやや固執しておられたためだろう。しかし、直線運動が、おそらくは相対的な現象であるのに対し」――わたしは地下鉄の例を思い出した――「回転運動は絶対的なものなのだ。たとえわれわれが深い洞穴に住んでいて、星を見たことがなく、太陽系の存在も知らなかったとしても、地球が自転しているという事実や自転速度を確認する方法は五、六とおりはあるのだよ」

「振り子の動きを見る方法だけではないのですか」わたしはきいた。

「もちろんだとも！　たとえば、ジャイロスコープ（回転体の慣性を利用した器具。支持台に取りつけた三つの遊動環(ジンバル)の中で上下対称な独楽(こま)を回転させると、台がどのように動いても、独楽の軸は、外力が加わらないかぎり空中で一定の方向を指し続ける）を見たまえ。常平架に取りつけられた独楽の軸は、支持台がどのように動いてもつねに同じ方角を指すはずだが、見た目には、ある時間をかけて一回転するように見えるだろう？　地球が自転しているからさ。しかし、振り子のほうがはるかにわかりやすい。ジンバルにかかる力は、実際に測定するのがむずかしいし、数学的に計算するには複雑すぎるからな。それゆえ、ああした装置については、時折じつにくだらんことが書かれてきた。

また、回転は電気的効果も引き起こす。たとえば、帯電した物体が回転すれば、磁場が発生する。地球に磁場があるのは、地球の内部で帯電した流体が運動しているからだ。これには、自転が重要な役割を果たしている。こうした例はいくらでもあげることができるよ。きょうび、地球が自転していないという説に未練を持っているのは、よほど無学な人間だけだ」

悲劇的な事故の届け出をするべく、四人でヴォックスホールの警察署へ歩いていく途中、わたしは教授の鼻を明かしてやりたくなってしまった。

「地球が自転していることは認めるとしても――」と、慎重に言葉を選びつつ、きいてみる。「じつは公転はせずにひとつところにとどまっており、太陽やほかの惑星が周転円を描いて地球のまわりをまわっているのだとは、考えられませんか。実際、どちらがまわっているかは、確認のしようがないでしょう」

「地球が動いていることは、近くの恒星との位置関係からじかに知ることができる。そうした星の見かけ上の位置が、望遠鏡ではっきり確認できるほど大きく移動しているのは、地球が軌道を描いて公転しているからだ」サマリー教授はばかにしたように答えた。「しかし、そんな観測値がなくとも、わたしはためらうことなく周転円説を否定するね。なぜなら、基礎となる法則性がないからさ。どの惑星についても、任意の周転円をいくつか設定しなければ説明がつかんだろう？　新しい星が生まれたとすると——たとえば、ときたま現れる彗星などの場合だな——、周転円を使ってその星の運動を予測することは、まず不可能だ。だが、その新しい星がじつは太陽の引力を受け、太陽のまわりを公転しているのだと考えれば、簡単に予測がつく。

周転円説の困ったところは、充分な数の円さえ想定すれば、どんな気まぐれな動きでも説明できてしまうことだ。ピカデリーサーカスをふらふら歩いている酔っ払いの足跡をグラフにしても、周転円を使えばちゃんと軌道に仕立てあげることができる。だが、そういう手間をかけたところで、なんの役にも立たんがな。オッカムの剃刀（イギリスのスコラ哲学者オッカムの唯名論の標語。個物こそが実在であり、普遍とは単に物のあとに生まれた名称にすぎないとする）の原則は、科学にとっても肝要なのだ。つねに、もっとも少ない前提で既知の事実が説明できる仮説、つまり、もっとも単純な仮説を採用するのだよ。その指針を守っていないと、われわれの頭は、正しいとも正しくないとも証明できないような、途方もない幻でいっぱいになってしまう。中には、ただでさえ余裕のない知力を、そういうことに使いきってしまう輩もおるだろう」教授は軽蔑したように一同を見渡すと、別れの挨拶をして立ち去った。

「いやはや、きょうはひとつ勉強させてもらったよ、ワトスン」真昼の明るい太陽の下をベイカー街へと歩きながら、ホームズが言った。

「地球が自転しているということか？」

「いや、もう少し一般的なことだ。きみと知り合ってまもないころ、ぼくは、コペルニクスの理論など聞いたことがないと言って、きみをからかったろう」

「よく覚えているよ。わたしはそのことを『緋色の研究』に書いた」

「ぼくは、ほんとうは太陽が地球のまわりをまわってるんじゃない、というようなことは、自分にはなんの関係もなかろうと思っていた。だがきょうは、自分の無知のせいで、あやうく罪もない人間を絞首台に送るところだった。これからはねワトスン、もう少し科学にも心を開いていこうと思うよ」

2 失われたエネルギー

「ちょっとした謎だね、あの紳士は」その朝の依頼人が階段を上がってくる足音を聞きながら、シャーロック・ホームズが言った。「きのう留守中に訪ねてきてハドスン夫人と話をし、自分の名はモリスンだと名乗ったものの、それ以外のことはいっさい何も言おうとしなかったらしい」

ほどなく、くだんのモリスン氏が部屋へ通されてくると、わたしはその御仁の全身に鋭く目を走らせた。些細なことを手がかりに推理を組み立てていく友の才能にはしばしば感嘆させられるが、わたしは、ごくふつうの直観的な印象もまた、何かの役に立つのではないかと思う。診断専門医が言うところの〝全体観的〟方法（全体観治療のこと。患者のすべての状態を把握して治療にあたる方法）だ。

しかし正直なところ、わたしには、たいして有益な洞察は浮かんでこなかった。依頼人の日に焼けた顔と皮膚の硬くなった両手は、肉体労働に従事していることを示しているようだが、趣味のよい背広を着込み、万年筆を持っているところを見ると、頭を使う職業の人間のようでもある。少しふらつくような変な足どりで歩いてきて、澄んだ目でわたしたちをひたと見据えたが、片手が妙なふうに震えている。

「よくお越しくださいました」ホームズは言い、手振りで暖炉のそばの椅子をすすめた。「船の旅は快適だったことと拝察します。潜水のお仕事には、相応の注意を払われたのでしょうな」

ホームズが客の気持ちをほぐそうとしたのだとすれば、それは失敗に終わった。モリスンはみるみる青ざめ、さっと椅子から立ち上がった。

「調査旅行のことを誰に聞いたんです？」モリスンは声を荒らげた。「案の定、裏切られた。教えてください、情報の出どころを！」

ホームズは興味深げに身を乗り出した。「まあ、どうぞおかけください。あなたのことは、誰からも聞いていませんよ。その歩き方を見れば、長いあいだ陸地を踏んでいらっしゃらなかったこと、揺れる船の上で体の平衡を保っていたときの癖がまだ抜けていないことがわかりますし、その手の震えは、ここにおりますわが同僚ワトスン博士なら、空気塞栓症（深海に潜った人が浮上する際、急激な気圧の低下が原因で起こる急性疾患）と診断を下す疾患の、典型的な症状ですよ。ですから、あなたは最近、潜水なさったことがあり、急激な減圧を経験なさったのだと想像したわけです」

依頼人が緊張を解いたのが、はた目にもよくわかった。「つい取り乱してしまいまして、すみません。わたしはお察しのとおり船舶機関士でして、ふだんなら自分の職業を人に知られたって、べつになんとも思いません。ですが、いまは誰にも言えない海域から、戻ったばかりなんですよ。しかもわたしを雇ったのは、たいそう人使いの荒い男でね、わたしや仲間が秘密を漏らしたことを知ったら、生きたまま皮を剝ぎかねんのです。まるで狂人ですが、ご本人は、天下の至宝を見つけ出すのだと信じていて、秘密を守ることが何より肝心だと考えてます。けれど、その人の言うことは間違っていないようです。実際にありもしないものを捜しているんなら、邪魔が入るわけがありませんから。ですが、わたしらの身に降りかかったことは、どう考えても人間業とは思えないんですよ。迷信を信じたがる連中の言うとおり、わたしらが作業していた三角海域（トライアングル）が呪われているんだと思いたくなっちまいます」
そこまで言うと、依頼人は唇を引き結んだ。予定以上のことをしゃべってしまったのだろう。彼の言う海域とは、海の男たちに恐れられている魔のバーミューダ・トライアングルに違いない。海底に沈んだ財宝を捜すのでなければ、こんな調査旅行になんの利点もないはずだ。わたしは、熱帯の海の底で発見を待って眠っているスペインのガリオン船と、金貨の詰まった箱を思い浮かべた。

シャーロック・ホームズはにっこり微笑んだ。「請け合いますよ、ぼくはこれまで謎に満ちた事件ばかりたくさん扱ってきましたが、どんな形にしろ、幽霊や心霊現象に遭遇したことは、まだ一度もありません。

ぼくはいつも、事件の発端と結末にだけは、絶対に疑問点が残らないようにしています。依頼人のかたにはいつも最初に、すべてを率直にお話しいただくようお願いするのです。だが今回は、目的地を明かすわけにいかない事情がおありのようですね。どんな災難が起きたかということだけ、差し障りのない範囲で詳しくお話しいただきましょう」

「じゃあ、そうします。そもそものはじまりには、とりたてて変わったところはありません。うちの会社に、ある有名な科学者が訪ねてきたんです。名前を明かせばきっとご存じでしょう。ある貴重な鉱物が海底に堆積（たいせき）しているかもしれない、なんてことを言い出した人ですよ。その人は、潜水鐘と、それよりもっと特殊な装置を備えた船を一隻雇って、ご自分の説を立証しようと考えたんです。こういう調査旅行は安くないんだが、その人は金はいくらでも出すと言いました。おおかた、裕福な後援者でも見つけて、説得したんでしょう。

まあ、それだけならありきたりの依頼なんですが、ふたつだけ、風変わりなところがありました。ひとつは、その人が見つけ出そうと考えていた鉱物の性質。もうひとつは、その教授ご自身のお人柄です。あんなに強引で横柄で、心のせまい人は、そうそういるもんじゃありません。だが、決してばかじゃない。学者先生の中には、実用的な工学技術に暗かったり、自分の専門以外のことには悲しいほど知識がなかったりする人がいるもんですが、その教授は、すぐに細かいことまで覚えてしまったばかりか、たいへんな自信を持って、わたしらに作業のやり方を指示するようになったんです。まったく、いまいましいったらありゃしない」

モリスンは少し気を落ち着けようとした。「とにかく、わたしらはローストフト（イングランド北東部の港湾都市）から出航しました。さいわいなことに、教授はほかに用ができて行けなくなりました。実際、あの小さな船で教授と毎日顔をつき合わせて過ごすはめになってたら、わたしはあの先生を絞め殺してたかもしれません。わたしらは、手紙で指示されたとおりに船を進めましたが、目的の海域に近づくと、おかしなことが次々起きだしたんです。ほとんどは、航海にはつきものの不運や偶然だったんですが、ひとつだけは、どう考えても妙でした。ある入り江の前を通ったときです、船がぴたりと進まなくなっちまったんですよ。潮の流れもまったく見えないし、風も少しも吹きません。スクリューを全力で回転させても、マティルダ・ブリッグズ号は――」モリスンははっと口を閉じた。

「どうかご安心ください、ぼくもワトスンも、絶対に軽々しく秘密をしゃべるような人間ではありません」シャーロック・ホームズはなだめるように言った。

依頼人はしばらくためらったのち、腹を決めたらしく、より落ち着いたようすで、椅子に背中をあずけた。

「おふたりを信用しなきゃならんと思います。そう……まるで糊の海を航行してるような具合でした。マティルダ・ブリッグズ号は、最高速度十ノットの強力な船なんですが、エンジンの回転数を最大にしても、錨をおろしたみたいに、動かない。何か目に見えない怪物がいて、うしろから引っぱっているような気がしました。

それでもまあ、どうにか予定どおりの航路をのろのろ進んで、指示された海域にたどり着きました。そして潜水鐘をおろす準備をしたんです。潜水鐘がどんなものかは、ご存じですか」

わたしたちはふたりともうなずいたが、モリスンは紙を一枚引き寄せると、経験豊かな製図士のように無駄のない動きでペンを操り、次にお目にかけるような絵を描いた。

「仕掛けは単純そのものです。底のない釣り鐘形の装置を、巻き上げ機を使って海におろす。船に置いた強力なポンプから、管を通じて空気を送り込み、潜水鐘に水が入ってこないよう、空気圧を一定に保つんですよ。ちょうど水を溜めた流しに、空のコップを逆さにして突っ込むような具合です。そうすると、余分な空気が泡になって、ふちのところから次々に出てきます。空気を充分に送り続けて、二酸化炭素が溜まるのを防ぎ、ちゃんと呼吸ができるよう、中の空気をきれいにしておく。ただそれだけのことです。この鐘には、どんな機械も燃料も――つまり、燃えるものや電気を使うものは――積む必要がないし、巻き上げ機の鎖と空気の管以外には何もつながなくていいんです」

「では、船と連絡をとる手段は何もないのですね」ホームズが言葉を選びながらきいた。

「おっしゃるとおりです。あったら、ホームズさんにご意見をうかがわなきゃならんような謎

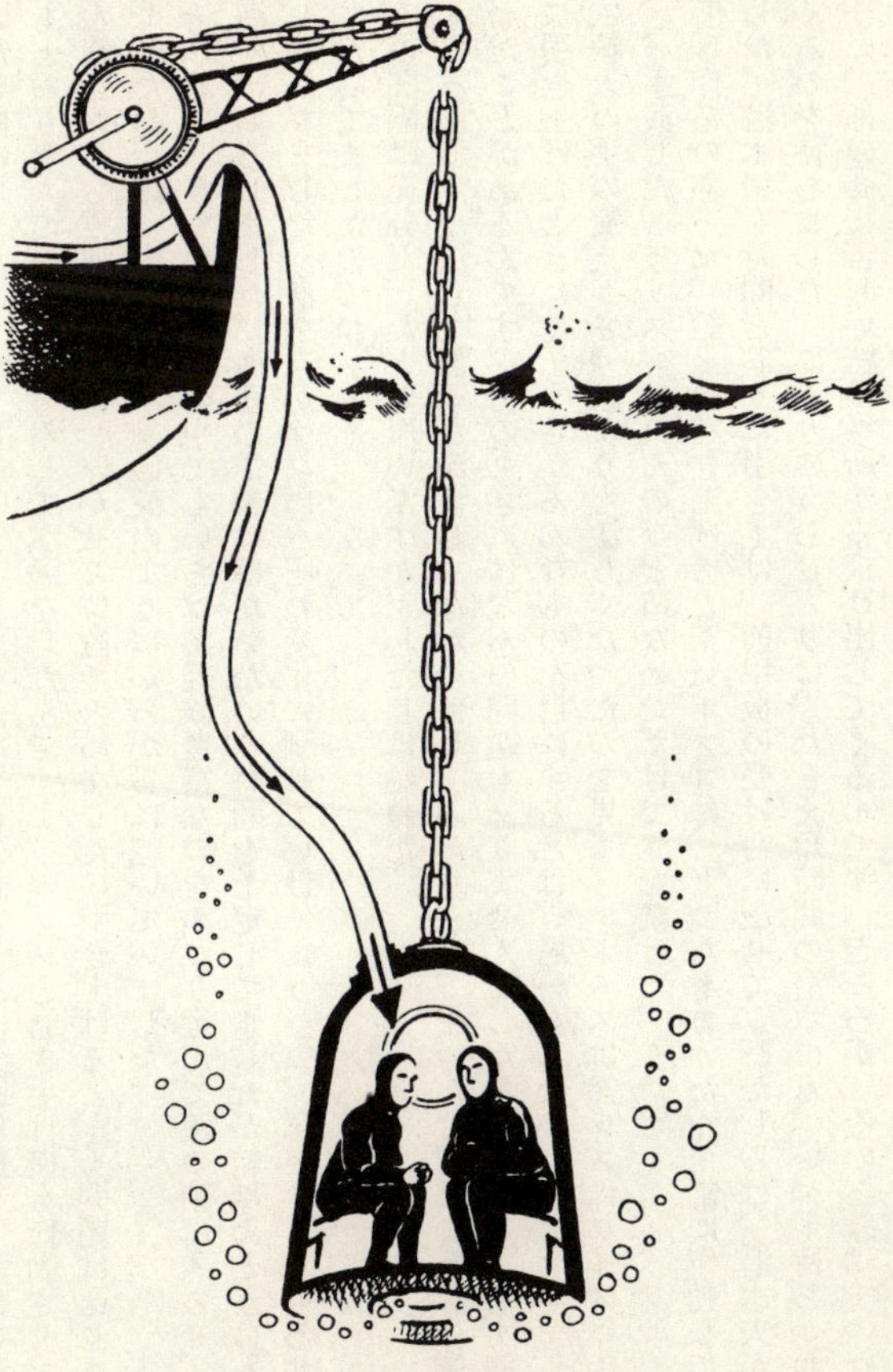

潜水鐘

めいた事件は起きなかったでしょう」モリスンは深く息を吸った。「実際に潜水する前に、いつもどおり無人の潜水鐘をおろして試験をしたんですよ。ポンプと巻き上げ機も作動させて、潜水鐘をおろし、海底から少し浮かせた位置でとめました。引き上げるときも問題はありませんでしたし、鐘の中も、サハラ砂漠のようにからからに乾いていました。

そのあと、うちの潜水夫の中でもいちばん経験豊富なのをふたり選んで鐘の中に入らせ、また海中におろしました。海底の作業にはだいたい一時間を予定してましたが、ほんとうはもう少しかかりました。潜水夫が徐々に水圧の変化に馴れていけるよう、二、三メートルおろすごとにとめてましたのでね」

「その間隔は充分だったとお思いですか」わたしは尋ねた。

「もちろんです。決して無茶な深さじゃなかったし、ふたりとも、まったく同じような作業をやったことがあるんです。そのときにはなんの問題もありませんでした。ですから、潜水鐘を船に引き上げたときには、まさかあんなものを目にするとは、思いもしなかった」

依頼人の手の震えがさっきよりも激しくなったのを見て、ホームズはグラスにウイスキーを注ぎ、手渡した。モリスンはほんのひと口なめただけで先を続けた。

「潜水作業のあいだ、船上の巻き上げ機と空気ポンプは、どっちもまったく正常に作動していました。潜水鐘を時間どおりに引き上げ、前甲板の受け台に載せて、わたしらは、潜水夫が出てくるのを待ちました。ふたりのうちひとりは、たとえ短時間の潜水でも、いつも待ちかねたように、あのせま苦しい監禁場所から飛び出してくるんです。ところが、そのときはまったく人の動く気配がしませんでした。わたしは鐘の中に入ってみました。そして、自分が正気かどうか疑いたくなるようなものを見たんです。ふたりの潜水夫は、寝棚の上で目をかっと見開いて、肌に妙な斑点をこしらえ、事切れてました。しかも、ほとんど素っ裸で……。いつもは体温が下がらないよう、分厚い潜水服を着けてるんですが、それを脱いじまってたんです。寝棚に張ってあったコルクのマットが剝がされていて、ふたりとも、むき出しの鉄板の上に寝てたんですよ」

依頼人はウイスキーをがぶりとあおった。「ばかげてるとお思いでしょうがね、ホームズさん、そのときわたしは、スカンジナビア系の乗組員らが〝クラーケン〟っていう恐ろしい言葉をつぶやいたのを聞いたんです。海に棲むと言われている、とほうもない大きな怪物ですよ。その元になったのは、北欧神話に出てくる〝ミッドガルドの大蛇〟です。ふだんは海底でじっと寝て、尻尾を口にくわえた格好でこの世をぐるっと取り囲んでるが、時折水面にあがってきて、運悪く出くわした船乗りを海の底へ引きずり込むと言われています。

わたしはもちろん、陸へ使いをやって医者を連れてこさせました。その医者は自信を持って診断を下し、これは心臓発作だと言ったのです。摂氏零度に近い海水に囲まれたところで、体を温めるものがなかったので、心臓発作を起こしたのだというんですよ！　まったく、海蛇に殺されたと言われたほうがよっぽど信じる気になれます。たしかに深海には、誰も見たことがない奇妙な生き物がいるようですからね。

わたしは、可能性はふたつしかないと思いました。ひとつは、少なくともいまわかっているかぎりの物理の法則が破られた可能性。ほんとうにおかしなことを思いついたのですよ。今世紀半ばまで広く信じられていたフロギストン説のことはご存じでしょうか」

わたしは首を振った。

「これは、熱とはあらゆる物質を透過する目に見えないガスだっていう考え方です。つまり、空気中にふくまれる熱はほかの気体と同様、圧力を均一に保とうとして物質の中にしみ込んだり、接触したふたつの物体のあいだに入り込んだりする。だから熱いものが冷たいものを温めるのだというんです。また、熱はフロギストンという微粒子として、燃料や燃える物質の中にもふくまれていて、それが燃えるときに炎になって放出されると考えられたんです」

「わたしには、矛盾のない理論に思えますね。正当性という点では、おそらく、昨今のエネルギー説と互角だろう」わたしは意見を述べた。

「ええ、わたしの父や祖父なら、先生のご意見に賛成したでしょう。ですが、現代の学者は、この説を否定しています。なぜならこの説が正しいとすれば、たとえば棒切れの先端を石に押しあててきりきりまわすと、この動作を続けるかぎり、摩擦によってフロギストンが無限に生み出されてくることになるからですよ。同じように、金槌(かなづち)で何かをたたき続ければ、その温度が無限に上がり続けることになってしまう。もしフロギストンが、新しく作ったり壊したりできないような物質だとしたら、明らかに矛盾が出てきます。

ですから、フロギストン説よりも、エネルギーがいろいろな形で保存されているという説のほうが、多くの人に受け入れられたんですね。運動する物体が持っている運動エネルギー、高いところからものを落としたときに失われる位置エネルギー、それから、熱い物体にふくまれている熱エネルギー。熱エネルギーは、ありとあらゆる物質を構成する原子が絶えず動くことによって生まれる運動エネルギーだと考える人もいます。しかし、わたしは頭の固い技師ですからね、この目で見ないかぎり、原子なんてものがあるとは思えない。ですが、ちょっと考えてみてください。突飛なことは承知してますよ。でも、やっぱりフロギストンが実在するとしたら、どうでしょう。わたしらの船が潜水予定の海域に近づいたとき、どんなにがんばってスクリューを回転させても、ちっとも船が進まなかったときがありました。あのときのスクリューのエネルギーはどこへ行ったんでしょう」

「フロギストンの雲の中に消えたのだ！」わたしは叫んだ。が、さらに独創的な考えがひらめいた。「そのフロギストンの雲は海中を漂っていたが、やがて潜水鐘にぶつかり、鐘を異常なまで熱した。ふたりの潜水夫は服を脱ぎ、外の海水に触れている冷たい鉄板に体を押しつけたが、それでもかなわず、屈服した……」

依頼人がうなずいたが、ホームズはまったく興味を示さない。

「率直に言いますと」と、ホームズが言った。「ぼくが調査を専門とするのは、人間の法が犯された場合であって、物理の法則が破られた場合ではありません。ぼくの仕事にとって幸運なのは、人間の法のほうが、物理の法則よりも犯されやすい点です。モリスンさん、さっきはふたつの可能性があるとおっしゃいましたが、もうひとつのほうは？」

「ふたつめの可能性は、何か悪意のある人間が巧妙な妨害工作をたくらんだかもしれないってことです。ですからわたしはこうしてロンドンへ戻ってきました。これがどういう分野の問題なのかわかりませんが、ともかく、すぐれた専門家に解決してもらおうと考えたんですよ」モリスンは続けた。

「わたしはまず、出資者に連絡をとろうとしました。名前を明かしてもかまわないでしょう、ロンドンのインペリアル・カレッジのチャレンジャー教授ですよ。変わり者ではあるけれど、頭のいい人だとは思ってましたのでね。しかし教授は、仕事で国を離れていました。そこでわたしは、わが国でもっとも優秀な学者をかかえる公の機関、英国学士院へ行ってみました。信頼に足る目撃者の証言もある科学的な謎ですから、おおいに興味を持ってもらえると思ったんです。

だが、悲しいかな、とんだ見込み違いでした。応対してくれた人にわたしのフロギストン説を説明したら、鼻であしらわれてしまいました。フロギストン説を否定する証拠は説得力に富んでますからね、あんなものを持ち出すのは、よっぽどの無知かへそ曲がりだと思われたんでしょう」

シャーロック・ホームズは笑みを浮かべた。「それは皮肉だ。一八四七年にジェームズ・プレスコット・ジュールという人が、フロギストンの不在を証明しようと、複雑な実験装置一式を携えて、英国学士院を訪ねたのですよ。機械を使って実験してみせただけではなく、電気エネルギーや、落下する物体の潜在エネルギーが熱に変わることまで証明してみせたのです」

「落下する物体のエネルギーが熱に？　そんなことをどうやって？」わたしは信じがたい思いで口をはさんだ。

「ジュールは滝のてっぺんと滝壺（たきつぼ）の水温を測り、水が落下することによって温度が上がることを発見したのだ。だがね、非常に独創的な方法で実証してみせたにもかかわらず、英国学士院は、ジュールの論文をはねつけた。フロギストン説はすでに何から何まで充分に理解されているので、これ以上調べることはない、と言ってね。ジュールがマンチェスターの聖アン教会でかの有名な講演会を開いたのを皮切りに、自分の説を広く一般に発表するようになってからようやく、しぶしぶ注目しだしたのだよ。ジュールの理論をいち早く理解したのは、専門研究機関ではなく、門外漢の知識人だったのさ。

科学の問題に関しては、われわれ門外漢にもまだ何か役に立てる余地があるということだろう。常識のある一般人のほうが、数学の才能に恵まれた学者より賢いこともあるのだね。おっと、本題からそれてしまったようだ。その興味深いお話の続きをお聞かせ願いましょうか」

「じつはね、ホームズさん、英国学士院でもただひとり、サマリー教授という人だけは、わたしの話を聞いてくれたんです。そのうち調べてやろうとも言ってくれましたよ。ですが、どうやらわたしのことをばかかうそつきだと思っているらしいので、おおかた、わたしの見方が間違っていることを証明しにくるつもりなんでしょう」

「かの悪名高い懐疑論者のサマリー教授なら、ぼくもワトスンも会ったことがあります」ホームズが言った。「チャレンジャー教授についても話は聞いています。とうていまともとは思えない考えの持ち主で、それを主張しだすや、融通も自制もきかなくなり、ロンドン中を怒らせて、ここにいられなくなってしまう。海外へ出かけたというのは、うなずけますよ。ではそろそろ、科学にまつわる問題から離れましょうか。おそらくあなたは、二番めの可能性についてぼくの力を借りたいとお思いなのでしょうね」

「そのとおりです。科学的にはなんの謎もないとすれば、妨害工作があったとしか考えられません。もしそうなら、ふつうでは考えられないほど知恵のまわる、狡猾(こうかつ)な人間の仕業に違いありません。こういうことの調査ならホームズさんがいちばんだと、みんながすすめてくれたんです」

シャーロック・ホームズはこの賛辞に、軽く頭を下げた。「喜んでお力になりましょう。ぼくはいまロンドンで早急に片づけなきゃならない用があるので、航海に出ることはできません。しかしぼくの相棒が現場へ行ってくれれば、ここからでも、問題解決にあたることはできます。ちょっと船の旅をしてくる気はないか、ワトスン？」

わたしはさっと立ち上がった。「まかせてくれ」熱っぽい声できっぱり答える。「子どものころの夢を実現するには歳月がかかるものだが、バーミューダ・トライアングルへ行って、海底に眠る金の鉱脈を捜す旅に出られるとはね！　心配はご無用ですよ、喜んでおともいたしましょう！」

依頼人がきょとんとした顔をする。「金ですって？　バーミューダ・トライアングル？　わたしがお話ししていたのは、バレンツ・トライアングルのことですよ。ノルウェー沖の冷たい海域です。それに、わたしらが捜しているのは、金ではなくて石油です。まあ近ごろは、あれを〝黒い金〟と呼ぶ人もおりますがね。ですが、もちろん、先生はご冗談をおっしゃっているのでしょう。アイシス号はあすの午後、ローストフトから出航します。いっしょに来てくださるのですね？　心強いですよ！」

依頼人が帰ったとたん、わたしは不安になってきた。「ホームズ、わたしがきみの役に立てるのをどんなに喜んでいるかはわかってくれるだろうが、考えてみれば、わたしはこれまで一度も、きみの代理として調査に出かけて、うまくいったことがない」

「じつはねワトスン、ぼくはあの依頼人にほんとうのことは言わなかったんだよ。ぼくは妨害工作があったなどとは思わない。北海の海底に膨大量の石油が埋蔵されているとするチャレンジャー教授の主張は、世間ではたわごととされているからね。調査する価値もないし、ましてやわざわざ人命にかかわる妨害工作を仕掛けるようなことでもない。単純な過失か、自然現象が原因だろう」

「だがホームズ、それなら、なおさらわたしでは困るじゃないか！　学識のある科学者や熟練した船舶機関士でも首をひねるようなことが、わたしにわかるはずがない！」

「逆だよ、ワトスン。ぼくはきみこそこの仕事にはうってつけだと思う。誰が見ても明白なことについては、天才と言われる人ほど、正常な判断ができなかったり何かを見落としたりするものさ。数年前にこんなことがあった。さる著名な科学者がぼくのところへ助言を求めてきたんだ。鉛を金に変える機械を買えとすすめられたと言ってね。

きみにしろぼくにしろ、そんなことはありえないと断言できる。ひとつの元素は絶対にほかの元素には変えられない、というのが、化学のもっとも根本的な法則だからね。元素の数は全部で百個足らずだ。それぞれの量はつねに一定だし、ずっと太古の昔からそうだったに違いない。金などの元素は、どんな方法を用いようと、作ったり破壊したり変えたりはできないのさ。

だがその科学者の場合は、頭のよさが災いした。近代の錬金術師ともいうべきぺてん野郎が、機械の仕組みについて途方もないまやかしをとうとうと話すのをまじめに聞いた。そいつが機械を操作していかさま手品を演じ、純金に見せかけて、鉛の塊の三面に金箔を張ったものを出してみせると、いとも簡単にだまされてしまったのさ。素人手品師でさえ、ひと目で種を見破っただろうに、この時代を代表するほどのすぐれた頭脳の持ち主が、ころっと引っかかってしまった。

知力と天賦の才が要求される問題もあれば、そんなものをいっさい持ち合わせていないことが要求される問題もある。どんなときでも信頼が置けること、正直であることのほうが、ずっと重要なんだ。この仕事には、きみ以上の適任者はないと思うよ、ワトスン」

そんなわけで、わたしは翌朝ローストフトへ行き、小型の不定期貨物船、アイシス号に乗り込んで、二日がかりで北海を航行し、マティルダ・ブリッグズ号の停泊場所へ向かうことになったのだった。船に強いほうではなかったので、最初のうちは、ずっと船室の寝棚に横たわっていた。わたしのほかにもうひとりだけ乗客がいたが、それがどういう人間かを知って、なおさら起きる気がしなくなった。その客は、いざ出航というときにやってきて、何やら機関長に無理を言って乗り込んできたらしい。ときどき、隔壁の向こうから雄牛のような声が響いてきて、その男が何かと乗組員に難癖をつけては船長に会わせろといきまいているのがわかり、近づきになりたいとは思えなかったのだ。

だが二日めには波がずいぶん静まり、夜には、わたしも甲板へ出ていった。もうひとりの乗客は手すりにもたれかかり、うたた寝でもしているのか、くしゃくしゃの髪に覆われた頭をうなずかせている。しかし、わたしが横に並ぶと、嘲るような目をこちらに向けた。「オデュッセウスのように、葡萄酒色の暗い海を眺めておいでですか」われながらばかげた挨拶だと思いつつ、わたしは思いきって声をかけた。

男は片眉を上げた。「そのとおり。宇宙はグラスの葡萄酒に浮かんでいるようなものだと人は言うが、もっと広い観点から見れば、宇宙の性質がもっとよくわかる」

男は大きな手を振ってみせた。「たとえば、あの水平線をごらんなさい。古代スカンジナビア人は、世界が平らだと思っておった。だが、彼らと同じように水平線を眺めてみたら、どうだろう。地球の丸みがはっきりわかるかね？」

わたしは眺めてみた。戦艦の高い甲板から見れば、曲線がはっきり認められるかもしれない。しかし、ヴァイキングの船乗りのように海面から一メートル足らずの高さから見たのでは、たとえ風が凪いでいても、水平線の正確な形は見えなかったに違いない。どのみち、人間の目には、微妙な曲線などわかるまい。ギリシア建築の円柱は、下から見上げたときにへりがまっすぐに見えるよう真ん中を少し膨らませてあるという。わたしはそのような話をしてみた。

驚いたことに、連れは賛同してうなずいた。「まったくそのとおりだ！　きみは、見えるはずだと言われたものではなく、見えてあたりまえのものをちゃんと見る目を持っておる」

男はしばし考え込んだ。「それでも、道理のわかるヴァイキングなら、想像してみることができたかもしれん。彼らは地球の表面がどこまでも続いていたと思っていただろうか」

「思ってはいなかったでしょう。そんなことは、まず考えられませんから」

「だが、世界にへりがあって、そこで海が滝になり、数日で水が全部なくなってしまうような勢いでずっと落ち続けているなんてことが、信じられるかね？」

「そう言われてみれば、原始人でさえ、そんな話を信じていなかったような気がしてきますね」

「きみが古代スカンジナビア人に出会ったとしてみなさい。そして、いまあんたが立っている水平な大地には、へりがないが、かといって、どこまでも続いているわけではないと言ったら、彼はどう思うだろう?」

「そりゃあ、矛盾すると言うでしょう!」わたしは大声で言った。「平面にへりがないのに、どこまでも続いているわけではないと言ったら、矛盾でしかありません」

「いかにも! 水平線を観察するなどして外に手がかりを求めず、ただ矛盾点のみに着目すれば、現実には矛盾はありえんのだから、当然、前提の何かが誤っていることになる。するとそこで、地球が平らだという仮説が壊される。彼は地球は球形に違いないと気づき、無限でありながら境界があるとするおかしな考え方を否定するようになるだろう。

ところで、きみは——」と、だしぬけにきく。「われわれがこれから調査する矛盾をどう理解しとるのかね?」

わたしは相手の顔に鋭い一瞥を投げ、警戒の鎧をまとい直した。

「心配にはおよばん」男が言った。「わたしはこの調査旅行を企画したチャレンジャー教授だ。だから、なんでも自由に話してくれて、だいじょうぶだ。わたしはたまたま、きのうイングランドへ戻ってきて、すぐ船に乗った。このジョージ・エドワード・チャレンジャーがおるのに、探偵風情の助けを借りようとはな。よくもそんなばかなことを考えついたものだ。だがまあ、きみの結論を聞かせてもらおうか」

「いまのところは、想像としか言えません」わたしは言った。「しかし、フロギストンの雲のせいだというモリスン氏の意見——お聞きになりましたか?——には、少なくとも、謎がふたつではなくひとつですむという長所があります」

チャレンジャー教授はふふんと鼻を鳴らした。「説明のつかないできごとがふたつあったというだけで、そのふたつに関連があると仮定するようでは、まだまだ修練が足りん」

「では教授は、フロギストン説を退けた英国学士院の立場は決定的だとお考えなのですか」

教授は、感情を高ぶらせたようだった。「頭がいいと思われている人間がそう信じているからといって、同じように考えたりはせん！　科学というものはな、学識のあるあほうどもが間違いを犯していたことが証明されてはじめて、進歩を遂げる。科学史とは、それの積み重ねだよ」

「ということはつまり、因習を打ち破ろうとする人なら信用できるということですか」教授をなだめようとして、わたしは言った。

「とんでもない！　極端な新理論を唱える者は、大半が明らかな間違いを犯しておる。わたしが言いたいのは、誰が提唱したかで、その理論の正否を判断してはならんということだ」

「わたしなら、科学の世界ですでに業績をあげ、実力を証明した人の理論を信じたい気がしますが」

「多くはそのように考えるものだ。だが、その態度もまた間違っておる。サー・アイザック・ニュートンの、霊感めいた信念がいい例だよ。偉大な科学者の多くは、天才的としか言いようのない洞察力を、ときにこのうえない愚行にも使ってきた。伝記執筆者は、気をきかせて、そうした失態には、目をつぶってやるようだがね」

「つまり、新理論をはじめて評価する際には、提唱者が誠実な人かどうかといったきわめて基本的なことを考慮すべきなのですか」わたしは尋ねた。

「いちおう、そうするのが理にはかなっておる。だが実際は、非常に多くの科学者が自分の考えの正当性を立証しようとして、データをねつ造してきた。植物の品種改良に関するメンデルの研究を見たまえ。あのデータはどうも胡散臭い。まるで統計学者が、自分が一ペンス硬貨を千回放り投げれば表と裏がきっちり五百回ずつ出ると主張しとるようだ。だがそれでも、メンデルの理論は正しいことが証明された。わたしがきみにわからせよう――それもたいへんな苦労をして伝えよう――としているのは、吟味すべきは理論そのものであって、提唱者の人格ではない、ということだ」

「では、新しい理論を立証するには、新しい実験方法を考案しなければならないのですね？」

「必要ならばな。だが何より、まずはしっかり考え抜くことだ。行動に出る前に、その理論が、すでに知られている事実と矛盾しないかどうかを考え、どういう結果にいたるか予測を立てるのだよ。充分考えずに実験を行っても、新しいことなど何も証明できはせん」チャレンジャー教授はきっぱりと言った。

「しかし、実験が必要なことが多いのではありませんか。たとえば、心棒を高速で回転させ続ける機械が発明される前には、発生した熱が際限なく高くなっていくかどうかは、確かめられなかったはずです。フロギストン理論を否定するような実験はできなかったでしょう？」

チャレンジャー教授は、あからさまにばかにしたような顔でわたしを見た。「ほんとうかね？　原始人がどのようにして火を熾したか、知っとるか。木切れを削って先をとがらせたものを樹皮に押しつけ、きりきりと回転させて熱し、火を熾したのだよ。猿そっくりな人類の祖先でも知っていた技術なのに、英国学士院のお歴々には理解できなかったというのか！

いや違うね。いまわれわれが話題にしている地球の形にしても、必要だったのは、新たな実験でも、新たな観察でもない。パラドックスについての考察だよ。たとえば、フロギストンが存在するとしよう。これは想像上の物質でありながら実在の成分で、その分量がつねに一定に保たれているというのだろう？　なのに、心棒を回転させたり、金槌を繰り返したたいたりすれば、無限に放出されてくると考えられるのかね？　見ろ！——パラドックスだ！　現実には矛盾などあろうはずがないから、フロギストンは存在しない。そう結論づけるのが当然ではなかろうか」

「とにかく」わたしは言った。「フロギストン存在説が、現実にはまったく問題にされない理由は理解できます。むしろ科学神学の領域に属する問題なのでしょう」

会話を落ち着かせようとしたのだが、わたしはどうやら、教授が自制できる限界を越えてしまったらしい。

「まったく！」と教授は叫んだ。「きみは幸運なことに、ほとんどの人間が重労働から解放され、より楽しく見返りの大きい仕事に没頭できる時代、人類が史上はじめて体験するそうした時代に生きておるのだ。蒸気機関の完成によって、機関車や牽引機関車、さらには発電所までが作られるようになり、人間は骨の折れる仕事から解放された。百年もたてば、こんなものはめずらしくもなんともなくなるだろうが、いまの時代に生きる者は、エネルギー保存の法則を発見した科学者がいたからこそ、そうした重荷から解放されたのだということを忘れてはならん。無知と忘恩に傷つくのは、学者の運命だ。おやすみ！」唐突に——そして、わたしにとってはほっとしたことに——教授はくるっと背中を向けると、立ち去っていった。

翌朝わたしは、前日の船酔いがうそのように、爽快な気分で目を覚まし、ラウンジで船長といっしょに、昨日よりはるかに楽しくきちんと朝食を食べることができた。あんまりたくさん食べたので、健康のため、甲板を早足で二、三周してこようと思ったほどだ。科学者流の言い方をすれば、胃袋に入れた食物の化学エネルギーを、運動によって消費しようと考えたのだ。甲板に出たわたしは、ふたつの誤算に気がついた。ひとつは、風だ。強くはないが震えあがるほど冷たい。雪に覆われた荒涼たるノルウェー海岸が右舷に迫っている事実を思い知らされ、びっくりした。もうひとつの誤算は、昨日会った議論好きの乗客が、明らかにわたしと同じ理由で甲板に出てきていたことだ。

「おはよう」教授が意外なほど温かい口調で挨拶をした。「すばらしい日じゃないか、え？わたしは、われわれを待ち受けている問題について考察し、手がかりはないかと考えていたのだよ。まったく、海に浮かんだ船というのは、エネルギーに取り囲まれているようなものじゃないかね？」

わたしはいささか当惑して、あたりを見渡した。エネルギーなど——熱のようなものは——どこにもないように思えたのだ。

「われわれが乗っているこの船を考えてみたまえ。いまは約十ノット、つまり、秒速五メートルぐらいで進んではいるが、この船には、相当量のジュールがふくまれておる」

ジュールというのが、英国学士院に対してフロギストンの不在を証明した素人科学者の名であることはわかったが、わたしのとまどいははっきり表情に表れたようだ。

チャレンジャー教授が鼻で笑った。「わたしは、ジェームズ・プレスコット・ジュールにちなんでジュールと名づけられた単位のことを言ったのだ。ジュールの死後、学界が、当初彼に失礼な態度をとった償いとして、エネルギーの計量単位に彼の名をつけたのさ。エネルギーの消費率、つまり仕事率のほうには、もうひとりのジェームズの苗字をつけた。ワットだよ。実用蒸気機関を完成したことで有名な……。ある装置が一秒につき一ジュールのエネルギーを消費した場合、これを一ワットとする」

「わたしには、昔の単位のほうが好ましいですよ」わたしは郷愁を込めて言った。

「いや、換算するのは造作もない。たとえば、一馬力は、だいたい七百五十ワットに相当する。つまり、四頭立ての箱馬車なら三千ワット――通常の呼び方では三キロワット――の仕事率によって引っ張られていることになるのだ」

「わたしにはまだ、ジュールとはどういうものかが、いまひとつはっきりとはわからないのですが」

「じゃあ、説明してやろう。今日では、エネルギーとは、力に距離をかけたものだと考えられている。身近な例をあげると、一キログラムのおもりを一メートル引き上げるのに必要なエネルギーは、約十ジュールだ。だが熱の場合には、同じ一キログラムの水を温めて摂氏一度上げるには、約四千二百ジュールのエネルギーが必要となる。ということは、摂氏零度の水を沸騰させるには、一キログラムのおもりを約四十二キロメートルの高さまで引き上げるだけのエネルギーが必要なわけだ。

さて、わたしはいま、この船が持っている運動エネルギーがどのぐらいになるか、だいたいのところを考えていたのだが……。かりに船の重さを百トン、つまり十万キログラムとし、秒速を五メートルとしたら、どうだね？」

「ただ質量に速度をかければよいのなら、五十万ジュールになるのでは？」

教授はさも軽蔑（けいべつ）したようにわたしの顔を見た。「いや、じつは違う。物体の運動量――慣性運動の量――は、ほんとうはつねに一定なのだ。だがエネルギーは、速度に比例するのではなく、速度の二乗に比例する。たとえば、この船が十ノットではなく二十ノットで進めば――」

「間違いなく、世界一速い蒸気船として、アトランティック勲章の授与候補にあがるでしょうな」わたしは茶々を入れた。

「運動エネルギーは二倍ではなく、四倍になる」教授が結論を言った。

「待ってください」と、わたしは口をはさんだ。「わたしには、その法則はいい加減としか思えません。なぜ、エネルギーがいつも同じ割合で速度に比例するような、適切な公式を考えつかなかったのですか」

「エネルギーが違う形に変わると、そう単純にはいかないことがわかるからさ。たとえば、ある動く物体に人工的な力を加えて静止させると、摩擦熱が生じる。動く速度が二倍になれば、二倍の熱ではなく、四倍の熱が生じる」

「この関係を確認するには、さぞ慎重な実験が必要だったことでしょうな」わたしは不信感をあらわにして言った。

「いや、これもまた、矛盾はないかよく考えてみるだけで充分だ。たとえば、落下する物体を考えてみるといい。物体を持ち上げた場合、なされた仕事の量は明らかに、持ち上げられた高さに比例する」

「たぶん、重さにもですね？」

「そのとおりだ。力に距離をかけたものだからな。だが、いったん持ち上げた物体を、今度は落とすとしよう。一定の距離を落下するあいだに得られる運動エネルギーは、明らかに、同じ距離を持ち上げるときに必要だったエネルギーに等しいはずだ」

「それは、はっきりしますね」

「物体を自由落下させると、地球の重力が加わり、速さが増加する。一秒落下するごとに、秒速が約十メートル増加するのだよ。落とした一秒後には、秒速十メートルほどで落下し、三秒後には秒速三十メートルほどになる、という具合にな」

「だから高所からの落下は医学上おすすめできないのですよ」わたしは言った。

チャレンジャー教授はわたしを無視した。「ということは、その物体は、一秒後にはどこを落ちているかな？」ときく。

「そうですね、その一秒間がはじまったばかりのときには、まだ静止しているが、終わりのほうでは、毎秒十メートルの速度で落ちているのでしょう？　とすれば、平均速度は毎秒五メートル。ならば、五メートル落ちているはずです。フィートに換算すれば、十六フィート。間違いない！」わたしは、いくらか驚いて答え、学校で教わっていた時分のことを思い出した。

「では、二秒後には？」

「最高速度は毎秒二十メートルになります。一秒につき平均十メートルの落下で、二秒間。なら、二十メートルでしょう。落下した距離の伸び率は、時間の二乗分になりますね。違いますか？」

「そうだ。では、その二番めの場合について考えよう。物体が一秒間に五メートル落下したのに対し、二秒間では二十メートル落下したわけだから、重力によって与えられたエネルギーは、最初の四倍だったに違いない。しかし、その速度は――」

「二倍になっただけです。だからエネルギーはほんとうに速度の二乗に比例するのですね！」

チャレンジャー教授は、指を一本立て、振ってみせた。「そのとおり。どうだね、怠け者だが頭のよい知識人であるきみは、安楽椅子から離れることなく、事実を発見したではないか」

会話を交わすあいだ、ずっと早足で甲板を歩いていたのだから、安楽椅子というのはやや大袈裟だ。

「もう少しじっくり考えてみれば」と、チャレンジャー教授は続けた。「あらゆる物体の運動エネルギーは、〈質量×速度の二乗〉のちょうど半分だという法則にたどり着くよ。想像力に乏しい実験家には、正確な測定値を出すことなど絶対にできはしないが、公式で出した値なら、正確無比に違いない。さもなければ、重力に逆らって物体をいったん持ち上げてから落とし、運動エネルギーを回復させるような装置を作れば、それが――」

「永久機関か！」わたしは叫んだ。

「経験からわかるようなことは、すべて矛盾をふくんでいる。この世のエネルギー量は、つねに完璧に一定に保たれており、例外はまだ一度も見つかっていない。見つかったら、この宇宙は、違った世界になるだろう」

「まずは、石炭の価格が急落するでしょうな」わたしは軽い気持ちでそう言った。だがすぐに、この悪意に満ちた海の底に石油が埋まっているというチャレンジャー教授の主張が正しいとすれば、どのみち、石炭価格の暴落は必至だということを思い出した。

「きみが無駄口をたたく前にわたしが言おうとしていたのは――」わたしが両眉を吊り上げたのも無視して、チャレンジャー教授は続けた。「この船の運動エネルギーの総量を計算すると、百二十五万ジュールになる。熱で言えば、やかんの湯がようやく沸かせる程度にすぎない。潜水夫たちを変死させた原因とは、考えられんね！」教授は指を立ててみせた。「この周囲に、ほかのエネルギー源があるか？」

わたしは、波が船を追い抜いて陸のほうへ走っていくのを見た。「そうですね、波という形で、海水が運動していますよ。波頭の水は、この船よりも速く動いているように見えますから、きっといくらかエネルギーを持っているに違いありません」

チャレンジャー教授は首を振った。「動いているという錯覚と、現実とを混同してはならない。水の粒子は、目に見える波といっしょには動いとらんのだ。じつは、水滴のひとつひとつがつねに循環していて、全体としてはどこにも行っていない。海水とほぼ比重が等しいコルクを船から落としてみればよくわかる。ひとつところにとどまって、水面のすぐ下のあたりでくるくると回転を続けるからな。よく似た現象はいろいろなところで見られる。オペラで女性合唱隊が舞台の前面に一列に並び、手にした青い板を、時間を調節して上げ下げし、波の動きを真似るのを見たことがある。波はフットライトの上を滑るように駆けていったが、板そのものは、どれももっと穏やかな動きをしていたし、どの歌い手も、はじめに立った位置から一歩も動いていなかった」

「では、波はただの幻なのですか」

「科学の問題というよりは哲学の問題なのかもしれんが、わたしは幻ではないと思う。波はたぶん、形あるものというより、変化の〝過程（プロセス）〟と理解するのが妥当なのだろう。だが、それゆえにこそ現実なのだよ。波はたしかにエネルギーを持っておる。ひとつは、位置エネルギーだ。波頭は、風がないときの海面より高い位置まで引き上げられるからね。それに、水の粒子が回転するときに生まれる運動エネルギーもある」

「なるほど。しかし、水の粒子が動かないのなら、もちろん、波には実際にエネルギーを運ぶことはできませんね」わたしは尋ねた。

「そういうふうにはならんのだよ。粒子が運ばれていかなくとも、動いている力は、エネルギーを運ぶのだ。じつはわたしは、かつて女王陛下の政府に対して、浮標（ブイ）に滑車をつけた装置をスコットランドの西海岸沖に浮かべて、大西洋の波のエネルギーを利用し、無限のエネルギーを生産してはどうかと提案したことがある。だが、苦労した割りには、失笑を買うだけに終わったよ。コペルニクスといいジュールといい、それから、このチャレンジャーといい、科学の先駆者の進む道は、つねに受難に通じておるのだ……」

　あまりのうぬぼれぶりに、わたしは笑いをこらえるのに苦労した。

「だがいまは、当面の問題に目を向けよう」教授が言った。「われわれは、エネルギーを失う船と、エネルギーを得る潜水鐘について考えねばならん。まずは、きみの意見を聞かせてもらおうか」

　態度こそそっけなかったが、わたしを認めてくれたのはうれしかった。

「仮説を立てたら、矛盾というか、説明のつかないできごとが起きた時点で、いったん疑ってみるべきだということがよくわかりました」わたしは慎重に言葉を選びながら、言った。チャレンジャー教授が励ますようにうなずく。

「あなたがた科学者のみなさんは、わたしにはとうてい信じがたいようなことをふたつ、前提にしておられるようだ。ひとつは、自然の法則には、いろいろな量をきっちり一定に保つことができる、ということ。もし人間の計測した値が絶対に完璧ではありえないとしたら——いつも間違いの連続だと言うのなら——どうして自然がそこまで完璧だと言えるのでしょうか。

ふたつめの前提は、物理学の法則はどんな場所でも適用される、ということ。火星や木星や遠い星では、そうはいくまいと思うのですよ。なぜ地球上ならどこでも、同じ法則があてはまるのですか」わたしは、近づいてくる荒涼とした不気味な陸地を見た。それは、居心地のよい人工の街ロンドンとは、似ても似つかぬ外観を呈していた。

チャレンジャー教授は太い両眉を、ぐいっと吊り上げた。

「ドクター、きみが言うような星がどこかにあるかもしれん。場所によって自然の法則が異なり、しじゅう例外が出てきて、法則が厳密でなくなってしまうような星がな。そこに住む科学者にとっては、災難だろう。ただ、そんなでたらめの星で知性が進化するかどうかは疑問だよ。わたしに言えることはな、ドクター、われらが地球の特性については、きみの想像以上に充分な検証が施されてきたということだ。

まず、地球はその法則どおり、完璧な対称形をしておる。どちらを向いて、どこまで行こうとも、その事実は変わらんのだ。でなければ、いまわれわれが望遠鏡や分光器を使ってしているような遠い星の特性や運動の観測はできまい。その法則は、時が移り変わっても不変だ。さもなければ、何十億年にも及ぶ進化の過程で、太陽系や、われわれがこうして立っている地球の環境がこんなふうに安定していたはずがない。また、こうした法則は、場所に左右されることもない。そうでなければ、光学機器や機械装置——とくに回転するもの——は、場所によって狂いが出てくることになる。

次に、ある量については、考えうるかぎりすべての環境で一定に保たれておる。もちろん、それがどういう量かは、慎重に定義しなければならんよ。ばかげたたとえを出すなら、膝（ラップ）（ラップとは、腰かけたときの、下腹部から膝頭までの部分を指す語）は保存されない。立ち上がったら、なくなってしまうからだ。同じやり方で検証すると、フロギストンもやはり保存されないことがわかる。しかし、質量、エネルギー、運動量、電荷といった基本的なものは、その単位の何千億分の一にいたるまで、驚くほど正確に保存されている。そのことは、われわれにも簡単にわかるはずだ。

そう言えば、量が保存されるとわかっているものの数は、地球上で観察される対称の数とほぼ一致する。ここに何か深い関連があるのだろうか……」教授はふっと口をつぐみ、考え込んだ。

わたしは役に立とうとして、口をはさんだ。「科学が進歩するにつれて、量が一定に保たれているものがさらに発見されていくのではありませんか？　たとえば、電荷などは、比較的最近にわかったものでしょう」

チャレンジャー教授は、複雑だが糸口の見つかる可能性のあった思索を妨害されたかのように、いらだたしげに頭をのけぞらせた。「どちらかと言えば、逆だよ。たとえばフロギストンにしても、適切な機械があれば、これがはるかに一般的なエネルギーというものの一種にすぎないことが証明できるのだ。今後、さらに独創的な実験をしてみれば、まったく異質な量と考えられているものが、じつは同じものが べつの形をとっているだけだということがわかるかもしれん。

技術が未熟であればあるほど、保存されているように見えるものの数が多いのだよ。たとえば、ゆっくり動く滑車とてこしか実験用具のない国があったとすると、そこでは、重力の位置エネルギーは保存されておるものだと考えられるだろう。一キログラムのおもりを二メートル持ち上げるには、てこを使うか、あるいは、定滑車と動滑車を組み合わせて二キログラムのおもりを一メートル下げるしか方法がないからだ。現実には、エネルギーは、熱のようなまったく異なる形に変化させることもできるのにな。

だがドクター、ここらで当面の問題に話を戻そう。エネルギーを失う船と、エネルギーを得る潜水鐘の問題にな。わたしはわたしで二、三、意見がある。いくつか、手がかりを差し上げよう」教授は空を指さした。「あの雲に、何かちょっと変わったところが見えんかね？」

わたしは空を振り仰いだ。たしかに、興味深い現象が見られた。よく似た形をしたふたつの雲が、たがいに近づきつつあり、いままさに交差しようとしているのだ。

「ははあ、高度の違うところで、強さと方向の違う風が吹いているのですね」わたしは言った。

教授はうなずいた。「そのことから、何かわかるかね？」

わたしはしばらく考えてみた。「こんな話を思い出します。とても穏やかな海で、高いマストを立てた大きな帆船が小さな船とすれ違ったときのことです。海面ではまったく風がなかったのに、大きな船の帆に、さっと風が吹きつけたというのです」

チャレンジャー教授は、よいことに気がついたとでもいうように、うなずいた。「しかし、教授」と、わたしは言った。「マティルダ・ブリッグズ号は、マストも帆もない蒸気船ですよ」

教授はあきれたように首を振った。「きみには感謝しなければならんな、ドクター。わたしはしばしば、学生を少々叱りすぎると批判されてきた。こっちの目から見ると、連中がばか揃いなのだがね。じつはこのごろ、教える仕事を頼まれなくなっているのだよ。だがきみのおかげで視野が広がり、人間には、もっと多様な変種があることを教えられた。これからは、もっと辛抱強くなろうと思う」

この意味深長な社交辞令をどう受け止めたものかと思案していると、教授がゆっくりと、辛抱強い口調で話しはじめた。「わたしが考えていたのは、違った高度での風の動きではなく、違った深さでの、海水の動きだ。ノルウェー海岸付近の波は、妙な流れを引き起こす。〝モスケンの大渦巻き〟と呼ばれる危険な渦のことは、聞いておるだろう？　海水の流れは、深度によってすばやく変わる場合があることも知られておる。たとえ海面は穏やかでも、海中に隠れた強い海流が船の竜骨に作用して、うしろのほうへ引っぱることもあるのだ。この近辺でもとも強い海流は、スコットランドの鼻先とシェトランド諸島とを隔てるペントランド海峡を流れておる。大潮のときには十六ノットもの速さになるというから、船を引きずるぐらいの力は充分にあるだろう」

そのとき、教授は何か考えついたらしい。「ドクター、ちょっとした実験をしたいんだが、きみなら理想的な助手を務めてくれそうだ。少ししたら、わたしの船室へ来てくれんかね？」

教授の船室に入ると、脇机の上の危なっかしい位置に石油ストーブが据えられているのが目についた。そばには、ガラスの水槽が置いてある。水を張ってあるが、魚が一匹もいないところを見ると、この船旅のあいだに標本を捕らえて中に入れるつもりなのだろう。水槽の横には、ふいごも用意されている。驚いたことに、教授はわたしが部屋に入るのを待って扉に鍵をかけた。

「さて、ドクター」と、教授が言った。「もしきみが、断熱処理をしていない鋳鉄製の船に乗って、凍りつくような冷たい海を数時間、航行することになったとすれば、何か体を温めるものを持っていきたくはならんだろうか。たとえば、石油ストーブなどを」

「モリスン氏に聞いた話では、船上でのそうした行為は法で禁じられていたそうですし、船長も厳しくそれを守らせていたようです」

「ま、たしかに、船長は神に次ぐ絶対的な権限を持っているかもしれんが、人間の法と物理の法則を比べてみれば、どちらが破られやすいかは一目瞭然だと思う。小さなストーブなら、こっそり潜水鐘に持ち込むことぐらい、なんでもないだろうし、水中に沈んだあとなら、火をつけてもばれはしない。ではこれから、法を犯した罪人たちにどんな災難が降りかかったのかを、お目にかけよう」

教授は石油ストーブに点火して、ふいごを取り上げた。「このストーブは、安全に燃える設計になっている。だが、酸素の供給量が増えれば増えるほど、炎は大きくなる。あの潜水鐘には、強力なポンプを使って、空気が絶えず送り込まれていたのだったな」

教授がふいごで風を送ると、ストーブの火が輝きを増した。

「まだなんの異常もありませんね。こんなものを持ち込んでいたのだとしたら、充分注意していたに違いありません」

「ああ、だが潜水鐘が海中深く沈むにつれ、内部の空気圧は高まっていったはずだ。あの鐘には底がなかっただろう？　水深十メートルのところでは、空気の密度が海面の二倍になり、それにつれて、酸素の分圧も高くなる。すると、火の燃え方も速くなる」

教授が激しくふいごを動かしたとたん、とんでもないことが起きた。灯心の火がストーブ本体に入り込み、中の油に接触してしまったのだ。たちまち、高さ一メートルぐらいの激しい炎が伸び上がった。

わたしはすばやく頭を働かせた。ストーブのそばには、なみなみと水を満たした水槽があるが、重くて持ち上げるのは無理だ。マホメットと山の話を思い出した。わたしはストーブを持ち上げると、中身をガラスの水槽にぶちまけた。だが、それは最悪の処置だった。灯油と水はまじり合わないこと、灯油のほうが比重が軽いことを忘れていたのだ。灯油は水の上に広がり、あっというまに、水槽の水面が炎に覆われた。さいわい、教授が驚くばかりに機敏に動き、手近にあった麻布をとって、水槽にかぶせてくれた。数秒後、火は空気の補給を絶たれて、消えた。

「まったく、行き当たりばったりな実験だと、どんなことになるかが、よくわかりました！」

わたしは大声で言った。

「気に病むことはない。きみのおかげで、わたしの推理がもっとも有効な形で証明できたのだ。船室の扉に鍵をかけたのは、潜水鐘の密室状態を再現するためだったのさ。大量の酸素のせいで、火の勢いが手に負えないほど激しくなる。逃げ道もない、反応する時間もない。潜水夫はどうするだろう。燃えさかるストーブを潜水鐘の下の海に投げ込むのじゃないか。しかし、灯油は水に浮いて大きく広がり、火はますます燃えさかる。温度が急上昇する。煙が出ていたろうから、それ以上の行動はとれなかっただろう。潜水夫たちは死ぬ。潜水鐘が引き上げられるころには、ポンプによって大量に送り込まれた空気が、煙を跡形もなく追い出してしまっている。灯油は燃え尽き、ストーブそのものは、海底に沈んでいる……。

船乗りが火をこわがるのは、無理もない。原油、灯油、油脂――どれも火をつければ、一キログラムにつき約四千万ジュールという恐るべき熱を放出する。大型鉄船ですら、わずか数リットルの油が燃えただけで船体の温度が上がり、人間が蒸し焼きになってしまうことがあるのだ」

「なんとすばらしい」不快感をもよおす話ではあったが、教授の見識の鋭さは認めざるをえなかった。

チャレンジャー教授はうなずいた。「あしたのいまごろには、わたしの推理の正しさが証明され、迷信じみたうわさ話がおさまっているはずだよ」

その〝あした〟は、意外に早くやってきた。突然、頭上の甲板から、狂ったようにわめく声が聞こえ、わたしは深い眠りから呼びさまされたのだった。急いで服を着込み、救命具をひっつかんで甲板へ出ていくと、なんとも気味の悪い光景に迎えられた。エンジンのうなりから明らかなように、船のスクリューは全力で回転していた。しかし船は、峡湾（フィヨルド）に入ったところで、静かな海面に錨をおろしたように動かない。

恐慌をきたしかけている船員たちを見て、わたしは内心、やや得意になっていた。ここにいる人間の中で、この現象の原因を知っているのは自分だけだと思ったからだ。しかし、すぐにチャレンジャー教授自身が甲板に現れた。教授は、灯をともした蠟燭と、首の細いガラス瓶を手にしている。瓶の底には、鉛の玉のようなものが入っている。周囲の騒ぎにはかまわず、教授は甲板に膝をつき、蠟燭を瓶の中に入れると、きちんと栓をした。そして、船から身を乗り出し、そっと瓶を海へ落とした。

わたしは船縁へ駆けつけた。瓶が沈み、蠟燭の灯が、海水を通してきらりと光るのがはっきり見えた。じつにすばらしい実験だ。もし教授の説が正しければ、あの明かりはやがて隠れた海流に乗って、船尾の方向へ流されるはずだ。

しばらくのあいだは、そうなっているように見えた。蠟燭の灯は、ある程度沈んだところで、さっと後方へ流れた。だがその直後、ぴたっととまり、光が弱くなったように見えた。そのうち、数メートル前のほうへ進んできたかと思うと、灯が明るくなり、わたしの真下に近い位置まで戻ってきて、やがて船体の下にもぐり込んで見えなくなった。

わたしはチャレンジャー教授を見た。教授は、わたし以上にめんくらった顔をしている。数秒ほどのあいだ、文字どおりぽかんと口をあけていたほどだ。だがすぐにまた考え込むような目つきに戻り、何も言わずに下へおりてしまった。

わたしもあとを追い、教授の船室までついていった。中はひどい散らかりようだった。きのうの実験の後片づけさえしていない。水槽の水は油を浮かべたままで波立ち、船が揺れるたびに跳ね飛んでいる。

「こんな散らかったところに座っていらしたのですか」わたしはきいた。教授が顔を上げ、わたしと目を合わせた。

「そうだ。ずっとこの水槽を見据えて、考えていた。わたしは何より明白な手がかりを前にしながら、愚にもつかんことをほざいておったのだ。なぜ気づかなかったのだろう！　だが、このような特異な現象を発見することになろうとはな」教授は首を振った。

「なあドクター、この水槽の中に、何が見える？」

「ピンクの灯油の層と、船の揺れによってその表面が波打っているところが見えます」

「灯油のもうひとつの表面については、どうだ？」

一瞬、何をきかれたのか、わからなかった。だが水槽の側面を見て、灯油とその下の水とのあいだに境界面があることに気がついた。

「灯油の浮かんでいる水の表面のほうが、大きな波を立てていますね。境界面がかなり大きくうねっている」

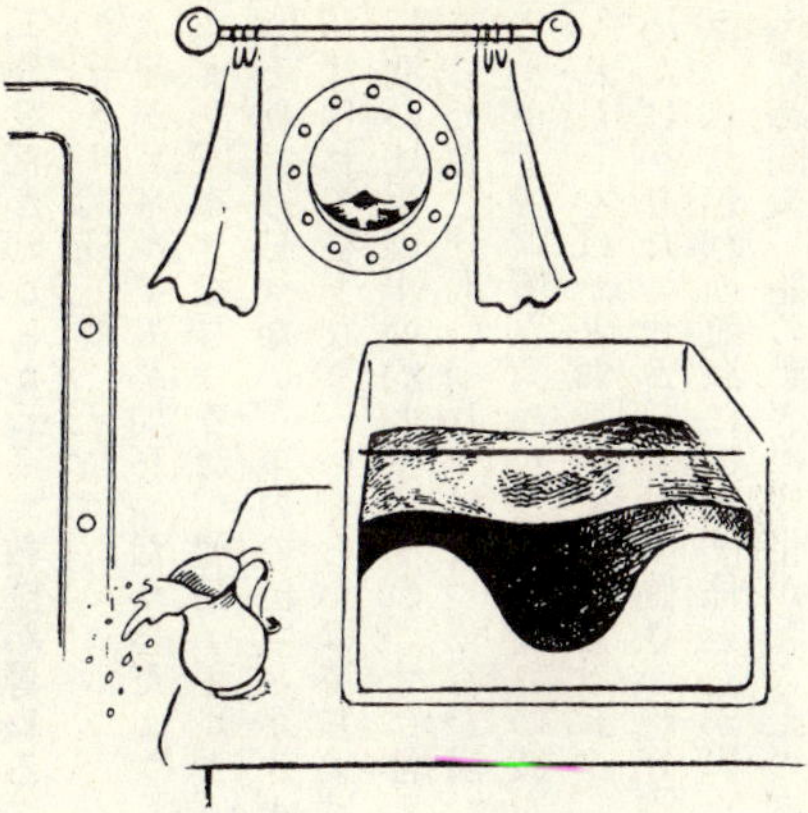

チャレンジャー教授の船室

「なぜだかわかるかね？」教授が尋ねる。

わたしは首を振った。

「何かエネルギーが加わったからだよ」

「まあ、そうでしょうね。運動エネルギーも作用したのだよ。表面の液体がいくらか下に引っぱられて谷となり、いくらかは持ち上げられて山となる。どうだ、これでわかったかね？」

「それだけじゃない。重力の位置エネルギーですか」

灯油の比重は水の約九割。それが水に浮かんだ状態で下に引っぱられれば、波のてっぺんから落ちてきた分もいっしょになって谷を満たすから、灯油がない場合に比べて、何倍も少ないエネルギーで、境界面にかなりの高さの波を生じることになる」

わたしをばかとお呼びになりたければ、そうしていただいてもけっこうである。熟睡から覚めたばかりなのだから、頭の働きが絶好調であろうはずがない。だがわたしには、教授の発見は、われわれの航海には無関係としか思えなかった。わたしは自室のベッドへと戻っていった。

数時間後、船の動きに変化が起きたのを感じて、目を覚ました。甲板へ出ていくと、船がマティルダ・ブリッグズ号と並び、つながれているのがわかった。向こうの船では、船首でも船尾でも、あわただしい動きがあるのに、こちらの船には、人っこひとりいないようだ。わたしは、ふたつの船のあいだに渡された道板の上を、おっかなびっくり歩いて向こうへ渡り、われわれの船とは反対側の船縁で見張りをしている乗組員に、何が起きているのかときいた。

「だんなが連れてきなすった、あの教授先生でさ」という、無礼千万な答えが返ってきた。

「すぐに潜水鐘をおろせと言っときながら、ご自分は、自転車でちょっくら出かけてくるってんです。陸地まで五百メートルあるんですぜ」

わたしは船尾のほうへ歩いていった。ところどころ錆びた潜水鐘が、甲板に置かれた専用台に載っている。大きさといい、形といい、聖堂の鐘にそっくりだ。と、そのとき、チャレンジャー教授が下から這い出してきた。

「やあドクター、ちょうどいいところへ来てくれた。これから潜水鐘を沈めるところだ。船長には事故の心配はないと請け合ったうえ、可燃性のエネルギー源がないことと、ふたりの協力者以外には何も乗っていないことを自分の目で確かめてきた。いま必要なのは、全幅の信頼が寄せられる立会人に、これ以上何も積み込まないよう、潜水中に不運な事故が起きないよう、見ていてもらうことだけだ。きみなら、信頼できると確信しているよ。では、望遠鏡をお貸ししよう」

わたしは、監視をするのに都合のよい場所を見つけて、望遠鏡を海面に向けた。驚いたことに、非常にはっきりと見える。海面の三メートルほど下を泳ぐ小さな魚の群れまでちゃんと見えるのだ。

「海水にしては、驚くほど澄んでいるのですね」

「ああドクター、きみなら、その理由がわかるだろう」

チャレンジャー教授は、縄につないだぴかぴかの小さなバケツを手にとると、海に投げ落とし、また引き上げた。水が半分ほど入っている。

「味見をしてみたまえ」

わたしはおそるおそる言われたとおりにし、心の底からびっくりした。

「や、これは真水ではありませんか！」

「この時期に氷河が解けだし、フィヨルドに水を送り込むのだ。だが、もしフィヨルド全体を満たすだけの真水ができたら、驚異的だとは思わんかね？」

「もちろん。われわれの船はいま、その真ん中あたりに錨をおろしているのですから」

チャレンジャー教授が輝くような笑みを見せる。「そのとおりだよ、ドクター。さて、わたしは陸のほうで足してこなきゃならん用がある。わたしが戻ってくるまで、持ち場を離れるんじゃないぞ」

数分後、櫂が水をかく音がして、手漕ぎボートが目に入った。三人の水夫が乗っており、船尾にはチャレンジャー教授が、玉座に着いた君主よろしく威厳をたたえてふんぞり返っている。船首のほうには自転車が積んであった。空気を入れて膨らませることのできるタイヤがついた最新式のものだ。

わたしは船の前甲板に注意を戻した。乗組員が数人がかりで、巻き上げ機の把手をまわしはじめ、潜水鐘が甲板から三十センチばかり持ち上がった。起重機が方向を変え、潜水鐘が静かな海面にするするおりていく。鐘の上部には、〝スマトラ〟と書いてあった。わたしは、起重機を操作している男に、あれはどういう意味かときいてみた。

「ただ、インドネシアで作られたからってだけですよ。何年か、向こうで使われてたんです。鐘っていうより、尻尾をつかんでぶら下げられたネズミみたいでしょう？　おれたちは、〝スマトラの大ネズミ〟って呼んでるんですよ。おっといけねえ、妙なことを言っちまったんなら謝りますよ、だんな」

潜水鐘はゆっくりと少しずつ、海底に向かっておろされていく。船上はしんと静まり返り、ただ巨大なポンプのピストンだけが大きな音をたてて上下し、潜水夫たちに大量の空気を送り続けている。

わたしはそれでもなお、形容しがたい胸騒ぎから解放されなかった。海中に入った潜水鐘が水面ごしにはっきり見えた。何か近づくものがあれば、必ず誰かの目に触れる。不幸な事故など起きるはずがないのだ。

フロギストン存在の可能性は、ほんとうにないのか？　保存される量でないことはすでに広く認められている。しかし、だからといって存在しないと言いきれるのか。わたしが見た海面の波についても、チャレンジャー教授も結局は、ある意味で実在すると認めたではないか。波は絶えず存在してはどこかへ消えていくのだと言ったではないか。だが、フロギストンが放出され、雲になって漂う性質のものだとすれば、そうした現象はきっとどこかで観察されていたはずだ。

根本的にはエネルギーの問題だ。それは間違いない。どんなエネルギーが加わったのだろう。熱エネルギーであることは確かだが、海は冷たかったし、冷たいものがひとりでに熱くなることはない。化学エネルギーか？　教授は、潜水鐘の中には、可燃性の化学物質は持ち込まれていなかったと言った。弾性エネルギー？　時計のねじぐらいでは、あれだけの仕事をするエネルギーは出せまい。

機械のエネルギーか……。潜水鐘には、機械類はいっさい積まれなかったが、船そのものには、強力なエンジンがついている。いまはスクリューがとまり、蒸気缶（ボイラー）も冷えている。かりにほかのエネルギー源が積んであったとしても、そのエネルギーがどうやって、海中の潜水鐘に伝わるというのだ？　誰が見ても、船と潜水鐘をつないでいるのは、金属の鎖と、空洞のゴム管だけだ。

いくらか安堵して、わたしは視線をよそへ振った。ボートが海岸にたどり着き、チャレンジャー教授と自転車がおろされた。望遠鏡で見てみると、教授は自転車にまたがって数メートルよろよろと走っただけで突然またおりてしまい、小さなポンプを後輪のタイヤにつないで、せっせと押しはじめた。

もう一度潜水鐘をよく見てから岸に目を戻すと、教授が手を振り、必死の面持ちでボートに向かって何かわめいているのがわかった。わたしのそばに立っていた乗組員がおもしろそうに眺めている。

「うっかり忘れものをするようじゃ、科学者といってもたいしたことないね、だんな」

教授はボートが海岸へ戻ってくるのを待ってすぐに飛び乗り、舵手に向かって何やら早口でまくしたてた。すると驚いたことに、舵手は仲間をボートに残して岸におり立ち、気の狂った案山子のように、腕をぎくしゃくと振りはじめた。

「ありゃあ手旗信号ですよ、だんな。緊急だと言ってるんだ」起重機係が言った。わたしは彼に望遠鏡を渡した。起重機係は、しばらく見ていたが、すぐに真っ青になり、巻き上げ機についている男たちに向かって、吠えるように命令した。

「すぐ、潜水鐘を引き上げろ。さもなきゃ、中のやつが死んじまうってよ！　だが、なんでわかったんだろう」

約十分後、チャレンジャー教授は息を弾ませてわたしのそばに立っていた。潜水鐘が船の上に引き上げられ、這い出してきた潜水夫たちは、とまどってはいたが体に異常はないようだった。教授がわたしのほうを向いた。

「ドクター、どんなにすぐれた頭脳の持ち主でも、折よく問題解決の手がかりを得て、神の思し召しに感謝したくなるときがあるものだよ。わたしが海岸でポンプを押しているのを見ただろう？　ドクター、きみは自転車を持っているかね？」

「持ってはいませんが、乗ったことはありますし、何度かタイヤを膨らませたこともあります」

「じゃあどうだろう、ポンプを押しているときに、金属弁の連結部におもしろい変化が起きているのに気づいたことはないか」

「もちろん、ありますとも。熱くなりますね。原因はわかりませんが」

「わからないって？　運動エネルギーのせいだよ！」教授は、船尾に積んだ大きなポンプを指さした。「仕事量は、力に距離をかけたものだ。ピストンが下におりて、空気に作用する。ちょうどばねを上から押さえたときのように、空気が圧縮されて仕事がなされる。じゃあ、そのときのエネルギーはどうなる？　余分なエネルギーは？　熱に変わるのさ！　潜水鐘が沈むにつれ、空気を圧縮するのに必要なエネルギーは大きくなり、熱も高くなる。鐘の内部に流れ込む空気は、どんどん温度が上がり、しまいには異様に熱くなってしまう。旧式の手動ポンプだったなら、鐘自体を温めるほどの熱は出なかっただろうが、蒸気ポンプだとなん馬力もの仕事ができる――」

「みごとです、危険を察知して、事故を未然に防がれたとは！」

「いや、うかつだったよ、これまで見落としていたのだからね！　しかし、まったく気づかなかったよりは、手遅れにならずにすんでよかった。これからの技術者にも、よい教訓になるだろう。新しい機械の製作者にとって何よりたいせつなのは、物理の法則を深く理解し、それがどう作用するかを多角的に予測できる能力を養うことなのだ。彼らの先輩にあたる鍛冶屋が、強靭な筋肉を必要としたようにね」


チャレンジャー教授は、そこで満足したわけではなかった。またボートで陸地まで送らせると、海岸の道を走ってどこかへ行き、日が沈むころ、何かをどっさり積み込んだ荷車を引いて戻ってきた。その荷物とは、いつか教授が海に放り込んだ瓶によく似てはいるが、あれよりは大きいガラスの耐酸瓶（腐食性液体を入れる大型ガラス瓶）だった。

「一時間ほどしたら、スキピオ号という蒸気船がサマリー教授をここに連れてくることになっているから、われわれが報告を受けたこの奇妙な現象の原因が、知識不足のせいか、まったくの陰謀によるものか、意見を聞かせてもらえるだろう」教授は言った。「ああいう高名なお客人には、こちらから出向いていってご挨拶をするのが礼儀だろう。いっしょに来るかね、ドクター」

そういうわけでわたしが櫂を操る役目を引き受け、ふたりしてボートで出発した。だがわたしは、教授の奇妙な行動が気になり、なかなか漕ぐことに集中できなかった。教授はボートにバケツを持ち込み、それに海水を汲んで、瓶の山と小さな木炭ストーブといっしょに、腰掛けのわきに置いていた。そして瓶を一本取り上げては、火ばさみでストーブの中から熾った木炭のかけらを取り出して瓶に移し、その瓶をバケツの水に浮かべるのだ。それから、水面がちょうど瓶の首のあたりになるように、鉛の玉をぱらぱらと振り入れ、瓶の重さを調節する。それから、瓶を取り出してガラスの栓をし、海に落とすのだった。

やがてわたしは、教授のすぐれた頭脳が小さな要点を見逃したことに気づき、とても痛快な気分になった。おそらく瓶を海面に浮かべるつもりだったのだろうが、教授はなんと、栓の重さを計算に入れ忘れたのだ！　だからどの瓶も、ゆっくりと沈んでいく。だが教授には原因がわからないらしい。わたしは教えたい誘惑に駆られたが、こういう失敗もたまにはよい薬になるだろうと思い、しばらくのあいだ黙っていた。教授が最後の瓶を用意しはじめるまで待ってからようやく、やんわりと誤りを指摘した。

教授は鼻で笑った。「ドクター、わたしにだって、オランウータン並みの知能はあるんだ。信じてもらいたいものだね。うしろを振り返って、何が見えるか、言ってみたまえ」

オレンジ色の点が連なっているのが見え、わたしはびっくりした。「どの瓶も同じ深さに沈んでいるようですね。水深十フィートぐらいだろうか」

「十フィートだと？　三メートルと言ってくれ！　なぜこうなったのか、わかるかね？」

「ええ、わかります。水圧のせいでしょう？　深度が増せばそれだけ、海水の濃度が高くなるんだ」

「いや、違う。あの深さでは水圧はうんと低いから、海水の比重は、水面に比べて千分の一パーセントも増えておりはせん。まったくべつの要因があるのだ。海水は真水より二パーセント比重が高いという事実を思い出してごらん。真水を海水の上に、まじらないように気をつけてそっと注ぎ込んだら、どうなると思う？」

「きっと灯油を撒いたときと同じようになりますね。塩水の上に真水の層ができるでしょう。境界面は見えないでしょうが」

「見えないが、真水より少し重く、塩水より少し軽くなるようにした信号灯を並べて沈めてみれば、境界面がはっきりわかるんだよ。おや、ごらん！　スキピオ号が予定より早く到着したようだ」

教授が指さした方向を見ると、スキピオ号がかなりの速度でフィヨルドの中へ滑り込んできた。だがほどなく、何かにつまずいたように進まなくなったかと思うと、とんでもない奇妙な現象が起きた。海面の下に連なった木炭の赤い点が、海底でのたうつ大海蛇さながら、一斉にゆっくり、波打つように動いていたのだ。

「これはこれは！」わたしは叫んだ。「クラーケンの存在を信じる漁師なら、泡を食って逃げ出すだろう」

チャレンジャー教授が小ばかにしたような笑みを浮かべた。「恐れることはないよ、ドクター。船がスクリューを全力で回転させたら、そのエネルギーはどこへ行くと思う？」

「そうですね、最初は、船を進める力となるでしょう」

「船が全速力に達したら？」

「水をわきに押しのけるようになるでしょうな」

「そのとおり――いや、正確には、波を作るのだ。船の航跡というのは、エンジンの働きによって人工的に作られた波なのさ。わたしの部屋で、灯油と水の入った水槽を見たとき、灯油の表面より境界面のほうが大きく波立ったのを覚えとるだろう。じつは、ふたつの液体の比重が近ければ近いほど、境界面の波は高くなるのだ。たった二パーセントの違いなら――」

「境界面に立っている目に見えない波は、表面の波よりもずっと大きいのか」わたしは大声で言った。

「大きいから、船のエネルギーを全部とってしまう。だからどんなにエンジンを稼働させても、船はほぼ停止した状態のまま、少しも前に進まないわけだ」チャレンジャー教授は満足げに言った。「博識をもって知られるサマリー教授なら、きっとその理由を詳しく説明してくれると思う。だが、迷信深い乗組員が暴動を起こして、サマリー教授を海に放り出しては困るから、やは

失われた波

りこちらから出向いていってご挨拶したほうがよかろう」

教授はゆったりと背中をあずけ、わたしが櫂に体重をかけて漕ぐようすを温かい目で眺めている。「学校時代にボートを漕いだことがあるのかね？　そのような荒々しいエネルギーが使われているのを見るのは、感に堪えないね。いくらか象徴的だとも思うよ、ドクター。なぜなら、たったいまわれわれは、エネルギー自体がいかに荒々しいものかをまのあたりにしたばかりだからな。判断力のある研究者の手にかかったら、フロギストン説も周転円説も、蜃気楼のように消えてしまう。それと同じようにわれわれは、エネルギーが一見作られたり破壊されたりするように見えて、じつはそうではないことを突きとめたのさ。見えない波のような、簡単には見つからない隠れたエネルギーを、信念を持って探してみる。すると、どうだ！　見つかるのだよ。少々難解な部分はあっても、エネルギーというのは、取り組みがいのある主題だね」

3 原子論を知らなかった医者

「往診、往診の一日で、かなりお疲れのようだね」わたしが疲労困憊の体で脇机の上に診察鞄を置き、デカンタに物欲しげな視線を向けたのを見て、友が心配そうに言った。

自分と同じように身を粉にして働いている人間から、こうした思いやりを示されるのならいつでも歓迎だが、夕方の五時になってもまだガウンにスリッパばきという格好をしている男にそうされると、いささか癇にさわる。きょうもまた終日、あのおとなの道楽としてしばしば楽しんでいる化学実験とやらにうつつをぬかしていたのだろう。とげとげしい言葉を返してやろうかと思いはしたものの、その日の午後は、ほとほと疲れ果てていたせいか、悩みを聞いてもらいたい気持ちのほうが勝ってしまった。きっと同情の言葉と助言がほしかったのだと思う。

「じつはねホームズ、最初はいつもどおり、なんの変哲もない一日だったのさ。ところが最後に、長年来の腹痛に苦しむ中年のご婦人から、往診の依頼があったのだよ。といっても、とくにむずかしい病気でもなんでもない。わたしの言うことを聞いて簡単な手術を受ければ、そのご婦人のためになるのだ。だが、わたしの助言には、頑なに心を閉ざしているのだよ」

「医者を信用しない人なのか」

「いや、われわれ医師に、それなりの義務があることは認めている。問題は、そのご婦人がたちの悪いいかさま師の言いなりになっていることだ。誰かに紹介されたらしいが、その男は、水晶療法と同毒療法（健康な人に疾患を起こさせる薬物をごく少量投与する治療法）の信奉者なのだ。ご婦人の家に着いたとき、ちょうどそいつのりっぱな二頭立ての箱馬車が走り去るところだった。上等の服を着込み、威圧感を与えるような風采をした裕福そうな男でね、わたしなどよりずっと貫禄がある。そう思わずにはいられなかった」

「よい服もりっぱな馬車も、おおぜいのだまされやすい患者さんから巻き上げた金で購ったのだな！　で？　そのぺてん師は、きみの患者に何を処方しているのだ？」

「それなんだがね、そいつは、ご婦人の症状を引き起こしているのは、子どものころに食べた毒性物質だと言っているらしい。治療法というのが仰天ものなのさ。そうした毒を――鉛やヒ素や、ベラドンナなど、考えつくかぎりの毒物をだよ――うんと薄めて飲めば治るというのだ。とうていありえないことなのに、ご婦人はそいつをすっかり信用して、処方された毒を毎日飲むようになったのさ」

「それじゃあ、治すというより、むしろ症状の悪化を速めているようなものではないか。これは、ぼくが手がける事件と見なしてもいいかもしれないね、ワトスン！　きみはいま、〝うんと薄める〟と表現したが、どの程度の水が加えてあるんだい？」

「かなりの量だよ。でなければ、わたしはもっと心配する。そいつは、純粋な毒をビーカー一杯分用意し、そのうちの九割を取り除いたあと、水を入れてふたたびいっぱいにするそうだ。それから、もう一度同じようにして、毒物の濃度を十パーセントから一パーセントに下げる。そうして、同じ手順を三十回繰り返していくらしい」

「きっとそうやって過剰にならないよう、注意しているのだろうね。濃度を十分の一にする過程を三十回繰り返すのか。すると、最後のビーカーの濃度を分数で表せば、分子が一、分母は、一にゼロが三十個ついた数字になる。つまり、一千兆倍のそのまた一千兆倍に薄められるわけだ。こういう場合は科学者の真似をして、10^{30}倍という言い表し方のほうがずっと便利だと思うよ！ということは、この薄め方は――そうだな、そいつのビーカーの容量が一リットルだとすれば、その量の毒を、一辺百万キロメートルの立方体の容器に入った水で薄める計算になる。なんとワトスン、ビーカーの中身を太平洋にぶちまけたよりはるかに薄い溶液ができるぞ。これをよくかきまぜて、ビーカーに詰め直せば、少なくとも、ほぼ無害ということになるだろうよ！」

「ほんとうにそうならけっこうだが、その患者を説得して、もっと効果的な治療を受けさせないと、いずれとんでもない結末にいたるかもしれないのだよ」

シャーロック・ホームズは眉をひそめ、両手の指先を合わせて、一、二分のあいだ黙り込んでいた。やがて突然頭をのけぞらせ、声をたてて笑いだした。

「おやおや、きょうのぼくは、きみが思ったほど時間を無駄にしなかったようだぞ。いや、いいのさ、隠さなくても。ぼくがきょうやってたことを見たときのきみの目が、すべてを物語っていたからね。だけどワトスン、ぼくが何をしてたか、ほんとうにわかってるのかい？」ホームズは、さっきから椅子のそばに置いてあった科学論文を取り上げた。

「とりあえずわかるのは、スポイトと、油性の液体を数鉢分使ったこと、いつもの実験に比べて散らかり具合とにおいがずいぶんましだということだね」と、わたしは言った。「化粧品の製造でもはじめたのか」

「違うよワトスン、いくらきみでも、的が外れすぎだ。ぼくは最近行われた実験をいくつか、自分でもやってみようとしてたのさ。原子の存在をかなりの精度で証明する実験だ」

「物質が目に見えない小さな粒子でできているという考え方は、かなり昔から一般に認められていたのだと思っていたよ。もっとも、その粒子は小さすぎて、どんなに性能のいい顕微鏡を使っても見えないらしいがね」

「一般には認められてはいないよ、ワトスン。いまでも相当たくさんの科学者が疑問視している。いわゆる原子論の正当性の根拠の多くは、状況証拠なんだ。有力な手がかりのひとつは、結晶の存在さ。もし何かの物質を溶かして液体にし、それをまたゆっくりと固まらせたとしたら――たとえば、水に溶かしたあと、水分を徐々に蒸発させたなら――、それは凝固し、規則性のある形の結晶になりやすい。たいていの化学物質は、ある決まった形の結晶を作る傾向を強く持っている。このことから、その物質は、同じ形をした、肉眼では見えない小さな粒子がたくさん集まってできたものだと考えられるわけさ。

　もうひとつの手がかりは、化学物質には、正確な比率でまぜ合わせると、反応してべつの物質に変化する性質があることだ。たとえば、ある量の水素を、その八倍量の酸素で燃やすと水になり、三倍量の炭素で燃やせば、メタンになる。炭素と酸素を三対八の比率でまぜれば、二酸化炭素になる。この比率はいつも決まっているので、こうした目に見えない元素の集まり同士を――水素や炭素や酸素をひとつの成分として取り出せた者はまだいない――一定の比率でまぜ合わせれば、より大きな化合物を作り出せるという説明が、無理なく成り立つ」

「わたしもその推論には説得力があると思ってきたよ」わたしは、自分が学んだ医学の基礎を思い出し、やや得意になって言った。

「だがこうした状況証拠は、原子の実際の大きさについては何も教えてくれないのさ。とても小さいという以上のことはね」ホームズが言う。「いいかい、見ていたまえ。皿に純粋な蒸留水を入れるよ」

「あのいかさま師の薬と同じぐらい純粋なんだろうね」わたしは茶化した。

「それから、スポイトに油をとって、ほんの一滴だけ、針金の上に落とし、この定規の前に持ってくる。虫眼鏡をとってくれ、ワトスン。いや、それじゃなくて、倍率の高いほうだ。さて、この油のしずくの寸法はどれぐらいだ？」

「直径がちょうど五分の一ミリ」

「いいだろう。では、このしずくを水に落とす。すると――」

「消えてしまった、いや、溶けてしまったと言うべきだな」

「違うよ、ワトスン。油が水に溶けたりするものか。このふたつは、絶対にまざらないから、水と油のあいだの表面張力が油を最大限に薄くし、水面に浮かべているんだ。目を細めて、斜め上から見てごらん」

「ああ、たしかに膜ができているね。かすかに光っているのが見えるだけだが、へりがどこかは判断できる。直径十センチぐらいかな」

「みごとな観察だよ、ワトスン。そこから、油の分子の直径を割り出すことができる。体積を面積で割れば、膜の厚さは出てくるはずだから」

　わたしは、ホームズに少し手伝ってもらって、計算した。球の体積は、その直径を一辺とする立方体の体積の約半分だということ、円の面積は、その直径を一辺とする正方形の約四分の三であることを、ホームズが思い出させてくれた。だが、どうやらわたしは、間違いを犯したらしい。

「そうすると、五百億分の一メートルになるよ、ホームズ。絶対に間違っているね。目で見える大きさのものから、こんな小さな数値が出てくるわけがない」

「正しいんだよ、ワトスン。ただし、もっとうまく表現できるのさ。百億という数は、一の横にゼロを十個つけて表すのだから、10^{10}とも表せる。これを分母にした$\frac{1}{10^{10}}$という数は、10^{-10}と表すことができるのさ。この科学的な表記法で表せば、膜の厚さはだいたい、5×10^{-9}メートルになる。

　ともかく、こうして油の分子の大きさを表す数値が出た。おおよそであやふやな値ではあるが、近いことはたしかだろう。これを三千万個並べて、やっときみの親指の幅ぐらいになるのだね」

　わたしはため息をついて、椅子に背中をあずけた。「おかげで、きょうの憂鬱（ゆううつ）な気分がいっとき晴れたようだよ、ホームズ。だが、わたしの問題を忘れてはいないかね」

「ちっとも忘れちゃいないさ、ワトスン。いまの練習問題の要点はこうだ。たとえば、容量百立方センチメートルの試験管を満たすには、どれだけの分子が必要だと思う？」

　わたしは計算した。「10^8を三乗したものだな。10^8を三回かけるということは——すごいな、10^{24}個だ。一兆の一兆倍か。だが、そんなことがなぜたいせつなのか、わたしにはわからないな」

「きみの商売敵は、何倍に薄めていたのだった？」

ないのに薬効があるという矛盾は、やつにも説明できまいよ」
みに買わせた水にすぎないことがわかってもらえるはずだ。有効成分の分子をひとつもふくま
ないのさ。患者さんにそれをよく説明すれば、そのあやしげな薬は、いかさま野郎が言葉たく
「だからね、ワトスン、もとの毒物が残っている確率は、よかれ悪しかれ、百万分の一でしか
水の分子のほうが、はるかに多いことになるな」
「10^{30}倍だよ。おや？——ちょっと待ってくれ、ホームズ。それだと、もとの毒物の分子より、

ホームズも、心気症患者のように扱い方のむずかしい人間に会う機会があれば、論理の説得力をさほど信頼しなくなるだろう。翌日、わたしは重い気持ちをかかえて、ベイカー街へ戻ってきた。

「がんばってみたが、だめだったよ、ホームズ」外套を脱ぎながら、わたしは言った。「あのご婦人を訪ねると、ドクター・フォン・クランクシュと名乗る例の男がすでに来ており、寝台のわきについていた。ご婦人は、わたしの診察がすむまで、ぜひドクター・フォン・クランクシュにもそばにいてもらいたいと言った。やつはわたしの論拠をこてんぱんにやっつけたよ。なぜだろうね、ホームズ、筋の通った論理より気の利いた言葉のほうが、ずっと説得力があるのは」

「その質問に答えられたら、世の厄介ごとの半分がたちどころに解決するだろうさ。まあ友よ、ともかく暖炉の前に座りたまえ。何があったか、詳しく話してごらん」

わたしは椅子に座り、疲れた脚を伸ばした。

「じつはそのいかさま先生、原子存在説に反駁を試みたのだよ。まずはじめに、油のしずくの話を一笑に付した。表面の膜が薄くなるのは、ふたつの液体のあいだに働いた引力のせいにすぎないというのだ。いずれにせよ、あの実験で証明されたことは、もし原子が存在するなら、膜の厚さよりも小さいだろうということだけだと主張した。

わたしもやり返そうとしたよ。だがどうしたわけか、何を言っても、説得力に欠けるのだ。とうとう、引き下がるはめになった。わたしの患者を納得させるには、こうした原子をじかに見られるような芝居がかった演出が必要かもしれないね。とくに、実寸を測ってみせられるような方法が」

ホームズが熱っぽい表情を浮かべて、身を乗り出してきた。「じゃあ、ぼくにまかせたまえ、ワトスン。顕微鏡で原子の存在が証明できると言ったらどうする？」

ホームズは、傷だらけの顕微鏡を手振りで示した。改造してあり、スライドガラスの代わりに小さな管が取りつけてある。中は空洞のようだ。わたしはそばまで行ってかがみ込み、レンズに目を近づけた。驚いたことに、くっきりとした黒い点のようなものが、視野の中で躍っている。しかも、形がはっきりわかるほど大きいのだ。

「驚いたな、ホームズ！　何かの記事で読んだ話では、原子の大きさは、世界一性能のよい顕微鏡で確認できる最小の物質の千分の一ということだったが」

「いや、そのとおりの大きさだよ、ワトスン」

わたしは顔を上げ、疑惑の目であたりを見渡した。ホームズがその広く認められている高い知力を使ってわたしをからかったのだとすれば、これほど残念なことはない。顕微鏡のそばに置いてある瓶の中に、灰色の埃のようなものが入っているのに目をとめたわたしは、上体をかがめて、貼り紙に書いてある名称を読んだ。

「どういうつもりだ、ホームズ！　わたしに花粉を見せて、これを原子だと言いくるめる気か！　ふざけている場合じゃない。わたしの患者は、よりよい治療が受けられないため、具合が悪くなっているんだ！」

「からかってるんじゃないよ、ワトスン。たしかに、きみが見たものは花粉だ。だが、その花粉を見て、何か気づかなかったか」

わたしはまたうつむいて、顕微鏡をのぞき込んだ。「これ以上細かいものは何も見えないね。花粉はあちこち動きまわっていて、少しもじっとしていない」

「そのとおりだ、ワトスン！　では、なぜそんなふうに跳ねまわっていると思う？」

「光のせいかな？　あるいは、花粉には、バクテリアのように鞭毛があって、自力で動くことができるのか」

「いや、そうした可能性は、証明によって簡単に否定できる。もっと根本的なことだ。ほら、熱というのは、じつは分子の運動だったろう？　固体の分子が振動している状態、あるいは、気体の分子がぶつかり合ったり、跳ね返ったりし続けている状態なのだ。この衝突で空気の圧力が増し、空隙ができると、空気は自然にそこへ入り込む。

ではワトスン、空気の分子は目に見えないが、実際にはとても大きく、一定の容積中にはごく少量しかふくまれないと仮定してみたまえ。空気が動いたら、その影響が観察できるのではないだろうか」

「原則的にはできるよ。たとえば肌がちくちくするとかね。極端なことを言えば、空気の振動が激しいときには、歩いたり座ったりするたびに、体が飛び跳ねているのかもしれない！　だがもちろん、空気の分子はとても小さいうえ、一秒間に人体に衝突する分子の数は膨大で、かなり一定しているので、われわれには、空気圧が一定のように感じられるのだ」

「よくできたね、ワトスン。では、花粉に話を戻そう。かりに、空気の分子の大きさが花粉と同じだとしよう。さらに、空気の分子が一時間に一マイルの速度で運動しているとしたら、何が見えるだろうか」

「ただぼやけて見えるだけさ。つねに衝突が起きていたら、激しく動いている花粉を個別に見分けることなど、できはしまい」

「では、空気の分子が非常に小さいと仮定したら、どうだろう。花粉ひと粒の百万分の一の、そのまた百万分の一の、そのまた百万分の一の大きさだとしたら？」

「衝撃がほとんど均一になるから、花粉は静止して見えるのかな」

「そのとおりだよ、ワトスン。実際の花粉の運動は、このふたつの仮定の中間なんだ。こうした運動を調べれば、空気の分子の質量が、花粉の何分の一ぐらいにあたるかがわかる。たくさんの花粉を集めて数を数え、全体の重さを測れば、ひと粒あたりの質量を計算することができるし、空気の分子一個の平均質量もわかる。燃焼実験の観察から、空気の八十パーセントは窒素であること、窒素の分子は二個の原子からできていることは、すでに知られているので――」

「原子一個の正確な質量が算出できるのか！　ホームズ、きみは天才だな」

ホームズはにっこりした。「ぼくが独自に考え出した方法じゃないよ。そこに置いてある科学雑誌に報告されていることを言ったまでだ。ドイツでそういう実験が行われたらしい。それによると、原子の直径は、2×10^{-10}メートル――一般的な言い方をすれば五百万分の一ミリメートル――だという。だが要するに、きみが誠意を持って患者さんに言うべきことは、原子の大きさはすでにわかっているということ、それから、原子の存在を示す証拠は、目に見えるということだ」

翌日の夜、部屋へ戻ると、ホームズは何か深く考え込んでいるようすだった。が、わたしが肘掛け椅子を引き寄せると、はっとしたように、わたしのほうを見た。

「やあ、うまくいったのかい、ワトスン」

「ああ、かろうじてね。例のご婦人のところへは二度、訪ねていった。朝行ったときには口論になって、しまいには帰れと言われてしまった。だが夕方には、最悪の事態になるのを覚悟で、もう一度訪ねてみたんだ。

するとご婦人は快く迎えてくれ、一日中、わたしの意見について考えていたと言ってくれた。窓のそばに座っていると、明るい日差しの中で埃の粒子が舞っているのが、読書眼鏡の隅に見えたそうだ。で、わたしが言ったことを思い出したというのさ。

ご婦人は矛盾に気づき、しばらくのあいだ呆然としていたらしい。例の薬は効いているような気もするが、わたしの話によると、あの薬には毒物の分子がひとつもふくまれていないのだから、効いているはずがないこともたしかだ。これは、驚くべき矛盾ではないか。

　そこで彼女は、以前にも何度か、こんなふうに明らかな矛盾に首をひねったときのことを思い出したのだそうだ。考えてみればどの場合も必ず、新しい考え、あるいは正当性を証明された見解と、それまでの思い込み——つまり、心の奥で知らず知らずのうちに培ってきた信念——とのせめぎ合いが起きていたというのさ。こうした思い込みは心の底にとても深く根をおろしていて、正しいかどうかを確かめたことさえないから、正すにも、誤りを認めるにも、たいへんな苦痛をともなうのだね。古きを捨てて、新しきを受け入れるときは、誰もが抵抗を感じるものだ。

　きみから見れば、彼女は論理的思考力を欠いた、救いようのない愚かな女性なのだろうな」

「とんでもないよ、ワトスン。ぼくはね、俗に学識者と呼ばれている連中の半数でもいい、そのご婦人のように、新事実にきちんと向き合う能力を持ってくれれば、と思っている」

「ともかくドクター・フォン・クランクシュは、奇跡的とも言える薬の効能についてありったけの言を弄し、ご婦人のほうは、専門家を自認する輩に弱い一般人のつねとして、先生の売り口上を信じてしまった。だが、何ひとつ裏づけがなかったのだね。ご婦人はとうとう、フォン・クランクシュとは縁を切る、ワトスン先生のご助言に従うと言ってくれた。ようやくあの詐欺師の正体がわかりました、もうあの人の薬は使いません、それを先生に信じていただきたいので、残っている薬と効能書きをおあずかりくださいましとまで言ったのだよ」

　わたしは話しながら、あずかったものを鞄から引っぱり出した。暖炉に放り込むつもりだったのだが、ホームズが手を伸ばしてきて、それをとった。

「これはおもしろいぞ、ワトスン」ややあって彼が言った。「残念ながら、ただのうそつきを取り締まる法はない。だが、医師の資格もないのにあると言うのは、どんなものかな。ここに興味深いことが書いてあるんだ。ま、ぼくの心配することじゃないがね、ワトスン。今度レストレード警部が訪ねてきたとき、ぼくがこいつを渡すのを忘れていたら、言ってくれ」ホームズは効能書きに何か書きつけてから、それを状差しのいちばん奥に突っ込んだ。

さて、その夜遅くなってからのことだ。わたしは深く息を吸い込んだ。

「まだひとつ、気がかりなことがあるんだよ、ホームズ。きみにしてみれば、ばかげたことだろう。だがきみは、どんなに心になじんだ仮説だろうと、新しい反証が出てきたら進んで見直すべきだという、あのご婦人の考えに同意していたようだね」

ホームズは先をうながすように、うなずいた。

「わたしがフォン・クランクシュとの論争で窮地に陥ったのは、結晶の話になったときなのだ。あんな話題を持ち出さなければよかったと思ったよ。彼は、結晶形（結晶した物質の規則正しい形のこと）を根拠とした原子存在説は、まだ立証されていないと言った。結晶を作る物質はたくさんあるし、中には、二種類以上の結晶を作る物質もあるというのさ」

「まったくそのとおりだよ」

「だがあいつは、結晶には今日の科学ではとうてい解明できない不可解な性質があると言った。結晶化しうる物質は、通常の空間や時間の制約を受けない不思議な方法で、〝共鳴〟するというのだ。その証拠に、科学者が新しい化学物質の分離に成功したときには、それを結晶化させるのはむずかしい。だが、その物質について二度めの実験を行うと、最初のときよりはるかに簡単に結晶を作らせることができるそうだ」

「それを説明するのは、そう厄介なことではないよ、ワトスン。溶液中に種晶(たねしょう)が一個か、結晶が数個まじっていれば――たとえ顕微鏡でも見えないほど小さくて、あるかどうかは推測するしかないようなものでもいい――、結晶化はずっと容易になるのだ。だから、ある物質を一度結晶させれば、ほどなく研究室のあちこちで同じような結晶化の形跡が見つかりだす。たとえ最初に使った標本を完全に破棄したとしても、同じ実験をすれば、驚くほど容易に結晶化が進むのだ」

「それなら、どんな具合になるのか想像がつくよ、ホームズ。だが彼は、たとえ二番めの標本がまったくべつの場所で作られたとしても――たとえば、最初がイギリス、次が地球の裏側のオーストラリアだったとしても――、やはり同じことが起きると言うのだ。何か神秘的な場のようなものがあって、それがあらゆるものに浸透し、実験に立ち会った科学者など、見ていた人の頭の中で変化する。だからどんな種類の結晶でも、一度どこかで作られたものなら、次からは最初の実験を真似さえすれば、似たようなものが簡単に作れるというのさ。クランクシュの言う〝共鳴効果〟など、ほんとうはありもしないのだろう」

ところがシャーロック・ホームズはかぶりを振り、わたしを仰天させた。「そういう現象については、証拠があって、文書にも記されているよ、ワトスン。しかし、あまり悩まないことだ。誰だって、先に実験に成功した人に教わって、そのとおりに実験をしたほうが、最初の人よりすみやかに、しかも自信を持ってすすめられるさ。それに、未知のものを捜すときに比べ、結果が予測できるので早く気づく。だから、この現象を説明するには、心理的な要素も考えに入れたほうがいい。

だが、もっと興味深い説明もある。『シーザーの最後の息の謎』として、文学作品にも魅力的に描かれているよ。ほんとうに原子の大きさに関係のあることが、よくわかるように生き生きと描写されているのさ。

かりにきみがローマの会議場にいて、シーザーが息を吸い込み、『ブルータス、おまえもか』と言っているのを見たとしたまえ。医師としてのきみの意見はどうだね？　シーザーが最後に吸った空気は、どのぐらいの量になるだろう」

「一リットル以上だね、ホームズ。一度に吸い込む呼気の体積には、大きな差があるのさ。たくさんの要素が関係してくるからね。だがそれがいったい、結晶や原子となんのかかわりがあるのだ？」

「まあ最後まで聞いてくれ、ワトスン。空気の密度は、一立方メートルあたり一・二キログラムだから、シーザーが最後に吸った息は、少なくとも一グラムはあったと考えるのが妥当だろう。では、この地球の大気全体には、何グラムの空気がふくまれている？」

「おいおい、ホームズ、わたしのような門外漢に、そんな専門的なことがわかるはずがないよ。簡単には計算もできないし」

「ああ、だがきみはすでに知っているはずだよ、ワトスン！　地球の直径は？」

「ほぼ八千マイルだろう」

「では、地表の空気圧は？」

「一平方インチあたり十五ポンドだ」

「ほら、それでわかるじゃないか！　地球の表面積を平方インチで表して、十五をかければ、大気の量がポンドで出てくる。だが、大陸のメートル法を使ったほうが、はるかにたやすく計算できるぞ。いいか、まずはこうだ。地球の表面積は約五億平方キロメートル、空気圧のほうは、一平方センチあたり一キログラム。この便利な数値を使ってみたまえ」

「百センチは一メートル、千メートルは一キロメートルだから――」

「10^2センチが一メートル、10^3メートルが一キロメートルだから、一キロメートルは10^5センチということになるね。なんだ、ホームズ、十をどんどんかけていこうと思ったら、ただ指数を増やしていけばいいのじゃないか。そうすれば、ゼロの数が増えていくわけだ」

「科学的な数値を使いたまえ。そのほうが楽だ、請け合うよ」

「みごとな発見だよ、ワトスン！　続けたまえ」

「ということは、一平方キロメートルあたりの空気の量は、$10^5 \times 10^5$、つまり、10^{10}キログラムだ。これに5×10^8をかけると、5×10^{18}」

「ああ、だがそれはキログラムだよ、ワトスン。単位を忘れないようにしたまえ」

「これにさらに10^3をかけるのか。すると、5×10^{21}グラムになる。つまり、シーザーの最後の呼気が5×10^{21}回分か。この数をふつうの桁に直すと――」

「だめだよ、ワトスン、換算しちゃいけない。新しい言葉に習熟する極意は、その言葉で考え続けることだろう？　そろそろ、驚くべき事実を教えてあげるとしよう。空気の分子はとても小さくて、一個の重さは5×10^{-26}キログラムしかない。では、あの最後の呼気の中には、何個の分子がふくまれていたのだろう」

わり算をするには、少しよけいに時間がかかった。「2×10^{22}個。つまり、20×10^{21}個だね。なんと、地球の大気全体にふくまれる呼気の数の四倍じゃないか」

「逆に考えると、きみは一度息を吸うたびに、シーザーの最後の呼気から平均四個の分子を吸っている計算になる！」

「わかったよ、きみはわたしを不安な気持ちにさせることには成功した。だが、もう一度きくが、いったいそのことと結晶と、どう関係があるのかね？」

「いいかい、ワトスン、たとえばいまぼくが試験管を用意し、何か見たこともない新しい物質を十グラム、そこに入れたとしてみてくれ。だがうっかり窓ぎわに置き去りにしたため、中身が一部蒸発してしまった。さあ、どうなる？」

「想像する必要もないよ、ホームズ。その癖を改めないと、いくらきみに甘いハドスン夫人でも、そのうちきっと——」

「さてワトスン、その試験管を、大気の混入が進むままに数日間放置したとする。一リットルの大気中にふくまれる分子の数は、いくらになる？」

「それは——たいへんだ、ホームズ。その胡散臭い混合物が、地球の大気をすみずみまで汚染してしまうぞ」

「じゃあ、そのころ、オーストラリアのアデレードに住む化学者が同じ物質を結晶化させようとしたら、どうなる？」

「とほうもない話だが、おそらく、きみの実験で蒸発した分子が大気に運ばれていき、彼の蒸留器の中に落ちて、結晶を作る種になるのだろうね」

「そうなんだよ、ワトスン。しかも、大気を適当に混合させるだけではなく、研究室同士のあいだに、もっと直接的な接触があれば——たとえば、ぼくの部屋から彼の研究室に小包を送ったりすれば、その表面が無数の原子で汚染されるわけだから——、結晶化が起きる可能性はさらに高くなるはずだ。学問の世界では、情報交換などの交流がさかんだからね」

わたしはしばらく、考え込んだ。そして、友に謝らなければならないと思った。

「じつを言うとね、ホームズ、わたしは原子の存在については、答えのない問題と同じで、推測の域を出ないのだと思っていた。原子がとても小さくて目に見えないとなれば、原子をめぐる議論など、火星に生命体が存在するか否かといった議論や、ニワトリと卵はどちらが先かといった議論と変わりがないと考えていたのさ。どういう答えが出ようがさして重要ではない、解けない判じ物なのだとね。この数日間、のらくら過ごしているきみを見て、あれは大の男のすることではない、たいへんな時間の浪費だと思っていたんだよ」

「ある意味ではそのとおりさ、ワトスン。あの実験は、すぐれた科学者によってすでに行われたものだし、ぼくは元来、純粋な科学より探偵業のほうに適性があるのだからね」ホームズは微笑んだ。「だがきみは医者として、この問題の重要性に気づいてしかるべきだった。瘴気(しょうき)、あるいはミアズマというものが病原になるという説は聞いたことがあるかい？」

「もちろんだよ、ホームズ。わたしが研修を受けた病院では、ほとんどとは言わないまでも多くの医長がそれを信じていた。病気が人から人へとうつることは、古くから知られていた。人々は、伝染にかかわる媒介物があるに違いないと考え、そうした目に見えない場か、あるいは気体を想定し、それをミアズマと名づけた」

「フロギストンに少し似ていると思わないか、ワトスン？」

「似たところはあるね。だがもちろん、違った説もある。病気を引き起こすのは、寄生性のある小さな組織体だというのさ。いまではどうやら、そのとおりだということがわかっている。なぜなら、最新式の顕微鏡を使えば、バクテリアと呼ばれるその組織体をはっきり見ることができるからだ」

「つまり、病気の正体は、分割できないミアズマというひとつの物質なのか、あるいは、小さな組織体の集まりなのかという問題が、臨床上、重要になってきたというわけかい？」

「非常にね！　現代医学の未来がそこにかかっているのさ。だがきみは、わたしの足を引っぱっている。ひどいじゃないか、わたしはたったいま、原子の重要性も認めたばかりなのに」

「ああ、じつにりっぱな態度で認めたね」ホームズは椅子から立ち上がった。「しかし、われわれはもうひとつ、忘れてはならない教訓を得た。原子論みたいな難解な問題は、科学者だけではなく、そんな問題に興味を持ったことのないふつうの女性にとってもたいせつな場合があるということさ。あのご婦人もよくわかったんじゃないかな？　命を落としたかもしれないんだからね。では、おやすみ、ワトスン」

4 実験を妨害された科学者

「こっちへ来てくれ、ワトスン。あの紳士をどう見る?」

わたしは窓辺へ急ぎ、ホームズと並んで立った。

「きょうは予約のない日だったんじゃないのかね」わたしは言った。

「そうさ。だが、向こう側の歩道に立っている紳士をごらん。どう見ても依頼人のようだ。それも、かなり興奮した依頼人だね」

ホームズが指さした紳士は、いまおりたばかりとおぼしい辻馬車のそばに突っ立ち、御者と何やら口論の真っ最中だ。しばらくすると辻馬車が去っていき、男の姿がはっきり見えた。どことなく滑稽な風貌だ。背が高く、痩せこけており、もじゃもじゃの顎ひげを長く伸ばしていた。着ている黒っぽい背広は高級そうだが、この距離から見てもしわくちゃであることがわかり、妙な感じに肩からぶら下がっているように見える。男はあわてたようすで服のポケットを全部探り、紙切れを数枚取り出すと、金縁の鼻眼鏡をかけて一枚ずつ調べては、道ばたに捨てていく。

「ぼくはねワトスン、自慢じゃないが、たいていの人間なら、ひと目でどういう人生を送ってきたか見当がつく。だが、あの紳士は、何もかもがちぐはぐで、外見から判断するのはむずかしい。きみはどう思う?」

わたしは、友の観察方法を真似てみることにした。「金持ちであることは間違いないよ、ホームズ。背広は高級そうだし、靴まで高価なものをはいているからね。しかし、あんなひどい格好で家を飛び出してきたということは、きっと何か突発的な事件があって、たいへんな衝撃を受けているに違いない。きみに相談せずにいられないようなことがあったのさ」

「悪くないな、ワトスン。靴に目をつけたとは、なかなか鋭い。上等の背広を着ているのに、それに釣り合わない安物の靴をはいていれば、自分を実際以上の身分に見せようとしている証拠だ。だが、何週間ものあいだ、高級な背広をしわくちゃのまま衣装簞笥（いしょうだんす）の隅に放っておいたり、ずっと散髪に行かずにいたりしたのは、けさ起きた事件のせいだけではなかろう」

「そう言えば、風刺漫画に出てくる、頭のおかしな科学者みたいな容貌だね。H・G・ウェルズ氏の幻想小説に出てきそうだよ。もちろん、科学者ではないと思う。正直言って、あれでは科学者というより、病院を脱走してきた患者だ！」

　男はようやく捜していた紙切れを見つけたらしく、あたりを見渡して番地を確認すると、いきなり往来の真ん中へ飛び出し、馬車に轢（ひ）かれそうになった。そうして、判断力ではなく運に助けられ、なんとかこちら側の歩道にたどり着いた。

「違うさ、ワトスン。ぼくはむしろ――おや、ぼくが間違っていたようだ。あの紳士は依頼人などではない。ぼくらがここで張り合っても無駄だよ」

　というのは、男がうちの下宿ではなく隣家の呼び鈴を鳴らしたからだ。シャーロック・ホームズは窓に背中を向けた。

「だがワトスン、少しほっとしたよ。きょう予約を受けないようにしたのは、どうしても――」

「いや、早まったようだよ、ホームズ！」

男は玄関から出てくると、いらだたしげな身振りで、隣家の主（あるじ）に何か言い立てた。と、その直後、うちの下宿の呼び鈴が大きく鳴り渡った。

「なんということだ！　だが、ハドスン夫人がうまく追い返してくれるだろう」

しかし、その望みは絶たれた。階下で甲高い声が聞こえたかと思うと、時を置かずに、男がわれわれの目の前に案内されてきたのだ。

「きみたちのうちのどちらかが、かの有名な私立探偵、ホームズくんだな」

「ぼくがそうです。ただし、いつもは予約のないかたのご面会はおことわりすることにしているんですよ。まあ、よほど緊急の場合はべつですが」

「ならば、わたしの話は聞いてもらえるね。わたしは、重罪と言っても過言ではない犯罪の被害に遭ったのだ」

「失礼ですが、お名前は……？」

「イリングワース博士と呼んでくれたまえ。それでよければね。エディンバラ大学のイリングワース博士だが、いまは転任して、ケンブリッジ大学に籍を置いている」

次の王室天文学者とうわさされる人の名だ。友も気づいたらしく、いらだたしげな態度がいくぶんやわらいだ。

「おかけになりますか、イリングワース博士。何があったか、冷静にご説明いただきましたら、ぼくは――」

「時間がないんだよ、きみ！　一分でも無駄にしたら、証拠がなくなってしまう。犯行現場は、大英博物館、ここからたった数百ヤードのところだ。歩きながら説明しよう」

ホームズはまだ信用しきれずにいるようだ。わたしは最近、科学に目を開くようになった手前、自分が仲介役を買って出るのが筋のような気がした。

「ホームズ氏なら、きっとお役に立てると思いますよ、博士。なにしろ、熱心な科学愛好者ですからね」

ほどなく、わたしたちは足早に歩道を歩くことになったが、せっかくの休日に邪魔が入ったシャーロック・ホームズは、依然として上機嫌とは言えない顔をしている。

「では博士、何があったか、説明してください」ホームズはぶっきらぼうに言った。「正確には、どういうたぐいの犯罪なのです？」

「世俗的な意味では、妨害行為だ。もっと大きな意味では、科学の進歩にかかわる問題ということになる。宇宙における地球の位置すら変えてしまいかねない問題なのだ。だが、いまこれ以上話すのは、賢明ではない」

「きみの第一印象は正しかったようだね、ワトスン」ホームズは小声でわたしに耳打ちをしてから、またふつうの声で言った。「宇宙の問題など、わたしのような者には、とうてい手に負えませんよ、博士。まずは世俗的な問題からとりかかりましょう。いったいどういう妨害行為があったのですか」

「わたしのプレートがやられたんだよ、きみ。極上の特殊なプレートがな！」

「召使いが陶製の皿（プレート）を割ったから、ぼくのところへいらしたのですか」

「趣味の悪い冗談だな。わたしが言っているのは、写真乾板のことだ。それを使えば、暗い星の数を数えるのに有効であることがわかったのだ。そのためには、特別に精巧な写真機材が必要なこともな。大英博物館の館長を務める高名な化学者、アダムズ博士が、非常に高感度の光活性化剤を合成してくれた。わたしはそれを一メートル四方の大きなガラス板に塗って、観測の準備をしていたのだ」

博士は上のほうを指さした。わたしたちは、大英博物館に通じる角を曲がったところだった。博士の指すほうを見たわたしたちは、博物館の屋根に、これまで目につかなかったものが載っていることに気がついた。小さな塔があり、そこから望遠鏡が突き出ている。

「博物館の展望台で観測していらっしゃるのですか」

「わたしをばかだと思っとるのかね、きみ。正規の観測は、街の明かりが届かないところで、もっと大きな望遠鏡を使ってするものなのだ。しかし、写真乾板をあっちへ送る前に、ここの望遠鏡を使って試験的に撮影してみようと思ったのだよ。だが乾板はめちゃめちゃにされた。どう考えても妨害行為としか思えん」

博物館の正面階段をあがりかけていたが、ホームズはふと足をとめた。「もしや」と、不気味なほど落ち着き払った声で言う。「急を要する重大事件だと言ってわれわれを呼び出したのは、写真がちゃんと写っていなかったからですか」

「まったくそのとおりだ！　ホームズくん、即座に核心をつかむ男だといううわさは、ほんとうだったのだな」

友は深く息をついた。「残念です、イリングワース博士。まことに残念ですが、ぼくはふいに、もっと緊急の用を思い出しました。ブライトンに住むご婦人が、毒薬のことでぼくに助けを求めてきたので、すぐに行ってあげなければならなかったんです。ここで失礼しますよ」

「でもホームズ」わたしは友の記憶違いにびっくりして、口をはさんだ。「あのご婦人は、ゆうべ電報を寄越して、向こうの警察が事件を解決してくれたと知らせてきたじゃないか。きみにもちゃんとそう伝えたはずだよ」

シャーロック・ホームズがこわい目でこちらを見たので、わたしはへまをしたことに気がついた。だがそのとき、階段の上から誰かが呼びかけてきた。

「ホームズさん、よく来てくださいましたね。一見つまらない問題と見えることに、興味をお持ちくださるとは、ほんとうに評判どおりのかただ！」

大英博物館の館長、アダムズ博士だった。有名な学者で、わたしともホームズとも面識がある。ホームズはため息をつき、おとなしく中へ入っていった。わたしたちは、問題の写真乾板が立てかけてある廊下へ案内された。

乱暴狼藉（ろうぜき）の跡を予想していたわたしは、驚いた。乾板には、オリオン座の星雲が美しくはっきりと写っている。だがその像に重なって、なんとも不気味な影が写り込んでいた。ゆがんでぼやけてはいるが、どことなく人に似た形をしており、半人獣を思い起こさせる。ほんとうは遠い宇宙では、異教の神が闊歩（かっぽ）したり闘ったりしていることを、この微妙な写真が証明しているような気がしたほどだ。

「たしかにこれは、偶然の損傷とは考えにくいですな」ホームズは言った。「しかし、どこの誰が、どういう理にかなったわけがあって、こんな奇妙な妨害工作を考えつくのでしょう。この写真乾板に近づくことができた人間は？」

「外国人だよ！」イリングワース博士が即座に答えた。「展望台にはいつもきちんと鍵がかかっているが、この乾板は大きいのでひとまず階段の下に置いておき、あとで展望台へ運び上げる手はずだったのだ。博物館そのものにも、夜間は鍵がかかっているが、見学者が閉館間際にどこかに隠れようと思えば、簡単に隠れることができる」

「動機は？」

「競争心さ！　海王星の発見者が誰かということでもめて以来、ドイツ、フランス、イギリスの三国のあいだには、激しい嫉妬心が渦巻いている。天文的な発見に、国の威信がかかるようになったのさ。とにかく、何者かがここに侵入した証拠は見つかっている」イリングワース博士は肩を怒らせて去っていった。

「もしこれが妨害行為だとしたら、きっと学生のいたずらだな」ホームズが静かに言った。

「あの親愛なる博士が、教え子に人気があるとは思えないからね。館長はどうお考えですか」

　アダムズ博士は唇をすぼめた。「どういう偶然でこんなことになったのか、突きとめるのはむずかしいでしょうね。けれども、外国人陰謀説よりは、学生のいたずら説のほうが可能性が高いように思えます」

　そのとき、近くから、モップとバケツの触れ合う音が聞こえてきた。館長がさっと前に出て、急いで写真乾板に覆いを掛けた。

「清掃員にこれを見せたくないのでね」と言う。「先週、ここに奇妙な遺物が届いてから、職員のあいだで、迷信めいたうわさが広がりましてね。これを見たら、いっそううるさいことになると思うんですよ」

「そうです、デンジャーフィールド探検隊の土産物ですよ。この話は、お聞きになっておられませんかな」

いいや、聞いていた。二、三週間前に中央アフリカから戻ったばかりの探検隊だ。古代の遺跡を発見し、そこで高度な技術によって作られたらしい奇妙な金属像を見つけたそうだ。競争相手の探検隊がいたずらのつもりで置いていったのだと言う向きもあるが、さらに不思議なのは、その後、探検隊の隊員たちが次々と不運に見舞われたことだ。ふたりが妙なやけどを負い、他の隊員のほとんどが体調を崩し、いまでは全員が、べつに病気にかかったわけでもないのに日々衰弱してきているという。ピラミッドを荒らした泥棒のように、呪いがかかっているのではないか、といううわさもあるが、ホームズは、ばかばかしい、といらだたしげに否定した。わたしも、何か熱帯に特有な病気にかかった可能性のほうが強いなと言ったのだった。

館長が数フィート離れたところにあるテーブルを指した。「探検隊が持ち帰った品をひとつ、展示しているんですよ。あの偶像は、鉛の約二倍の密度を持つめずらしい金属で作られておりましてね、古代の作品でなくとも、興味深いものですよ」

わたしは近づいていき、その偶像とやらをとくと見た。椀のような形をしており、内側に顔が彫りつけられている。その顔は、浮き彫りをあべこべに施したというか、全体が凹面になっており、鋳型のように作ってある。遠くから見れば、だまし絵効果でふつうの顔のように見えるが、見る角度によって、影のでき具合が驚くほど変化するので、見えないはずの目がこちらの動きを追っているように見えるのだ。ほんとうにぞっとするような雰囲気が漂っている。迷信深い職員がこれを恐れるのも、無理はない。

イリングワース博士が小さな箱をかかえて戻ってきた。箱の側面はガラス張りで、上面の中心からまっすぐ下に、銅の棒が突き刺してある。その棒には、黄色い金属片がくっつけられ、箱の中でひらひらと揺れていた。

「諸君、この装置は検電器というものだ。帯電させるには、このようにする」博士は布きれのようなものを取り出し、上着の袖口でごしごしこすってから、それで箱のてっぺんに触れた。すぐに黄色の金属片がぴんと真横に跳ね上がり、棒と垂直になった。

「電荷については、よくご存じだろう。あらゆる物質は、正の電荷を持つ粒子と負の電荷を持つ粒子からできており、通常、このふたつは完璧にまじり合っている。電流とは、正の電荷を持つ粒子の中を、負の電荷を持つ粒子が流れることを指す。静電気が発生するのは、正の電荷を持つ粒子の数のほうがやや多い場合、あるいはその逆の場合だ。このシャモア革をこすると、中から負の電荷を持つ粒子が出ていき、正に帯電する。シャモア革があの心棒に触れると、金箔と心棒がともに正に帯電し、たがいに反発し合うことになるのだ」

「お話はわかりますが、あなたの実験が妨害されたこととどういう関係があるのですか」

「じつは、まったく偶然のことだが、この装置が泥棒探知器として働いたのだよ。わたしはこれを帯電させて、テーブルに置いた。博物館内の空気は乾燥しているので、放置しておいても、かなり長いあいだ帯電したままの状態が保てる。このようにして、わたしの体を通して地面に電気を逃してやるまではね」

博士が箱のてっぺんに指先を触れると、すぐに金箔は、力が抜けたようにだらりと垂れた。

「そのときはなんとも思わなかったが、いま思い返すと、わたしがここに乾板を置いて展望台に行き、一時間ばかりいろいろと調整をしているあいだに、この装置がひとりでに放電していたのだ。だが、そのとき館内には、わたし以外には誰もいなかったはずだ。侵入者があったことを何より雄弁に物語る証拠だよ！」

ホームズが急に生き生きとした表情になって、両手をこすり合わせた。「みなさん、この問題の解決法が見つかりましたよ。ワトスン、きみは科学に多大な敬意を寄せているのだったね？」

「もちろんだよ、ホームズ」

「しかも、この偉大なる博物館を崇拝していて、いつもこの貴重な展示物のあいだで過ごす時間をたいせつに思っているのだろう？」

「そのとおりだとも」わたしは如才なく答えた。

「じゃあ、これで決まった。イリングワース博士、犯人をおびき寄せるために、ここに新しい乾板を置いていただけませんか。

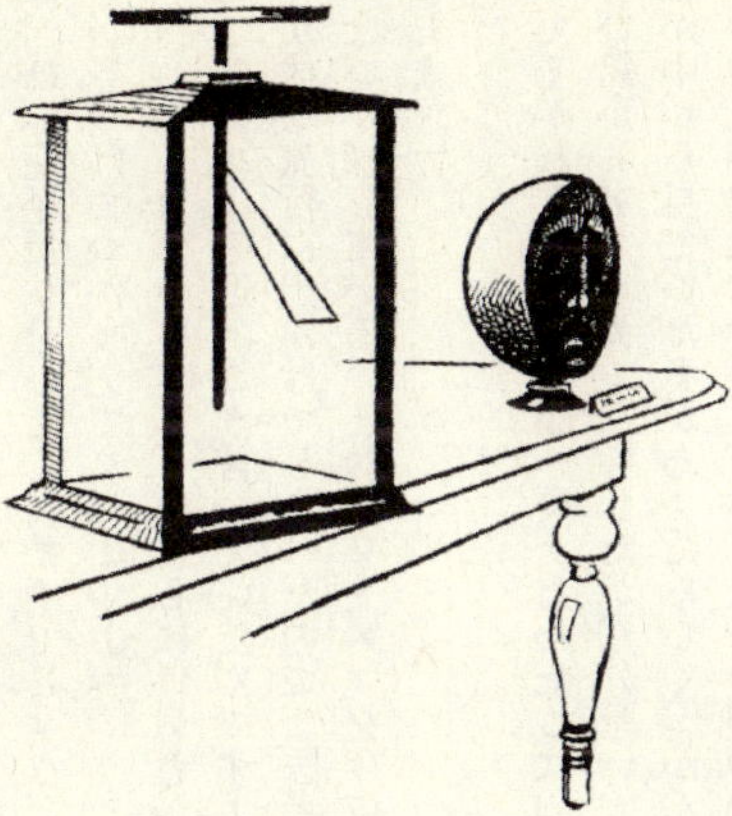

検電器と偶像

よろしいですか？　すばらしい！　ならば、ここにおりますワトスンが、信頼に足る拳銃（けんじゅう）を手に、ひと晩見張りをしてくれますでしょう。他国のスパイだろうが学生だろうが、必ずワトスンが見つけてつかまえてくれますよ」

「待ってくれ、ホームズ、わたしには患者がいるんだ！」わたしはあわてて抗議した。

「ワトスンは最近、こう言っていたんですよ。夏のいちばん暑い時期に入ったため、患者の多くが休暇旅行に出かけてしまったので、医者はみんな開店休業だ、誰も何かよいひまつぶしはないか探している、とね。ワトスンを今夜九時にここへ寄越します。では、いったん失礼いたします」

たそがれどきに博物館へ戻ったわたしは、ひどく緊張して、玄関前の階段をあがっていった。呼び鈴かドアノッカーを探したが、分厚い大きな扉には、そんなものはついていない。だが、誰か中から見ていた者があったらしく、かんぬきを外す音がして、小門が開いた。イリングワース博士がわたしを迎え、おざなりの挨拶（あいさつ）をしたあと、暗くなった一階を先に立って案内していった。博士の指示に従い、新しい写真乾板を、展望台に通じる階段の前まで運んだ。

「さあ、ワトスン先生、これで何もかも、まったくゆうべと同じになった。職員に言いつけて、きみが座る椅子も持ってこさせてある」博士は、いかにも座り心地の悪そうな小さい木の椅子を指さした。「拳銃を持ってきただろうな。科学の発展を危機にさらす者に、容赦はいらない。ためらうことなく、任務を遂行してくれたまえ」

わたしは、誠実に見張り番を務めると約束したが、もし博士の期待する任務が、いたずら者を即座に処刑することだとしたら、失望していただくほかはないと思った。

いっしょにいるのがあれほど楽しくない男もめずらしい。だが白状すると、イリングワース博士が何度か指示を繰り返し帰ってしまったとたん、なんだか背すじがぞくぞくしてきてしまった。毛布を膝（ひざ）に掛け、持ってきた自己啓発本――ホームズにすすめられたウィンウッド・リード著『殉教』――を広げてみたが、腰を据えて本を読むことなどとうていできなかった。かつて地球を支配していた恐竜たちの黒々とした骨に囲まれて座っていると、その影が時間とともに伸びていくのはあたりまえなのに、しじゅうそれが目について、何かが動いたように思ってしまうのだ。わたしはしばらくあたりを歩きまわり、それから袖（そで）をこすって、テーブルに置いてある検電器をふたたび帯電させることに成功した。博物館の展示物には絶対に手を触れるなと厳しく言われていたので、この思いきった行為に子どもじみた興奮をかき立てられた。

そのうちようやく、なんとか気持ちを落ち着け、夜通しがんばる構えに入る覚悟を決めた。大きな写真乾板の真ん前に椅子を引っぱっていき、近づいてくるものがあればすべて目に入るよう、椅子の背を壁にぴたりとつけて座った。だがすぐに、ぎくりとして立ち上がった。偶像のことをすっかり忘れていたのだ。わずか五十センチほど前にあるテーブルに置かれたそれは、わたしの目をまっすぐに見据えているようなまがまがしい錯覚を与える。布でも掛けるか、よそへ移してしまおうかと思いもしたが、万一このような貴重な品を傷つけてしまった場合に何を言われるかを考え、思いとどまった。

しばらくのあいだ、目を上げて大きな天窓ごしに見える星々を眺め、イリングワース博士の新しい理論とはどういうものだろうと考え、気をそらそうとしてみた。それでも、部屋の中で何かが動いている、あるいは、何かが目に見えないほどゆっくり変化しているという感覚は、どうしてもぬぐい去れなかった。空に向けている視線を下におろすたび、何も変わったところはない、と強く自分に言い聞かせるが、その都度、潜在意識が違うことをほのめかす。やがてその原因に気づき、とたんにうなじの毛が逆立つのを感じた。

わたしが帯電させた検電器は、一メートルと離れていないところで、偶像の隣りに並んでいる。それには、誰も、何も、近づかなかったはずだ。なのに、水平に跳ね上がっていた金箔が、最初はゆっくりと、やがて徐々に速くおりていき、数分のうちにだらりと真下を向いて垂れてしまったのだ。

何か単純で、ちゃんと筋の通った理由があるに違いない、とわたしは自分に言い聞かせた。イリングワース博士が何か見落としていたのだろう……。だが、すぐに音が聞こえてきた。遠くで足をひきずって歩くような音。断続的ではあるが、博物館の中の音であることは確かだ。なんでもない、ネズミだと思い込もうとした（あまり楽しい想像ではないが）ちょうどそのとき、軽快に走る足音が近づいてきて、何か大きなものがわたしの脚にぶつかった。

思わず声をあげてしまったが、すぐにわれながら恥ずかしくなった。ただの猫だったのだ。不吉な黒猫ならまだしも、のんびりした顔つきの大きなぶち猫だった。少しのあいだ撫(な)でて相手をしてやると、猫はテーブルに飛び乗って偶像の上に寝そべり、丸くなって眠りはじめた。

眠っている大きなぶち猫を載せていたのでは、どんな偶像もこわく見えない。あまりに拍子抜けしてしまったせいか、しばらくすると、わたしも起きているのがむずかしくなってきた。明かりが弱いので本を読むのも楽ではなく、わたしはちょっとのあいだ、目を閉じて瞑想(めいそう)にふけることにした。ほどなく、最後の審判の日を告げる雷鳴のような音が鳴り渡り、目が覚めた。ぎょっとして見まわすと、一面に明るい陽光が降り注いでおり、わたしは自分がぐっすり眠っていたことに気がついて、狼狽(ろうばい)した。

猫がさっき見たままの格好で動かずにいるところをみると、音は思ったほど大きくなかったのだろう。立ち上がって足踏みをし、脚のこわばりをほぐそうとしていると、モップとバケツの触れ合う音がして、イリングワース博士とアダムズ館長が清掃婦といっしょに入ってきた。

「ひと晩中、ちゃんと起きていたんだろうな」イリングワース博士が厳しい口調で言った。

わたしは直接答えるのは避けた。「いたずらをされた形跡はありません。侵入者はおりましたがね」と言って、猫を指す。

「ああ、職員がよく迷い猫に餌をやるんです。たまに中に閉じこめられてしまうやつがいたとしても、驚くにはあたりませんよ。さ、おりておいで」館長は猫の背中に手を置いたが、とたんに嫌悪のこもった声をあげ、その手を引っ込めてしまった。わたしは前に進み出て猫をさわってみた。猫の体はすっかり冷たく、硬くなっており、死んでからかなりの時間がたっていることが知れた。

「こんなことがあるのですね」わたしは言った。「たしかにこの偶像には不吉な力があるのかもしれませんが、迷い猫の中には、健康ではないものもいるでしょう」

「死んだ猫の仕業ではないな」イリングワース博士が冷たく言い放つ。「こいつが乾板にいたずらをしたとすれば、何か跡が残っているはずだからな。犯人が戻ってこなかったのは残念だが、とりあえずこれを現像し、誰も乾板をいじくらなければ完璧な仕上がりになることを証明するとしよう」

博士は階段の下の、暗室として使われているらしい小部屋へ写真乾板を持っていった。わたしと館長はしばらく雑談していたが、やがてシャーロック・ホームズの挨拶に中断された。

「おはよう、ワトスン！　きみにひとりぼっちの見張り番を押しつけたので、いささか気がとがめていたんだが、何もなかったようだね。思ったとおりだ。〈グロックスタインの店〉に寄ってペーストリーを買ってきた。いっしょにどうだ、ワトスン？　館長もいかがです？　どこかでやかんが湯気を立てている音がしますね。ペーストリーをごちそうする代わりにと言ってはなんですが、紅茶かコーヒーでもごちそうしていただけませんか」

三人で朝食をとり、食欲を満たしていると、隣りの小部屋で叫び声があがった。われわれは中に飛び込んだ。イリングワース博士は無傷で立っていたが、その震える指は、床の大部分を占領している浅い現像タンクに沈んだ乾板を指し示している。

博士の恐怖は無理もない。なんと乾板には、骸骨がはっきりと写っていたのだ！　はじめわたしは、なんらかの原因で巨大な恐竜の像が写ってしまったのかと思ったが、すぐにそれが何かわかった。その骸骨は、大きくゆがんでねじ曲がり、ぼやけてはいるものの、人間のものに間違いなかったのだ。

イリングワース博士はわたしに食ってかかった。「これがどこぞの若造のいたずらなら」と、震える指を振り立て、甲高い声で言いかけたが、ホームズが割って入った。

「待ってください、博士」ホームズが乾板をじっと見てから、鋭い目でわたしを見たので、わたしは友も博士と同様、見当違いの疑惑に駆られたのかと思った。「ワトスン、あの椅子をここへ持ってきて、座ってごらん。もう少し前かがみになって。拳銃はどちらのポケットに入れていた？　左？　ははあ、やはり思ったとおりだ」

ホームズは、現像タンクの中の像を指さした。「みなさんは、レントゲンという男が、みずから〝X線〟と名づけたある波長の光線を使って撮影したという、有名な写真のことをご存じでしょう。その光線をあてると、人体が透けて見えるのですね。ワトスン、この技術が医学に革命をもたらしそうだということは、きみも知っていると思う。骨折などの体内の異常を体の外から調べられるようになるのだからね。さて、これに似た、目に見えない放射線を発する強力な光源が博物館の中にあったとしましょう。ワトスンはその光源と、高感度の写真乾板とのあいだに座ったのですよ。ほら、椅子の脚が写っているでしょう？　このしみのようなものは拳銃でしょう。金属なので光をまったく通さなかったのですよ。骨はいくらかぼやけていますが、見分けられないほどではない。ワトスン、きみはほぼひと晩中、持ち場を離れることなく、誠実に寝ずの番を務めたのだね！」

ホームズが指摘したので、われわれは像をはっきりと見ることができた。

「だが、X線を産み出すには、大量の電気エネルギーが必要ですよ。そんなエネルギー源になるものがあるでしょうか」館長が反論する。

「それは簡単な三角測量をすればわかることです」ホームズは明るく言った。「暗室から出てきてください。写真乾板と椅子のあった位置は、床に跡がついているので、わかります。ワトスン、ゆうべとまったく同じように座ってみてくれたまえ。よし、では乾板からの距離を測ってみよう」

ホームズはチョークを使って、互いに交わる二本の直線を手早く床に描いた。テーブルに置かれた偶像のあたりが交点になっている。

「この物体の威力を単なる迷信と片づけたのは大きな間違いだったようです」と言う。

「だが、これはただの金属の塊だ。なんの仕掛けもないし、もちろん、電気的な装置でもありえない。こんなものがどうやってX線を放射するというのかね」イリングワース博士が疑わしげにきいた。

「X線とはかぎりません。だが、きっと何か透過力のあるものでしょう」ホームズは答えた。「ぼくは、なんらかの電気を帯びた粒子だと思います。その正体をはっきり突きとめるには、写真乾板よりもっと手軽で、しかも、原子ほどの小さな粒子でも感知する高感度の装置が必要です」

「きっと複雑で風変わりな装置が必要なんだろうね」わたしは言った。

館長がにっこりする。「空気と水と、わたしが考案した簡単な方法を使えばできますよ。さいわいわたしは、目に見えない放射線の検知方法については、ちょっと詳しいのです」わたしたちがめんくらって見ていると、館長は大きな注射器を持ってきた。針はついておらず、先端には、薄いガラス板のふたがしてある。館長はそのふたをとると、コーヒーをたてるときに使ったやかんから、蒸気をいくらか吸い取った。

「空気は膨脹すると、温度が下がります」館長が説明する。「すると、蒸気が水滴になります。水滴はてんでんばらばらにできるのではなく、まずそこにある粒子や電荷を核にして――それがどんなに小さなものだろうと――優先的に凝結するのですよ」

館長は注射器の先端を偶像の近くへ持っていき、ピストンを強く押した。わたしは驚き、はっと息をのんだ。吐き出された霧が蒸発する直前、小さな水滴の連なりが幾筋か、はっきりと見えたのだ。

「あの偶像が機関銃のように幾筋もの粒子を吐き出しているようですね！」わたしは叫んだ。

「そうとはかぎりません。この方法はあまりに感度が高いため、一本の筋が一個の粒子の飛んだ跡を示していることもありうるのです。その一線上にあった空気の分子を壊しているのですね」

「こんなに繊細なことが、こんなに簡単にできてしまうとは、驚異的ですな！」わたしは大声で言った。

館長はいくらか険しい目をしてわたしを見た。「知力を駆使した計画の本質は、単純なてこの原理を洗練された形で利用することにあります。ネズミ捕り器でも原子を検知する装置でも、目的にかなったてこさえ使えば、必ず思いどおりの大きな効果が得られるのです。どんなときでもいちばん必要なのは人間の頭脳ですよ。なのに、科学者なら誰もが高価で複雑な装置を使って自然現象の計測をしたがるとお考えなら、それは改めてください」

「たしかに、望遠鏡も空気と水からできたのだからな」イリングワース博士が鼻で笑う。

「わたしの疑問は、この小型磁石で確認できますよ」館長が言った。ホームズは、館長の指示に従って磁石を近づけ、注射器のピストンを何度も押して、満足そうな笑みを浮かべた。

「一定の強さの磁界をかけてみると、わずかに時計方向に曲がる線と、時計方向とは逆の方へ強く曲がる線があることがわかりますね」ホームズは言った。「つまり、粒子にはふたつの種類があるということだ。ひとつは、負の電荷を持ち、もう一方は正の電荷を持つ」

「負の粒子のほうが電荷をたくさん持っているから、きつい曲線を描くのだろうね」わたしは言った。

館長がうなずく。「あるいは、電荷は同じでも、正の電荷を持つ粒子のほうが重いのだとも考えられます。いずれにせよ、お手数をおかけしたことをお詫(わ)びします。これは犯罪ではなく、技術上の問題だったわけですから」

館長は、わたしたちを送って玄関へ向かう途中、申しわけなさそうに言った。「イリングワース博士の態度は、気になさらないでください。あの人は、地球上のできごとはすべて関心の対象にならない瑣末(さまつ)なことばかりだと思っているのですよ。しかし、この偶然の発見が、無視できない重要な新現象の発見につながるかもしれません。それをわたしのようなしがない化学者が研究できるとはね。いくら誇りに思っても思い足りないほどですよ」

それからひと月ほどたったある日、夕食をとりに階下へおりていくと、ホームズが長い手紙を読んでいた。便箋(びんせん)には、見てすぐにそれとわかる大英博物館の紋章が入っている。

「こんばんは、ワトスン、いい知らせだ。イリングワース博士はわれわれのことなど忘れてしまったようだが、アダムズ館長のほうは記憶力のいい人だったらしい。調査費を小切手で送ってくれたよ。いや、これはきみがとってくれたまえ、ワトスン。きみがいなければ、ぼくはあの一件に首を突っ込まなかったろうし、きみが寝ずの番をしてくれなかったら、決定的な手がかりも得られなかったのだからね。

館長は、偶像の奇妙な材質に目を向けるきっかけをいただいたことにも心から感謝する、と書いている。その後、さらに研究を進めたところ、興味深い結果がいくつか得られたそうだ。ほら、あの偶像は電荷を持つ粒子を二種類、放出していただろう？　ひとつは、正の電荷を持つ重い粒子で、館長がこの手紙で、アルファ線と呼んでいるものだ。もうひとつは、負の電荷を持つ軽い粒子で、こちらのほうは、ベータ線と呼ばれている。館長はほかにも、似たような光線を発見したらしいが、これは粒子ではない。名前は――」

「ガンマ線か」

「さすがだね、ワトスン。ギリシア語のアルファベットを思い出したんだな。とにかく館長は、それぞれの放射線の性質を推測してみた。原子論では、原子は、正の電荷を持つ粒子と負の電荷を持つ粒子からできているとする考えが強い。電流が流れると、〝電子〟と呼ばれる、負の電荷を持つ軽い粒子が移動する。正の電荷を持つ重い粒子のほうはじっと動かず、いわば安定した基盤としての役割を果たすと考えられているのだ。

館長は、重いアルファ線の粒子が、ただの原子であること――つまり、正の電荷を持っているということ――、それも正の電荷を二個持ったヘリウム原子であることを発見した。軽いベータ線の粒子は、負の電荷を一個持つ電子なのだそうだ。ガンマ線は、波長の非常に短い光線――つまり、X線――のようにふるまう」

「あの偶像から出る放射線というのは、実際は三つの異なったものからできているというわけかい？」

「いや、まだまだ出てくるかもしれないね。この三つの放射線は、もっとも検出が容易な基本的なものなのかもしれない」

「しかも、その放射線とやらには、害があるようじゃないか」

「種類によって程度は違うがね。アルファ線は、とても重い粒子からできているので、いちばん有害なのだ。生きている細胞にほんのわずかなあいだアルファ線を照射しただけでも、強力な顕微鏡で調べてみると、こなごなに破壊されているのがはっきりわかるそうだよ」

わたしの全身に戦慄（せんりつ）が走った。「わたしはそんなものを長時間浴びていたのか！」

「さいわいなことに、そうじゃないらしいんだよ、ワトスン。自然の均衡とはありがたいもので、アルファ線は殺人的な破壊力を持ってはいるが、そう簡単には物質を透過しない。薄い紙や、厚さ三十センチぐらいの空気の層にでも、かなりの量が吸収されてしまうんだ。あの偶像に触れさえしなければ、害はない。おそらく、奇妙なやけどを負わせたのも、あの不運な猫を殺したのも、アルファ線だろう。

ベータ線には、アルファ線の百倍の透過力があり、ガンマ線には、そのベータ線の百倍の透過力がある。館長によると、ガンマ線は厚さ三十センチの装甲板を隔てていても簡単に検出できるらしい。だが、きみが座っていた位置との距離、座っていた時間からすると、十中八、九、きみにはなんの害もなかったはずだそうだ。

さて、電荷を持った粒子の流れは、偶像のまわりの空気を導体に変えるので――もちろん、金属にはとうていおよばない導体だがね――、検電器を放電させてしまうのさ」

「館長のお役に立てたのならうれしいよ、ホームズ。じつに興味深い発見のようだね」

「いや、ワトスン、ほんとうに胸躍る瞬間が来るのはこれからさ。館長は、ふたつの劇的な発見で名をあげるつもりなんだ。

まず館長は、物質の性質について注目すべき観察結果を得たと言っている。アルファ線を紙のように非常に薄い物質に通したらどうなるか興味を持ち、金箔を使って実験してみたそうだ。金箔を選んだのは、あれなら、原子数個分の薄さにまで簡単に延ばせるからだ。その性質があるから、検電器の部品として理想的なのだね。

館長は、アルファ線が金箔を透過して突き抜けたときには、やや速度が落ちているに違いないと思ったのだ。たとえば、拳銃で毛布を撃ったら、貫通後の弾は速度が落ちているだろう？　あれと同じさ。だが、実際にやってみて、館長は意外なことを発見した。ほとんどのアルファ線は障害物などなかったように通ったのに、数本だけが大きく曲がってしまったというのだよ。曲がる角度が百八十度におよんだもの、つまり、反射したものさえあったそうだ」

「それはすごい」

「ああ、すごいとも、ワトスン！　ふつうでは考えられないことだ。ちょうど軍艦の大砲から、一枚のちり紙めがけて直径三十八センチの砲弾を飛ばしたら、それが跳ね返ってきて自分の鼻にあたってしまったようなものだからね。どういうことか、わかるか？

例をあげて説明しよう。そこのサイドボードに、さっぱりした味が評判の、ハドスン夫人お得意のブラマンジュ・プディング（コーンスターチとミルクで作るプディング）が置いてあるだろう？　今夜のデザートとして、ぼくらの胃におさまることを期待してるんだがね。もしぼくがきみの拳銃を借りて、あれを至近距離から撃ったら、どうなるだろう」

「そうだな、われらが女主人は、いつもきみに対しては驚くほど寛大だが、やはり彼女の堪忍袋にも緒というものがついているだろうから、今度という今度は——」

「最後まで聞きたまえ、ワトスン。まだ付け加えることがあったんだ。拳銃の弾がプディングを貫通せずに跳ね返って、まっすぐ銃口めがけて戻ってきたら、きみはどうする？」

「誰か悪ふざけの好きなやつがピンクに塗った装甲板とすり替えたんだと思うだろうね」

「では、プディングの重さを量ってみても、ふつうのプディングと変わりなかったとしたら？あるいは、何発か撃ってみたところ、ほとんどの弾が難なく貫通したのに、数発だけが跳ね返ってきたとしたら？」

「それなら、何か密度の高いものが、広く間隔をあけてプディングの中に埋め込んであったと考えるだろうね。食べる人への贈り物を、そうやって隠しておくことがあるだろう？　スコットランドでは、ハロウィーンの日のお茶の時間に、母親が子どもたちへの贈り物として、蕪の中に銅貨を隠して出すというじゃないか」

「すばらしい洞察だね、ワトスン！　だが、もしプディングがふつうのプディングの重さだったとしたら、ピンクの泡も、中に隠された銅貨の質量も、ただの錯覚にすぎないと考えるしかないだろう。弾が跳ね返る率や角度から、全体のどの程度が銅貨なのかがわかるし、銅貨一枚の平均質量も割り出せるだろう」

「たぶん。しかしわたしには、それがなぜ驚くべきことなのかがわからない」

「決まってるじゃないか、ワトスン、まず第一に、これが原子論の裏づけになるからさ。埋め込まれた硬い物質の質量は、プディング全体の質量と等しい。これは驚異的なことを示している。つまり、物質はある意味で、すべてまぼろしなのだよ！　黄金に等しい硬度と密度を持つ物質でさえ、その九十九パーセント以上が無なのだ。じつは館長は、どんな固体においても、原子核の占める体積の割合は全体の$\frac{1}{10^{15}}$、つまり一千兆分の一にすぎないと見ている」

わたしは頭をのけぞらせ、腹の底から笑った。「いやあ驚いたよ、ホームズ。H・G・ウェルズ氏が王座を明け渡す日がすぐそこにやってきているとはね！　きみの言うことがほんとうだとすると、たとえばわたしは固い壁を通り抜けられるかもしれないのに、わたしの原子のごく一部が壁の原子と衝突しているから、通れないのだな。〝透明人間〟（H・G・ウェルズの書いた小説の題名）は、〝微量人間〟に道を譲らなければならないわけか。はて、どうだろう、わたしの手はこのテーブルを突き抜けられるかな？」

わたしはコースターの上にこぶしを置いて押しつけ、食器類をかちゃかちゃいわせて、驚いたふりをしてみせた。

「ばかはよせ、ワトスン。きみを押しとどめているのは、原子と原子のあいだに働く電磁力だよ。二本の熊手を用意し、そのひとつひとつの歯に強力な磁石を貼りつけてから、二本の熊手を向かい合わせにして、たがいの歯を嚙み合わせようとしたら、抵抗が起きるだろう？　それと同じさ。そういう小さな原子の磁石が何百万個と集まってひとつの力になり、いま、きみのこぶしを押し返したんだ。壁を通り抜けてみせようと思っても、この力がきみにひどい打撲傷を負わせるだろうよ。

現実に応用するには、もう少し複雑な手順を踏まなければならないだろうが、それにしてもこれは、物質の性質についての洞察としてじつにみごとだし、意表を衝くね。

館長は、偶像の材質についても化学的に分析し、大部分はウランという金属であること、しかし、ほかの物質もまじっていることを発見したそうだ。しかも、アルファ線とベータ線の比率を不均衡にしている化学物質を分離することにも成功し、それが産み出すエネルギーも計測した。このラジウムと呼ばれる放射性物質が一グラムあれば、一グラムの水を一時間で沸騰させられるそうだよ」

「ということは、大気中の酸素を利用して、ゆっくり燃焼し続けるわけだね？」

「いや、この燃焼は、酸素のない環境に置かれても、何時間でも続くんだ。放出されるエネルギーの総量は、ふつうの化学反応が産み出すエネルギーの一千倍にもなるそうだよ。しかも館長が使った標本は、数週間実験を続けたあとでも、重さがほんのわずかに減っただけで、ほかにはなんの変化もなかったらしい。ただし、二次的な化学分析では、ラジウムがほかの元素によって汚染された形跡が見つかったらしいけれどね」

わたしはちょっとからかってみたい誘惑に駆られてしまった。

「じゃあ、この発見で、奇人変人のお祭り騒ぎがはじまるんだろうね、ホームズ！　館長が発見したものは、無尽蔵のエネルギー源だったばかりではなく、いわゆる〝賢者の石〟（金属を金や銀に変える力があると信じられていた想像上の石）みたいなものでもあったわけだからな。だって、ヘリウム・ガスのようなほかの元素に変わるかもしれないのだろう？　館長の名声が高まればいいが、わたしはむしろ、すでに得ている名声まで失ってしまいそうな気がするよ。眉唾（まゆつば）ものの研究結果を発表しても、不信と非難を招くだけだ。海蛇を見たと言う船乗りと同じさ」

「それは違うよ、ワトスン。決定的な違いはね、実験というものは、間違いがないか調べたり、確認したり、同じことをべつの人間が繰り返しやったりできる点さ。ほかの研究者があの偶像を調べられるようになれば、きっとそういうことが行われるだろう」
「わたしはなんだか不安になってきたよ、ホームズ」わたしは言った。「物理学の先生たちは、つねに狂いなく保存されている量をもとに、地球上の事象を理解しておられるのだったね。ようやくわたしにもそのことがわかってきたと思ったら、きみがまったく矛盾するようなことを言い出したわけだ。エネルギーはどこからともなく湧いてくることがあるとか、ある元素がほかの元素をべつの元素に変えるとか」

ホームズは強く両手をこすり合わせた。
「ワトスン、ぼくはしばしば、規則に合わない例外が非常にたいせつな場合があるということを、きみに話してきただろう？　例外が出てくれば、研究者はいやでも自分の考えをもう一度見直さざるをえなくなる。ぼくの専門分野にしても同じで、ありふれた日常に特殊な現象が出てきたときこそ、取り組みがいのある事件が起きている。このことは、きみの記録を通してぼくの仕事ぶりに触れてきた読者も、よくご存じだろう。

これまでぼくは物理学についてはほとんど興味を持っていなかった。何もかもがあまりに無味乾燥に思えていたのさ。ひと昔前には、ニュートンが物質と力と運動を支配する法則を考え出し、われわれの時代にはジェームズ・クラーク・マクスウェル（一八三一―一八七九。イギリスの物理学者。電磁気学を大成した）が電磁気的現象を支配する法則を見つけ出した。将来の研究者たちは、すでにわかっている物理学上の定数をさらに正確に決めていく必要に迫られるだろうとも言われている。

館長の発見は、これから厳しい審査を受けるのさ。物理の法則には、一部改訂なんてことはありえないからね。請け合ってもいい、数カ月ばかり、うんと楽しませてもらえるはずだよ。

おそらくイリングワース博士が考えたように、この問題は重要だったということになるだろう。もっとも、理由はまったく違うけれどね」

ホームズはため息をついて、両手を大きく広げた。

「だが、こんな心配は、しばらくわきへ置いておこう。ハドスン夫人がブラマンジュ・プディングを食卓に並べはじめた。あのプディングは、たとえ大部分が実体のない空間で、ただのまぼろしであったとしても、ぼくの舌を満足させるだけの現実性は十二分に備えているからね」

5 飛ぶ弾丸

「おい、ワトスン、こいつはおもしろそうだぞ！」シャーロック・ホームズが小さな淡黄色の封筒を上げてみせた。

わたしはおおいにほっとした。ここ数日、友は興味深い事件が持ち込まれるのを待ちかねて、下宿の部屋をそわそわと歩きまわってばかりいたからだ。彼が精神的な興奮を求めるあまり、きっぱりやめたはずの忌まわしい習慣にまた手を出しはしないかと、気が気ではなかったのだった。だが驚いたことに、ホームズが手にした封筒はなんの特徴もない封筒で、ごくふつうにロンドン中央郵便局の消印が押されているだけだ。

「筆跡に見覚えはないか、ワトスン？　兄のマイクロフトだよ。ぼくに助けを求めてくることなどめったにないが、求めてきたときには必ず、好奇心が刺激されるような事件が起きているんだ。ふだんは寡黙な男だが、ここに入っている便箋(びんせん)は、一枚や二枚じゃない。つまらない用件ではなさそうだ。銀のペーパーナイフをとってくれないか」

わたしは要求された道具を手渡した。ホームズは封筒を切り開き、急いで手紙を読んだが、すぐ失望に顔を曇らせた。

「期待していたような頼みではなかったのかい、ホームズ？」

「ああ、まったく違ったよ！　ぼくの友人だというふたりの紳士に悩まされている、と苦情を寄越してきたのさ。友人なんかじゃないのに」

「誰だい？」

「ぼくらの科学界の知人、チャレンジャー教授とサマリー教授だよ。科学論争の仲裁を兄に頼んできたらしい」

「きみの兄さんが科学の専門家だとは知らなかったよ」

「専門家じゃないさ。だが、ケンブリッジ大学の学生だったころには、専門分野に関係なく、どんな複雑な研究課題で壁にぶつかった友人でも助けてやれると評判だった。非凡な才能があってね、どんな複雑な問題でも、論理だけですっきり分析し、誰の目にも常道と見える解決策を示せるのさ。大学時代の同級生はそれをよく覚えていて、時折、兄にこういう依頼をしてくるんだ」

「科学の問題でもか。歴史と言語学がご専門だと思っていたが」

「科学の問題だからなおさらなのさ。兄がこっそり秘訣を教えてくれたことがあった。兄はそれを思考実験と呼んでいるよ」

「きみの兄さんが研究室の長椅子に腰かけているところなど、想像もつかないな！」

「ぼくもさ。物理学の研究や応用などは、マイクロフトの得意分野ではない。しかし兄はしばしば、知力だけを使って想像上の実験を考え出し、やすやすと結果を推理して、問題に光を投げかけることができるのだよ」

ホームズは手紙をぽんとテーブルの上に投げ出した。便箋には、〈ディオゲネス・クラブ〉のレターヘッドが印刷されている。会員は世捨て人ばかり、ありきたりの会話は厳禁という、風変わりなクラブだ。

「ふたりの教授は、はじめは光の性質について意見を戦わせていたが、そのうち、険悪な論争に発展してしまったらしい。チャレンジャー教授は、光は波だと主張しているそうだ。ちょうど池に波紋が広がるように、光源から空間に向かって広がり続けるのだというのさ。対するサマリー教授は、光は微粒子の流れの束だと考えている」

「原子をめぐる論争を思い出すよ、ホームズ。ものは連続した物質でできているとする旧来の説に原子論が勝ち、病原菌説がミアズマ存在説に勝った例を見れば、光もまた、ばらばらの粒からできていると考えたくなるね」

「似ていることに着目して推理するのは、非常に危険だよ、ワトスン。類推は、発想の出発点としては有効だが、証拠にはなりえないのだ」

「だが、光を微粒子の奔流と想像するのはたやすいよ」わたしは言った。「勢いよく飛び出し、誰が見ても一直線に進む。鏡にぶつかったら、ゴムまりが平らな舗道で弾むようにして、跳ね返る」

「サマリー教授もそう主張しているらしいよ、ワトスン。たしかにそのとおりかもしれない。でもぼくは、波と考える見方、つまり波動説にも分があると思うね。たとえば、光の速さは、空気中を進むときより、ガラスの中を通るときのほうが遅いということが知られている。また、光は空気中からガラスの中に入るときには内側に屈折し、ガラスから出るときには、また外側に屈折して元どおりになるってこともね。海へ行って、水中の岩礁の上を波が滑っていくのを見たことがあるかい？　岩礁の上にさしかかると波の速度は落ち、ごく自然な形に曲がっていく。だから光を波ととらえれば、レンズやプリズムといった道具の機能がきちんと説明できるんだよ。

波動説をとれば、光にいろいろな色がある理由も説明できる。波長がさまざまに違っているからなんだね。たとえば赤い光は、緑の光より波長が長く、緑は青より長い。この考えは、目に見えない放射作用にまで適用できる。赤い色を出すほど高温ではない物質は、赤より波長の長い赤外線によって熱を放射する。また、きみたち医師が有効利用を進めているX線は、目に見える青よりもずっと波長が短い。

だが、波動説の証拠で、もっとも説得力があるのは、かの偉大なジェームズ・クラーク・マクスウェルの業績だろうね。彼は、電気も光のように放射できるのではないかと考えた。これが現在、マルコーニ波、あるいは電波と呼ばれているものだね。赤外線よりも波長が長いと考えられるが、それは——」

「その現象について、ぜひ勉強したいものだ！」わたしは口をはさんだ。「このあいだ、読んだばかりなのだよ。もしあらゆる船の帆に、マルコーニ（一八七四—一九三七。イタリアの電気技師）が発明した無線通信装置を取りつければ、水平線のかなたにいる船にでも救助を求められるから、海難事故による死亡者が大幅に減るというんだ」

「大衆向けの科学雑誌で読んだことを何もかも鵜呑み(うの)みにしちゃいけないよ、ワトスン！　そうしたすばらしい提案の一割が実現しただけでも、世界は変わってしまうだろうがね。さて、どこまで話したっけ？　ああ、そうだ……マクスウェルは、電荷の振動によって電磁波が発生すること、同様に、光波も発生することを証明した。ぼくにもできるよ、ワトスン、鈴を鳴らして、お茶を頼んでくれればね」

だしぬけの要求にややめんくらったが、わたしは頼まれたとおりにした。数分後、ハドスン夫人の長女が——ハドスン夫人が、どういう事情か知らないが、突然休みをとって出かけてしまっていたので——盆を運んできた。わたしがふたり分の紅茶を注ぎ、少しミルクを入れてカップの中の液体を濁らせると、ホームズがスプーンを手にとった。

「見ていたまえ、ワトスン。ぼくがこのスプーンの柄を持って、小刻みに振りながら紅茶の中に入れたら、どうなるだろう」

「小さな波が立つだろうね」

「まったくそのとおりだ。ならば、ぼくが振り方を変えたら——」

「波の立ち方、つまり波長が変わるだろう」

「鋭いね、ワトスン！　同様にマクスウェルは、ちょうどスプーンが紅茶に波を立てたように、電荷を振動させれば光の放射と吸収が起きると考えたんだ。電荷を速く振動させれば、それだけ波長は短くなる。電気的な装置を使えば、この波は、電磁場の振動として検出できるのさ」

「それ以上は言わなくていい、ホームズ、よくわかったよ。光はほんとうは波なのだな」

わたしは椅子に背中をあずけて、紅茶をひと口飲んだ。が、その直後、わたしは弾かれたように立ち上がった。

「ホームズ、いまひらめいたぞ。いや、逆だよ、波動説はばかげている！」わたしは興奮していた。医学界の人間が科学に貴重な貢献をすることは多いが、まさか自分がそのひとりになれるとは、夢にも思ったことがなかった。

「考えてもみろよ、ホームズ。光は透明なものを透過するじゃないか。ガラスとか水とか、空気とか」

「だが、たとえば花崗岩やチーズなどは透過しない。たしかに、非の打ちどころのない観察眼だな、ワトスン先生」

わたしはあまりに興奮していたので、友の口調に腹を立てる余裕もなかった。「だが、光が透過するものはほかにもあるよ、ホームズ。それはね、真空さ！　大気は数十マイル上空までしかないはずだが、星は見えるからね。

水が波立つには、水が必要だし、音波が発生するには、空気が必要だ――」

「とはかぎらないよ、ワトスン。音波は、煉瓦や漆喰壁のような固体の中も通る。きみがときどき思い出させてくれるように、夜遅くバイオリンを弾いたら、隣りの部屋から苦情が来るじゃないか」

「ああ、だが水も空気も煉瓦も、物質だろう？　波は運動だから、波を伝える物質が必要だ。それがなければ、波は存在できない。だが、光は真空を通ることができる。だから波ではないのさ」

わたしは勝ち誇ったように、ゆったりと腰かけた。「わたしが『ネイチャー』誌に手紙を書くときには、きみもいっしょに署名してくれるかね、ホームズ」

ホームズはにっこりして、片手を上げた。「ちょっと待ってくれ、ワトスン。光が真空を通るというきみの意見は正しいし、さいわいなことに、事実もまたそのとおりだ。でなきゃ、われわれは星が見られないどころか、太陽の光すら拝めないはずだからね。

しかし、科学の専門家たちだって、まったくのばかじゃない。そのことにはちゃんと気づいたさ。そして、宇宙はエーテルに満ちていると仮定することで、その問題を解決した」

「エーテル？　あの麻酔ガスのことか」

「いや、そうじゃない。エーテルというのは、宇宙を隅々まで満たしている物質で、手で触れることができないものだという」ホームズは両腕を大きく広げた。「それが電磁波の伝播を支えている。エーテルと気体との関係は、気体と固体の関係に等しいと言ってもよい。エーテルは、地球のように非常に密度の高い物質の中でも通ってしまう。ちょうど空気が虫捕り網を通り抜けるように簡単にね。だから、われわれ人間にはどんな形でも感知できないんだが、ひとつだけ例外がある。光という電磁波を伝える働きだけは、わかるのさ」

「光の伝播を説明するために立てた仮説としては、あまりに突飛じゃないかね、ホームズ。目にも見えない、触れることもできないエーテルが宇宙を満たしているなんて」わたしは反論した。

「感覚器官で感知できなくとも、たしかに存在するとわかっているものは、たくさんあるのだよ。エーテルだって、地球の磁場のように実在が証明される日が来るかもしれない」

わたしは紅茶を飲んだが、カップの中に起きたさざ波については深く考えないようにした。

「お手上げだ、わたしにはついていけないよ、ホームズ。しかしマイクロフトは、きみに窮地を救ってもらいたがっているのだろう？」

「そうじゃないんだ、ワトスン。兄は、証拠がたがいに矛盾していたり、複雑だったりするので、そう簡単には解決がつかないだろうと思っている。ぼくにはもっと控えめな役割を求めてきた。チャレンジャー教授とサマリー教授は、兄を審判役に仕立てて、彼の目の前で討論してみせようと申し出たのさ。もっとも、これは兄にしてみれば申し出というより、脅しに近い」

「そうだろう。マイクロフトの趣味じゃなさそうだものな」

「まったく違うよ。きみも知ってのとおり、兄は同級生とは、できるだけつきあわないようにしていたし、ちょっとした集まりへの招待だって、たいていはことわっている。だが心配ない。兄の偉大な頭脳は解決策を見つけたのだよ。この不快きわまる仕事を、辛抱強い弟に押しつけることにしたのさ。もちろん、やや如才ないやり方でね」

ホームズは立ち上がって、いらだたしげに歩きまわった。

「がっかりだよ、ワトスン。知恵を絞って、もっともらしい言いわけを考えることにしよう。人間や自然にかかわる問題の中には、兄の頭脳にすら解決できないものもあるという事実を思い知らせてやっても、害はないだろう。しかし、ああ！　もっと心惹かれる謎が立ち現れて、きょう一日、ぼくの頭をいっぱいにしてくれないものか。依頼人だよ、依頼人！　ワトスン、ぼくの王国は、依頼人あってこそなのだ！」

と、まさにその瞬間、玄関の呼び鈴が鋭く鳴り渡った。シャーロック・ホームズは大股で窓辺に近寄った。

「わたしの祈りが届いたようだ……。うん？　ええい、ちくしょう！」ホームズは窓から飛びすさり、急いで煙草の缶をガウンのポケットに突っ込むと、寝室の扉まで歩いていった。

「ぼくは外出中だからね、ワトスン。いつ戻るか、わからないんだ」

わたしはめんくらって、友の顔を見た。

「しかしきみは、たったいま――」

「ぼくは取り組みがいのある謎のことを言ったんだよ、ワトスン。さてあの先生、きょうはどんな用事で訪ねてきたんだろうね。おおかた、試験管がなくなったとか、教科書をどこかに置き忘れたとか、そんなことで、本格的な捜査をさせる気でいるんだろう」

言い終わるやいなや、踊り場に靴音が聞こえ、ホームズは唇に人差し指をあてて寝室に引っ込み、そっと扉を閉めた。

わたしは立ち上がって客を出迎えにいき、ホームズの妙な行動のわけをいやというほどはっきり知らされた。客は誰あろう、最近知り合いになった妄想狂の学者、イリングワース博士だったのだ。博士の顔には、勝ち誇ったような表情と激怒しているような表情が入り交じって浮かんでいた。

「おはよう、先生。きみのご友人、シャーロック・ホームズくんに用がある。なんとも背すじの寒くなるような事件が起きたのだよ。科学上の妨害行為をつまらん思い過ごしと見て軽視するとどういうことになるか、これでホームズくんにもよくわかるだろう」

わたしは博士を落ち着かせようと思った。「まあ、どうぞおかけください、博士。何があったか知りませんが、きっと気も動転するようなことなのでしょうね。ご研究に何か不都合があったのですか」

イリングワースは鼻を鳴らした。「ただの不都合などではないのだよ、先生。若い命が奪われたのだ。それも、悲劇的な形でな。きみのご友人がわたしの言うことに耳を傾けていれば、あの哀れな若者も死なずにすんだかもしれん」

研究所で人命にかかわる災難が起きたこと、それをイリングワース博士が被害妄想に駆られて、敵意を持つ人間の仕業だと思っていることは、想像がつく。わたしは、自分にもいくらか推理能力があるところを見せておこうと考えた。

「人命が奪われたのなら、どんな事故でも悲劇的ですよ」できるだけやさしい声で慰めようとする。「しかし、いかに統制のとれた研究所でも、危険な場所になりうるのですし、人は誰しも過ちを犯すのですから――」

イリングワースはばかにしたようにふんと言った。「事故だと？　研究所だと？　何をぺちゃくちゃほざいとるのかね、先生。わたしが話そうとしておるのは、ある男が戸外にいたところを、遠くから高性能のライフルで撃たれた事件のことだ。化学実験の手違いなんぞで死んだのではない」

わたしは自分が早合点したことに気がついた。

「申しわけありません、博士。残念ながら、シャーロック・ホームズはただいま外出しているのです。きょうのうちに戻ってくるかどうかもわかりません。もちろん、緊急の伝言としてお伝えしておきますが、ここでお待ちになっても無駄――」

と、そのとき、寝室の扉が開いて、シャーロック・ホームズが出てきた。

「なんだと？　ぼくが留守だって？　何を言ってるんだ、ワトスン。脳みそにかかった埃を払っておきたまえ。ぼくが帰ってきたことに気づかなかったのかい？　さて、イリングワース博士、殺人事件の捜査なら、ぼくはいつでもお引き受けしますよ。ワトスンが外套をおあずかりしますから――すまないね、ワトスン――、何があったのか、正確にお話しいただけますか」

わたしがいくらかむっとして、頼まれたとおりにすると、イリングワースは話しはじめた。

「わたしにとってもっとも重要な研究――この前きみたちに会ったときにはじめようとしてい

たことだ——を、いまラニミード・ハウスで進めているのだ。どういうところか、知っとるかね?」

「もとはラニミード家が代々住んでいた屋敷でしょう。八年前、先代のラニミード卿が亡くなられたときに、天文学の発展のため、ケンブリッジ大学に寄贈されたのですね」

イリングワース博士はびっくりしたような顔をした。「きみらはまったく科学に疎いわけではなさそうだな。きみの言ったとおり、あそこはいまは天文観測所になっていて、わたしの研究を進めるには理想的な場所だよ。わたしがみずから実際に観測をしていてはあまりに時間がもったいないので、研修生を募集して、やらせようと考えた。

この研究に参加すれば、わたしと接触できるという得がたい利点がある。なのに、志願者はなかなか現れなかった。が、やがて思いがけず、若い女が応募してきたのだ。

なんの学位も持たない女だったのに、教授会はなんと、博士課程への入学を特別に許可してしまった。その女は、天文学上重要な発見をいくつかしているらしく——よほど運がよかったのだろうな——、素人天文学者としてそこそこ名を知られていたらしい」

博士は鼻を鳴らした。「わたしは前々から、正式な資格を持たないやつが科学に貢献しようとしても、なんの価値もないと思っとったし、女なんぞは台所に引っ込んでおるのが分相応だと考えておった。だが、ほかに志願者がいないとなれば、その女を受け入れるほかはない。妙なことに、この採用が公になったとたん、ふたりの青年が応募してきたのだ」

「まったく、妙な話ですね! その若いご婦人が魅力的なんじゃありませんか」ホームズがきいた。

「どちらかと言えばそうだが、関連があるとは思えん。わたしは観測所を最大限に活用するため、三人には交替で夜間の観測をしてもらうことにした。つまり、三日に一度、当直がまわってくるわけだ。ところが、このメアリ・レイサム嬢という娘が泊まる夜には、トム・フィップス、マーティン・ヘニングズという青年がふたりとも、あるいはどちらかひとりが、よく助手役を買って出ていたことがわかった。レイサム嬢が専門的な訓練を受けていないので、失敗がないようにとの配慮からに違いない」

「そうでしょうとも」ホームズが冷ややかに言った。

「三人とも、以前からケンブリッジに住んでいた。男子学生ふたりは、大学の学則に従ってカレッジの寮に入っている。都合のよいことに、ラニミード・ハウスは、ロンドンの中心部とイングランド東部の沼沢地方（フェンランズ）を結ぶ鉄道沿いの、シェルフォードの村に近い。昼間は村の駅に汽車がとまる――夜はロンドンからケンブリッジまでとまらない急行列車しか走っていないがね――ので、三人とも、楽に通うことができた。

最初の数週間は、何もかもうまく行っていたのだ。ヘニングズとレイサム嬢の勤務ぶりはみごとだった。フィップスもよくやっていたが、遅刻二回という失点がある。二回とも、ケンブリッジを六時に発（た）つ列車に、あと一歩のところで乗り遅れたのだと言っていた。そのあとの急行は、ケンブリッジからロンドンまでとまらないし、ケンブリッジからラニミード・ハウスまでは、どんな手段を使ってもたいへんな時間がかかるので、こちらとしても、その弁解を受け入れるしかなかったのだ」

ホームズが何か考えをめぐらせているような表情をして、うなずいた。「フィップスについて、もう少しお話しいただけますか」

「彼は同輩よりもふたつみっつ、年上なのだ。まだ少年だったころ、パブリック・スクール時代にとんでもない事件を起こしとるのだよ。決闘をしたそうだ……。さいわい、双方とも命にかかわるような事態にはいたらなかったが、フィップスの両親は、彼をインドに住む親戚（しんせき）のもとへあずけた。フィップスはそこでよくがんばり、射撃の腕をもっとよいことに使ってトラ狩りの名手になった。安全のため、狩りのときにはたいていゾウに乗っていたそうだ。高い位置からの狙撃（そげき）で人喰いトラを何頭か仕留め、地元の人々を安心させて、そこそこ名を知られるようになった。

一年後、うれしい報告をたくさん受けた両親は、フィップスの帰国を許した。軽率な行動をとった時分は、まだ子どもだったのだということになったのだな。大学の学生監も、同じように考え、入学を許可してもよかろうと判断した。

わたしには、その判断が正しかったとは思えんね。フィップスは頭のいい子だが、たびたびブルドッグといざこざを起こしてきたからだ。もっとも、退学処分になるほどの憂うべき事態にいたったことはない」

わたしがとまどいの表情を浮かべたからだろう、ホームズが説明してくれた。「ワトスン、〝ブルドッグ〟というのは、ケンブリッジ大学独自の警察組織のことさ。山高帽をかぶっているのが特徴で、彼らにつかまったら、なかなか放してもらえないところから、この名がついた。だが――」ホームズは客のほうを向いた。「どうぞ、事件に関係のあるお話を続けてください」

イリングワース博士は首を振った。「じつは、これはまったく関係のない話なのだ。なぜなら、フィップスはたしかに敵の多い人間かもしれんが、ゆうべは観測所へ来てもいなかったし、悲劇が起きたときにもいなかったからな。きのうはレイサム嬢が当直で、ヘニングズが手伝いにきておった。レイサム嬢の話では、ふたりは写真乾板を観測所のドームに設置してから、おもてへ出たそうだ。ドームは屋敷に隣接する懐古趣味の別棟の上にあり、欄干つきのバルコニーからは、あたりのすばらしい田園風景を眺めることができる」

「暗い夜に、そんな風景が見えるはずがありませんね」

「ああ、だがレイサム嬢はそう説明したのだ。ふたりがたまたま肩を並べて立っていたところへ、銃弾が数発飛んできたというのだが、レストレード警部は、この証言どおりだとは思っていない。あまりの衝撃に、レイサム嬢の記憶が混乱しているに違いないと見ているのだ」

「ほほう、では、レストレード警部が現場へ急行したんですね。なのにぼくのところへいらしたということは、警部の捜査にいささかご不満がおありだからですか」

「ああ、そうだとも。警部は、恋愛だの三角関係だの、何やらロマンチックな筋書きを考えついて、そこにこだわり、じつは科学界の根深い陰湿な競争と妨害行為にかかわる問題だということを、どうしても理解せんのだ」

驚いたことに、ホームズはうなずいた。「そうですね、ぼくも、ただちにその線を調べてみるべきだと思います。ねえワトスン、いっしょに来る時間があるかい？　それはよかった！　イリングワース博士、先におりていてくださいませんか。すぐにごいっしょしますよ」

イリングワースが出ていき、扉が閉まると、わたしは少々とまどってホームズの顔を見た。

「どういうことだ、ホームズ、こんな事件にきみが首を突っ込むことはない。わたしでさえ、レストレード警部に負けないぐらいはっきり、解決の糸口が見えている。時間がもったいないとは思わないのかね？」

ホームズはにっこりした。「たしかにきみの言うとおりだと思うが、証拠もないのに結論に飛びつくべきではないよ。ぼくが乗り出すのは、ほかに魂胆があってのことさ。兄の手紙には、ぼくを訪ねていくかもしれない、というようなことが書いてあった。つまり、チャレンジャーとサマリーもその機会を待っている、ということだ。一日中息苦しい部屋にこもって、ふたりの不機嫌な科学者がわけのわからない物理学上の問題について討議するのを聞かされるのと、田舎へ出かけてきみといっしょに事件の捜査にあたるのと、ふたつにひとつを選ぶとすれば、ぼくは迷わない。もしこれが見かけどおりの単純な事件で、ぼくもレストレード警部の見方に賛成だということになれば、スコットランドヤードとの関係が少なからず改善できるだろうしね。行こう、ワトスン。ラニミードの難事件に挑戦だ」

わたしたちはシェルフォードの無人の鉄道駅におり立ち、一頭立ての二輪馬車を雇って、二マイルほど先のラニミード・ハウスへ向かった。平坦（へいたん）な地形の田園地帯を、馬はひづめの音を響かせ、のんびりと進んでいく。わが友が静かに景色を楽しんでいるそばで、イリングワース博士はしきりとぼやいている。わたしはわたしで、ちょっとした気がかりがあった。なぜなら、地平線の上に嵐雲が現れ、ぐんぐんこちらのほうへ吹き流されてくるのが見えたからだ。早く屋根のあるところへ行かないと、ずぶぬれになってしまうだろう。そう思ったとたん、稲妻が光り、地平線を照らした。それから十秒ほど置いて、雷鳴が聞こえてきた。

わたしはふと、科学的なことを話題にして、連れのふたりにいいところを見せたくなった。

「稲光と雷鳴との時間差から、嵐雲の位置が推測できます。音の速さは、秒速三百三十メートルだから、あの嵐雲は、ここから約三・三キロメートル、つまりたった二マイルほどのところまで来ているのですよ。急がないと！」

イリングワースは、独創性のない意見を口にした学生でも見るような目で、不快そうにわたしを見た。

「もちろん、この計算は、稲妻の光の速度がかぎりなく速いことを前提にしています」わたしは言った。「たとえば、光の速さが音の速さの十倍しかないとすれば、わたしは距離を十分の一だけ少なく見積もってしまったことになります」

イリングワースは鼻を鳴らした。「むろん、原則としてはきみの意見は正しいよ、先生。だが実際の光の速さは、秒速三十万キロメートル、音の約百万倍だ。わざわざ訂正してきみを傷つけるのもどうかと思ったがね」

「なんと、それはまた、驚異的な速さですね」わたしは波風を立てまいとして、そう言った。「そんなに速いのに、よく人の目でとらえられるものだと驚きますよ。考えてみれば、われわれはふつう、さほどでもない音の速さにすら気づかないのですね」

イリングワースは眉をひそめたが、何も言わなかった。わたしたちは黙ったまま馬車に運ばれて、やがてラニミード・ハウスの敷地内に入っていった。車寄せで馬車をおりると同時に、雨がぱらぱらと降りだした。家政婦に迎えられて堂々とした玄関ホールに入ると、外套と帽子を着けたレストレード警部が、長い焦げ茶色の髪を垂らしたきつい顔立ちの若い女性といっしょに立っていた。レストレードは、わたしたちを見ても驚かなかったようだ。

「よくおいでくださいました、ホームズさん。ワトスン先生も。イリングワース博士はほかのかたのご意見も聞いてみたいとお思いのようでしたが、残念ながら、もはやこれ以上の謎はないと思います。わたしはいままで、決め手となる証拠を調べていたんですよ」

警部は片手を差し出した。広げたてのひらの上には、使用済みの弾丸が二個、載っている。わたしが見慣れているものとは、形が微妙に違っていた。

友はそれを子細に調べた。「ドイツ製だな――間違いない。マッヒャーの銃にしか使えない専用弾だ」と断言する。「これを使うのはよほどの専門家だよ。この二個は同じ窯で作られ、同じ銃から発射されたものだ」

「ちなみに、トム・フィップスは玄人はだしの射手だそうですよ」レストレード警部が上機嫌で言った。「わたしはそろそろ、失礼しませんと……。ケンブリッジにいたというフィップスのアリバイを調べにいかなきゃなりませんのでね。状況証拠からして、犯人はやつに違いないんだから、そんなアリバイなど、きれいに崩してやりますよ」

警部はわれわれを扉のほうへ連れていき、声を低くして言った。「あそこにいるレイサム嬢とお話しになるのはかまいませんが、ひとこと、ご注意しておきます。あのお嬢さんは、衝撃のせいで少し記憶がこんがらがっているようですよ」警部は帽子を上げ、出ていった。

イリングワース博士が、その若い女性を手振りで指し示した。「メアリ・レイサムくん、シャーロック・ホームズくんとワトスン先生をご紹介しよう。昨夜のできごとについて、お話ししておきたまえ。わたしは、雨がドームに降り込まないうちに望遠鏡を固定してこなきゃならんのだ」

イリングワースはあたふたと行ってしまった。その若い女性は、とても静かに、落ち着いたようすでわたしたちを客間に案内し、椅子をすすめた。

「あまりお話しすることはないんです、ホームズさん。マーティンとトムとわたしは、ここでいっしょに観測をしていた仲間でした」レイサム嬢が言った。

ホームズがうなずく。「あなたがたは、ファーストネームで呼び合う間柄だったわけですね」

「だが、イリングワース博士は、相当、偏屈な人らしい」と、わたしは口をはさんだ。「わたしは光の速さの話を持ち出して、科学をめぐる会話に博士を引き込もうとしたのですが、あのかたが指導教官(チューター)では、学生さんもさぞご苦労だろうという印象を受けました」

レイサム嬢は微笑んだ。「そういう話題なら無理もありません。少し前、イリングワース博士は、発見されてまもない木星の小衛星を観測しようと思い立たれました。ある小衛星の星食（ある天体が他の天体の前を通過し、それを隠すこと）——その星が木星の陰に入る瞬間——がいつごろになるかを予測して、すでに公表されている軌道定数が正しいかどうか、確認しようとお考えになったんです。星食の時期はかなり正確に予測でき、誤差が出てもせいぜい数秒ですから、以前の測定値が正しいかどうかもきちんと調べられます。

博士にとってはうれしいことに、計算で予測した時刻と実際の時刻が、十分以上も違っていることがわかったのです。博士はすぐ『ネイチャー』誌に手紙を書き、元の観測者を無能ときめつけて非難しました。

でも不幸にして博士は、ご自分が観測なさった時点では、前の観測が行われた時点に比べて、地球と木星との距離が二億キロメートルも遠くなっていたという事実を見落としていらしたんです。光がこれだけの距離を進むには、約十分かかりますから、時刻のずれには説明がつきました。元の測定値にまったく狂いがなかったことが証明されたのです。

じつはその昔、科学者たちがはじめて光の速さは有限だと気づいて、計算してみようと思い立ったのも、これにそっくりな状況で食い違いが発見されたからなんですね。博士にしてみれば、それが何より恥ずかしかったのだと思います」

ホームズはにっこりした。「ありがとうございます、相棒の小さな疑問を解決していただいて……。さて、話を元に戻しましょう。あなたがた研究生は、よき友人だったわけですね？」

「ええ。でも、隠してもしようがありませんから、申しあげましょう。ホームズさん、じつはマーティンもトムも、わたしと友人以上の間柄になりたがっているようなそぶりを見せていたんです」

ホームズは笑みを浮かべた。「よくわかりますよ。それで仕事がやりにくくなったというようなことは？」

「とくにありません。わたしは最初に、ふたりを同僚として高く評価していること、それ以上の関係は望んでいないことをはっきり伝えましたから。ほんとうは、トムよりもマーティンのほうを好もしく思っていましたが、共同作業に支障が出ては困りますから、その気持ちを出さないよう、気をつけていました。といっても、それはつい先日までのことで――」レイサム嬢は、ふいに口をつぐんだ。

ホームズがやさしくうなずいてみせる。「ゆうべのできごとについて、お話しくださいますか」

レイサム嬢の態度が急に硬くなった。「ちゃんと聞いていただけますわね、ホームズさん。警部さんは、わたしの記憶がおかしいとお思いのようなんです。なんだか、くやしくて……。わたしは充分に観測の訓練を積んだ者として、観察眼には自信がありますし、きのうのことは、まだ恐ろしいほど生々しく覚えています。

マーティンとわたしは、昨夜の第一回の観測に使う写真乾板を取りつけました。でもまだ夕暮れどきだったので、屋上のバルコニーへ出て、真っ暗になるのを待つことにしたんですの。わたしたちの姿は、きっと遠くからでもよく見えたでしょう。わたしたちは、並んで立っていました――あの、とても近くに――」

「抱き合っていらしたのですか」

レイサム嬢は頬を染めた。「ええ。ちゃんとお話ししなくちゃいけませんわね、だいじなことですから。しばらくして、わたしは突然、マーティンの体がびくっと震えたのを感じました。その一瞬後、ライフルの銃声が聞こえたんです。

わたしたちの体は、衝撃でくるっとうしろを向いてしまいました。一、二秒後、二発目の銃声がしたと思ったら、ふたつめの弾丸が飛んできたんです」

「どこから飛んできたのかはわからなかったのですね」

「ええ。下から飛んできたような気がします。わたしたちは二階の高さにおりましたから、格好の標的だったに違いありません」

レイサム嬢はやや動揺しているように見えた。「まあ、わたしったら、礼儀ってものをすっかり忘れていますわね。ちゃんとおもてなしをしなければなりませんのに。お茶でもおいれしてきましょう。いえ、どうぞお立ちにならないで。すぐ戻ります」

レイサム嬢が扉を閉めて行ってしまうと、ホームズの顔に残忍な笑みが浮かんだ。

「いまの話をどう思う、ワトスン?」

「そうだな、じつにわかりやすい話だったと思うが」

ホームズは首を振った。「ぼくは事の起きた順序が奇妙だと思った。まず弾丸の衝撃が来て、それから、ライフルの銃声が聞こえたというんだろう」

「それは簡単に説明がつくよ、ホームズ」わたしはぞくっと身震いをした。アフガニスタンで見た狙撃(そげき)の光景は、いまだにしばしば記憶によみがえり、わたしを苦しめている。「音速よりも速い弾を発射するライフルがあるのだよ。恐るべき殺傷力さ。一瞬でも音が聞こえれば頭を引っ込めることもできようが、それがない分、ずっと危険な武器ということになる」

「その銃のことなら、よく知っているよ、ワトスン。だが、二発めはどうだ?」

わたしは間をとって、考えた。「うむ、あの場合は、音のほうが弾丸より速かったのだね。ということは、二発めは、音より遅かったわけだ」

「どう考えても変だよ、ワトスン。速度が違うなんて。一発めの速さが音速より一割以上速く、二発めが一割以上遅かったのでなければ、時間差は感じとれないはずだ」

「弾丸の質がとても悪く、できばえにむらがあったのではないか」

「考えられないよ、ワトスン。マッヒャーのライフルには専用弾があり、ふつうの弾丸は使えないんだ。この専用弾は、高い品質で知られ、音速に等しい速さで発射されるよう、精巧に作られている。だから、標的に身構える隙を与えないし、無駄なエネルギーも消費されないわけだ。空気力学の原理をうまく応用して作ってあるので、飛行中も速度が落ちないのさ。これは、レイサム嬢の話と食い違っている。だが、ぼくは彼女の話を信じるよ。レストレード警部が信じたがらない理由もよくわかるがね」

「ははあん、きみは、警部が頑なに目をそらしておる点に気がついたのだな！」イリングワース博士が部屋の入り口に立っていた。「何が言いたいか、わかるか？」

「たぶん」わたしは答えた。「二挺の銃、二種類の飛行速度を持つ弾丸がなんらかの形で関係しているということですね。おそらく、まだ見つかっていない弾丸もあるのでしょう。嫉妬に駆られた恋する男なら、ひとりでやるはずだ。ふたり以上の人間、二挺以上の銃がかかわっているとなれば、暗殺という可能性が出てくる」

イリングワースがうなずき、またさっさと廊下を引き返していくと、入れ違いにレイサム嬢がお茶の盆を持って入ってきた。

「つまり、科学研究への妨害行為というイリングワース博士の説が、途方もないようだが正しいかもしれないわけか」わたしは言った。「もしほんとうに博士が、世界をあっと言わせるような大発見をしそうだというのなら、競争相手はどんな手段を使ってでも阻止するだろうね」

「ああ、そうだといいんですけど！」レイサム嬢が言った。「トムの無実を信じたいんです。短気なところはありますが、決して根は悪い人じゃないんですもの」彼女は首を振った。「あら、わたしったら、何を言ってるのかしら！　トムがきのうの夕方ここにいなかったのは、はっきりした証拠があって、わかっているのに」

ホームズが考え込むような表情でレイサム嬢をまじまじと見る。「レストレードが裏をとりにいっているというアリバイのことですか」

「ええ。裏付けはすぐにとれるでしょう。ケンブリッジの学生は、特別な事情がないかぎり、日暮れまでに大学の敷地内に戻っていなきゃならないんです。

きのうの夜十時ごろ、オールド・カレッジの寮の守衛さんが、小門の扉をたたく音に気づいたそうです。あけると、マフラーで顔を隠した男が入ってきて、中庭へ走り込んだというんです。守衛さんはあとを追い、たまたま寮へ来ていたブルドッグもふたり、追跡に加わりました。すぐに男をつかまえ、覆面をとってみると、トム・フィップスだったというんです」

「自分の大学に押し入ったのですか」わたしはきいた。

「ええ、街のパブで飲んできた学生はよくそうして名前が知られないようにし、門限に遅れたことを学部長に報告されないようにするんです」レイサム嬢が説明する。「トムはお酒臭い息をしていました。守衛さんたちは、たいした規則違反ではないと判断し、名前を書き留めただけで、部屋へ戻ることを許可したそうです。

外聞の悪い話ですけれど、これでトムには完璧（かんぺき）なアリバイができました。大学の職員はトムをよく知っていますから、人違いをしたとは考えられませんし、トムはあそこでは鼻つまみものですから、彼のためにうその証言をするような人はおりません。六時以降は、シェルフォード駅にとまる汽車はありませんので、かりにトムがあの時間に犯行におよんだとしても、そんなに速くケンブリッジへ戻れるはずがないんです」

シャーロック・ホームズは眉根（まゆね）を寄せて考え込んだ。レイサム嬢とは目を合わせない。

「たしかに、込み入った事件ですな」彼は言った。「喫煙室はありますか。パイプをくゆらせながら、歩きまわれるような部屋は？　ワトスン、きみは一時間ばかり、好きに過ごしていてくれたまえ。じゃあ、またあとで」

激しい雨を降らせた嵐雲は、来たときと同じぐらいすばやく去ってしまい、わたしは、屋敷の周囲にめぐらされた小道を散歩して時間をつぶした。建築物としての屋敷には、いささか失望した。懐古趣味の別棟は屋敷と調和しておらず、上に載った金属ドームが、古い石壁と妙な対比を見せている。だが、ほどなくレイサム嬢がやってきたので、他愛のないおしゃべりをしてけっこう楽しく過ごすことができた。

堂々たる造りのフランス扉の前に来たとき、ガラスのはまった扉がさっとあいて、シャーロック・ホームズが出てきた。「レイサムさん！　鉄道がどこを通っているのか、正確な位置を教えていただけませんか」

わたしは仰天して、彼を見た。あたりの土地は平坦(へいたん)そのもので、数マイル四方を見渡しても、けもの道ならともかく、鉄道が見えるとは思えない。しかしレイサム嬢は黙ってうなずき、われわれを、別棟から五十歩ほど離れた場所へと案内してくれた。そこに、二、三メートル以内に近づかなければ見えないような深くてせまい切り通しがあった。トンネルと呼べそうなその通路には、二組のレールが敷かれている。

「鉄道がここを通っていることに気づく人はまれですのよ、ホームズさん。地面より低いところを走っているので、屋敷からはまったく見えませんし、音も聞こえません。じつは汽車が通っても、別棟の上からかろうじて客車の屋根が見える程度なんです。きっとどなたかに、鉄道がここにあることを聞いていらしたのですね」

「いいえ、まったく。推理したんですよ。そうでないと、あの事実は成り立ちません」ホームズは自信たっぷりに言う。「考えてみてください。銃から発射された弾丸の速さが秒速三百三十メートルであることは、すでにわかっています。空気中を伝わる音波も秒速三百三十メートルです。

発射された弾丸は二発。どちらの弾丸も、同じ速さで飛びました。一発めは音よりも速く、二発めは音より遅かった。では、銃はどこにあったのか」

レイサム嬢もわたしも、首をかしげてホームズを見た。

「わかりませんか？　唯一考えられるのは、二発の弾丸が発射されたときには、銃そのものが動いていた、ということです。どのようにして犯行が行われたのか、きちんとご説明しましょう。

きのうの午後、フィップスはロンドンへ行きました。専門家を得意客とする鉄砲鍛冶（かじ）を訪ね、おそらくは偽名を使った許可証を見せて、マッヒャーのライフルを買います。

それから、リバプール街駅を八時に出るケンブリッジ行き直通列車の切符を買う。空（から）のコンパートメントを選んでね。出発してまもなく、彼は窓から出て、客車の屋根によじのぼる。運動の得意な若者には、なんでもない芸当です。

フィップスは屋根に座り込む。汽車がここの切り通しにさしかかると、別棟のバルコニーがはっきりと見える。あなたがたふたりがドームの外へ出ていることを予測していたのでしょう。

です。

まだ明るくて、狙いを定めるのに好都合な時間帯、観測がはじまっていない時間帯を選んだのです。

フィップスは、汽車がもっとも別棟に近づく瞬間は避けたほうがよいことを知っている。角度がとても速く変わりますから、どんな名射手でも、正確な射撃はむずかしい。それよりも一、二秒前、標的が汽車のほぼ前方に見えている瞬間を狙うのがいちばんだ。

フィップスは引き金を引く。弾丸は銃口を離れ、秒速三百三十メートルに、汽車の速度を加えた速さ、つまり秒速が三十メートル増した状態で、飛ぶ。銃声よりはるかに速く飛んでいくのですよ」

「待ってくれ、ホームズ」わたしは口をはさんだ。「ならば、音波のほうも速度が増しているのではないのかね？」

「そうじゃないよ、ワトスン。音などの波の速さは、その波源の速さには関係しないんだ。それを伝える媒質のほうに関係する。たとえば、追い風は音の速さを増すが、銃であれトロンボーンであれ、音を出したものの速さは、音が伝わる速さにはまったく関係ないんだよ」

「なるほど！　では、二発めの弾丸は？」

「二発めは、汽車が屋敷から遠ざかっていくときに、同じようにして発射された。今度は同じ理屈で、弾丸のほうが遅れたのさ。

もちろん、すぐにアリバイを作らなきゃならない。フィップスはさっさと屋根からおりてコンパートメントに戻り、カレッジへ帰った時刻がちゃんと記録に残るよう、ちょっとした騒動を起こしておきさえすればよかった。そんなに速くラニミード・ハウスから帰れるわけがない、ということになるように」

「すばらしいのはね、ワトスン」翌朝、ケンブリッジからロンドンへ戻る急行列車の中で、ホームズが言った。「この事件のおかげで、兄のささやかな悩みごとの解決法までが見つかったことだ」

ホームズは両手をこすり合わせた。彼があの神秘的とも言えるほど有能な兄より優位に立てることはめったにないので、当然、こうした機会をたいせつにしたいのだろう。

「いいかい、ワトスン、もし光が粒子なら、光源によって速さが決まるはずじゃないか。だが実際は波だとすると――」

「速さはエーテルの動きにしか影響を受けないわけか」

「ご名答だよ。汽車にたとえて説明しよう」ホームズは、次にお目にかけるようなスケッチを描いた。「汽車につながっている車両が、機関車と車掌車以外はすべて平床トラックだと仮定しよう。何か理由があって、車掌が機関士を殺したがっているとする。

汽車がとまっているときに銃で撃つものとし、その弾丸が汽車の最前部まで飛ぶのに一秒かかるとしよう。引き金が引かれた瞬間、機関士はあと一秒の命となる」

「そうだね」

「今度は、機関士がこの運命の瞬間を遅らせようとして、汽車を全速力で走らせるとしよう。車掌が撃つ。さて、死亡時刻を遅らせることができるだろうか。

いや、できはしない。事実上、機関士は逃げているが、銃も弾丸も、同じだけ速く移動しているのだからね。汽車と弾丸の速度差はさっきと同じだから、機関士はやはりきっかり一秒後に死んでしまう」

「車掌にとっても危険だね。死んだ機関士といっしょに汽車に乗っているのだから」わたしは言った。

シャーロック・ホームズはわたしの皮肉を黙殺した。

「では、またべつの例を考えよう。車掌はただ機関士を脅かしたいだけなので、空包を撃つとする。汽車の長さは三百三十メートルで、停止しているとしよう。車掌が発砲してから、機関士が音にびっくりするまで、どれぐらいかかるだろうか」

「今度もまた、ちょうど一秒じゃないかね？」

「では、汽車が高速で走っているときに、車掌が撃ったとしたら、何秒だ？」

「ああ、わかったぞ！　汽車は大気の中をすばやく走っている。音を伝える大気は動いていないが、この一秒間に汽車の先頭部分が少し前に進むから、機関士が驚くのは一秒をちょっとすぎたころだ」

「よくわかったね、ワトスン！　これで弾丸と音波の違いがはっきりした。では次に、同じ汽車の車掌車に、写真撮影用のフラッシュランプを積んだとする。フラッシュの光が機関士に届くのにかかる時間を正確に推測してみよう。

機関士を撃つ

この実験も二回やる。一度は、汽車が停止しているとき、二度めは全速力で走っているときだ。二回ともまったく同じ時間になれば、光は微粒子ということになる。銃から弾丸が発射されたように、光も粒子として、ランプから発射されるのだね。だがもし二度めのほうが少しでも時間が長かった場合は、光はエーテルの中に起きる波ということになる」

「なんと、みごとじゃないか、ホームズ！」

シャーロック・ホームズはにんまりと笑みを浮かべた。「今度ばかりは、少し兄を驚かせることができるかもしれない」ホームズがそう言ったとき、汽車がロンドンの終着駅に滑り込むべく、速度を落とした。「じつは、ベイカー街に戻る途中で寄り道をして、兄を訪ねてみようと思ってるんだ。またあとで会おう。必ずな」

それから約三十分後、部屋に帰り着いたわたしは、マイクロフトが安楽椅子のひとつに座っているのを見て、びっくりした。

「おはよう、先生！　ハドスン夫人に、部屋で弟を待ちたいと言ったら、ご親切に中へ入れてくださったんだ。シャーロックはいっしょじゃないのだね？」

「ええ。皮肉にも、彼はあなたのクラブへ行ったようですよ」

「なんだって！　いや、そのほうがよかったかもしれん。じつを言うと、わたしがここへ来たのは、ひとつには、チャレンジャー教授とサマリー教授がディオゲネス・クラブを訪ねてきそうな予感がしたからなんだよ。顔を合わせたくないのが人情というものだろう」

「それでよかったのかもしれませんよ。弟さんは、波動説と粒子説の論争に簡単に決着をつける方法を思いつかれたのです。きっと喜んでおふたりにご説明なさることでしょう」

マイクロフトの眉が吊り上がった。

「ほんとうですか、先生？　だとしたら、こんなにありがたいことはない。ついでに、その解決策とやらをいまご説明いただければ、もっとありがたいのだが」

わたしは書き物机から紙と鉛筆をとってきて、シャーロック・ホームズの汽車の絵を描き、最善を尽くして説明した。驚いたことに、聞き終わったマイクロフトは、椅子にもたれるなり、体を揺すってくっくと笑いだした。そして、わたしの表情を見て、片手を上げた。

「いや、気を悪くしないでください、先生。文句のつけようがない解説でしたよ。おもしろいと思ったのは、シャーロックがこの解決策を思いついたことと、自分が世界ではじめて考えたのだと思いこんでいることです。悲しいかな、これはもう実験ずみなのですよ」

「なんですって？　実際に汽車を使って？」

「いえ、そうではありません。汽車の速さは、光に比べるとはるかに遅いんです。光速の一千万分の一ですよ！　だから、厳密に時間を計りたくとも、現代の装置ではとうてい無理なんです。しかし、自然にあるものを利用して、同じ実験をする方法が見つかりました。鉛筆をお借りできますかな？」

マイクロフトは新しい紙をとって、次にお目にかけるような絵を描いた。

「天空には、たくさんの恒星が見えますが、実際は、それぞれが二個の星であることが多いのです。組になったふたつの星は、たいてい大きさがとても違っており、小さいほうが大きいほうのまわりを効率よくまわっている。ちょうど地球が太陽のまわりをまわっているようにね。

最新の望遠鏡を使えば、たとえこうした恒星系がうんと遠くにあって、光が地球に届くのに何年もかかるような場合でも、その運動を正確に推測することができるのです。ニュートンのかの有名な法則にちゃんと従っているのがわかりますよ。

小さい星の公転速度は、たいがい秒速数十キロです。光が粒子だと仮定すると、どうなるか……。この小さい星が大きい星の背後へまわり込んでいくとき、つまり地球から遠い位置へ向かうときは、その光がこちらへ届くまでの時間がやや長くなるでしょう。一万分の一ぐらいかな。逆に、この星が大きい星の前に出てくるときには、光が地球に到達する時間が同じ分だけ短くなるはずです。

この星の光が何年もかけて地球へ旅してくるとしますと、そのあいだに、軌道上の位置によって生じる速度差がどんどん広がっていくことになりますね。〝こちら側〟に向かってまわっているときの光を先に見て、〝向こう側〟へまわっていくときの光をあとに見ていることになります。とすれば、われわれが目にした見かけ上の運動は、ニュートンが考えた軌道とは似ても似つかぬものになるはずです」

「ほほう！　では、粒子説はきれいに除外されてしまうわけですね。光は波動なのですか」わたしは言った。

マイクロフトはうなずいた。「最近、ある実験が行われるまでは、その推論が広く認められていました。地球が秒速約三十キロメートルで太陽のまわりを公転していることはご存じでしょう。一年のうちのある時期に――そうですね、春にしましょうか――、ある方向に向かう光の速度を測定してみたとします。そして、六カ月後、秋になったときに、もう一度同じ実験を

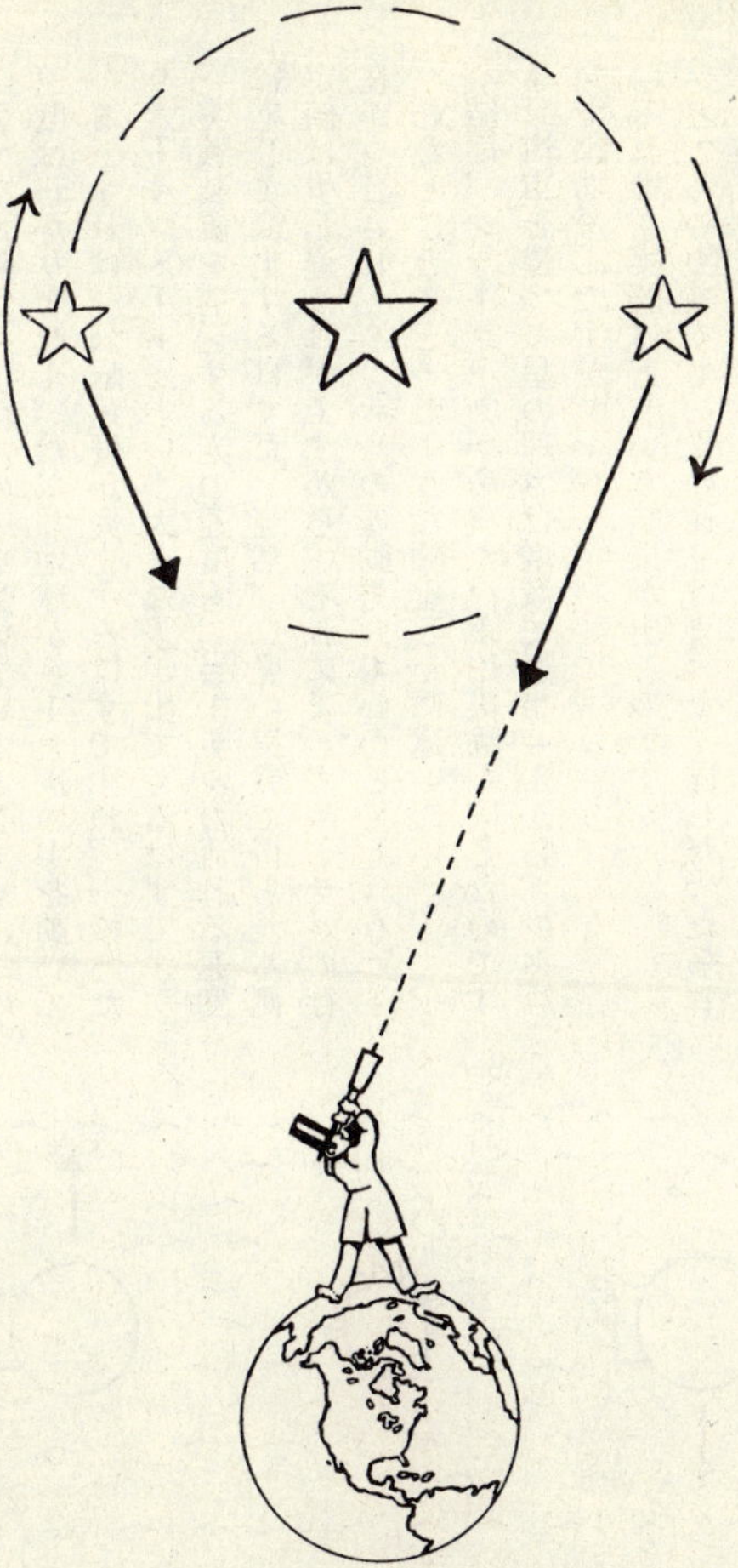

公転する衛星からの光

する」

マイクロフトは、次のような図を描いた。

「さて、太陽がエーテルの中を動いているとしても、その速度はわかりません。だが、地球がエーテルの中を動いているとすれば、公転速度が変化するはずですね。一秒あたり六十キロメートルという大きな差が出てくるはずです。

実験装置を透過する光の速度も、エーテルの流れる速度に応じて変化するはずだ。当然、二度の実験で得られる測定値は少し違うはずですから、それによってエーテルの存在が立証され、エーテルの運動方向もわかるでしょう」

わたしはとまどったような顔をしたに違いない。

「結局、シャーロックが考えた汽車の実験と同じなのですよ。汽車と違って星の速さは増減できませんから、少々厄介ではあるんですが」

「それで、実際はどういう結果が出たのですか」

「どちらの実験でも、光の速さはまったく同じだったらしいのです」

わたしは頭が痛くなってきた。「しかし、それだと、エーテルの流れが存在しないことになりますね。つまり、さ

エーテルの海――流れに順行する動きと逆行する動き

っきあなたは、光は粒子としてはふるまわないとおっしゃったのに、今度はエーテルの波でもないとおっしゃった。だったら、ほんとうはどういう性質のものなのです?」

マイクロフトは微笑んだ。「問題点がはっきりしてきましたね、先生。これまでに考えられた答えは、ただひとつです。光はたしかにエーテルの波だが、エーテルは実体がないので、地球やその大気などの、透過する物質に引きずられて動くのだというのですよ。だから、エーテルの抵抗は感知できない。しかし、実際はエーテルが引きずられているとは、とうてい考えられません。もしエーテルが引きずられたり渦巻いたりすれば、透過する光の方向が変わってしまいますから、星座の形などは、地球が自転するとゆがんで見えるはずです。汽車に乗ったとき、窓ガラスが古くて表面に凹凸があったりすると、景色が波打つように見えますね。あんなふうに見えるはずです。だが、そんな異常は観察されていない」

マイクロフトの口調は、滑稽なほど熱っぽくなっている。わたしはとてもではないが、そこまで真剣にはなれなかった。

「いずれもっと厳密な実験が行われれば、解決がつくでしょう」わたしは言った。

マイクロフトはかぶりを振る。「いいえ、先生、問題はデータ不足ではなく、分析能力の不足なのですよ。データはすでにとったが、それをどう解釈すればよいかが、わからない」

わたしは、知的な受け答えを試みようとしたが、正直言って、すっかり圧倒されていた。新しい話題を探そうともしてみるが、どうにも気後れがする。このように知性の高い人には、どんな会話も陳腐に思えることだろう。そう考えたとき、ふと、けさの新聞に目が行った。最後のページのクロスワードの下に、二、三の謎解き問題が載っている。わたしは汽車の中で答えを考え、論理のゲームをして時間をつぶしていたのだが、どの問題もお手上げだった。マイクロフトに答えを考えてもらえば、束の間の慰みになるかもしれない。それに、もしマイクロフトも頭をかかえてしまうようなら、わたしの自尊心も少しは救われよう。

わたしは朝刊を取り上げた。「ねえ、この問題をどうお考えになりますか。ある若い男が、ビール醸造業者の荷馬車に轢かれた。重傷を負ったので、荷馬車で近くの病院にかつぎ込まれ、すぐに手術室へ連れていかれた。

外科部長が入ってきた。メスを手にし、患者を見おろしたとたん、驚いて息をのんだ。『手術はできない。これはわたしの息子だ！』だが、問題はここです。この外科医は青年の父親ではない、というのですよ」

マイクロフトは頭をのけぞらせるなり、大きな声で笑いだした。わたしにとっては、たいへんな屈辱だった。わたしはこの単純な話について一時間も頭を悩ませ、柔軟な発想を試みて、離婚、養子縁組、奇妙に入り組んだ血縁関係など、ありとあらゆる可能性を考えてみたのだ。しかし、どれひとつとして、この事実の説明にはならなかった。

「きっと言いまわしに何かからくりがあるのでしょう」わたしはむっとして言った。

マイクロフトは依然として愉快でたまらないようすで、首を振った。「からくりなどありません。請け合いますよ、先生。これは現実にあってもまったくおかしくない話なのです。どこのパブでも、ビールの配達人にエールを一パイントふるまう習慣があることを考えれば、イギリス国民が全員、配達馬車に轢かれてしまわないのが不思議な気がします」

わたしの表情を見て、マイクロフトはいくらか真顔に戻った。「ほんとうです、ワトスン先生、突拍子もないような答えではありません。あなたの判断力を曇らせているのは、ごくごく単純な思い込みです。だが、答えを聞けばすんなり納得できますよ。その思い込みが、あまりに自然なので、深く考えたことも疑問に思ったこともないだけなのです。

手がかりをさしあげます。五十年後の社会、あるいは、アメリカのように進歩的な考え方をする国なら、この答えがあまりにあたりまえすぎて、むしろなぞなぞになるのが不思議なほどでしょう」

マイクロフトは数秒ほど間を置き、あっさりとこう言った。「外科医は青年の父親ではないのです。彼女は――」

「母親か！」

「そうですとも。長年医療にたずさわってこられたワトスン先生は、外科医といえば当然男だと思われたわけですが、むろん、そうではない場合もありえますね。いつもわれわれをつまずかせるのは、暗黙の前提なのですよ」

わたしはもう一度、朝刊を手にとった。毎日、ふたつの謎解きが出題されている。マイクロフトが解いたのは、小手調べのほうだ。たいていは、二問めのほうがずっとむずかしい。

「では、こちらはどうです？　変わり者の貴族がいて、時計の読み方を覚えなかった。時刻を知りたいときには、いつも召使いに尋ねる。外出中に時刻を知りたくなったときには、人前で自分の無知をさらすような真似はせず、召使いに電話をかける。

あるとき、『ファンショー、いま何時だね？　そうか、ちょうど六時か。いや、ありがとう』と言って電話を切ると、訪問先の主人がそれを聞き、『違いますよ、七時です』と言った」

わたしは劇的効果を狙って、少し間をとった。「謎はこうです。主人も召使いも間違っていない。ない。それはなぜだろう」

マイクロフトはうなずいた。「これもまた先入観の問題ですよ、先生。五十年後の世の中なら、よほどのばかでないかぎり、すぐわかることでしょう。いまはまだ、そうはいきませんがね。

イギリスとオーストラリアは、たがいに地球の反対側にあるため、イギリスが真昼なら、オーストラリアは必ず真夜中です。むろん、このことはご存じでしょう。実際、日の出の時刻は、経度が一度違うごとに違っているのですが、その土地ごとに時計を調整して、太陽が真上に来る時刻を正午にしておいたほうが都合がいいわけです。

最近、ドーバー海峡の下をくぐる電報ケーブルの多くに、電話ケーブルが付け加えられたこともご存じでしょう。えっ、ご存じない？　いや、そうなのですよ。

海峡を渡ってフランスに行くときには、船の旅客係が、時計を一時間進めてくださいと言いにくるでしょう？」

「そうか、わかったぞ。この貴族はフランスに来ていたが、召使いはイギリスにいるのか」

「そのとおりです」マイクロフトは満足そうに鼻を鳴らした。「その新聞にはまだ難問が載っていますかな？　ああ、それは残念。わたしをほんとうに苦しめる出題者はまれなのですよ」

わたしはマイクロフトの弱点に気づいた。

「ひとりだけ、心あたりがあります！」

「誰ですか」

「ほら、この宇宙の創造主ですよ。彼が投げつけた光速に関する難問は、ほんとうにあなたを悩ませたではありませんか。これもまた、あなたが疑ってみたこともない単純な思い込みが問題なのでしょう」

「これは一本とられましたな、先生！」

突然、マイクロフトは深く考え込むような顔つきになった。口を半開きにし、指で椅子の腕木をとんとんたたいていたかと思うと、びくりと全身をこわばらせ、遠くを見るような目をした。

最初は数秒と思えたマイクロフトの沈黙がやがて数分におよび、わたしは次第に困惑を感じはじめた。ロンドンでもっともすぐれた知力の持ち主が、呆然（ぼうぜん）として動けなくなってしまったのは、わたしのせいなのだろうか。階段をあがってくるシャーロック・ホームズの足音を聞いたときには、心の底からほっとした。ホームズが部屋に入ってくると、マイクロフトは生き返ったようになった。

「シャーロック！　おまえが考えてくれた汽車の実験の話を、ワトスン先生から聞いた。なんと感謝していいかわからないほどだよ」

「ほんとうに？　考えてみれば、似たような実験はとうに行われたはずですね。そうに決まってます」

「ああ、じつはそうなのだがね。汽車という身近なものを例にしたとは、天才的だよ。わたしはワトスン先生には二重に感謝している。先生の会話の進め方は、ときに要点からそれはするものの、有益な新しい方向に目を開かせてくれるのだ。先生のおかげで、これから取り組まなければならない、奥の深い科学の謎に、ひとつ答えを見いだすことができた」

　マイクロフトは、次のようなスケッチを描いた。

「問題の本質はこうだ。ふたつのまったく同じ汽車があるとする。これを隣りどうしに並べて、長さがまったく同じであることを確かめ、それぞれの最後尾にフラッシュランプを載せる。最前部には、フラッシュの光が列車の長さだけ進む時間を正確に計れる観察者に、ストップウォッチを持たせて乗ってもらう。便宜上、二台の列車の長さは、光が一秒間に進む距離に等しいと仮定する」

「なんと、度肝を抜かれる長さですね。三十万キロメートルですよ！」わたしは言った。

　マイクロフトはにっこりした。「それが思考実験の利点なのですよ、先生。どんな装置も使い放題だ。平行する二組のレールに二台の列車を置き、一台は停止させておく。もう一台のほうは、いったん後退させてから、停止した列車のそばを高速で――光の半分の速度で――走らせる」

「世の鉄道技師の羨望(せんぼう)の的になるでしょうね」ホームズは冷ややかに言った。

　マイクロフトは弟の口調を無視した。「ある瞬間が来ると、走らせた列車の車掌車と、停止している列車の車掌車がぴったり横に並ぶ。この絵のようにね。

　この瞬間に、どちらかの車掌車でフラッシュを焚(た)くと――」

　わたしは、それではいずれ論理にほころびが出てくるような気がした。「どちらかとおっしゃいましたが、停止しているほうですか、動いているほうですか」と口をはさむ。

「どちらでも同じですよ、先生。なんなら、動いている列車に青い光の出るランプを載せ、停

機関士に合図する

止している列車に赤い光の出るランプを載せておいて、同時に焚くことにしましょうか。動きに関係なく、青と赤の光は同じ速度でいっしょに進みます。観察者は、どこにいようと、どんな速さで移動していようと、つねに青と赤の光が同時に届くのを見るのです。これは実験で確認された事実です。

今度は、ストップウォッチを持ったふたりの観察者に、光が届くのにかかった時間を尋ねてみましょう。停止列車に乗っていた人はこう答えます。『かっきり一秒です』動いていた列車の人も、こう言います。『かっきり一秒です』とね」

自分の口があんぐりとあいたのがわかった。「そんなことは絶対にありえないでしょう！」わたしは大きな声で言った。

マイクロフトは満足そうにうなずいた。「ついにパラドックスのほんとうのこわさがおわかりになったようですね、先生。しかし、これは実際の計測値なのですよ。ただし、いまのわたしの話には、じつはまだ証明されていない仮説が、いくつか隠れているのです。ワトスン先生が読んでおられた謎解き問題が、手がかりになったのだよ、シャーロック。

そういう仮説は少なくともふたつあります。ひとつは、どの観察者にとっても時間が同じ速さで流れること。もうひとつは、どの観察者にとっても距離が同じだということ。

誰もが持っている先入観を捨てて考え、いま言ったような結果を得るには、どうしたらよいでしょう。動いている列車の長さが縮むとか、動いている列車の中のほうがゆっくり時間が進むとか、あるいは両方のことが起きたと考えれば、簡単です」

「しかし、それは経験と矛盾しています。ばかばかしいほどに！」わたしは叫んだ。

マイクロフトは首を振った。「あなたの非常に乏しい偏った経験と矛盾しているだけですよ、ワトスン先生。この地球上のひとつの地点でどこにも行かずに一生を送る人は、世界は平らだと思って暮らすことになります。時刻はどの住民にとっても同じ、重力の量と方向はつねに一定不変で、足の下の地面は安定していて、動かない。

だがこの人が故郷を離れ、いろんなところへ旅をすれば、それがみんなうそだということがわかる。ほんとうは地球が丸く、土地によって時刻が違うことや、重力は山頂のほうが海面よりも少ないこと、地球は自転しているだけでなく、太陽のまわりを公転してもいることを知る。探求すればするほど、豊かな世界が見えてきて、この人は、ふつうに持っている五感だけに頼るのではなく、もっと複雑な方法で周囲の環境を測ろうとするようになる。

人類がこうした広い視野を持つようになってから、まだほんの数世紀しかたっていない。いまでもまだ、測定機器の性能は不充分だし、旅をするにもいろいろと限界がある。より速く、より遠くへ行けるようになったら、いま〝定数〟とされているもののうちのいくつかは、〝変数〟になってしまうだろう。

わたしは空間と時間が収縮すると仮定しましたが、その収縮速度は、いまのところ、人には出せないほど小さいので、感覚としてとらえることも不可能です。しかし、空想上の実験を続けることはできます。もう少し詳しく考えてみましょう。

さっきわたしは、動く列車に乗っていたほうが時間が遅くたつか、あるいは、列車の長さが縮むか、あるいは、その両方が起きるという仮説を立てました。では、実際のところは、この三つのうちどの事象が起きているのだろうか。考えてみましょう。

動いている列車の観察者の目には、停止している列車のほうが縮み、停止している列車の観察者の時計が遅れているように見えたはずです。エーテルが存在しないなら、何もかもが全部静止している状態はありえませんから、どちらの列車の観察者も、同等に有効な相対的な視点を持っているのです。この点が要になります！　かりにこれを〝相対性原理〟と呼んでおきましょう。

二台の列車の幅にはなんの影響もないことを覚えておいてください。なぜなら、動く列車の幅が縮むと、停止している列車の内側にきちんとおさまってしまうからです。トンネルに入ったようにね。動いている観察者の目には、停止列車が自分の乗っている列車の中におさまったように見えるでしょう。明らかな矛盾が生じてしまいます」

マイクロフトは新しい紙をとって、次のような絵を描いた。

「動く列車の、ある車両の壁に鏡が掛かっているとします。そして、その向かい側がちょうど窓になっている」と、説明をはじめる。

「王室専用列車の中もそんなふうにしてありますね」わたしは言った。最近、列車の写真が公開されたのだ。たしか、有名な室内装飾家が相談を受けたという話だった。

マイクロフトはわたしの言葉にはとりあわない。「われわれがフラッシュランプを手にして、レールのわきに立ったとしましょう。ちょっとしたいたずらをしてみようというのですよ。ある角度から列車の窓にフラッシュの光をあて、列車が動いていても光が鏡にあたって反射し、また同じ窓から出てくるようにしてやるのです。すると列車が少し進んだところで、光が出てくるはずでしょう」

「子どものころ、似たような遊びをした覚えがあります!」わたしは言った。「通学列車をおりたあと、動きはじめた列車の窓に、ある角度からゴムボールを投げ込むのです。跳ね返ってまた出てくるように角度を調節してね。もちろん、しくじればボールはあきらめるしかありませんが、たまに寛大な乗客があわれに思ってか——」

「この図に数値をいくつか、書き込みましょう」マイクロフトが続ける。

「残念ですが、数学はだめなのですよ」わたしは言って、立ち上がろうとした。「この辺でわたしは失礼させていただきます。ちょっと用を思い出しましたし」

「ぼくは、ワトスンに約束したんですよ。数学で彼を悩ませることだけは絶対にしないとね」シャーロック・ホームズが笑みを浮かべて説明した。

マイクロフトはわたしを見つめた。「直角三角形についてのピタゴラスの定理でも無理ですか」

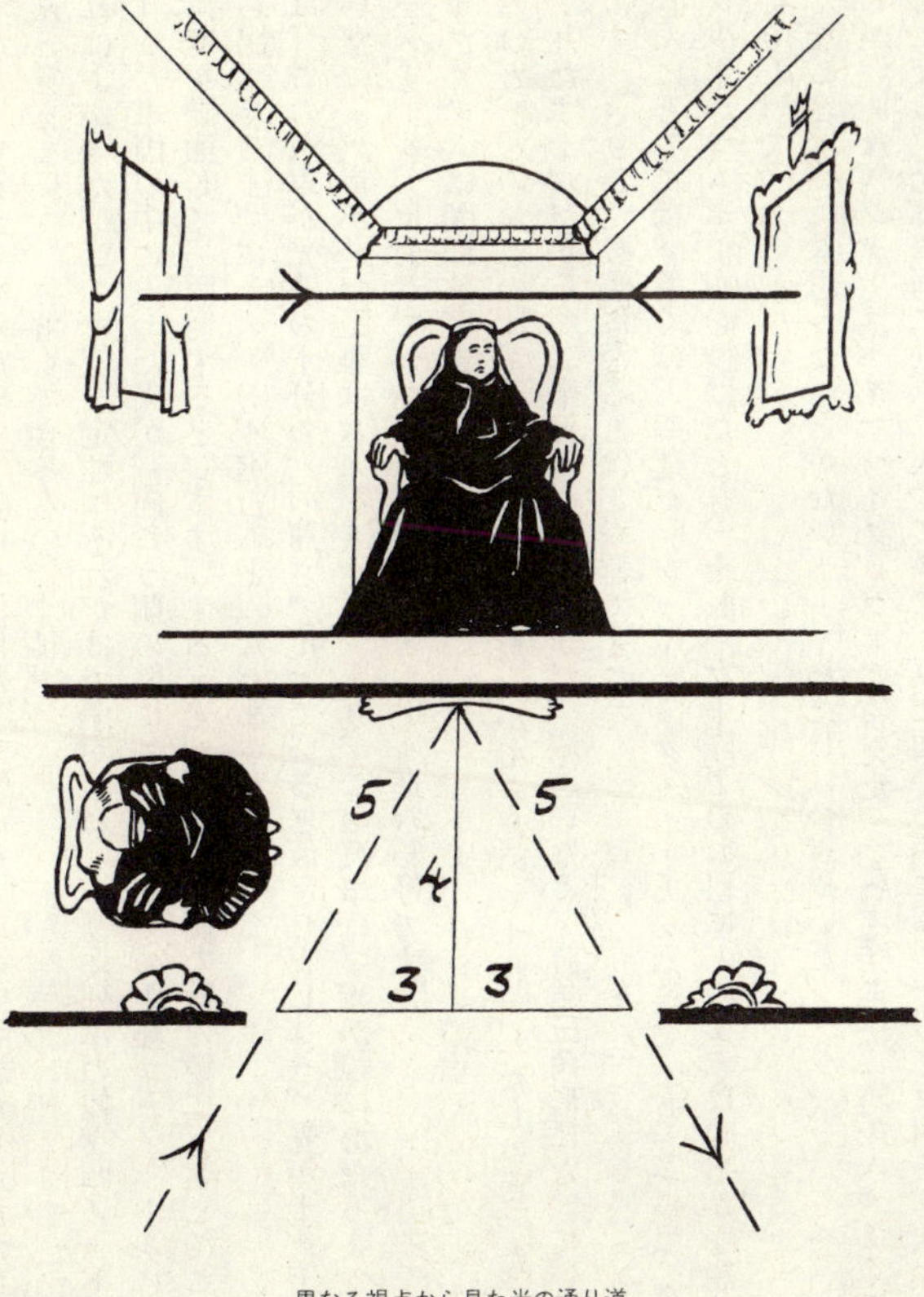

異なる視点から見た光の通り道

「偶然だな。ピタゴラスの定理は、学校時代に数学で習った定理の中でわたしがただひとつ、ちゃんと覚えていて、理解もできるものですよ」

「それはよかった。ここで使う定理はそれだけですからね。かりに列車の幅を四メートルとしましょう。車両の中に入った光が、向こう側の壁に到達するまでの距離が五メートルになるよう、角度を調節して、照射するとします。すると光は、向こう側の壁の鏡に反射してこちらの窓から出てくるまでに十メートル進むことになりますね。

では、この汽車が光速の十分の六の速さで走っていると仮定しましょう。光が十メートル進むあいだに、汽車が進む距離は六メートル。つまり、この汽車は、光が鏡にあたるまでのあいだに三メートル、反射して外へ出るまでに三メートル進むわけです」

マイクロフトは図に数字を書き込んだ。

「なるほど、辺の長さの比が三：四：五の三角形ができたのですね」わたしは言った。「3^2+4^2は、九たす十六だから、二十五。つまり、5^2だ。間違いなく、直角三角形になっている。こんなにすっきりした数値になるとは、幸運ですね」

「兄さんにとっては、驚くほど幸運だ」シャーロック・ホームズがにっこりして言った。「ワトスン少年がゴムボールを投げたとき、それが女王陛下のお目にどのように映るかを説明しようというわけですね」

「そんなことは夢にも思ったことがない――」わたしはつぶやいた。

「察しがいいな、シャーロック」マイクロフトが答えた。「女王陛下は、光が入ってくるのをごらんになる。光は車両に垂直に入ってきて、真正面から鏡にぶつかって反射し、入ってきたところから出ていく。最短距離で車両を横切り、まっすぐ跳ね返ったのだから、光が進んだ距離の合計は、八メートルです」

「さっきわれわれは、光が十メートル進むのを見たが、女王陛下がごらんになった光は、まったく同じ時間のあいだに、八メートル進んだ」シャーロック・ホームズが考え込みながら、眉を寄せた。「光の速さは、誰の目にも同じに見えるから、光速の十分の六の速さで走った場合、時間が通常の五分の四で進むことになってしまうのか！」

「よくできた、シャーロック。ピタゴラスがこわくないなら、もっと一般的な公式を書いてみせよう。あの黒板の覚え書きは、たいせつなのかね？」

マイクロフトは立ち上がって、壁に掛かった小さな黒板のところへ行った。それは、ホームズがわたしやハドスン夫人に書き置きを残すのに使っているものだ。

シャーロック・ホームズは一瞬、ためらった。「どれどれ……パーマーストン毒物事件か。これはもう関係ない、消してもらっていいですよ、兄さん」

マイクロフトは黒板をきれいに消して、式を書いた（二二六ページ挿絵中の公式と同じものである）。

「これは、ある速度での時間の遅れを計算する式らしいのだが……」

マイクロフトはしばらく考えていた。「光の速さが、誰の目にも同じだとすれば、距離も同じ割合で縮むはずだな」彼は黒板にもうひとつ、式を書いた。

わたしは懸命に理解しようとした。「わたしがプラットホームに立って、そのような汽車が通過するのを見ていたとしたら、汽車の両端が縮んで見え、中に乗っている人が、うそのようにゆっくり動いていくように見えるということですか」

マイクロフトはうなずいた。「そのとおりですよ、ワトスン先生。ふつうの汽車でも同じ現象が起きているのですが、程度が小さいので、われわれの知覚では認識できないのです。実際――」

と、そのとき、横柄に扉をたたく者があり、シャーロック・ホームズが微笑んだ。

「ぼくには、誰だか見当がつきます」彼は言った。「兄さんのクラブへ行ったとき、われらが愛すべきチャレンジャー教授とサマリー教授が、まもなくやってくるはずだと聞いたんですよ。ぼくは、兄さんが逃げ出して、ここに隠れてるんじゃないかと思ったので、ふたりに宛てて、うちへおいでくださいという書き置きを残してきました。兄さん、解決できないなら、直接、おふたりにそうおっしゃるのが礼儀だと思いますよ。

波動説と粒子説のどちらが正しいかはまだ判断がつかないとはいえ、光はふつうの波のようにも、ふつうの粒子のようにもふるまわないことは、ちゃんと示せたじゃありませんか。教授たちに、ふたりとも間違っていると言うか、ふたりとも正しいと言うかは、兄さんの裁量にまかせますよ。どちらも間違っていると言ったほうが真実に近いと思いますが、兄さんの鼓膜と、ぼくの生活の平安を守るには、どちらも正しいと言ったほうが無難でしょうね。

もちろん、ワトスンもぼくも、できることならお手伝いをしたいところですが、残念ながら、もうすでに遅刻だ。やあ、ようこそ、チャレンジャー教授、サマリー教授。兄のマイクロフトとはだいじな昼食の約束があるのですよ――きみは黙っていたまえ、ワトスン！――。しかも、もは面識がおありですね？　ハドスン夫人にお願いして、紅茶とビスケットを用意してもらいましょう。では、どうぞごゆっくり」

「きみの兄さんは、ちょっとどうかしておられるのではないか」ホームズと肩を並べて、ストランド街の〈シンプソンの店〉へ向かって歩きながら、わたしはきいた。「まったく、空間と時間を大きくゆがめてみたり、現実にはごく小さな違いにしかすぎないものを、難解な科学的な測定値で説明してみせたり……」

シャーロック・ホームズはにっこりした。「友よ、きみは具体的で絶対誤解の生じない証拠がほしいんだね。ゾウがどういうものかをワトスンにわからせるには、臭跡と足跡だけでは足りない。長い鼻とひらひらした耳を持つ灰色の巨体を、はっきり目に見えるところに立たせるか、できれば、足も見せたほうがいいんだ。一般に勘がよいとされている人をだますより、きみをだますほうがむずかしいかもしれないな。

そのうち、はっきりした証拠が出てくるだろうよ。百年もたたないうちに、ジュール・ヴェルヌやH・G・ウェルズが描いてみせた夢が実現するかもしれない。正確な時計ができれば、空間と時間のゆがみがきちんと測れて、論争の余地もなくなるだろう。

ところでワトスン、きみはオーストラリアが存在すると信じるかい？　信じるって？　行ったこともないのにか！　なら、北極はどうだ？　月の裏側は？　じゃあ、きみにもまだ望みがある。だが、それよりもまず、うしろの貸し馬車に気をつけたまえ。さもないと、馬車の存在がはっきりわかるだけじゃなく、痛い思いまでするはめになるぞ」

6 相対的嫉妬をめぐる三つの事件

礼儀正しいノックとともに、ハドスン夫人の娘アンジェラが、毎日われわれが購読している新聞を山とかかえて入ってきた。そして、朝食のテーブルの、あいた場所にそれを置き、膝を折っておじぎをし、出ていった。

シャーロック・ホームズは、マーマレードを塗ったトーストを片手で持ってかじりながら、もう一方の手で新聞をぱらぱらと繰った。

「おやおや、なんと情けない収穫ばかりだぞ、ワトスン。例年ならそろそろ、夏期休暇で英気を養った編集長が職場に戻ってきて、にわか記者を務めていた雑用係がお役ごめんになるころだ。くだらないニュースばかり読まされる毎日から解放してもらえると思っていたんだがね。もう少しましな記事を期待していたのに……。『季節はずれの暑さのため、デヴォンシャーで早めの穫り入れ』、『ブライトンの海岸にクジラが打ち上げられる』、『アルバート王子、バルモラル城（スコットランド北東部グランピアン州にあるイギリス王室の私邸）で静養中の女王陛下を訪問』……。ふん、つまらない記事ばかりだ。いや、そうでもないな。これを見たまえ」

ホームズが『ロンドン・タイムズ』紙の一面を掲げてみせた。いつもは整然としている紙面に、大急ぎで改訂を加えた跡がある。発行人欄の真下にある個人広告がいくつか抜かれ、代わって、不規則に字間のあいた大見出しと、傾いた本文活字が貼りつけられている。

「編集室が大混乱に陥った証拠だね、ワトスン。編集長にとっては、悪夢だったろうな。きっと活字を版盤にしまって印刷をはじめたところへ、どこへでも挿入できるわけじゃない重大ニュースが飛び込んできたのさ。ともかく印刷を中止し、印刷室の床に這(は)いつくばって、手作業で活字を組むしかなかったんだね。ほら、あわてたようすがよくわかる！　活字でじかに文を書こうとすると、こういう綴(つづ)りの間違いがよく起きるんだ。そう、鏡に映したように裏返ってる文字がいくつかあるのさ。さてはて、このお堅い新聞社をきりきり舞いさせた一大事とは、なんだろう」

記事を読んだホームズは、みるみる表情を険しくして、わたしに新聞を渡した。

「一大事なんて、なまやさしいものじゃないよ、ワトスン！　ふつうの見出し記事と違って、きょうだけの報道ではすまないね。ヨーロッパ全体の問題にも発展しかねない。きっと兄のマイクロフトもすでに外務省にはせ参じて、興奮した閣僚たちをなだめにかかっていることだろう。いまにぼくらも呼び出されるよ。でなきゃ、ぼくの判断が間違ってるんだ。きみはどう思う、ワトスン？」

わたしは、文章中の文法や句読法の誤りを正しながら、声に出して記事を読んだ。

「中央ヨーロッパで王位継承問題浮上。クロルガリア王国の在位三十年におよぶ国王ウルマン二世が、昨日狩猟中に落馬事故に遭い、不慮の死を遂げられた。馬が突然国王を投げ出したためで、国王は首の骨を折って、即死。馬がなぜこのような行動をとったのかは不明だが、いまのところ陰謀の疑いはない模様。

同じころ、同国皇太子ご夫妻は、黒海沿岸での夏期休養を終え、王室専用列車で帰路についておられた。首都では、重臣らがご夫妻を出迎えるべく待機していたが、到着まであと一時間というときに、王室列車でふたつの爆発事故が起きた。皇太子夫妻はともに即死された。ご夫妻は、先頭車両と最後尾の車両に分かれて乗車しておられたため、偶然の事故とは考えにくい。

空位となった王位の第一継承権が誰にあるのかは、まだ確定していない。王国の継承順位は通例、規定によって詳しく決められているが、今回のような場合には、皇太子と皇太子妃のどちらが先に亡くなられたかを知る必要がある。もし皇太子のほうが先であれば、皇太子妃の弟君が第一継承者となる。妃殿下のほうが先であれば、皇太子の弟君が王位につくことになる。この点がはっきりするまで、近隣地域には相当な緊張が続くものと予想される」

わたしはホームズに新聞を返した。

「わが国の外務省もぴりぴりしていることだろうね」わたしは言った。「だが、きみがこれにどう関係してくるんだ?」

「この危機を打開するには、できるだけすみやかに、しかも間違いなく、誰が皇太子ご夫妻を暗殺したかを突きとめるのがいちばんだ。もちろん、国王陛下についても、ほんとうに事故死なのかどうか確認する必要がある。クロルガリアの警察には、こうした捜査をする能力がないんだ。スコットランドヤードに援助を求めたいところだろうが、それでは外交上、格好がつかないだろう? 政治には関係のない私人を送り込んだほうがずっといい。大使館に寝泊まりして、誰にも気づかれずに出入りできる人間をね。ぼくは手をつかねて兄の呼び出しを待っている気はないよ、ワトスン。これからすぐ外務省へ行こうじゃないか。ハドスン夫人に言って、辻馬車(つじばしゃ)をつかまえてもらい、下に待たせておくよう頼んでこよう。それから、着替えだ。外務省の服装規定は厳しいからね。ぼくのこの部屋着ではとても中へ入れてはくれまいし、きみだって、きちんとした服を着てはいるが、やはり山高帽に燕尾服のほうが、ずっと印象がよくなるはずだ」

辻馬車は、ベイカー街を南へ走り、マーブルアーチ（ハイド・パーク北東端にある白い大理石の凱旋門）の前を通って、広々としたパーク通りに入った。最近できたばかりのサーペンタイン池の向こうには、みごとな眺めが開けている。友は景色には目もくれず、眉根を寄せて宙をにらんでいた。コンスティチューション・ヒルを走って、バッキンガム宮殿前にさしかかると、同盟国の君主の死に弔意を表するべく、半旗が掲げられていた。やがて、威風堂々とは言いがたいバードケージ通りへ入り、ウェリントン兵舎のそばを通りかかった。と、ホームズが身じろぎをし、御者にとめてくれと呼びかけた。

「あそこの新聞売りを見たまえ、ワトスン。どうやら最新版を仕入れてきたばかりのようだ。フリート街（当時、新聞社が多く集まっていた地域）がすぐそこだろう？　きっと新聞のインクがまだ湿っているよ。兄も最新の情報を手にしていると思う。こっちもぬかりがないってところを見せてやろう」

揺れる辻馬車の中で新聞を読むのはむずかしかったが、第一面に大きく描かれた王室専用列車の挿絵はしっかり見ることができた。

「ここにもっと詳しいことが書いてあるに違いない」ホームズが言う。「連結されていた七両の客車のうち、いちばん先頭の車両に皇太子が乗っておられたことは確認されている。妃殿下は最後尾の車両にいらっしゃった。侍従たちが控えていたのは、中央の客車だ。この侍従の客車から、先頭と最後尾の客車に同時に合図を送って、鈴を鳴らすようにしてあった。この装置

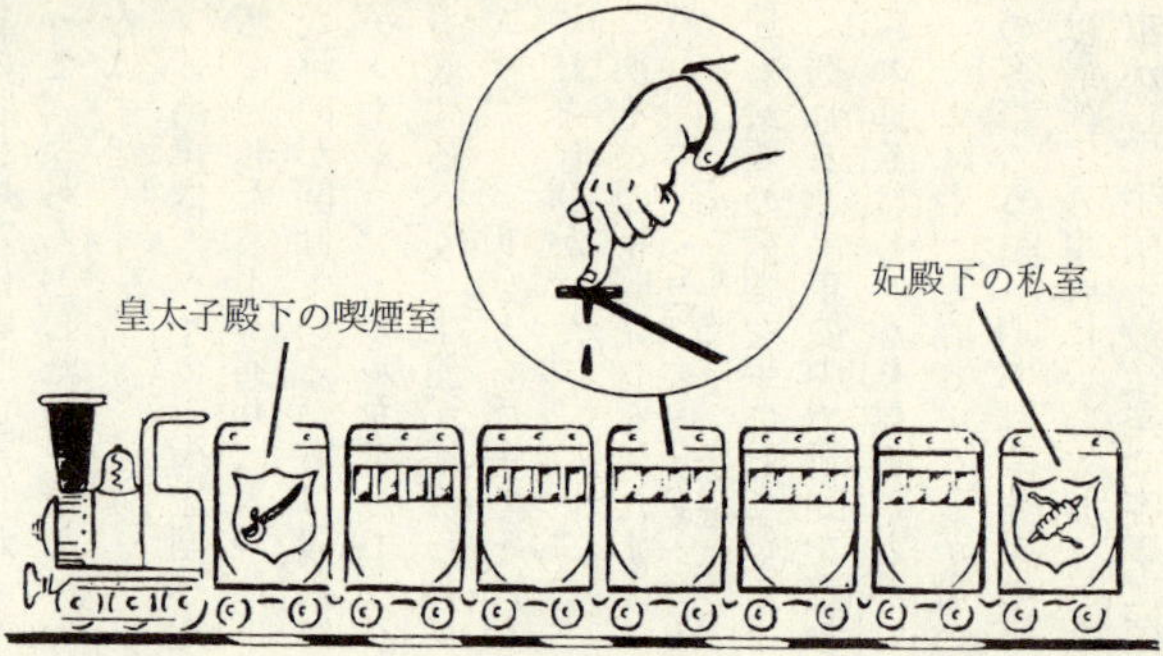

王室専用列車

に使われていた導線に、あらかじめ二個の爆弾が仕掛けられていたらしい。暗殺者は鈴につながっていた導線を外して、起爆装置の端子につなぎ、綿火薬の俵の中に埋め込んだ。

もし死亡順序をわかりにくくするように仕組まれたのだとすれば、お手上げだよ、ワトスン！ 中央の客車から電気信号が送られたら、たとえ火花が導線を伝わる速さが予測より遅かったとしても、その遅れ方さえまったく同じはずだからね。綿火薬は即座に爆発したんだ。おそらく皇太子ご夫妻は、ほぼ同時に亡くなられたのだろう。時間差があったとしても、千分の一秒以下だ。言ってみれば、生前は結ばれなかったふたりが、死によって結ばれたわけだね」

「わたしにはそれが不思議だったんだよ、ホームズ。ご夫妻がべつべつの車両に乗っておられた、しかもふたつの車両をつなぐものは侍従の客車だけだったとは妙じゃないか。誰かの目に触れなければ、行き来できないのだろう？」

ホームズはため息をついた。「あのおふたりが完璧な仮面夫婦だったことは公然の秘密だよ。ぼくはたまたま、ご結婚の背景を知っているんだ。昔から何度もあったような話だし、これからも間違いなく、あるだろう。君主国というものが存続するかぎりね。

皇太子殿下は、お妃をお迎えにならないままに、中年と言える年代にさしかかられた。何人かのご婦人と懇意になられたことはおありだが、おおかたの予想どおり、王室のお眼鏡にかなったご令嬢はいなかった。単なるお戯れ以上の間柄となったご婦人もあって、その中でも、皇太子はあるひとりの女性がとくにお気に入りだったらしい。しかし、そのご婦人とのご結婚は論外とされ、皇太子はいたく憤慨されたそうだ。

やがて重臣たちは、皇太子にふさわしいお相手を探そうと考えた。何にもまして重要とされた条件は、消極的なものだった。つまり、過去、殿方とのあいだに、清く正しいとは言いがたい交際のあったと思われるふしがまったくないことだ。

この条件で探そうと思ったら、まだ年のいかない十代のお嬢さんを探すのが、いちばん手っ取り早い。さっそく、お見合いが行われた。お相手のご令嬢はたいそう魅力的だったので、後日、結婚が申し込まれた。

おふたりは、明らかに相性が悪かったようだが、実際の結婚生活については、皇太子のご友人の話と、妃殿下のご友人の話のどちらを信じるかで、ようすが違ってくる。皇太子側は、妃殿下がいつも少々気持ちが不安定でいらっしゃったと言う。成熟した夫婦関係を築くことができず、激しい嫉妬の虜となって、ついにはその執拗な悪意のために夫の評判を著しく傷つけてしまったというのさ。一方、妃殿下側の言い分をとれば、皇太子は冷たい人で最初から妻に対して思いやりがなく、皇太子妃にふさわしい扱いをしなかったばかりか、じきによその女性に心を移してしまったということになる」

「きみはどっちを信じるね、ホームズ？」

「証拠もないのに、結論を出すべきではないよ。いずれにせよ、結婚生活が破綻した責任がどちらにあるかは、あのご夫婦をよく知る者でも容易には判断できないだろう。

だが、ともかくこれで、皇太子ご夫妻があんな奇妙な方法で旅をなさっていた理由がわかったろう？　公の場では、つねにご夫妻いっしょでなければならなかったが、実際は、激しく憎み合っておられた。だから、別居をなさっていたわけだし、たった一泊の汽車旅のあいだですら、同じ部屋にいることが耐えられなかったのだ」

「そこまで仲が悪かったという話は、聞いたことがない」わたしはいくらか驚いて言った。

「公的な生活を送る人々にとってさいわいなことに、われらが新聞社は——扇情的な記事を書く新聞でさえ——古くからのしきたりを守り、ご本人の名誉のため、こうしたことにはあからさまに言及しないのさ。そんな話が野放図に、事細かに伝えられるような国には住みたくないものだ。まったく、ああした世界での成功や名声は、勲章どころか、厳罰に等しいね」

ホームズが話しているうちに、辻馬車が外務省前の車寄せに入った。われわれは、堂々たる受付ロビーに招じ入れられたあと、控えめだがもっと優雅な装飾を施された控えの間に案内され、それからようやく、じつに質素な印象の執務室へ通された。贅沢品と呼べる調度は、座り心地のよさそうな肘掛け椅子と、重たげな書類の山を載せている大きな机だけだった。

マイクロフトは、飲み物も葉巻もすすめず、少々ぶっきらぼうな手振りで椅子を示した。

「きみたちに会うのは、いつだって楽しみだよ、シャーロック。だが残念ながら、けさはとても忙しい。どういった用向きで訪ねてくれたのかな？」

シャーロックは両眉を吊り上げた。「ぼくは兄さんから呼び出しが来るものと思っていたんですがね」

「ああ、あのクロルガリアの事件のことか。なるほどね。幸運なことに、おまえの手は借りずにすんだよ。わたしは数秒で解決することができた」

シャーロック・ホームズは信じられないといった顔をした。「ぼくはつねづね、兄さんのお力には心から敬服していますよ。だが、バルカン諸国の政治情勢は複雑です。あの王家の三人の命を狙っていた者など、掃いて捨てるほどいるでしょう。いくらなんでも、ロンドンのこの机からでは、細かいことはわからないのではありませんか」

今度はマイクロフトがびっくりしたような顔をした。「殺人犯を特定するということかね？わたしには、そんなことはわからないし、率直なところ、興味もない。わたしが言っているのは、王位継承問題だよ。皇太子と妃殿下のどちらが先に亡くなられたか、という問題さ」

「では、ぼくには手に入らないような詳しい情報が入ったのですね、兄さん。ここにある刷りたての新聞には、死亡時刻にはまったく差がなかったというようなことが報じられていますが」

マイクロフトは机の上から、ホームズのと同じ新聞を取り上げた。「わたしもおまえと同じ情報から推理したのだよ。どちらが先に死んだかは、火を見るより明らかだ」

友は、束の間顔をよぎったとまどいの表情を隠せなかった。

「ほんとうさ、シャーロック。おまえももう少し頭の体操をしなければならんな。解答は、このあいだおまえと会ったときに詳しく説明した物理の話から導き出せるよ」マイクロフトは胸を張った。

「相対性原理さ。すべての慣性系は等価であり、絶対静止系というものは存在しえない。つまり、ふたつのものが同じ場所に存在することは、証明できないというのだね。むろん、そのふたつのものが、同じ瞬間に同じ場所にあればべつだが」

わたしは、シャーロックの肩を持たなければならないような気がした。「そんなばかなことがありますか」わたしは激して言った。「わたしはこのあいだカンタベリー寺院へ行ったとき、ベケット大司教（一一一八？—七〇。カンタベリーの大司教。ヘンリー二世の教会政策に反対したため、王の側近に殺された）の記念碑の前に立ちました。殺害事件が起きたのは六百年ほど前ですが、わたしはベケット大司教が亡くなったまさにその地点に立っていたのです。あたりに幽霊でもいるような気がして、うなじの毛が逆立ちましたよ」

マイクロフトは微笑んだ。「まさにその地点だと思わない人もあるでしょう」と言う。「どういうことか、きちんとご説明しましょう」

マイクロフトは紙を一枚、引き寄せた。それは王室の紋章が入った電報のようだった。彼はそれを裏返し、さらさらと簡単な絵を描いた。

「二個の惑星が、宇宙を移動中、たがいに接近してすれ違うとします。一方の惑星——かりにこれを地球とします——の北極から一万キロメートル離れた地点が、もうひとつの星——火星としましょうか——の南極から一万キロメートルの地点にあたると考える。もちろん、実際の

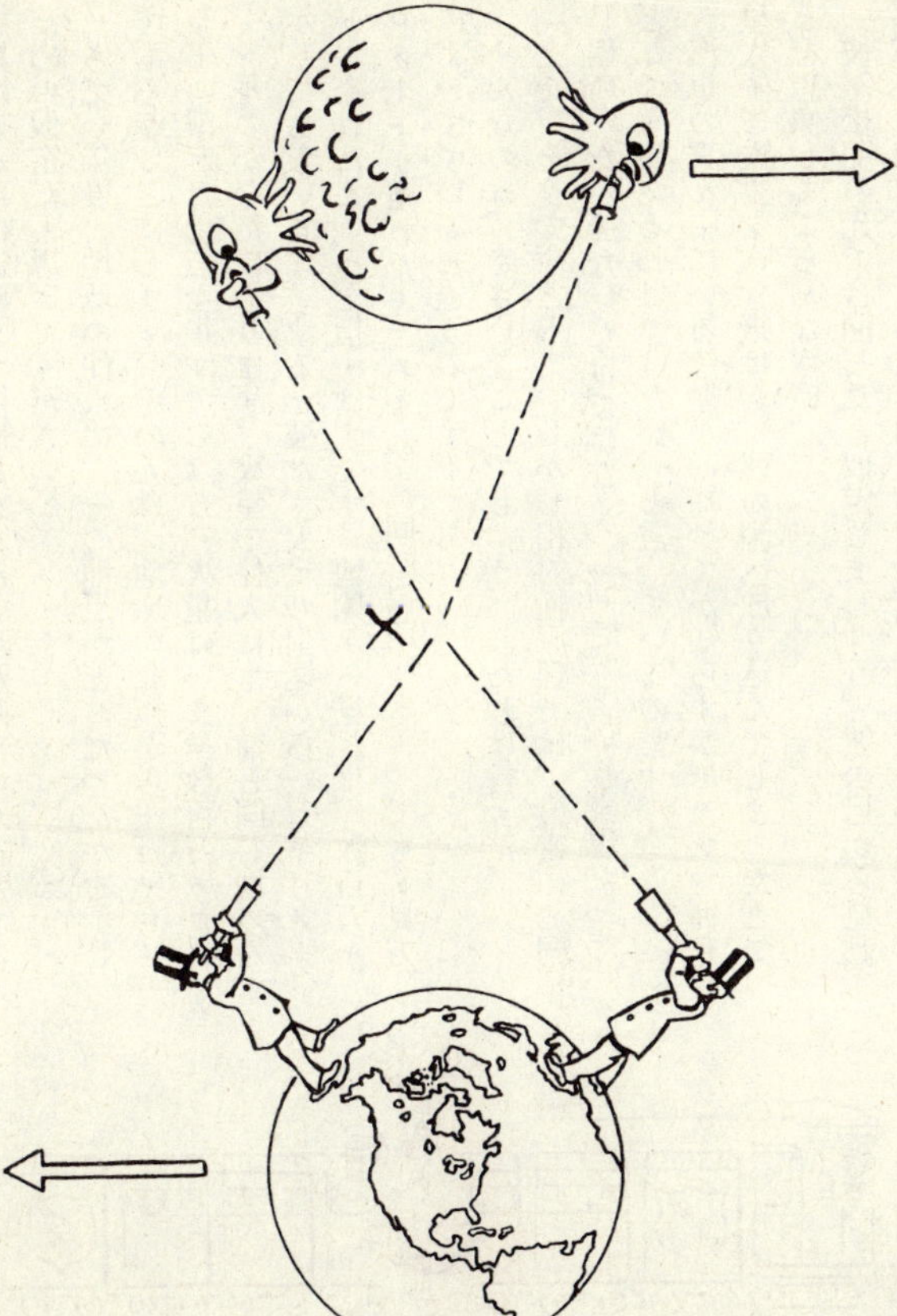

すれ違う二個の惑星

惑星はこんなに近くまで接近しません。わかりやすく説明するための仮定だと思ってください。

さて一年後、地球の住人に、その地点がどこだったかを示してもらうことにします。その人は、地球の北極から一万キロメートル離れた地点を指すでしょう。火星はいまや数百万キロメートルのかなたにあります。火星の住人にも、前と同じ地点を示してもらいます。すると彼は、火星の南極から一万キロメートル離れたところを指すはずです。地球から見れば、数百万キロメートル離れたところをね。〝同じ場所〟と言っても、見方によってずいぶん違うのですよ」

「そんなのは、ささいなことでしょう」わたしは言った。

「ええ、そうですとも！　しかし相対性原理では、厳密に〝同じ場所〟を示せないだけではなく、〝同時〟という表現だってどこでも使えるわけではない、と言っているのです。

汽車の真ん中にいる侍従が、知ってか知らずかボタンを押し、皇太子ご夫妻を吹き飛ばし、死の淵へ放り込んでしまったところを想像してごらんなさい。

彼が松明（たいまつ）の光で合図したと仮定しましょう。彼の目から見れば、光は前にもうしろにも同じ速さで進み、皇太子が乗ってお

汽車の両端に向かって合図を送る

られた先頭車両と、妃殿下の最後尾車両に、同時に届いたはずだ。

では、線路のそばに人がひとり立っていて、侍従が目の前を通り過ぎた瞬間、松明の光が放たれるのを見たとします。この人の目から見れば、前に行く光は、先頭車両に追いつかなければならないが、最後尾車両はうしろから追いかけてくる。ということは、間違いなく、前よりもうしろのほうに、先に光が届きますね」

わたしはうなずいた。明らかにそのとおりだと思ったからだ。シャーロック・ホームズは深く考え込んでいる。

「もちろん、これがもし侍従ではなく、線路わきで見ている人が光を送ったのだとしても、結果は同じです」マイクロフトが続ける。「侍従の目には同時と見えたふたつの爆発は、線路わきの人には、ふたつの爆発が続いて起きたように見えるはずなのです。列車の中から見れば同時に見えたのに、線路わきから見れば、後ろの車両のほうが先に爆発したように見えるのですね。

むろん、この順序は、見ていた人の基準系によって変わります。たとえば、ある人がこの線路と平行する線路を、もっと速い汽車に乗って走り、追い越していくとする。この人の目には、先頭車両で起きた爆発のほうが早かったように見えるだろう」

マイクロフトはいたずらっぽい笑みを浮かべた。「しかしね、シャーロック、われわれも、この問題を扱うことになる裁判所も、地球の表面に対しては静止している。その観点から見れば、妃殿下のほうが先に亡くなられたことになるのだよ。たとえ時間差が一秒もなかったとしても、これは明々白々たる事実だ」

わたしはすっかりめんくらってしまったが、ホームズは何か考えをめぐらせているのか、しきりとうなずいていた。計算をしているらしく、唇を静かに動かしている。

「しかし、たいへんな速さで走っている汽車にとっては、ごくごく小さな差ではありませんか！」ホームズは言った。「そうだな、実際の時間差は、十兆分の一秒ぐらいでしょう。科学的に表現すれば、10^{-13}という、なんとも縁起の悪い数値になる」

マイクロフトは鷹揚に腕組みをした。

「妃殿下の弟がとんでもない悪党だという話はしたかな？ 召使いがささいな仕事をしくじったのに腹を立て、殺してしまったこともある。なのに、王室の保護を盾に、まんまと罪を免れているのだ。気がふれていると言う者もいるほどだよ。一国を治める器ではないね。それに引きかえ皇太子の弟君は、天才肌ではないものの、王室の一員としての義務をしっかり果たしておられるし、お人柄も誠実だ。行きあたりばったりに選んだ人間と違って、騒動を起こす心配も皆無なのさ。

わたしは、この問題に判定を下せと命じられた。重要なのは、どれだけの時間差があったかではなく、わたしが自分の胸に手をあてて断言することなのだ。与えられた情報だけを手がかりに調査した結果、先に亡くなられたのは、妃殿下であると思われます、とね」

マイクロフトは得々として、弟の顔を見た。シャーロック・ホームズはうなずいたが、わたしは今度こそ彼に加勢して、マイクロフトの自尊心を少々へこましてやろうと思った。

「まあ、いずれにしても時間差はわずかでしょうし、解決されてみれば、とるに足らない問題だったわけですな」わたしは言った。「そんな王位継承問題など、わたしには、コップの中の嵐にしか見えません。遠いバルカンの国の王室の行く末がここロンドンに多大な影響をおよぼすとも思えませんよ。わが国の王が暗殺されようが、かの国の大公が殺されようが、世界の大勢に変化はないでしょう！」

驚いたことに、マイクロフトは真っ青になった。声を殺し、心せまき者を救いたまえ、というようなことをつぶやいた。それでどうにか、気持ちを立て直したようだった。

「おやおや、きょうのわたしはよい主人ではなかったな。何か飲み物でもすすめるべきだったのに」マイクロフトは、机の上の呼び鈴のほうへずんぐりした指を伸ばしたが、ふと懐中時計を見て、押すのをやめた。

「そう言えばシャーロック、これから昼食をとる約束があるんだが、ワトスン先生もお誘いして、いっしょにどうだ？　きっと楽しいと思う。チャレンジャー、サマリー両教授がわずかながらわたしの力を認めてくださり、サマリー教授のほうが、会いたいと言ってこられたのだよ。今度は科学の問題ではなく、法律上厄介な問題で困っている学生さんのことで相談したいらしい。それなら、わたしよりもむしろおまえの領分かもしれない。時間はあるかね？　ワトスン先生は？　それはよかった！　では、のんびり歩いていくことにして、すぐにでも出発しよう」

体を動かすのは、マイクロフトが得意とするところではなかったので、かなりゆっくりとセント・ジェームズ・パークを突っ切っていったのだが、それでもクイーンズ・ウォークにあるレストランへは約束の時間より少しばかり早く着いた。献立表を見ていると、サマリー教授があわてたようすで入ってきた。外套をあずかろうとする給仕を無視し、教授は椅子を引いて座った。

「おはよう、ホームズさん」と、マイクロフト・ホームズだけに挨拶をし、シャーロックとわたしのほうは見もしない。

「よくおいでくださった、恩に着るよ。ご存じかと思うが、わたしは教える仕事だけではなく、学生たちの精神面の指導にも力を入れているのだよ――幾人かの同僚とは違って、と付け加えておこう」

悪意のある言い方だったので、わたしは、チャレンジャー教授のことだと推測せざるをえなかった。

「問題の学生は、アルフレッド・スミスという青年で、わたしのもとで物理学を勉強しているのだ。アルフレッドにはアーサーというふたごのきょうだいがおり、その青年もうちの大学の学生なのだが、音楽が専攻だもんで、わたしが彼の存在を知ったのは、つい最近のことだ。ふたりは一卵性双生児だが、気性はまったく違う。アルフレッドのほうが冒険心に富み、積極的なのだ。若さゆえに心奪われることが多く、なかなか勉強に集中できない。昨年はわたしの許可を得て休学を申請した。大型客船で世界一周の旅をしてきたらしい。アルフレッドにとっては、経済的負担が大きかったはずだ。数年前に両親を亡くしているし、アクスブリッジ卿の遠縁にあたるとはいえ、もともとさほど裕福な家庭の子ではなかったからな。だが、このごろは、わたしの個別指導に熱心に取り組んでいる。なんにせよ、あの長期旅行がよい影響を与えたのだろうな。もっとも、時折妙な失敗をしでかしているが……」教授は一瞬、眉をひそめた。「おそらく、最近持ち上がった厄介ごとをくどくど考えているせいだろう。じつは数週間前——アルフレッドがロンドンへ戻ってきた直後のことだ——、アクスブリッジ卿が急死されたのだ。屋敷に押し入った強盗に殺されたらしい」

「まるで頃合いを見計らったようじゃありませんか」シャーロック・ホームズが言った。

サマリー教授はためらった。「いや、警察がアルフレッドにいくらか疑いを持ったことは、わたしも知っている。以前、暴力沙汰を起こして有罪判決を受けたことがあったらしいのでな。おとなしいアーサーとは対照的に、かっとなりやすい性質なのだ。しかしアルフレッドは絶対に事件とは無関係だ。わたしがアリバイを証明した。事件が起きたときには、わたしが何マイルも離れたところで彼を指導していたのさ。あんたは仕事柄、人を疑いすぎる傾向があるようだな。

さて、まもなく、アクスブリッジ卿がきわめて特異な遺言を残していることがわかった。子も孫もない卿は、誰かひとり、親戚の若い者に遺産を相続させたがっていたらしい。

誰かひとりと言ったのは、卿は遺産の分割をきらっていたからだ。一族の伝統を守るためにも、財産はただひとりの人間によって相続されなければならないと考えておられたそうだ。しかし、甥や姪の子といっても、卿がとくに気に入っていた子も、よく知っていた子もなかったのだな。そこで遺言には、甥や姪の子どものうち、最年長の者を相続人とする、とした。しかし、一族にはふたごが何組もあるのに、遺言には、ふたごが分割して遺産を相続することは認めない、とはっきり書かれている。最年長者がふたごであった場合は、どんなにわずかな差でもいい、どちらが年長かを突きとめ、その者に遺産のすべてを相続させなければならないというのだ」

「それならすぐに解決しますよ」わたしは自信を持って言った。「ふたごの赤ん坊を何度か取り上げたことがあるのです。必ずひとりずつ順に生まれてきますし、ひとりめが出てからふたりめが出てくるまで何時間もかかることもありますから、誕生した順序は、はっきりしています」

「残念だが、アルフレッドとアーサーの場合はそうはいかない。きわめて特異な例で――」サマリー教授は言いよどみ、そばの窓から外を見た。「ああ、ふたりがやってきた。いちおう連れだって歩いているし、見たところ、仲が良さそうに話をしている」

教授は言い、さっきよりも早口で続けた。「ここからあとの話は、本人たちにまかせよう。ご想像がつくと思うが、遺産のせいで、ふたりのあいだに深い溝ができてしまった。どちらもそれぞれに奇妙な根拠をあげて、相続権が自分にあると主張しているのだよ。

わたしは、ふたりがこれを裁判に持ち込むのではないか、と気がかりでならないのだ。そんなことをすれば大衆紙の格好の餌食になり、りっぱな家名がのちのちまで物笑いの種になるだろうし、いずれが勝っても、肝心の遺産のほとんどが弁護士費用の支払いで消えてしまうだろう。

そうした破滅的な結末を避けるためにも、マイクロフトさんに判定していただくのがよかろうと判断したわけだ。では、わたしはこれで失礼するよ。ほかに緊急の用があるのでな」

教授は立ち上がり、給仕が献立表を差し出そうとするのを、手を振ってことわった。「アルフレッド、アーサー、紹介しよう。マイクロフト・ホームズさん、シャーロック・ホームズさん、それから、ワトスン先生だ。頭脳明晰(めいせき)なみなさんが、きみたちの論争を友好的に解決してくださるだろう」

青年たちが席につき、軽いおしゃべりをしているあいだに、アントレが運ばれてきた。

「アルフレッドは世界一周旅行をしてきたというが、そのわりには、あまり日に焼けていないね。曇天続きのイギリスにいたアーサーと見分けがつかないのは妙じゃないか」わたしは、シャーロックの耳元でささやいた。ふたごはおとなになれば容貌(ようぼう)がやや違ってくるものだが、このきょうだいは、わたしがこれまで見た中ではもっともよく似ている。どちらもやせて細面で、まっすぐな焦げ茶色の髪を短く刈り込んでいる。

「ポッシュ(POSH)という俗語を聞いたことはないか、ワトスン。お金持ちが船でインドへ行くときに買う切符に印刷されている言葉でね、〝往路は左舷(PORT OUT)、帰航は右舷(STARBOARD HOME)〟の略なのさ。行きは、船の左舷(さげん)側が日陰になり、帰りは右舷側が日陰になる。だから、熱帯地方へ旅する人はみな、この船室をとりたがる。首尾よくとれれば、望みどおり、行きも帰りも、強い日差しが避けられるからね」

ホームズは前に身を乗り出し、少し声を大きくして言った。「大伯父(おおおじ)さまは、ふたごのうちどちらか先に生まれたほうに財産を譲ると言い残されたそうだが、きみたちの場合は、簡単には決められないと聞きました。それはなぜです?」

ふたりが一度に話そうとしかけたが、アルフレッドのほうがやや早かった。

「ぼくたちは専門的に言っても、ごくまれなふたごなんです。シャム双生児だったんですよ。ただ幸運なことに、ぼくたちの体は、皮膚一枚だけでつながっていたので、生まれてすぐ、簡単に切り離すことができました。

でも、前もって難産になることはわかってましたので、病院側は、帝王切開をしたんです。ぼくらは子宮の中にいるときから体がくっついてましたから、ほんとうに同時に生まれたとしか、言いようがないんです。もともとは、ひとつの体も同然だったわけですから」

「では、どちらが先だったかは、確かめようがないのだね」わたしはなるたけ年長者らしい温かみのある口調で言った。「よほどうまい和解策を考え出すか、その奇妙な遺言の条件を修正してもらうよう、訴えてみるしかないだろう」

「そうじゃないんです、先生！」アルフレッドが興奮した面持ちで言う。「ぼくらが同時に生まれたことは、確かです。でも、だからといって、どちらも同じだけ年をとったとは言えないでしょう？」

わたしには、とんでもないたわごとに聞こえたが、マイクロフトはうなずいてあとを続けさせた。

「いいですか、ぼくは最近、世界一周の旅から戻ったばかりです。寄港地にあがっていた日をのぞけば、六カ月間船に乗っていた計算になります。ぼくは東へ向かって出発しました。ケープタウンへ行き、マダガスカル島経由でインドへ向かい、そこからオーストラリアへ、そしてパナマへ行きました。

パナマ地峡を突っ切るには、相当苦労しました。あそこに運河が開通すれば、世界中の国々にとって、大きな利益になると思いますね！　大西洋側に渡ったあとは、船でまっすぐロンドンまで帰ってきました」

「なるほど、そういうことか！」わたしはふいに息をのんだ。「ワトスン先生は、最新科学小説の愛好者なのですよ。近ごろはジュール・ヴェルヌを卒業してH・G・ウェルズを読むようになられたんだが、ヴェルヌの有名なベストセラー小説、『八十日間世界一周』は間違いなく読まれたことと思います。

おそらくきみは、自分は二百日ばかりかけて地球を一周したから、一箇所にじっとしていたアーサーより一日余分に年をとったと言いたいのでしょう。

きみが旅行しているあいだ、地球は二百回、自転をした。その地表に住む人間の大半は、朝日を二百回見て、夕暮れを二百回見たわけだ。

しかしきみは東から西へと、時差を超えて旅をしたので、ふつうより一日の時間が短くなったのですね。つまり、自転軸を中心に考えると、きみは自分が移動することによって、ちょうど二百一回、回転した計算になるので、朝と夜を一回ずつ、アーサーより余分に迎えたことになる」

「おっしゃるとおりですよ！」アルフレッドが叫んだ。「だから間違いなく、ぼくのほうが年上だっていうんです。亡くなった大伯父の遺産を相続する権利があるんだ」

シャーロック・ホームズはきっぱりと首を横に振った。「その理屈には、無理がありますよ。きみたちふたりが生まれてからいままでのあいだに何秒たったかを比べてみれば、まったく同じになるからです。朝と夜を迎える回数を減らしたかったら、炭坑にもぐるとか、一年の半分が昼で半分が夜という極地へ行くとかする手だって使えます。だが、きみたちのほんとうの年齢を、誕生以来の心拍数で決めるとすれば、これは少しも影響を受けていないはずです」

アルフレッドはさらに反論しようとしたが、シャーロック・ホームズは片手を上げた。「アーサーの意見も聞かせてもらいましょう」

アーサーはもっと穏やかに、だが、信念を持って話した。

「ぼくの専攻は音楽ですが、空間と時間の性質についての最近の発見には、興味を持っています。サマリー教授は、このあいだのあなたの推理にたいへん感銘をお受けになったらしく――」と、マイクロフトに向かって軽く会釈をする。「近ごろの授業では、講義用に作られた教科書を離れ、ご自分の言葉でこの問題について解説をなさっているのです。理系の学生たちはおおいに刺激を受け、活発に議論するようになりました。もちろん、アルフレッドもそうした学生のひとりでしたから、ぼくもこの問題について、詳しく聞かされるようになったのです。ぼくは数学は苦手ですが、運動する物体にとっての時間が、静止した物体にとっての時間よりずっと遅く過ぎることは、性質上、きわめてはっきりしています。

この数ヵ月間ぼくは――少なくとも地球の表面に対しては――静止していましたが、アルフレッドはその間ずっと十ノット、つまり秒速五メートルの速さで動いていたのですね。光速に比べれば、かなり遅いでしょう。だがそれでも、アルフレッドは動いていたわけですから、年のとり方がやや遅かったはずです。だからぼくのほうが年上で、相続権を持っているというんですよ」

アルフレッドは軽蔑したように首を振った。「ほら、こいつが根は物理屋じゃなく、音楽家なんだってことがよくおわかりでしょう」と、哀れむように言う。「すべての運動は、もちろん相対的なものです。アーサーから見れば、ぼくは動いていました。でも、ぼくの観点からすれば、ぼくのほうがじっとしていたのに、アーサーが、いえじつはブリテン諸島全体が動いていたことになるのです。つまり、アーサーの側から見ると、ぼくのほうがゆっくり年をとったとも言えるが、ぼくの側から見れば、彼のほうがゆっくり年をとったとも言えます。これはまったく対称的な問題なんですよ」

マイクロフトは思案顔で眉根を寄せ、「それはおかしいな」と言う。「もしきみがジュール・ヴェルヌが想像した奇妙な乗り物に乗って、光の速度で遠い星へ旅をしてきたと仮定したら、どうだね？　きみがアーサーより若くなっているとすれば、その差は何秒かではなく、何年にもなっているはずだよ。アーサーは腰の曲がったおじいさんになっているのに、きみはまだ健康な若者のままということになる。だが、アーサーから見たきみも、おじいさんになっているのだろうか。逆は成り立つまい。人によって見えたり見えなかったりするような相対的なあごひげなど、生やせる人間はいないよ！　その状況には、何か隠れた非対称性があるに違いない」

そのあとマイクロフトは、給仕が主菜を片づけ、デザートとコーヒーを運んでくるまで、暗い顔をして考え込んでいた。が、コーヒーを飲み干したとたん――カフェインは体にはよくないが、ときに脳への有益な刺激剤として作用するようだ――、ぱっと顔を輝かせた。「そうか、なんとわたしはばかだったんだろう！」マイクロフトは言った。「きみたちの時計は、ふたりが同一の慣性系に身を置いているときにのみ、有効なのだ。宇宙船が決まった速さで星へ向かって飛び続けているあいだは、宇宙船に乗った者にとっても地球にいる者にとっても、有効なのだよ。

しかしこのとき、宇宙空間にある時計と地球上の時計とは離れているので、比較はできない。ある瞬間――たとえば、宇宙船がどこかの星に着いた瞬間――を指して、宇宙にいる人間にとっても地球にいる人間にとってもそれが〝同時〟だと言うのは、無意味なのだ。

その時点では、宇宙にいる人間は、地球にいたときのほうが時間がゆっくり進んだように感じ、地球にいる人間のほうは、宇宙に行った人間にとっての時間のほうがゆっくり進んだように思うだろう。

だが、ふたつの時計をじかに比較するには、宇宙旅行に出かけた者が帰ってこなければならない。ところが同じ慣性系にいたのでは、帰れない。方向と速さを変えるしかないのだよ。さもなければ、宇宙の果てまでひたすら一直線に飛び続けることになる――もちろん、これは想像にすぎない。そんなところがあるとは思えないからね。

もし宇宙に行った者が地球へ戻ってきたとすれば、それは方向を変えたからに違いない。彼はまったく異なる基準系をふたつ通ってきたことになる。だから、ふたごの片方が宇宙旅行をしてきたら、地球にいたほうよりゆっくり年をとったことになるわけだ」

シャーロックはうなずき、ふたごの青年たちも感心したような顔をしていた。だがわたしはまだ納得がいかなかった。

「とことん考えてみたければ」マイクロフトがいらだたしげにわたしに言った。「ふたごの一方が宇宙旅行に出ているあいだ、地球に残ったもうひとりが、定期的に――たとえば、毎秒――フラッシュを焚くとしてごらんなさい。旅の往路と復路で、光の間隔がどれだけ違って見えるか、考えてみるのですよ。

旅が終わってきょうだいが再会し、フラッシュの光を見た回数を報告し合ってみれば、まったく同数のはずですね。だが、ひとつひとつの光が見えていた時間を比べたら、旅をしてきた人のほうが、短いでしょう」

マイクロフトは、考えるような目をして、ふたごを見た。

「しかし、重要なのは、アルフレッドの動きではなく、位置です。説明をわかりやすくするため、かりにいま、地球の中心が宇宙空間に静止しているとしましょう。地球は慣性系ですね。中心が静止しているとはいえ、地球は自転していますから、ほんとうに静止している地点は、北極と南極だけになる。赤道上にある場所は、秒速四百八十メートル、つまり約一千ノットで動いています。十ノットの速度で航行する客船など、とうてい比較にもなりません。回転運動は、継続的に方向を変える運動です。相対的な運動ではないので、無視するわけにいきません」

「回転運動は絶対的なもので、直線運動は相対的なものですからね」わたしは、天文博物館で起きたフーコーの振り子の事件を思い出して言った。

「そうですとも。さて、アーサーは北緯五十度ほどのロンドンにいたわけですから、この六カ月間――言い換えれば、千五百万秒のあいだ――、たったの秒速三百二十メートルで動いていました。同じ時間のあいだ、赤道付近にいたアルフレッドのほうは、その一・五倍の速さで動いていたことになります。

光よりもはるかに遅い速度なら、一時的な遅れは、速度の二乗に比例します。そうだな……」

マイクロフトは鉛筆を取り出し、麻のナプキンにいくつか数字を書いた。担当の給仕が見たら、さぞ怒ることだろう。

「そうだねアーサー、わたしの計算では、きみのほうが一千万分の一秒ほど、年上になる。秒速三十キロメートルという地球の公転も考慮に入れれば、計算はもっと複雑になるが、それでも同じだよ。アルフレッドのほうがたくさん動いたことになるので、いわばたくさん時間を失ったことになるのだ」

アルフレッドが怒りもあらわに、席を蹴って立ち上がった。「ばかばかしい！　そんなくだらない話を信じる判事は、この国にはひとりもいないぞ！」彼は叫ぶなり、大股に歩いて、出ていってしまった。

アーサーも腰を上げた。「ぼくも行って、なだめてこようと思います。アルフレッドは小さいころから、かっとなりやすいたちでした。それに、やはりぼくが相続することになりそうですから、もちろん、そのときに備えてアルフレッドにもきちんと心の準備をしてもらわなければなりません。でも残念ながら、法廷では延々と争うことになるでしょう。相当の恨みも買うでしょうね」

シャーロック・ホームズの目が一瞬、きらっと光った。「ちょっと待ってください。兄がたいせつなことをひとつ、見落としたようなんです」

マイクロフトはじっと考え込んだ。「いや、そんなはずはない」と、断言する。「わたしの論理にほころびはなかったはずだ」

「おそらくね。だが、それでも兄さんは、あることを見過ごしていらっしゃるんです」シャーロック・ホームズはアーサーのほうを向いた。「きみは、音楽科の学生さんにしては、とても物理に詳しいようですね。ふたごには、以前に何組か会ったことがあります。もしやきみは、ときどきアルフレッドに頼まれて授業に出ていたんじゃないのですか。違いますか。出席簿に彼の名前を書いて、替え玉になったことがあるでしょう」

アーサーは頰を赤らめた。「ロンドンには、アルフレッドが心惹かれる楽しみがたくさんあるんです。ええ、何度か替え玉になりましたよ。まじめにノートをとりましたから、べつになんの害もありませんでした」

「個別指導授業にも堂々と出て、代わりを務めたことがあるでしょう？」シャーロックは容赦なくたたみかける。「サマリー教授はすぐれた観察眼の持ち主とは言いがたいからね、学生の顔立ちやしぐさにさほど関心があるとは思えないのですよ」

「やったことはありますが、誓って一度きりです。アルフレッドがひどい二日酔いに苦しんでると言うものだから、つい――」

「ひょっとしたら、それはアクスブリッジ卿が亡くなられた日じゃありませんか」ホームズは間髪を入れずにきいた。

「ええ、そうです。どうしてそれを……？」

「じきにわかりますよ。さあ、アルフレッドのところへ行っておあげなさい」

アーサーも出ていった。マイクロフトは顔を真っ赤にしている。シャーロックがわたしたちふたりに向かって微笑んでいるそばで、給仕がテーブルを片づけていった。

「きみにはわからなかったかね、ワトスン？　アルフレッドは、大伯父さん殺しの容疑をかけられた。アリバイは、何も知らないふたごの兄が作ってくれたのだよ！　しかも、みごとなアリバイだった。権威あるサマリー教授の言葉を、誰が疑う？　決着をつけるには、お決まりの捜査をする必要があるが、アリバイを突き崩すのは造作もないと思うよ」

　ホームズが立ち、わたしもそれにならった。マイクロフトはまだ、体をこわばらせて座っている。

「シャーロック」と、言いにくそうに切り出した。「アリバイのことなら、すぐにでも気づいたはずだが、わたしはすっかりパラドックスに気をとられていたから――」

　シャーロック・ホームズはいたずらっぽい笑みを浮かべた。「弁解なんかしなくてもいいですよ、兄さん。科学は魅力的な学問ですからね。でも、何か教訓を引き出すとすれば、科学にばかり気をとられて、動機や倫理といった、ごくごくあたりまえの人間的な問題が見えなくなってはいけないってことでしょうね」

　わたしはシャーロックについて、陽光降り注ぐ戸外へ出た。

「人間は所詮、誤りを犯しやすい生き物にすぎないってことを思い知らされるのは悪くないよ、ワトスン」シャーロックは陽気に言った。「今度の事件では、罪を犯して得をすることはできないってことがわかった。気の毒だがアルフレッドは、たとえ絞首刑を免れても、どのみち相続者候補にはなれなかったのだからね。

　兄が手がかりを探していたのなら、ほんとうは、アルフレッドがあまり日に焼けていないことをきみがずばりと指摘したときに気づくべきだったのだ。ぼくが往路と復路についてどんなご託を並べようとね。たしかに、日焼けをせずに熱帯地方を横断することは可能だが、活動的な若い男がそんなことをするのは、どう考えてもおかしい。寝たきりの病人みたいに閉じこもっていたのだろうね。アリバイ工作を考えついたのは、遅くとも、旅が終わる数週間前だろう。じつに周到に計画された犯罪だったのだよ、ワトスン！　さあ、追跡にかかるとしよう。あの辻馬車の注意を惹く手助けをしてくれるね？」

7 迅速至上主義の実業家

うだるように暑い八月のある夕刻、わたしはマリルボン通りをとぼとぼ歩いて、家路をたどっていた。わたしの患者である上流階級の人々の多くが住まうノッティング・ヒル地区とベイカー街とのあいだは、みすぼらしい一角になっており、道端には、舌をだらりと垂らしてあえいでいる犬がいたり、見ただけで気が滅入ってくるようなごみの山がいくつもあったりする。徒歩で往診に出かけるという失敗を犯したわたしは、ようやく二二一B番の下宿を目にした瞬間、ソーダ水を作るサイフォンと安楽椅子が差し招いているような錯覚に陥った。

だから、下宿に入ってすぐ廊下で遭遇した光景は、とうてい歓迎できないものだった。階段の下にハドスン夫人が腕組みをして突っ立ち、高級そうな服を着込んだ背の高い男を奥へ行かせまいとしていたのだ。その客人は中年期の後半にさしかかったぐらいの年ごろで、いかにも気の短そうな顔つきをしている。ハドスン夫人は、訴えるようにわたしを見た。

「先生、聞いてくださいまし。わたくし、この方のお名刺をホームズさんにお届けにあがったんですけれど、ホームズさんは、いまはとても忙しくて、お目にかかっている時間がない、とはっきりおっしゃいましたの。ところが、この方は、納得してくださるどころか、わたくしを押しのけて上にあがろうとなさったんです。先生からうまくお話しくださいませんでしょうか」

へたばりそうな暑さの中、わたしはできるだけ威厳のある態度を心がけて、ついと前に進み出た。「ホームズさんは、いつもたくさんの依頼をかかえていて、たいへんお忙しいのです」と、冷ややかに言う。「わたしはホームズさんの助手を務めております、医師のワトスンです。ご用件をお聞かせいただけましたら、今週後半か来週にでも面会予約がとれるようにいたしましょう……。失礼ですが、お名前をうかがえますかな？」

男の顔は怒りのために蒼白となり、紫色になった首すじと不気味な対比を見せている。「来週だと？」男は叫んだ。ニューヨークのブロンクス訛りが強く感じられる。「あきれたな！　なるほど、あなたがたイギリス人が零落の一途をたどり、われわれ大西洋の向こう側の人間が躍進するのも、無理はない。時間の観念ってものがないのか、あなたがたは？　わたしの名前はバーナム・ロールマン、アメリカ屈指の大富豪ですよ。わかったら、さっさとボスのところへ行って、いまわたしに会わないと後悔すると伝えてきてくださらんか」

わたしはさらに態度を硬化させた。「医師の立場から言わせていただきますと、そんなに興奮するのはよくありません。心臓によくない負担がかかりますからね。それに、脅してもなんの効果も期待できませんよ。もしどうあってもご相談をお望みなら、ぜひ――」

ロールマンは怒りのため、ひどく震えていたのだが、ようやく自制心が働きだしたと見え、声の調子を少し落とした。

「わたしは脅してなどいませんよ、先生。わたしはただ、自分が金持ちだと言っただけだ。最良の助言には金を払う値打ちがあるとも思っている。わたしは脅迫状を受け取ったのです。だが、警察にはどうすることもできんらしい。恐喝者にむざむざ金を払うぐらいなら、私立探偵に充分な報酬を――ほんとうに充分な額を――払って、解決してもらったほうがいいと思ったんですよ。この仕事を逃したら、ホームズさんはきっと後悔なさるだろう」

「シャーロック・ホームズは、ことのほか脅迫をきらっています」わたしは言った。「お会いするように説得してみましょう。だが、どうしても後日にしてくれ、とか、お話も聞きたくない、と言うようであれば、あきらめていただくほかはありません」

ロールマンはかすかにうなずき、わたしは階上の部屋へあがっていった。シャーロック・ホームズはガウン姿でソファに長々と寝そべり、紙に何やらなぐり書きをしていた。

「どういうことだ、ホームズ」わたしは厳しい声で言った。「わたしの目には、とてもじゃないが多忙には見えないね。なぜ砦代わりに使われたハドスン夫人があんなにむくれた顔をしていたのか、わかったよ。金持ちの依頼人だ、話ぐらいは聞いてやってもいいのじゃないかね」

ホームズはけだるそうに片手を上げた。「実業界の有力者から、おもしろい事件が持ち込まれたためしはないんだよ、ワトスン。連中が気にかけるのは、自分の帝国内で起きた横領事件や、金にまつわる事件だけだ。そういうのを解決するのは探偵じゃなく、会計士だろう。

兄のマイクロフトがこの手の調査をしていることは知っているが、彼が働くのは、政府のためだけだ。才能を金で売ったりはしない男だからね。ぼくはと言えば、使いきれっこないような金を儲けた人間のために数字を眺めるなんて仕事には、まったく心をそそられないんだ」

「きみの想像は間違っているよ、ホームズ」わたしは言った。「ロールマンは脅迫されているのだ。いくらなんでも、話も聞かずに結論に飛びつくわけにはいくまい。きみにはことわる権利があるが、それなら、家主さんに仲介役を押しつけたりしないで、自分でやるべきだと思うね」

わたしは毅然として言った。ホームズはわたしの顔を見て、ため息をつく。「はいはい、わかりましたよ、先生。ほんのいっときを犠牲にすればすべて丸くおさまるというなら、しかたがない。ロールマン氏とやらをお通ししてもらおう」

ホームズの気が変わるといけないので、わたしはすぐに部屋を出て踊り場までおりていき、一階の廊下を行きつ戻りつしていたロールマンに向かって手招きをした。ロールマンは階段を一気に駆けあがってきたが、息が切れているのに立ち止まりもしない。ふたりで部屋に入ると、ホームズはいずまいを正すどころか、さっきの体勢のまま、めんどうくさそうに椅子をすすめた。

「ロールマンさん、ぼくは光栄ですよ」と、かすかに皮肉のまじった口調で言う。「百万長者のあなたが、じきじきにこのあばら屋をお訪ねくださったんですからね。で、どのようなご用件でぼくの手を借りたいとおっしゃるのです？」

客は、幻滅したと言わんばかりにホームズを見た。「なぜわたしが富豪であるのか、なぜあなたが優秀な頭脳を持ちながら、はなはだ見劣りのする環境にいまだ身を置いていらっしゃるのか、そのわけは簡単にわかりますよ。ホームズさん、世界を征服するのは知能ではなく、活力なのです。富と成功を手にするには、活力、それから何よりも、行動力が肝心だ。何ごとも、うまくやるより、速くやる。そうすれば、勝てます」

シャーロック・ホームズは片方の眉を吊り上げた。「ぼくはね、人類の進歩の原動力は怠惰だと思ってるんですよ。たとえば、車輪を発明した人のことを考えてごらんなさい。その人は野心にあふれた敏腕家だったわけじゃなくて、ただ、とった獲物を肩に担いで洞穴に持ち帰るのがしんどくてたまらなかっただけなんだと思います。『この仕事がなけりゃ、もっと楽ができるのに』と考えたんですよ。それで、荷車を発明した。

　そのうち、すばしこい獲物をつかまえるのがめんどうくさいと思う怠け者が現れた。『獲物より速く飛ぶ槍（やり）があったら、ほかの連中が死にものぐるいで駆けまわっているあいだ、おれはのんびり休んでぶくぶく太っていられるのにな』と思ったに違いない。弓と矢を発明したんですよ。そうこうするうちに今度は——」

　ここでロールマン氏が話の腰を折ったが、わたしはとがめようとは思わない。放っておいたらホームズは、数千年にわたる人類の歴史を、この妙な観点から延々と解説し続けたに違いない。

「槍よりも速い矢の話は、わたしにはよい例ですよ、ホームズさん。わたしの帝国も、速度を上げることで築いたようなものですからね。はじめて大きな利益を手にしたのは、帆船より外輪つきの蒸気船のほうが、ほかの業者より速く商品を運べることに気づいたときです。その後、一流の科学者や技師に相談し、スクリュー船が外輪船に取って代わる日が近いと聞かされ、いち早くこれを取り入れてまた大儲けをした。荷揚げした商品を内陸部へ運ぶには、たいていの会社が馬車を使っていましたが、わたしは蒸気機関車を利用して販路を広げ、自分の会社を全米規模の企業に育て上げたのです。

　さらに最近は、同業者に勝つためには、電報を利用して情報を即座にやりとりすることが不可欠だと気づきました。そこで、大手証券取引所に働きかけ、電報を使って迅速に取引をすすめては、と提案しました。おかげでわたしの懐にはさらに金が入ってきたが、今度は何者かに脅されるはめになった。そこで、ホームズさんにご相談にうかがったというわけです」

シャーロック・ホームズは、やや好奇心をかき立てられたようすだった。「ええ、脅迫状が来たそうですね。いいですよ、続きをお話しください」

「このところ、わたしがもっとも大きな利益を得ている事業は、シカゴを拠点とした先物取引所なのです。これは、商品がまだ船に積んであるうちに、ロンドンの証券取引所の仲買人に値つけをさせるものです。競売の要領でやるんですよ。

この事業の成功にとって肝要なのは、入札者全員にまったく同時に情報を与え、公平を期することなのです。同価格の入札もしばしばありますが、そのときには、先に張ったほうの勝ちになります。

ところが、電報では、この役目が充分に果たせないことがわかりました。われわれは、ヨーロッパの入札者全員にまったく同時に情報を届けるため、マルコーニ氏が最近完成させた装置を特別に改造して使っています。シカゴから取引の開始を告げる信号を空に向かって送ると、それは光速に等しい速さで飛んで、わずか六十分の一秒後に、ロンドンに届くのです。その時点ですぐに入札したい仲買人は、同じ方法で連絡してきます。それぞれに違う周波数を使ってね。

むろん、ロンドンの仲買人たちは、少しでも早く打電しようとしますから、たいへんな競争になります。数カ月前、彼らは交換手に頼るのをやめました。いまでは、たとえば、この次シカゴから信号が送られてきたら入札しようという場合、あらかじめキーを押しておけば、機械が自動的にすぐ返信するようになっています。すると、シカゴ側にある機械がいちばん最初に返ってきた電波を認識するわけです。一千分の一秒以下の違いでもちゃんと感知する。そして、誰が競り落としたかを、電球をともして示すのです」

シャーロック・ホームズは首を振った。「すごいな。お金持ちがこんなふうに市場のポーカー・ゲームをより迅速にする方法を考えついたとはね！」

ロールマンは無視して先を続ける。「わたしは当初から、このやり方には抜け穴があるのではないかと気がかりでした。シカゴからの無線信号を予想できる仲買人がいたとすれば、抜け駆けができるではありませんか。たとえば、アメリカ側に協力者がいて、シカゴの近くに無線受信機を設置し、大西洋横断ケーブルにつないだとする。その協力者が電報のキーを操作することができたなら、シカゴの取引所から送られた電波よりも早くロンドンへ電気信号を送ることができるのではないか。

しかし、アメリカの権威ある科学者にきいてみたところ、それは不可能だと、きっぱり否定されました。電気信号が電線を通ろうが空気中を伝わろうが、絶対に光より速くは進めないのだそうです。だから、そんな詐欺行為は、原理上でさえありえない。

そこでわたしもこの方法が完全無欠だと信じきっていましたが、二、三週間ほど前、このような手紙を受け取ったのです。ロンドンの消印が入っていて、シカゴで配達されています」

ホームズはロールマンからそれを受け取り、声に出して読んだ。

親愛なる貴殿へ

小生、光よりも速く情報を伝達する手段を発見いたしましたので、謹んでご報告申しあげます。小生もそれなりに責任を感じておりますゆえ、この発明を公表することにより、ことに先物取引業務における貴殿の信用が損害をこうむるような事態は避けたい所存でございます。

しかしながら小生、そのためには、発明によって得られるはずの金銭的利益をも断念せねばならず、貴殿に、それ相応の補償金をご請求する次第でございます。金額の交渉に応じてくだされば幸甚に存じます。お心の準備ができましたなら、『ロンドン・タイムズ』紙の個人広告欄に〝マンドレークは言い寄られた〟という一文をご掲載ください。

敬具

マンドレーク

シャーロック・ホームズは目を上げた。「これがあなたのおっしゃる脅迫状ですか？」

「そうです」

「いや、法的には脅迫状とは言えないでしょう。発明品を売るとか、隠しておくとかいうのは、あなたの事業活動と同様、合法的なことですからね。ただそのマンドレークとかいう人間が発明した装置を買い取ればすむことじゃないんですか」

ロールマンはかぶりを振った。「わたしはすでに連絡をとってるんです。何度か、メッセージのやりとりをしました。やつは売るのはいやだ、ただ隠しておいてやる、の一点張りで、装置については詳しい説明をしたがらない。わたしにはさっぱりわからんような手がかりしか言いません」

「じゃあ、はったりと見なしてもいいんじゃありませんか。決闘を申し込んでやればいい！」

わたしが言った。

「それはできません。光速とそれにまつわる現象に関する発見があったといううわさがロンドン中に流れているらしいのでね」

「そのことなら、よく知ってますよ」ホームズが言った。

「マンドレークの要求がいかに不当なものかがわかったとしても、やつが公表に踏み切れば、わたしの業務は打撃を受けます。だが、おそらくはワトスン先生がおっしゃるように、はったりと思われるのに要求どおりの金を支払うのはいやなのです。

わたしがほしいのは、次のふたつのうち、どちらかです。ひとつは、ほんとうに光より速く信号を送る方法があるという情報。むろん、その偉業を成し遂げる方法も示してもらわねばなりません。もうひとつは、そんなことは絶対に不可能で、未来永劫ありえないという保証です」

ホームズは両眉を上げた。「そういう情報をくれる科学者がいままで見つからなかったのですか？」

ロールマンが陰気な笑みを浮かべる。「見つけようと思えば簡単にできましたよ。しかしわたしは、そうした意見には、独特の方法で報酬を払うことにしています。

わたしはね、商売上のことに関しては自分はまんざらばかじゃないと思いたいんですよ。わたしはもう何年も前、この世の中には、弁護士、科学者、会計士など、ありとあらゆる相談業を営む人間があふれ返っていて、くその役にも立たない誠意のない助言ばかりしていることに気がつきました。ですからいまは、助言をもらったら、報酬は金ではなく、賭けの形で支払うことにしているのです」

ロールマンは小切手帳と万年筆をポケットから取り出し、何か書きつけた。そして、その小切手がよく見えるよう、掲げてみせた。

「これはシャーロック・ホームズさん宛ての二万ポンドの小切手です」

わたしは思わず息をのんだ。

「しかし、これをお渡しするのは、あなたが賭けに勝ったときだ。光より速く通信できる方法をご自分で見つけてくる、というほうに賭けるか、あるいは、そんな偉業は絶対に不可能だというほうに賭けるか、それはあなたの自由です。追加条項は、あなたが出した結論が間違っているとわかったときには、この二万ポンドを返していただくこと、そして、この二倍の金額をお支払いいただくこと」

ホームズが愉快そうな顔つきになった。「いいでしょう、ロールマンさん。だが、じっくり考える時間をいただかなきゃなりません。ホテルにお泊まりですか？　サヴォイ・ホテルですね？　わかりました。あすお訪ねしますよ。ワトスン、ロールマンさんをお見送りしてくれたまえ」

わたしはまだ驚きから覚めないままに、ホームズのもとへ戻ってきた。「まさか、あんな賭けをまともに考えてるんじゃないだろうね！」わたしは叫んだ。「いいか、負けたらきみはおしまいだぞ。あんな不当な支払い方があるものか！」

「とんでもない、ぼくはどちらかと言えば公正な方法だと思う。考えてもごらん。あらゆる相談業にこのやり方が適用されたら、見かけ倒しの弁護士や無能な会計士があっというまに姿を消してしまうさ。だが心配ないよ、ワトスン、ぼくは早計なことはしない。この問題については、ロンドンきっての三人の識者に助言を乞うつもりだ。着替えるあいだ、ちょっと待っててくれるかい?」

待っているあいだ、自分なりにこの問題について考えてみた。なんであれ、否を証明するのは困難なものだ。わたしの力ではとうてい無理だと思った。しかし、光よりも速くメッセージを届ける方法を見つけ出すほうは、さほどむずかしくないような気がした。鏡とランプを使って、そういうことができる装置を考え出せないだろうか。

友が出てくると、わたしは意気揚々とこう言った。「帽子と手袋は着けなくていいよ、ホームズ。出かける必要はない。わたしが謎を解明した」

わたしは図を描いてホームズに見せた。マイクロフトのすっきりした描画法を一所懸命に真似たつもりだ。

「この真ん中の塔は、灯台だ。船乗りたちには、灯台が定期的に光を発しているように見えるが、実際は、中央のランプのまわりを焦点レンズか鏡を回転させることによって、細い光線を回転させている。この図は、光線が西向きに照射されているところだ。この灯台が一秒に一回、光を発する——つまり、光線が一秒につき一回転する——としよう。

この灯台が、円形の低い壁に囲まれているところを想像してくれたまえ。灯台から壁までの距離を一キロメートルとすると、壁全体の長さが六キロメートル強になるから、このスポットライトは、秒速約六キロメートルで動いていることになる。すでに弾丸より速いわけだね。

さて、この壁の半径を、千キロメートルに広げてみよう。光線は、秒速六千キロメートルの速さで、壁を掃いていく。さらに半径を長くして、十万キロメートルにすると、光線が移動する速さは、秒速六十万キロメートルになる。光の二倍の速さにね！」

シャーロック・ホームズは眉をひそめた。

「きみの図は少し間違ってるよ、ワトスン。たとえば、きみは光の速さに限度があるという基本的な事実を忘れている。光に照らされた領域をうんと高いところから見たら、実際には、らせん形になっているのがわかるはずさ。芝生の撒水機が撒き散らす水のようにね」

ホームズも、絵を描いてみせた。

「だがね」わたしは食い下がった。「それでも、この光に照らされた点は、光の二倍の速さで動くはずだ。いや、壁をもっともっと遠くに設定すれば、いくらでも速く動かせる」

「かもしれないが、それで信号が送れなきゃな

ワトスン博士が描いた灯台

らないんだぜ。いったい、この光線をどう利用して、壁の上の一点からべつの点にメッセージを送るんだ？」

「壁の上に誰かがいて、鏡で光線を灯台のほうに反射させればいい――」そう言ったとたん、ホームズの顔が異議を唱えているのに気づき、わたしは言葉を切った。

「なるほどね、ワトスン。だがその方法だと必ず、直接光を送るより長くかかるか、速くても同じぐらいの時間がかかるんじゃないかね」

わたしは引き下がる気はなかった。「じゃあ、これはどうだ？　光の特性にまったく頼らない方法もひとつ、考えてみたのだよ」わたしは、次のような図を描いた。「これははさみだ。マイクロフトの思考実験に出てくるような、巨大なはさみだよ。

刃が動くとき、交差点はどうなるだろう。明らかに、刃よりずっと速く動く。刃と刃のあいだの角度が小さければ小さいほど、速く動く。

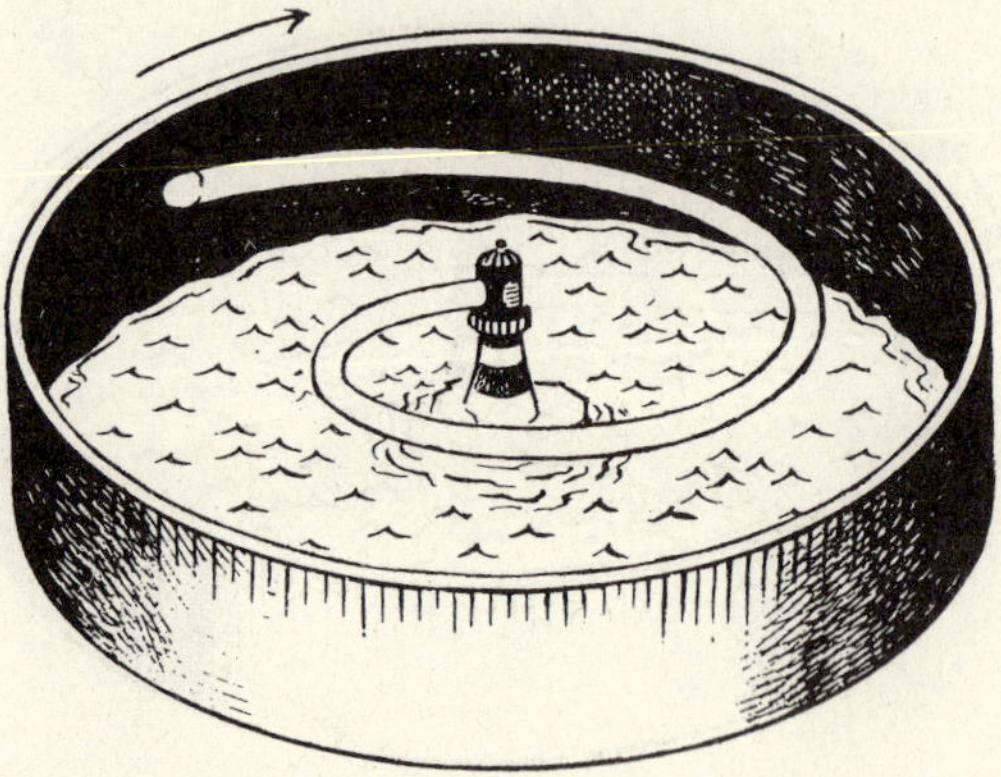

シャーロック・ホームズが描いた灯台

つまり、刃は光よりも遅く動くが、交差点は光より速く動く」

ホームズは考え込んだ。「これをどう利用して、メッセージを送るんだい？」

「こういうふうにするのだ。まず、A点に、小さな硬いもの、ほんもののはさみの刃ならこぼれてしまうようなものをはさむ。はさみは、A点に達するまでは自由に動くが、そこで止まる。すると動きが止まったことが即座にB点に伝わる。そうやって信号を送るのさ」

「大胆な推論だな、ワトスン。しかし残念だが、やはりこれにも問題がある。現実の物質は、かぎりなく硬くて丈夫なわけじゃない。たとえば、定規の一方の端をたたけば、もう一方の端は、すぐに振動するわけじゃなく、ほんの一瞬遅れて振動する。じつは振動が固体を伝わる速さは一定しているんだよ。空気を伝わる音の速さが一定しているようにね。現在知られているもっとも硬い物質でも、振動が伝わる速さは、音速

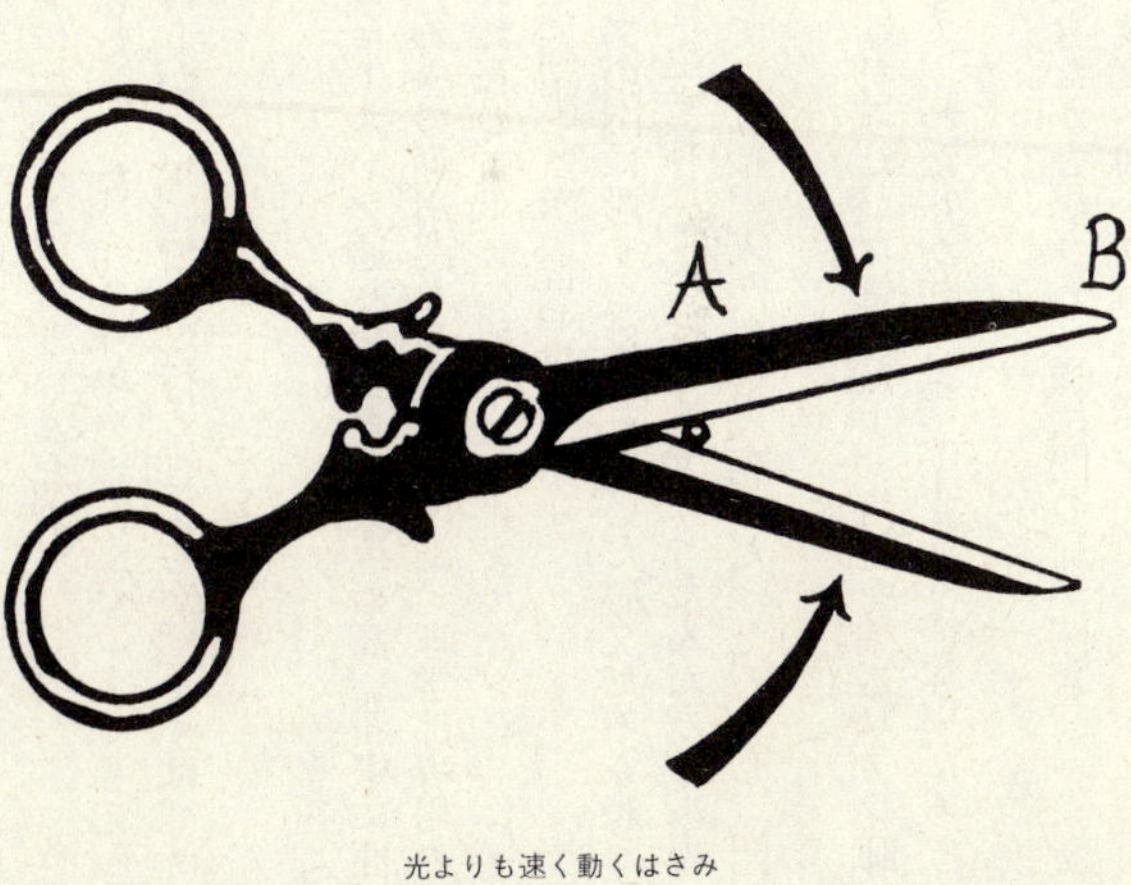

光よりも速く動くはさみ

の約十倍。ということは、それでもまだ、光速の十万分の一にすぎないわけだ。だから、A点にどんな強い衝撃を与えても、それより速くB点に伝わることはないんだよ」

シャーロック・ホームズはわたしの肩をぽんとたたいた。「ともかく、よくそこまで考えられたね！　だが、この問題は専門家にまかせたほうがいい。では、行くとするか。まずは、サマリー教授を訪ねよう」

ホームズはきびきびした足どりで、先に立ってユーストン通りを歩き、灰色の高い石壁に囲まれたユニヴァーシティ・カレッジまで来ると、わきの通用門から中に入った。理学部専用の学舎らしい。わたしは、ギリシア語の文が刻まれた石のアーチの前で立ち止まった。

「〝数学の才なき者は入るべからず〟か」わたしは翻訳して、言った。

「たぶんこれは二千年前、プラトンのアカデメイアの門に彫りつけられていた碑文だろうね」ホームズが言った。「当時の数学は、教科としては生まれたてのほやほやだったんだ。きみのように、わり算ができてピタゴラスの定理も知っていれば、入門資格は充分だったろうし、門番を感心させることもできただろう」

「それでも、なんだか聖堂に入ろうとしている異端者みたいな気分だよ。信徒を騙るペテン師と間違われたら、アーチのかなめ石が落ちてきて、わたしを押しつぶすんじゃないだろうね！」わたしは冗談めかして言った。

そのとき、敷石道を転がる車輪の音が聞こえてきたかと思うと、通用門の扉が開き、パイを積んだ手押し車が中へ入っていった。カレッジの食堂へ向かうらしい。

「さ、行こう」ホームズが大声で言い、わたしたちは、驚いている配達人のそばをすばやくすり抜け、廊下を歩いていった。「ぼくのせいできみが若死にしては申しわけないとは思ったが、いかんせん、サマリー教授の部屋はこっち側にあるのでね」

ほどなく、わたしたちはその扉をたたき、質素な小部屋への入室を許された。三面の壁が黒板に覆われており、それぞれに、わけのわからぬ記号や式が書いてある。サマリー教授は、いらだたしげに、わたしたちの用件を聞いた。

「光より速く進むことは、絶対に不可能だね」教授は、にべもなく言った。「空間と時間の相対的縮小を表す公式を思い出してごらん」

教授は、黒板のひとつを指さした。以前、マイクロフトが書いたのと同じ公式が書かれている（二二六ページの公式を参照）。

「光速を上まわる速さを出すには、光速に対する比が一より大きくなければならない」彼は言った。「それが空間と時間を縮ませる係数を作っている。この係数は負の数の平方根になるのだ」

「マイナス一――いや、負の数には、平方根がないと思っていましたが」わたしは言った。

「実在する数の平方根ではない」サマリー教授がこわい顔で言う。「負の実数同士をかけ合わせれば正数になる。もちろん、正数同士の積もまた、正数だね。実数ならば、正数だろうが負数だろうが、二乗すれば必ず正数になり、絶対に負数にはならない。二乗して負数になるような架空の数を想定することは可能だが、これは数学上の作りごとだ。

この公式は、現実世界にはない答えを導き出してしまう。だから、光速より速い慣性系を想定することは絶対に不可能だという結論になる」

「わたしにはよくわからないのですが――」わたしは質問をしようとした。

「ああ、とうていわからないだろう。だが、それがきみたちの問題に対する、厳密に数学的な答えなのだよ。では、失礼だが、このぐらいでお引き取り願えるか。わたしには、賭けよりだいじな仕事があるのでね」

そのあとわたしたちは、ハイド・パークを通り抜け、ユニヴァーシティ・カレッジよりも開放的な環境にあるインペリアル・カレッジを訪ねて、チャレンジャー教授の研究室へと案内してもらった。閉じられたオークの扉に近づくと、中から、教授の怒声が聞こえてきた。どうやら、運の悪い学生を叱りつけているらしい。ややあって扉が開き、ひとりの青年が出てきた。

「いまチャレンジャー教授はお手すきでしょうか」ホームズが尋ねた。

「えっ、教授に会いたいんですか？」青年は、信じられないというような顔できき返した。が、すぐに気を取り直してうなずき、そそくさと立ち去った。わたしたちは――少なくともわたしは――いささか不安な思いで、中に入った。シャーロック・ホームズが賭けのことを説明し、サマリー教授の解答について話した。

と、チャレンジャー教授は椅子の背にもたれ、吠えるような声で笑いだした。

「まったく、いかにも数学者らしい発想だな」ようやく話ができるようになると、教授は勝ち誇ったように言った。「たしかに、そう言われれば光速を上まわる速さはありえないことがわかるが、なぜありえないのか、そのような速さを出そうとすれば何が起きるのかが、きちんと説明できとらん。数学的な証拠は、どれもこれもそんなものだ。論理上は有効だが、その証拠が示している状況をはっきり説明しきることはできんのさ。

出どころはわからんが、こんな話がある。数学を専攻する学生が、科学的な視野を広げるため、地理学科の研究に参加することになった。そして、ある地点が本土にあるのか、島にあるのかを、調べてこいと言われた。じつは、そこは島に属する場所だったのだ。

その学生は、自分の足もとばかり見て、本土の中を歩きまわった。そのうち、島と本土を結ぶ海底トンネルに偶然行きあたり、なんとなく、その中に入ってしまった。一度も上を見なかったので、自分がトンネルに入ったことさえ知らなかったが、おそらく気づいたとしても、自分には関係ないと思っただろう。やがて彼は、目的地に着いたことを悟った。乾いた土の上を歩いて行き着いたから、というので、彼はその地が本土にあると報告した。

しかし、ある意味でその学生は正しかったのだ。数学者という連中に、島とはどういうものかきこうと思ったら、島の定義を論理的に示さなければならん。ほかの主題についても、これは同じだ。その島に向かって海底トンネルを掘るか、橋を架けるかすれば、島が島でなくなるという定義もあるのだろうな！　だがその学生の答えは、なんの役にも立たなかったし、本人も、自分をとりまく世界についてなんら有益なことを学ばなかったのだよ。

だから、きみらの問題には、もっと実用的な観点から解決策を見つけてあげよう。かりに、ある技師が、光よりも速い発射体を飛ばしたいと考えたとする。現在、最高の性能を持つ軍艦の大砲は、秒速約一キロメートルで砲弾を飛ばすことができる。もし光速に近い速度で走る乗り物に、このような大砲を積めば、光を上まわる速度が実現できるのではないだろうか。

きみの兄君、マイクロフトさんが想定した、光速の十分の六の速さで走る汽車に、このような大砲を積み、筒先を前方に向けておく。で、発砲する。線路のわきに立っている者の目には、この砲弾はどのぐらいの速さで飛んだように見える？」

わたしにも、ようやくわかってきた。「そうか！　線路わきから見ると、汽車は進行方向に向かって縮み、しかも、汽車の中の時間は延びている。その割合は、たしかどちらも通常の五分の四だ。こうした効果が重なると、弾丸は汽車より、一秒につきわずか六百四十メートルだけ速く飛ぶ」

チャレンジャー教授はわたしに向かって微笑みかけた。「よくできた！　だが、この技師はねばり強かった。汽車の速度を上げ、光速より一秒あたり三百メートル遅いところまで持っていき、それから大砲を撃った。さて、今度はどうだ？」

相対性理論の公式（図の中の説明…β＝物体の速度と光速の比）

わたしは、そばの黒板に書かれた相対的な空間と時間の縮みを表す式を見た。

「汽車の上で起きていることは、カタツムリの散歩並みにのろのろしているでしょうし、大砲も砲弾も圧縮されて、髪の毛ほどの細さになっているでしょう！」わたしは言った。

「そうだとも。砲弾は、這うようにして前進しているのがかろうじて確認できる程度だから、とてもじゃないが、光速を超えることはできん。じつは、きみが速度を加算するのに使った方法は、こうした速さが、光速に比べて非常に遅い場合にしか使えんのだ。だが、もっと正確な計算式を工夫することはむずかしくない」教授は、黒板の下のほうに、一行、書き足した。

「この式のβにどんな値を代入しようと、それが一より小さければ、合計も一より小さくなる」

教授はずんぐりした指を立ててみせた。「きみはきっと、火薬のエネルギーはどこへ行くのか、考えているに違いない。ちゃんと砲弾に伝えられているよ。相対論の世界では、エネルギーはただ速度の二乗に比例するだけではなく、光速に近づくにつれて何乗倍という割合で増加していくのだ。

この砲弾であれ、なんであれ、光速に近い速さで飛ばすには、いくらエネルギーがあっても足りないのだよ！　当然、この技師がいくら努力しようと、限界が来る」

わたしは、このあいだ読んだばかりのＨ・Ｇ・ウェルズ氏の小説、『月世界最初の人間』を思い出した。恒星はどれも月とは比較にならないほど遠いところにあると書かれたくだりを読んだとき、そんなところへ旅ができるのだろうかと思ったのだった。

「太陽にもっとも近い恒星は、とても遠いので、その光が地球に届くのに五年かかると考えられています」と、わたしは言った。「教授のおっしゃるとおりだとすれば、どんな性能のよい乗り物に乗っても、五年以上はかかってしまうということですね」

チャレンジャー教授は、何かふくむところがあるような顔をして、微笑んだ。「乗り物に乗っている者から見れば可能なのだよ。加速するにつれ、宇宙全体が、進行方向に沿って圧縮されるように見えてくる。だから、自分が光よりも速く飛んでいるようには感じられないが、目的地へはもっと短い時間でたどり着けるのだ」

「まるで宇宙全体がたわむように感じるわけですか！」

「たわむという表現は、ちょっと違う。縮むと言ったほうが正確だろう」

シャーロック・ホームズはうなずいた。「しかし、地球で見ている者からすると、その星までの往復には、やはり十年以上かかるのでしょう？　ぼくらの賭けには、そこがだいじなんです。自然界に存在する物体には、光速を超える速さは出せないということは、無理なく理解できます。けれど、ほかの現象については、どうでしょう。教授、光より速く移動することが可能な放射物質などが発見されたりはしないでしょうか。絶対にないと言いきれますか」

チャレンジャー教授は考え込んだ。「いや、そこまで確信を持っては言いきれんな」しばらくしてようやく、不承不承認めた。「知恵ある者は、いまだ達成できていないからといって、そのことが不可能とは思わんのだ。あす何が発見されるかは、誰にもわからんだろう？　わたしには、絶対にないという保証はできんよ」

「残念だが、ありもしないものを捜しているのかもしれないね、ワトスン」カレッジを出ると、ホームズが言い、懐中時計を見た。「そろそろカクテルの時間だから、クラブへ行けば、兄に会えるだろう。帰りに寄っても、そう遠回りにはならないはずだ。どうせ兄もチャレンジャーと同意見だろうが、ともかく行ってみようか」

だがホームズの予測ははずれた。マイクロフトは、話を聞くと、いたく興味を惹かれたようすで、わたしたちの顔を見た。

「どんな方法を使おうと、光より速く信号を送るのは絶対に不可能だ。これは断言できる」マイクロフトは言った。「先生はウェルズの愛読者でしたね。『タイム・マシン』はお読みになりましたか。そうですか、では、楽しまれたのですね。しかし、あんなことがありうると思われましたか」

わたしは腹をかかえて笑いたいところだったが、ここ〈ディオゲネス・クラブ〉では、たとえ来客用の応接室でも、それがはなはだしいエチケット違反になることを思い出した。

「空想としては楽しいが、明らかにありえませんね」わたしは言った。「だって、もしわたしが過去へ戻れたとしたら、祖母がまだ子どもを産んでいなかったころに戻って、祖母を訪ね、撃ち殺すこともできるわけです。そうすると、いまわたしはこの世にいないことになりますから、過去の世界に戻ってそんなことができるはずがないのです！　あるいは、過去の自分にメッセージを送ることだってできますね。実際は受け取っていないことがわかっているのに。時間を超えた交信まで可能になったら、矛盾がいくらでも出てきてしまいます」

マイクロフトはうなずいた。「よいご指摘ですよ、先生」と、重々しい口調で言う。「では、もうすっかりおなじみの、わたしがこしらえた空想の汽車を思い浮かべてください。光が一秒間に進む距離に等しい長さの列車ですよ。先頭にいる機関士と、最後尾にいる車掌に、超高速の電信装置を使わせましょう。ふつう、信号がこの距離を伝わるには、一秒以上かかりますが、この電報は瞬時に伝わるとします。

次に、線路のわきにふたりの人を立たせます。ふたりのあいだの距離は、この人たちから見て、汽車の長さと等しくなるようにしておきます。このふたりにも、やはり超高速の電信装置を使ってもらいます。

そして、次のような手はずにします。汽車がふたりのそばを通りすぎるとき、前のほうに立つ人は、機関士が自分の真横に来たときに、彼に合図をする。機関士は、車掌に電信を送る。ここで問題が生じます。たとえ機関士と車掌の観点から見て、同時に二つのことが起きたとしても、線路わきで見ている者の目には、車掌側で起きたことのほうが早く見えるのです。ほら、皇太子妃殿下は、皇太子よりも早く亡くなられたでしょう？ だから線路わきから見れば、この車掌は、機関士よりも一秒早くメッセージを受け取ることになる！

車掌は、線路わきに立つふたりのうち、後方の人が目の前に来たら、その人に合図をする。

と、その人は、前方に立つ人、つまり最初に合図を送った人に信号を送る」

「アフガニスタンにいたころ、演習として、そういう伝言ゲームをよくやらされました」わたしは言った。「次々に伝言を伝えていき、一巡しても内容が変わっていないかどうか、確認するのです。うわさでは、"敵が接近、援軍送れ"という指令が、"テディが接吻、エレン怒る"に変わったことがあるそうですよ」

マイクロフトがこわい目をしてわたしをにらんだ。「いや、この場合は、もっと驚くべきことが起きる。気がつきませんか？

信号が前へ返ってきたのは、彼自身が最初に合図を送った

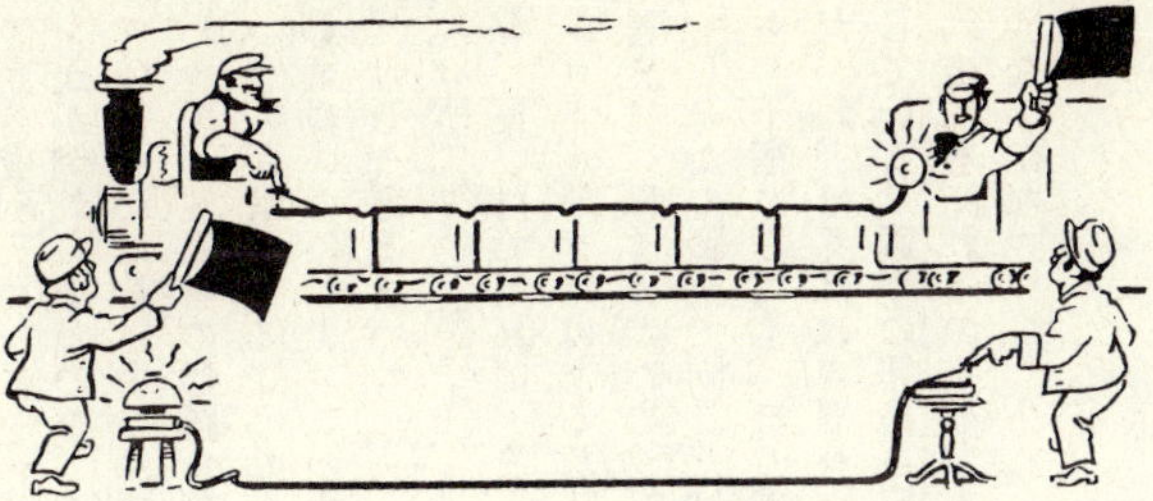

送った瞬間より早く届く信号

瞬間の一秒前になってしまうのですよ！　明らかな矛盾が生じるのです。

ほんのわずかでも光より速く信号を送れるとしたら、充分な速さの汽車を使いさえすれば――つまり、ふた組の発信者がいれば――、メッセージを過去に送ることができてしまうはずなのですね。保証も何も、そんなことは永久にありえないでしょう」

シャーロック・ホームズが礼を言い、わたしたちはその足でサヴォイ・ホテルへ向かった。友が手にするであろう大金のことが、ちらっと脳裏をかすめた。これまでのホームズは、儲（もう）かる仕事よりもおもしろい仕事を好み、殺人事件の捜査ばかり手がけてきた。二万ポンドという報酬を受け取ることで、そういう生き方に何か変化が起きるだろうか。

接客係（コンシエルジュ）の女性がロールマン氏の部屋に案内してくれ、扉をたたいた。だが、応答はない。

「たしかにお部屋にいらっしゃるはずです」彼女は言った。「少し前にすれ違ったんですよ。でも、なんだか息を切らして、お加減が悪そうでした」

扉をあけたコンシェルジュは、ぎくりとしてあとずさり、悲鳴をあげた。足もとにロールマン氏が倒れていたのだ。この世のものとは思えぬ紫色の顔をして、うつろな目で天井を見つめている。わたしはすぐに膝をついて調べ、そのあいだホームズは、すばやく部屋の中を歩きまわって、侵入者の形跡を探した。

「きみが解決するような問題はないよ、ホームズ。明らかに脳卒中だ。この兆候には、わたしも気づいていたよ。この人にもう少しのんびりしなさいと忠告して無視された医者は、わたしだけじゃあるまい」

「〝急がばまわれ〟という古い格言は、一見陳腐に見えるがやはり正しいわけだね。少なくとも、長い目で見れば、そういうことになる」ホームズは言い、部屋を出た。

「ロールマン氏はある意味で、ぼくはただの物好きだ。探偵業が好きだから、ちゃんと見抜いていたね。彼の尺度で言えば、ぼくはただの物好きだ。探偵業が好きだから、自分の能力をそっちに生かしているが、もしほかの職業で同じだけの努力をしていれば、もっと金持ちになっていたかもしれない。うちの下宿にしても、ぼくにとっては住み心地がいいが、みすぼらしいと見る人もあるだろう。だがね、ぼくははき慣れたスリッパのように、自分の身になじんだ生き方をして、安楽に暮らしている。適度の興奮と冒険をスパイスにしてね。ロールマンを待ち受けていた運命は、いずれ誰にも訪れるのだし、人間、ほどほどのペースで生きていくのが、いちばんしあわせなんじゃないかな」

8 活動的なアナーキスト

「まったく、夢にも思わなかったことだ」わたしは叫んだ。「数学がこんなふうに医学に大きく貢献する日が来るとはね。しかも、わたしにもわかるような形で……」

わたしは『ランセット』誌を持ち上げてみせた。「じつは、ある国に昔からあった病気が、例年はごくひと握りの人しかかからないのに、あるとき突然、一夜にしてぱっと広域に広がってしまったことがあってね、その原因が長いあいだ謎とされていたんだよ。こういう伝染病は、野火のように国中に広がって、わずか二、三ヵ月のうちに国民のすべてが死ぬか、あるいは免疫ができるかするまで、おさまらない。

たくさんの勇気ある医師が原因を突きとめるため、そうした国へ行ったのだが、医師自身が感染して命を落とすこともあり、なかなか成果があがらなかった。だがようやく、ロンドン在住の病院の医長が鍵《かぎ》となる見解を発表した。

その医長によると、人間はごくまれに、ほかの種が持つ病原菌に感染するらしい。一国につき、年間に十例もあるそうだよ。もしその病気が、人間から人間へと感染する力も持つようになれば、この十という数値は、係数次第で何倍にも膨れあがる。たとえば、感染率が〇・五の場合、つまり、感染者が完治するか死ぬかするまでにべつの人に移す可能性が五十パーセントの場合は、最初の感染が第二の感染を引き起こす確率が五十パーセント、さらに第三の感染を引き起こす確率が二十五パーセント、という具合にして、だんだん確率が小さくなっていくんだ。この感染率から人数を計算して足していけば、最終的には約二倍になる。つまり年間二十人の感染者が出る計算になる。

感染率が〇・九九ぐらいなら、感染者が出ても、小集団内の流行だけで、すぐにいったんはおさまるだろう。最初の感染者ひとりにつき、百人ほどが感染する計算だ。一年に千人の感染者が出ても、熱帯の大きな国なら、多いとは言えまい。

しかし、この病原菌の感染力がほんのわずかでも増した場合はどうだろうか。たとえば感染率が少しでも一を超えた場合は？　流行がおさまるどころか、当初は小集団内にとどまっていた流行が、容赦なく広がっていく。ほどなく、ひとりの感染者からふたりが感染し、そのふたりからさらに四人が感染し、という具合に、感染者が増えていく。あっというまに、聖書に出てくるような疫病になる！」

わたしは厳しい面もちで、友の顔を見た。「ここで科学がじつに重要な役割を果たすのだよ、ホームズ。失礼だが、きみの兄上が道楽で物理学の理論をいじるのとは、わけが違う。計時が百万分の一秒狂ったらどうなるか、とか！　人間にはとうてい出せない速度が出れば、距離の異常が起きるとか！　所詮（しょせん）、新しい物理学はおもちゃだよ、ホームズ。相対性理論の発見など、現実の世界には、半ペンスの価値もない」

ホームズはこちらを見た。わたしたちは、先週の疲れを癒（いや）しながら、週末に配達されてきた雑誌や新聞に漫然と目を通していたのだった。わたしは医学雑誌、ホームズはくだらないタブロイド紙の日曜版を読んでいた。

「鋭い洞察だね、ワトスン。うわさも、同じような過程を経て広がるのかもしれないな」と、手にした新聞の一面をたたく。〝無政府主義者(アナーキスト)、襲撃を画策〟という大きな見出しがあり、〝あなたの親友も秘密結社の一員かもしれない〟という小見出しがついている。その下には線画があり、山高帽の男が、まん丸い爆弾の上にマッチの火をかざして、ぞっとするような狡猾(こうかつ)な目つきをしているところが描いてあった。

「たとえば、いまわれわれは、アナーキストという疫病に悩まされているとする。もちろん、ほんものの病気じゃなくて、アナーキストや秘密結社をめぐるうわさという疫病だ。どのうわさにも、次々に尾鰭(おひれ)がついていき、そのうち、広く尊敬を集めている知識人までがそんな話を半ば信じるようになってしまう。きのうも、スコットランドヤードからぼくのところに、緊急の際には援助をよろしく、という大まじめな手紙が届いたんだよ。ほんとうにアナーキストがいるとしたら、そいつはいったい誰だ？　おおかた、どこかの学生たちが、新聞社に匿名の手紙を送りつけておもしろがってるんだろうさ。請け合ってもいいぜ、ワトスン、ぼくは――」

中断したのは、おずおずとしたノックだった。顔を上げると、あいた扉の前に電報配達夫の少年が立っている。

「ホームズさんに、スコットランドヤードから電報です」少年はおおいにもったいぶった口調で言った。

ホームズは電報を受け取った。「日曜日だというのに！」と言い、封筒のへりを切り裂く。「どうやら、そろそろこの世の終わりが来るらしいぞ、ワトスン」電文を読むなり、ホームズは天井を仰いで大声で笑った。そして、配達夫に六ペンスを渡した。「ご苦労だったね。いや、返事はない」

少年が足音を響かせて階段をおりていくと、ホームズが電報を見せてくれた。

「〝ロンドン・タイムズニ、マタ匿名ノ人物ヨリ脅迫状。火曜日、ロンドン中心部ニテ綿火薬十万トン相当ノ爆破ヲ決行スル由。貴殿ノゴ助言ヲ仰ギタシ。アーンデイル〟」わたしは読んだ。

「アーンデイルというのは、スコットランドヤードの当直警官だ。レストレード警部でさえ、真に受けないだろうに！　この電報を打った男は、純真なやつなんだね。『ロンドン・タイムズ』紙が月曜日にこの脅迫状を掲載すると思っている。もちろん載せたりしないさ。彼は記事を読んだ市民が恐慌をきたし、一斉にその日のうちに街から逃げ出すとでも思ってるんだ」

「きみの見込みどおりなら、いいんだがね」わたしは言った。

「考えてもみたまえ、ワトスン。かりに、きみが膨大量の爆発物をこっそりロンドンへ持ち込もうと企てたとする。どうやって運び込む？」

わたしは考えてみた。「トロイの馬を連想するね。わたしなら、列車を一台、どこかの側線に引っぱっていき、それに爆発物を積む。それから、ロンドン行きの正規の列車とうまくすり替える。そうだな、牛乳を運ぶ早朝の各駅停車にしよう。ミルク缶をあけて、牛乳が爆薬にすり替えられていないか調べる人間はまずいないだろうからね」

ホームズはうなずいた。「みごとだね、ワトスン。だが、その計画だと断念せざるをえなくなる可能性が大きいぞ。汽車はよく信号やら線路の封鎖やらで運転がとりやめになるからな。運べる量だって、多くてせいぜい二、三百トンだろう？」

「じゃあ、はしけ船を何隻か使おうか。はしけ船を縄で引いて、テムズ川を毎日のぼったり下ったりしている引き船なら、目を惹くまい。千トンぐらい運べるよ。しかも、鉄道の終着駅よりずっと市の中心部に近いところまで行けるから、国会議事堂の真横に船を着けようと思えば着けられる。この計画を真剣に考えてもいいぐらいだが、それにしても、十万トンというのはばかげているね。そんなまぬけ野郎を喜ばせるために、せっかくの日曜日を台無しにする気はないよ」

ふとわたしは、ある可能性に思いあたった。「同じ重さでも、綿火薬よりはるかに威力の大きい爆発物があるのじゃないかね？」

「いや、ぼくはそうは思わないよ、ワトスン。そうした物質の中で、綿火薬にまさるものはいまのところ、知られていない」ホームズは考え込んだ。「だが、それじゃあきみも落ち着かないだろうし、スコットランドヤードに依頼料をちゃんと支払ってもらうためにも、化学の専門家に相談してみよう。われらが友人、大英博物館のアダムズ館長なら、適切な助言をくれるだろう」

翌朝、わたしたちは正式な手順を踏んで博物館を訪ね、アダムズ博士の研究室になっている、地階の一室へと案内された。だが、応対に出たのは、助手だった。

「キャンヴェイ島からおいでになったのですか」助手の青年は、わたしたちを見るなり、弾んだ声でこうきいた。違うと答えると、滑稽なほどがっかりした表情になった。

「びっくりするような知らせが届いたばかりなのですよ」と、青年は説明した。「有名なウランの偶像のことはご存じですか」

偶像は、かたわらの台に置かれている。わたしたちが像の不思議な力の発見にひと役買ったことを、この助手は知らないらしい。

「けさ、キャンヴェイ島のデヴィル岬に木箱が一個流れついたという知らせが届いたのです。焼き印から、もとはブラジルのものだとわかったそうです。中から、これにそっくりな偶像が出てきたらしいのですが、こんなふうに凹面になっているのではなく、凸面、つまり、ふつうの浮き彫りになっているというのです。

ぼくは、このふたつを合わせてみたら、きっと一個の球になると思います。ふたつの偶像が同時に造られたか、あるいは、一方が他方の鋳型だったことが証明できると思うのです。最初の偶像が発見された場所は、ご承知のようにアフリカですから、これは、現代の考古学上、もっとも特異な発見になりますよ」

ホームズは思案顔でうなずいた。青年は、さらに続ける。「あいにく、けさはアダムズ博士が外出中なのですが、ぼくはなんとかして、その二個めの偶像をここへ持ってきてもらおうと掛け合っているのですよ」

「アダムズ博士は、どちらに?」

「ああ、それ自体がなんとも妙なのです。この偶像から、無限のエネルギーがゆっくり途切れることなく放出されているようすには、ここの研究員みんなが驚いていますが、けさ、インペリアル・カレッジのチャレンジャー教授とおっしゃるかたが連絡してこられ、その現象について説明してあげるから、来るようにと言われたのです。アダムズ博士はすぐに出かけました。

て、博物館を出た。

「いや、けっこうですよ。チャレンジャー教授ならよく存じあげていますから、インペリアル・カレッジを訪ねてみましょう」ホームズは言い、わたしたちは、興奮している青年を残して、博物館を出た。

ご伝言なら承りますが」

チャレンジャー教授の研究室に近づくと、中から議論しているらしい声が聞こえてきた。サマリー教授のあし笛のような甲高い声と、チャレンジャー教授の野太いバリトンが争っている。扉の前まで来ると、サマリー教授の声がはっきり聞き取れた。「問題はだな、チャレンジャー、あんたが公式を作るために考えついた架空の量と、現実の量との区別がつかんことだ。まるでほらふき男爵の話を聞いているようだよ」

チャレンジャー教授の吠(ほ)えるような怒声が轟(とどろ)き、シャーロック・ホームズは急いで扉をあけた。チャレンジャー、サマリー、アダムズの三人が座っている。チャレンジャーがわたしたちに手招きをした。

「ようこそ、ホームズくん、ワトスン先生。きみたちはわたしがきょう指導する予定の学生ではないが、ちょうどよいところへ来た。無料授業を受けていきたまえ。

覚えているだろう、この前会ったときには、相対論に従えば、動く物体のエネルギーは光速に近づくにつれて何乗倍という割合で増えていくことになると話したな。これは、エネルギーは速度の二乗に比例するというニュートンの公式を否定するものだ。速度の低い段階からな。だが両者の違いが大きくなるのは、極端な高速になったときだ。運動量もまた、光速に近づくにつれて増加する。サマリーとわたしは、こうした事実が何を意味するのか、議論しとったのだ」

わたしは、その議論の再開には立ち会いたくなかった。

そこで、「簡単な計測で解決できるのではありませんか」と、きいた。

チャレンジャー教授は首を振った。「われわれの意見が食い違っとるのは、量的な計算についてではない。この結果をどう解釈するかという、もっと複雑で、質にかかわる点なのだ」

わたしは驚いた。「わたしは学校時分、科学を質的に理解するのはとても簡単だという印象を持っていました。人生を複雑にしていたのは、量的な計算のほうだった」わたしは数学の計算や代数の問題を思い出し、身を震わせた。

チャレンジャー教授はぐっと胸を突き出した。「ああ、しかし科学的理解にはもうひとつ上の段階があってな、そこでは質的な解釈がむずかしく、また、何にもまして重要なのだ。数学を習得できていない者には、これをきちんと理解するのは無理なのだが、わたしにはうまく説明する自信がある。だからきょうは特別、苦しい勉強を強いることなく、きみをこの段階へ引き上げてあげよう。ばかでも理解できるよう、要点をわかりやすく説明してやるよ」

チャレンジャーはサマリーをぐっとにらみつけ、言い返すひまを与えずに、先を続けた。

「物体の速度は、光速に近づくにつれて、増えにくくなる。この事実を、物理学的にどう解釈すればよいだろう。

サマリーが支持しておるのは、質量が増えるという仮説だ。〝架空の質量〟が加わるというのだよ。そして、これは物体の——というか、観察者の速度の——見かけのエネルギーが作用した結果だとしている。

だが、わたしがサマリーに示そうとしていたのは――」チャレンジャーは強調するため、机をたたいた。「これは、架空の話ではない、ということだ。運動エネルギーは、質量として表れる。なぜなら、質量とエネルギーとは、ほんとうはまったく同等のものだからだ」

「たわごとだ！」サマリーが吐き捨てるように言う。

チャレンジャーは顔色ひとつ変えず、机の端から、なんの変哲もない木の小箱を取り上げた。

「この複雑な装置がそれを証明してくれる。ちょっと調べてみてくれるか、教授？」もったいぶった面もちで、その箱をサマリー教授に手渡した。

サマリーはためつすがめつ眺めたあと、ふたをあけようとして、留め金を押した。と、ふたが勢いよく開き、道化師の姿をしたばね仕掛けの人形が飛び出して、サマリーの鼻をしたたかに打った。サマリーはたいそう驚いたようすだ。チャレンジャーは椅子の背にもたれ、少年のように声をあげて笑いこけた。

「いったいどういうことだ？　チャレンジャー、説明したまえ！」サマリーが怒鳴りつける。

「もちろんだ。サマリー、きみの目の前にあるのは、ごくありきたりのびっくり箱だよ。しかし、この装置は、じつに奥の深いことを教えてくれる」

チャレンジャーは箱を手にした。「この人形をしまう方法はふたつある。ばねをたたまないで適当にしまうか、今度もまた飛び出すよう、ばねをしっかりたたんでおくかだね。もちろん、後者のようにするのが、ふつうだ」

チャレンジャーは箱のふたを閉めた。「では、サマリー、この箱のふたがずっと閉じてあると仮定しよう。むろん、この質量を測ることはできるし、ある速度にまで加速させるのに必要なエネルギーも計算できる」

「ああ、おそらく」

「では、中のばねがきちんとたたんであるかどうかで、何か違いがあるだろうか」

「もちろん、ないさ。箱を構成する原子の数は変わらないから、質量も変わらない」

「ならばこれこそ、あの夢の機械だよ。永久機関さ。なぜなら、ばねをたたんでおいて、この箱を光速に近い速度にまで加速し、それからふたをあけて、人形が前に飛び出すように仕組むことができるからだ。


そうするとこの装置はさっきとまったく同じように作用する。運動の条件がすべて同じだからね。しかし、光速に近い速さになると、物体は非常に多くのエネルギーを得るから、ばねはさっきよりも多くの仕事をし、人形の速度を増す。最初に与えられた以上の仕事をし、運動量も増すわけだ！」


サマリーはたいそう驚いたらしい。口を動かしたが、言葉が出てこない。

「永久に運動し続ける機械が存在しうると思うか、サマリー？」チャレンジャーは壁際の本棚に置いてある機械を指さした。絵に示したような装置だ。

「わたしは、ここへ持ち込まれてくる発明品を評価するのも、仕事のうちだと思っておる。たまに、みごとな機械にお目にかかることもあるが、たいていは欠陥品だ。この仕掛けのもとになった着想は、右側の玉のほうが左側の玉より、軸から遠い分、大きな力が働くというものだ。ちょうど子どもがシーソーでずるをするような具合にな。輪が回転して玉が落ちると、つねに右へ行く玉が軸から遠いほうへ投げ出される。しかし、むろん、この機械はうまく作動しない。きちんと分析すれば、すべての力が釣り合っておることがわかるのだよ。

　それから、こっちの発明品は、運動量保存の法則を破る機械だそうだ。同じ大きさの反作用力が発生しないようにしてあるという」

　チャレンジャーは、複雑な回転装置に、いくつかはずみ車がついている機械を指し示した。

「これは、ものを上に持ち上げる力を出す機械なのだそうだ。これを秤(はかり)に載せると、秤が振動によって上下するので、平均重量が少し減ったことが想像できるんだとさ。近くにあるハイド・パークの一角で、こうした発明品の発表会を定期的に開いて自作品を自慢し合っとる連中がおるのだよ。サマリー、きみも一度、演台持参で参加してみてはどうだ？」

　チャレンジャーは言葉を切った。サマリーは黙りこくって、身をこわばらせている。

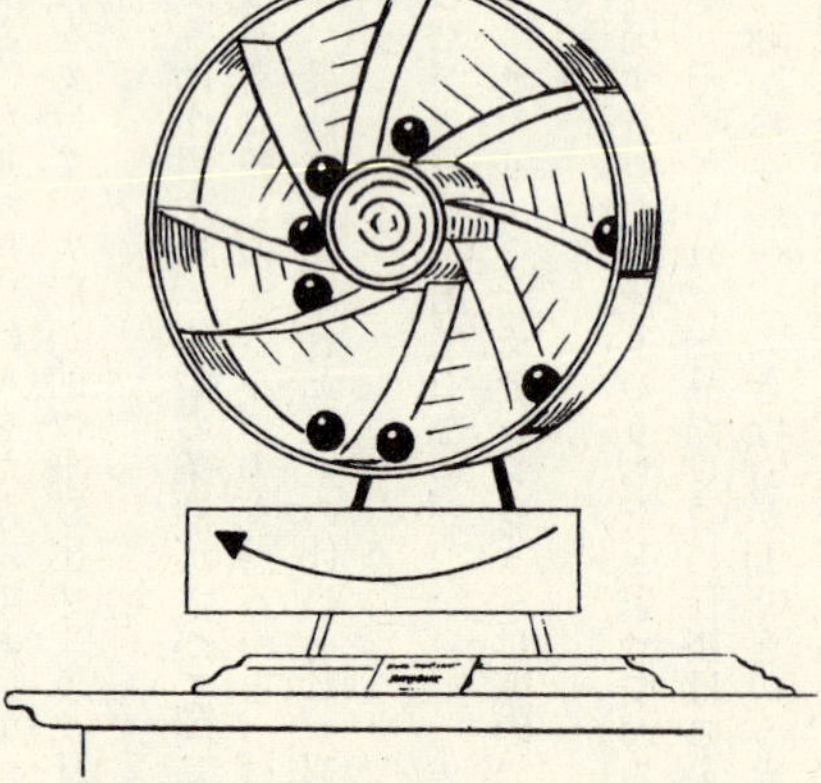
永久運動を続ける機械

「だが、冗談はさておき、話をもとに戻そう。ばねをたたんだとき、結果として、びっくり箱の総質量は増加する。原子は一個も増えないが、ばねに蓄えられたエネルギーが、質量の増加となって表れるのだ。だから、箱の速度が上がりにくくなる。もっと力が必要になり、もっと運動量を増やさなければならない。当然、仕事の量も増える。つまり、最初にもらった以上のエネルギーを生み出すような永久機関は存在しえないわけさ。エネルギーは、不活性の質量の特徴をすべて持っている。この事実を根拠に、わたしは、エネルギーと不活性の質量とは、見かけが違うだけで実際は同一のものだという仮説を立てた」

サマリー教授は、傍目にもわかるほど必死で自分と闘っている。「おそらく、あんたの言うとおりだろうな、チャレンジャー」と、ややあってようやく、しゃがれた声で言った。「しかし、じつのところ、その注目すべき仮説にはもっと証拠を示す必要があるだろう」

チャレンジャーはにっこりした。「さっそくそうするよ、サマリー」

チャレンジャーは、窓台に置いてある小さな機械を指さした。これもまた、間違った理論にもとづいて作られた装置のように見える。電球そっくりの形をしたガラス球の中に、水車のような構造の小さな金属の輪が据えられたもので、外から空気や水が入って輪に触れないように工夫されている。

「マクスウェルが見つけ出した法則から、電磁波が放射されると、ある力、または圧力が生じることは、よく知られている」チャレンジャーが言う。「それは実験によって示すことができる。この輪全体に日光が均一にあたっているときは、輪がまわらない。しかし、集光レンズを使うと――」

　チャレンジャーは大きな虫眼鏡をとって窓に近づけ、日光が輪の片側にだけあたるようにした。すると、輪が回転しはじめた。最初はゆっくりだったが、次第に速くなる。

「これはみごとだ！」わたしは叫んだ。「たとえば赤道付近を航海中、無風帯に入って船が動かなくなったようなときでも、光を反射する素材でできた帆さえ持っていれば、なんとかなるわけですね。その帆の向きを日光に垂直になるようにすれば、船は風の気まぐれなどものともせず、前に進むことができる」

「いや、それは無理だ」わたしの熱心な口ぶりに、チャレンジャーがにっこりする。「この力は、一般的な基準からすると、じつに小さい。この装置にそうした力が認められるのは、ガラス球の中が真空なので空気によって輪の回転が妨げられないからだ」

　チャレンジャーは、窓の反対側にある黒板の前まで行き、上のほうに略図を描いた。

日光で動く輪

「これは密閉した金属管だ。かりにこれが地球から遠く離れた宇宙空間で、風力や重力といった力の影響をいっさい受けずに浮かんでいるとする。ならば、これはこの先もずっと静止し続けるのではないかな?」

わたしたちはうなずいた。

「ところが実際は、これが動くように見せることができる」チャレンジャーは続けた。「この中に重い物体が入っていて、それが自由に管の中を動くとしてみたまえ。その物体が左へ移動すれば、管はわずかに右へ動く。しかし、この装置の質量の中心は、実際はつねに同じ位置にあるのだ。

次に、この装置の一方の端に、電池と電球と反射鏡から成る、自転車の前照灯のようなものを取りつけるとする」彼はそれを絵の中に描き込んだ。「前照灯のスイッチを一瞬だけ入れ、光のパルスを発射すると、それは管の反対端に届き、そこに貼られた黒いフェルトに吸収される。

光が圧力を生じさせるので、光が発せられた瞬間、反射鏡が少し左へ押される」

「しかし、光がフェルトに吸収された結果、右向きの力も生じるのではないか」サマリーが言う。

「そうだ。だが、光の速さには限界があるので、先に左向きの力が働き、それからわずかに遅れて、右向きの力が働くのだ。そのわずかな時間のあいだに、管がほんの少し左へ動く。管の端から端へと伝わるエネルギーの動きは、移動する物体の効果とよく似ている。純粋なエネルギーには、質量があるのだ!」

「でも、それでは、光という形をとらないエネルギーについては、証明できていないのではありませんか」わたしは言った。

「とんでもない。電球を光らせるエネルギーは、反応力の高い化学物質や、はずみ車やばねなど、どんな形ででも蓄えられる。だから逆に、管の右端では、この光をもとのエネルギーに戻すこともできるのだ。たとえば、水を沸騰させて、小さな蒸気機関を動かす、とか……。だからすべてのエネルギーは、同等の質量を持つのさ。

この思考実験のすぐれた点は、エネルギーと質量の比、つまり、何ジュールのエネルギーが、一キログラムの質量に相当するかを、計算できるところだ。光線のエネルギーと運動量の比は、マクスウェルの法則とさまざまな実験から、すでにわかっている。運動量は、エネルギーを光速で割ったものだ」

チャレンジャーが黒板に走り書きをする。「光速をcとする。管の長さをLとすると、光の進む時間は、〈L÷c〉で表される。管の質量をMとすれば、この管は、光の運動量を管の質量で割っただけの速度で動くことになる。だから、光のパルスのエネルギーをEとすると、この管が動く速度は、〈E÷c÷M〉。

つまり、管が動く距離をdとおくと……」チャレンジャーは、黒板に次々と式を書いていく。わたしはめまいがしてきた。

「恐怖の代数だ！」わたしは大きな声で言った。

「だが物理学上、これほど奥の深い、すばらしい発見はない。いずれわかると思うが、ひょっとしたらもっとも重大な発見かもしれん。ワトスン先生も、いまだけは代数を使うことをお許

驚くべき公式

しくださることと思う。さて今度は、現実の質量mを端から端まで移動させることによって、この管を、やはりさっきと同様、dだけ動かすとしよう。質量mは、〈M×d÷L〉で表される。ならば、質量は、エネルギーを光速の二乗で割ったものに等しいことになる」

「しかし、光速というのは、とほうもない速さでしょう」わたしは言った。「エネルギーから計算できる質量は、とても小さくなるのではありませんか。結局は、これも実用性のない、理論上の話でしかないのだ！」

「それはとんだ勘違いだよ、先生。cの二乗という係数を移項して、べつの角度から見てみよう」

チャレンジャーは黒板のいちばん下に、式をもうひとつ書いた。「ある質量に等しいエネルギーは、その質量に光速の二乗をかければ出てくる。$E=mc^2$ だな。この公式を使えば、水一キログラム中に、ウェールズ州全体に埋蔵されている石炭より多くのエネルギー——10^{17}ジュールだ——がふくまれておる計算になる」

サマリーが鼻を鳴らした。「なのにあんたは、わたしが永久機関の信奉者だと言って、ばかにしていたのか。お笑い草だ、水からエネルギーがとれるとは！」と、あざ笑う。「たとえあんたの言うとおり、物質の中にエネルギーがふくまれているとしても、どうやってそんな物質からエネルギーを取り出すのだ？　その方法を考え出せる人間など、ひとりもいないと思うがね」

「そうじゃないのだ、サマリー。わたしは、ここにいるわれわれのうちのひとりが、自分でも知らないうちに、そんなふうにエネルギーが取り出されるのを、人類史上はじめて目撃したのと思っている」チャレンジャーは、アダムズ博士を指した。さっきから、口をはさむまいがまんしていた博士は、とたんに堰を切ったようにしゃべりだした。

「そうなんですよ、チャレンジャー教授。わたしはそう確信しています。わたしのささやかなジレンマの解決策が、こんなに奥の深いものだったとは、想像だにしていませんでしたよ」

アダムズ博士は、ほかの三人のほうを向いた。「わたしは長いあいだ、あの謎の偶像が持つふたつの特徴に頭を悩ませていたのです。ひとつは、無限とも思えるような源からエネルギーを――ゆっくりとではありますが――放出し続けているらしいこと。もうひとつは、ウランの原子が変質し、より原子量の少ない異なる元素の原子に変化しつつあることです。その過程で燃え尽きる、妙な原子構成粒子の質量を計算に入れても、全体の質量が消失しているようなのです。

しかしこれで、ふたつの謎が一気に解決しました」アダムズ博士は慎重に言葉を選んでいるようだ。「これまで原子核の質量と見なされていたものは、その大部分がじつは結合エ、ネ、ル、ギ、ーだったようですね。このエネルギーは、ちょうどこのびっくり箱にたたんでしまい込まれたばねのようにしまい込まれて、帯電した部分を結びつけているのです。

原子核が分裂すると、正に帯電した原子核から、正に帯電したアルファ粒子が飛び出すので、原子核の質量が減ります。結合エネルギーがアルファ粒子の運動エネルギーに変わったわけです。つまり、質量がエネルギーに変換されたのですね。チャレンジャー教授、あなたは天才だ」

チャレンジャー教授はにこにこしている。謙遜するということを知らない男だ。「それだけではないぞ。人類の運命を、予測がつかないほど大きく変える力の発見者でもある。わたしは無限のエネルギー源を発見したのだからな」

アダムズ博士はためらった。「ですが、教授、それで得られるエネルギーの実用化は、原則としてまだまだむずかしいでしょう」

わたしたちは彼を見た。「いいですか、教授、あの偶像のウランの崩壊率は、実際はとても小さいのです。あの質量を半分にするだけでも、数千年かかるでしょう。あの偶像は特殊なウランでできていて、通常、掘り出されるものより崩壊速度が速いのですがね。

われわれは、あの偶像から少量の標本を採ってみました。すると、標本が偶像から離れたとたん、崩壊率が急に下がりました。ですが、この標本を超高温、強酸、電気など、さまざまなもので処理してみても、崩壊率は変わりませんでした。

残念ながら、この崩壊率を、有用なエネルギーが放出される程度まで上げることは、絶対にできないと思います」

「驚くにはあたらない」サマリー教授が、考えながら言った。「とどのつまりは、ふつうの化学結合に比べて、原子核を結合させている力がけた外れに大きいということだろう。それを熱で壊そうとするのは、豆鉄砲で戦艦を撃沈しようとするのに等しいのだ」

チャレンジャーは少しもまごついたようすを見せない。「だが、わたしは、それだけの威力がある銃を持っている」と言う。

「何をばかなことを！」サマリーが嚙(か)みついた。「どれだけのエネルギーが必要か、正確な数値を計算するにはちょっとひまがかかるが、わたしが確信するに――」

だ」チャレンジャーが淡々と言った。「自転車に乗って丘にのぼり、てっぺんから下に向かって、ペダルを踏まずに惰性で走れば、また同じ高さまでのぼるだけのエネルギーが得られる。もちろん、摩擦や空気抵抗がなければの話だがな。それと同じで、ある原子核から飛び出したアルファ粒子は、べつの原子核に入るエネルギーを得るのだ。

言い換えればな、サマリー、感染力のようなものがあるのさ。充分な大きさのウランがあるとして、そこから放出されるアルファ粒子のほとんどが、べつの原子核に衝突してから外へ飛び出せば、熱の放射率が高まるのだ。水を沸騰させてタービンをまわせるほどの熱が生まれるのだよ。人類は永遠に、このわたしに感謝し続けることになるだろう。なぜならば――」

チャレンジャーは得意の絶頂にのぼりつめ、満面に笑みを浮かべてわたしたちを見まわした。と、突然、ホームズが立ち上がり、小さな叫びをあげた。そして、狂ったように猛然と部屋を飛び出していった。

わたしもあとに続き、ホームズがエキシビション通りの真ん中に飛び出して辻馬車をとめたところで追いついた。彼はわたしを待つ気はなかったようだが、わたしはどうにかしていっしょに乗り込んだ。

「十分以内に大英博物館へ行ってくれれば、一ギニー、いや、五ギニー出そう。人命がかかってるんだ！」ホームズはびっくりしている御者に向かって叫んだ。

幸運にも、御者は察しのよい男だった。すぐに馬を駆り立ててくれたので、ほどなくわたしたちは、疾走する馬車に揺られてサーペンタイン池を渡り、のんびり歩く行楽客の注目を浴びることになった。

ホームズはと言えば、身じろぎもせずにひたと前方を見据えている。さいわいわたしには、強い衝撃に打ちのめされた患者を扱った経験がある。「ねえホームズ、何があったか話してみないか」わたしは、なだめるような声で言った。ホームズはうつろな目をしてわたしを見返した。

「わからないか、ワトスン？　病原菌みたいなものなんだよ！　半球形の偶像にさえ、相互感染が充分に認められた。放出されたアルファ粒子の大半が、さらなる崩壊を引き起こしてるからさ。さもなきゃ、偶像にふくまれる物質のほうが、採取した標本にふくまれる物質より強い活性を示すはずがない。だが、アダムズ博士の話では、示すということだったろう？

二個の半球形の偶像を合わせて一個の球形にすれば、感染力は何倍にも膨れ上がる。すると――」

「広域に広がるのか！」わたしは叫んだ。

「そうだよ、ワトスン。伝染病と同じで、一気に広がる。さらなる原子が分裂し、次々に分裂を繰り返していくんだ。しかし、この伝染病には潜伏期間がない。時計では計れない一瞬のうちに、広がってしまうだろう。一秒もたたないうちに、すべての原子が崩壊してしまうんだ。球形にふくまれる質量の大部分がエネルギーに変換されるのさ。その威力は――」

「綿火薬十万トン分に匹敵する！」わたしは言った。

ホームズが前を向いてさらに御者をせきたてる。いま聞いた話の恐ろしさが、じわじわと胸に迫ってきた。わたしは新たに目を開かされた思いで、あたりを見まわした。博物館のあるホルボーン地区で、火山が噴火したような大爆発が起きれば、ハイド・パークの反対側に立ち並ぶ瀟洒なホテル群も一瞬にして木っ端みじんだろう。何も知らずに公園で楽しいひとときを過ごしている人々も、みんな死ぬか瀕死の重傷を負うかするのだ。

そんな大規模の災害は、想像もつかない。歴史に残る大戦争の死者の数など、いまにも起ころうとしている大虐殺に比べれば、なんでもない。わたしはとくに想像力のあるほうではないし、神経質なほうでもないと思うが、それでも、辻馬車が博物館の前に着いたころには、体が震えて、どうにも抑えがきかないほどになっていた。ホームズは御者に金を払いもせずに中へ飛び込んだ。わたしも、御者の悪態を無視して、あとに続いた。

地階の研究室に行ってみたが、偶像はおろか、さきほど応対してくれた助手の姿も見あたらない。白衣を着た男が近づいてきた。

「何かご用でしょうか」

「ええ。偶像はどこです？　それから、けさぼくたちとここで話をした青年は？　急を要するんだよ！」ホームズは威圧的な口調で言った。

「どちらも、キャンヴェイ島のデヴィル岬に行ってます。同僚は、ふたつの偶像がぴったり合うはずだという自分の考えを早く確かめたくてうずうずしていたのですが、岬に流れついた偶像の発送が遅れることがわかりました。そこでほんの少し前、彼はフェンチャーチ街駅発の汽車に乗るのだと言って、ここの偶像を持って出かけたのです。館長の許可も得ないで、と付け加えておきましょう」

ホームズは何も言わずに、また表の通りに飛び出していった。さっきの辻馬車の御者が、博物館の守衛を相手に、何やら活発に議論していた。ホームズは御者の手にソヴリン金貨を何枚か押しつけた。

「十二時十分までにフェンチャーチ街駅まで行ってくれれば、もう五ギニー出そう！」

御者は金をちらっと見て、すぐに御者台に戻った。ユーストン通りを走り、フェンチャーチ街に入ったところで、汽車の発車を告げる警笛が鳴り渡った。わたしたちは守衛の怒声に耳を貸さず、動きかけた列車に飛び乗った。

廊下に面していないコンパートメントに乗ってしまったので、ほかの車両へ探しにいくことができなかった。ホームズは懐中時計を見て、唇を噛んだ。「もしぼくらが追っている相手が、この汽車に乗っていれば、ぼくらは安全だよ。簡単に彼をつかまえることができる。だが一本前の汽車に乗っていたら、どうしようもない……」

わたしは、なんと言ってよいか、わからなかった。だが、しばらく汽車に揺られているうち、わたしは疑惑に襲われだした。この相対性なんとやらの証拠は、結局はとても間接的なものではないか。精神障害のひとつに、ふたりの人間が伝染でもしたように同じ妄想にとらわれる〝二人組精神病〟というのがあるが、ひょっとしたらホームズや教授たちにも、それが強い形で現れたのではないだろうか。そう考えれば、責任感があるとは言えないチャレンジャー教授に、みんなしてかつがれてしまったようにも思えてくる。わたしの緊張は、徐々に解けはじめた。

キャンヴェイ島に着き、駅舎のない小さな停車場におり立ったのは、わたしたちだけだった。けさ会った青年らしい人影は見えない。ホームズは駅長のところへ走っていった。

「恐れ入りますが、デヴィル岬はどっちです？」

駅長は無言のまま、腕を伸ばしてみせた。鉄道駅からは、海がよく見渡せる。本土の海岸線から砂地の岬が突き出て、数キロメートルにわたって長い曲線を描いている。その突端で何かが行われているようだ。こんなに離れていては、警告を発しようにも、発しようがない。

「来たまえ、ワトスン。まだまにあうかもしれない！」

だがその直後、恐ろしい真っ白な閃光(せんこう)が走った。太陽よりも明るいその光に、わたしは一瞬、目が見えなくなった。わたしたちは手探りでたがいの腕を探りあてて、つかまり合った。さもなければ、それから数秒後に襲ってきた強烈な衝撃に耐えきれず、倒れていたに違いない。

やがて少しずつ視力が戻ってきた。赤い残像ごしに、海面からもくもくと湧き上がる雲が見えた。その雲は、細い竜巻のような柱に押し上げられ、午後の空に向かって上昇していく。まるで巨大なキノコのような不気味な外観を呈している。海面が見えてきて、目を疑いたくなるような変化が起きていることがわかった。さっき見たばかりのデヴィル岬が消えており、あとには波が泡立っているばかりだったのだ。目の前の海岸でも、大きな波が猛(たけ)り狂っている。津波が来るのかと思ったが、大波は最高水位線のあたりでとまった。そして、海はゆっくりと、もとの静けさを取り戻していった。

「まあ、少なくとも、きみが必要とするゾウの足は見つけたわけだよ、ワトスン」

わたしはめんくらって、ホームズの顔を見た。翌朝のこと、わたしたちはベイカー街の部屋で前日の事件を報じる新聞を読んでいた。当局は迅速に手を打ち、混乱を未然に防いだ。フリート街の新聞各社は、軍の弾薬を積んだ輸送船がデヴィル岬沖で座礁して爆発したという作り話を信用したらしい。疑問に思った記者がいたかもしれないが、胸の内におさめておく分別を持ち合わせていたようだ。アナーキストの暗躍を疑う報道はなかった。

「ぼくはいつだったか、こんなことを言っただろう、ワトスン。きみは新しい奇抜なものに接すると、みごとなまでの懐疑論者になって、容易には受け入れようとしない、とね。たとえほんとうに居間にゾウがいても、きみは足を踏みつけられでもしないかぎり、そいつの存在を認めない。

この新しい物理学についても、何から何まで疑っていたね。だが、証拠を見たいまとなっては、理論がちゃんと裏付けられたこと、新しい発見が重要な結果をもたらしうることを、認めざるをえないだろう」

「わたしにはまだ、全部は受けとめきれないのだよ、ホームズ」わたしはため息をついた。「古い物理学のほんの小さな例外から、こんなものすごい結論が生まれるとはね。どんな基準系でも、光速は一定だなんて……」

ホームズはにっこりした。「ぼくがよく言うように、事件の捜査でも、たったひとつの特異な点が——レストレード警部のような人間が見落としがちな小さな問題が——、じつはもっとも重要な鍵となり、一見すっきりとした結末をあべこべにひっくり返してしまったりするものだ。それと同じで、もっと広い世界でも、一見単純な図式が覆されてしまったわけさ。説明がつかないと思われていた事実がひとつ解明されただけで、われわれは根本から考え方を変えることになったのだね」

「なんのかんの言っても、わたしだって、有望な側面があると思っているのだよ」わたしは言った。「きみは、チャレンジャー教授の夢見るような無限のエネルギーが実現すると思うかい？」

「時間はかかるだろうがね。偶像が破壊されてしまったし、あんなふうな特殊なウランを見つけ出して、さらに有効利用するのは、簡単なことじゃないだろう。

それに、もっと根本的な問題もある。伝染病の話をしていたとき、きみは、感染力にわずかな変化が生じただけで、まれな病気が、一転して広域に広がる疫病に変わることがあると言ったね。ウランからのエネルギー放出を自在に操作するには、感染率――つまり、ある原子の核分裂がほかの原子の核分裂を引き起こす確率――をできるだけ一に近づける工夫をする必要がある。〇・九九九ぐらいにね。きのうの爆発の一歩手前でとめておくわけだよ！　そんなことができる装置が作られたとしても、ぼくはその近くには住みたくないな。工学技術が今日よりはるかに信頼できる水準になり、そうした企画が正気で考えられる時代が来るまでは、絶対にいやだ」

わたしは、着慣れた服のように身になじんだ下宿の部屋を眺め渡した。「正気と言えばねホームズ、わたしは、すでに起きたことを理解しようとがんばっただけで、正気を失う寸前まで行ったよ。今後、わたしたちの身に何が起きるかはわからないが、またこの奇妙な新しい物理学にびっくりさせられることだけは、ごめんこうむりたいよ。これ以上、突飛なことに頭を悩まされるのは、もうたくさんだ」

9 不忠義者の召使い

「海で謎の遭難！　マリー・セレスト号の失踪より不思議な事件だよ！　さあ、買った、買った！」

いつもベイカー街の一角で声を張り上げている新聞売りは、なかなかの商才の持ち主だ。最新版の記事がどんなにつまらなくとも、必ず思わせぶりな売り口上を考えついて、道行く人に新聞を買わせてしまう。わたしも何度か引っかかったものだが、そう簡単にはだまされなくなった。だが、子ども時分にマリー・セレスト号事件の話を読んで以来、海にまつわる謎には、めっぽう弱い。気がつくと、金を出して新聞を買い、熱心に一面に目を通しながら、下宿の階段をのぼっていた。

事件の主役はアリシア号という一本マストの快速帆船。顛末は、あっけないほど単純だった。一週間前のある晴れた朝、出帆したアリシア号は、小さな霧の塊にすっぽり包まれてしまった。そのようすを、約十二マイル離れたところにいたシーイーグル号という船が目撃した。アリシア号は出てこなかった。真昼になり、日差しで霧が晴れてきたので、シーイーグル号はあたりの海域をまわって探してみた。が、船名入りの救命具など、アリシア号のものと見られる漂流物は見つかったものの、船の姿は、影も形も見あたらなかった。しかたなく、シーイーグル号は奇妙な話を携えて帰港した。

「きみが喜びそうな興味深い記事を見つけたよ、ホームズ」部屋に入るなり、わたしは挨拶代わりにそう言った。ホームズは目を上げたが、わたしが差し出した新聞は受け取ろうともしない。

「ははあん、シーイーグル号の謎のことだな」ホームズが言う。「けさの『ロンドン・タイムズ』に出てたじゃないか」

「違うよ、ホームズ。あの記事は間違っている。きっと急いで記事を書いて印刷にまわしたんだ。この夕刊にはもっと詳しい話が書いてある。消えたのはアリシア号のほうだ。シーイーグル号は、ただ目撃しただけだよ」

ホームズはうなずいた。「それも『ロンドン・タイムズ』に書いてあった。だが、謎に悩まされているのは、どっちだい？　目撃されたほうか、目撃したほうか。船が海に消えたというのは、たしかに悲劇だが、そうめずらしいことじゃない。驚くのは、それとは対照的なシーイーグル号の体験のほうさ」

「しかし、天気のよい日に、静かな遠い海で、突然起きたのだろう？」わたしは反論しようとした。と、遅まきながら、ホームズの言葉が強い衝撃となって襲ってきた。「まさか、シーイーグル号の船長と乗組員が……？　何を言い出すんだ、ホームズ！」

ホームズは微笑んだ。「安心したまえ、ワトスン。ぼくはね、何もわが誇り高きイギリス商人が海賊になったとか、乗組員が仲間の船の転覆を企てたとか、そんなことをほのめかしてるんじゃない。ぼくはただ、特異なのは二隻の船の体験の違いであって、一方の船の運命じゃないと言ってるのさ。きみが出かけているあいだに、われらがチャレンジャー教授がひょっこり訪ねてきて、もっともらしい解説をしていったんだよ。

　教授は、アリシア号みたいな船を浸水させて沈めてしまうほどの大きな波は、さまざまな場で、信頼の置ける人々によって観察されていると言っていた。たとえば、海底地震に引き起こされる津波や、潮流が海底の水路や隆起にぶつかって生まれる波、あるいは、ただ偶然に発生した波……」

「だが、シーイーグル号は、そんな波には遭っていない！」

「チャレンジャー教授が言いたかったのは、波同士が合わさったり重なったりするときは、ふつうのもの同士がそうなるときとは違っているってことさ。一個のリンゴと一個のリンゴを足せばつねに二個のリンゴになる。しかし、ある海域でふたつの波が起きたとしてみたまえ。最初はふたつの異なる波に見えていても、そのうち、ぶつかり合う瞬間が来て、ひとつの大きな波になったりする。もっと複雑な可能性もあるよ。一方の波の山と、もう一方の波の谷が重なり合った場合は、海面が平らになるのだ。ふたつの波が相殺されてしまうからさ。チャレンジャー教授によれば、ふたつ以上の波が衝突すると、海面にほとんど波がない瞬間が来たり、そうかと思うと、波の山同士や谷同士が重なり合って、船を沈没させるほどの荒波をこしらえたりするそうだ」

　わたしはふふんと鼻で笑った。「わたしには途方もない話に思えるがね、ホームズ。しかし、またいつものようにあの角の新聞売りに一杯食わされたことは、たしかなようだ。今度の一件は、マリー・セレスト号事件ほどには謎めいていないのだろう。まったく、あれは謎だらけだったな！　おそらくきみは、あの昔の事件の真相を自分なりに推理してみたのだろうね」

　シャーロック・ホームズは首を振った。「あの船にまつわる謎とやらには、いくとおりもの解釈が成り立つよ。少人数の乗組員と船長の家族、二、三人の船客を乗せて出帆した船が、無人で漂流しているところを発見されたんだったね。救命ボートと航海に必要な機器がなくなっていたのに、食糧と貨物はすべてそのままだった。もっともらしい解釈なら、少なくとも七とおりは考えられるよ。

子どものころこの話を聞いたときには、実地の探偵術に関係があるとは思えなかったので、興味は惹かれなかった。理論だけであの謎を解くのはむずかしいが、船を調べることができていれば、きっと手がかりを見つけて考えることができただろう。いまのぼくなら、服でも持ち物でもいい、事件にかかわりのあるものが一個でもあれば、推理できる。航海していた船からならば、もっと多くの証拠が得られるに違いない！　ロープ一本一本、道具や残っている装置のひとつひとつが、独自の物語を語ってくれるはずだ。あの当時のぼくだって、機会さえ与えられれば、そうしたものの歴史を本でも読むように、読みとることができたと思う」

「きみの解釈を本に書いて出版してはどうだね、ホームズ。わたしは、もっともらしい仮説さえ読んだことがない」

ホームズはパイプに煙草を詰めはじめた。「たとえば、こんな事実を考えてみれば、あのときの状況をうまく説明できる。それは、あの船には書類のうえでは、工業用アルコールが積んであったことになっているってことだ。かりに――」

その瞬間、扉を激しくたたく音がして、話が中断された。ホームズは立ち上がり、さっと窓辺に歩み寄った。

「予期せぬ客をここへ運んできた乗り物が、その身分を雄弁に語っているよ。四輪馬車だが、車体についた王室の紋章をあわてて防水布で隠してきたようだな。辻馬車で来る客とは、社会的地位もあわてぶりも違う」

わたしは歩いていって扉をあけた。軍人のような風采の長身の男が、やや着心地が悪そうな平服を着て、部屋の前に立っている。わたしは彼を中へ通した。

男は、しゃちほこばって一礼した。「王室近衛隊長、ジェイムズ・ファルカーク大尉であります」

ホームズは両眉を上げた。「王室からの召喚ですか？」

大尉は、鋭い目でホームズを見つめた。「そういう用向きではありません。わたしは独自の判断でこちらへまいったのです。まずはおふたりに、お願いしたい。女王の忠実なる臣民としての名誉にかけて、わたしがこれからお話しすることを他言しないと誓っていただけますか」

そんな要求が必要だと思われたことに、一瞬、腹が立ったが、ホームズがすぐ承諾したので、わたしも同じようにした。

「宮殿で悲劇的な事件が起きたのです。むごたらしい死亡事件です」大尉が言った。

わたしは思わず、息をのんだ。「まさか、あの――」

大尉はかぶりを振った。「王室の方ではありませんし、お客さまでもありません。死んだのは、ただの馬丁です。ただし、そのような低い身分でありながら、最近、とんでもない醜聞に発展するような不始末をしでかしたのです。率直なところ、その男が死んだとて、悲しむ者はあまりいないでしょう。

ジェンキンズという名のその馬丁は、十年ほど前から宮殿に勤めておりました。昨年、厨房の下働きをしていたメイドが、ひまを出されました。あなたがたのように世事に通じておられる方なら、理由はお察しでしょう。そのメイドは頑として、相手の男の名を明かしませんでした。ですがいまは、赤ん坊の父親がジェンキンズであることがわかっています。

ジェンキンズは、その娘に対して未熟ながらも責任を感じ、なんとか金銭面での援助をしようと考えたらしいのです。財力などない男でしたが、競馬屋とかかわりがあったので、賭けで金を儲けようと考えました。だがそれはうまくいかず、いくらもたたないうちに進退きわまってしまいました。

そのとき、卑しい彼の心に、このうえなくさもしい考えが浮かびました。ジェンキンズは、フリート街へ赴き、三つの三流新聞社を訪れて、自分が王室で見聞した話を買わないかと持ちかけたのです。ちょっとした醜聞を知っているのだとさえ、ほのめかしました。

しかしけさになって気がとがめてきた。このたくらみを実行に移すのは間違っていると考え直し、ジェンキンズは、わたしのところへ来て、涙を流しながらすべてを告白し、許しを乞いました。もちろん、即座に許すわけにはいきませんでしたが、とりあえず、ジェンキンズの悔悛の情に免じて、女と子どものめんどうは見てやろうと約束してやりました」

「なぜもっと早くそうした温情あふれる解決策を思いついてやれなかったのですか」ホームズは冷ややかに言った。「もっと早く、その賢明な利己心を働かせていらっしゃれば、多くの問題が避けられたでしょうに」

「そんなやり方で、彼らの不始末を見逃してやるわけにはいかなかったのです。しかしわたしはジェンキンズの要求をのんでやると約束しました。要求というより、脅迫に近いものでしたがね。もちろん、おまえにもひまを出す、解雇した以上は身元の保証はしてやらない、まともな勤め先も見つからないだろう、と、はっきり伝えてやりました。きょうの午後、彼は厩舎（きゅうしゃ）の隣りにある部屋に入って自分の頭を撃ちました」

「あなたにしてみれば、無事一件落着というところですね」ホームズは冷たく言った。「それで？　その娘さんのめんどうを見るという約束は、守るおつもりですか」

「わたしは約束を守る男だ！　女はどこか遠方にある王室の別荘へ――バルモラル城へでも――行かせます。未亡人ということにするつもりですが、いまならそれもあながちうそではない。しかし、これで無事一件落着というわけではないのです。なぜなら、男の死に少々不審な点があり、それを誤解されれば、王室がかつて経験したことのない醜聞に発展する恐れがあるからです」

　ホームズは興味をそそられたらしく、前に身を乗り出した。「詳しく話してください」

「あの男は、死に方にすら配慮が足りなかったのです！」ファルカークは、憤懣（ふんまん）やるかたないようすで言った。「第一に、彼は、王子がプロシアのご親戚（しんせき）から贈られたという所蔵品のひとつ、ドイツ製の非常にめずらしい特殊な造りの銃を持ち出し、それを使ったのです。第二に、きょうの午後の園遊会で、女王をふくむ主催者のみなさまがバルコニーからお客さまにご挨拶（あいさつ）をなさっている最中に、そこからわずか数フィートの場所で自殺を図ったのです」

「では、その人のしたことは、秘密でもなんでもなくなったわけですね」わたしはきいた。

「いや、ほとんど音のしない空気銃（エアライフル）だったので、まだだいじょうぶです。銃声を耳にしたお客さまはひとりもなかったようですし、バルコニーに立っておられたかたのうちでも、聞いたとおっしゃったのは、女王とおいとこさまのモルシュタイン王だけなのです」

「聞いたとおっしゃった？」ホームズが鋭い声できき返した。

「それが妙なのです。バルコニーにいたほかのふたりのお客さまも、自殺の現場に近かったはずですのに、何も聞いておられないのです。どういうことかわかりますか。もしあの馬丁がじつは情報を売っていたのだとすれば、王室にとって非常に困った事態になります。彼の死は自殺ではなく他殺だという憶測が流れ、女王とモルシュタイン王が死亡時刻をごまかすためにうそをつき、アリバイ工作をなさったのだと思われてしまうかもしれません。もちろん、どう考えてもありえないことです」ファルカーク大尉は語気を強めて言った。「王室にお仕えする者が殺人を犯し、それを女王がおかばいになるなど、絶対に考えられません！」

　その昔、ヘンリー二世の教会政策に反対して殺されたベケット大司教がこれを聞いたら、さぞ驚くだろう。もっともあれは六百年以上も前の事件だったが……。

「しかし、疑いの影がちらつくだけでも、王室にとっては被害甚大です」大尉は続けた。「ぜひとも極秘に捜査をし、事が公になる前に、事実をはっきりさせておく必要があるのです」

「よくわかりました。ワトスンといっしょに、すぐうかがいましょう」ホームズが言った。

　大尉は安堵の表情を浮かべ、弾かれたように立ち上がった。「ありがとうございます！　下に馬車を待たせてありますから」

　ホームズは首を振った。「あんなへたくそな変装の馬車でぼくが宮殿へうかがったりすれば、極秘捜査になりませんよ。先にお帰りになってください、ぼくらはあとからすぐ、もっと目立たない方法でうかがいますから」

大尉はうなずいたが、出入り口でためらった。「あの馬車がそんなに人目を惹くのなら、わたしがここへ来たことも、すでに気づかれているかもしれませんね」

「ご心配にはおよびませんよ。王室の問題ではなく、むしろ大尉ご自身の私的な問題でお見えになったと思われるでしょう。ぼくのほうでは、もし誰かにきかれたら、厨房の下女と問題を起こしたので、どうやったらもみ消せるか相談にいらしたのだと言っておきますよ」ホームズは、ぎょっとしている依頼人に向かって微笑みかけた。

半時間後、わたしたちは宮殿に着き、わきへまわって、目につかない通用門から中に招じ入れられた。使用人専用の廊下をしばらく歩いてから、細長い部屋に通された。幅のせまい窓がふたつあるだけで、そこから差し込む光以外に明かりはない。窓と反対側の壁際に、不幸な馬丁の遺体が横たわっていた。手にはまだ、変わった造りのライフルを握っている。床には毛足の長い分厚い赤の絨毯（じゅうたん）が敷き詰められ、壁にはタペストリーが何枚か掛かっている。宮殿の中でもっとも粗末な使用人の居住区で生涯を過ごした男は、王家の住まいのひと部屋を死に場所に選んだのだった。

ホームズは遺体のそばに膝（ひざ）をつき、死んだ男の手から、そっとライフルを引き抜いた。「あの有名な、目の見えないドイツ職人、フォン・ヘルデルの仕事だな。とても音の小さい銃なんですよ。お目にかけましょう」

ホームズは、床尾の弾倉が空であることを確かめてから、遊底を後退させて戻し、引き金を引いた。警笛のような短くて低い音がしただけだった。ホームズは頭を起こした。

「一秒あたり約百六十五サイクルの純粋な音ですね。オルガンの音ぐらいかな。みごとな仕上がりだ。たしかにふつうの消音装置つきの銃よりは小さな音ですが、窓があいていれば聞こえたはずですよ」ホームズは、盗難よけの重い鎧戸（よろいど）のついた窓を調べにいった。どちらの窓も大きくあけ放たれている。「この人が自殺したときも、窓はこんなふうになっていましたか」

「たぶん」ファルカークが答える。「遺体を発見したのは、掃除に入ったメイドです。死体を見つける前に、どちらか一方の窓か、あるいは両方の窓をさわったかもしれませんが。メイド本人がまだひどく取り乱しておりまして、まともな話が聞けないのです」

「なるほど。では、向こうのテラスを調べさせていただきましょうか」ホームズが言った。ファルカークはわれわれを隣りの部屋に案内し、テラスへ出た。手すりがつけてあるので、広いバルコニーになっており、そこから、きれいに刈り込まれた芝生と、点在する花壇を見ることができた。

「園遊会では、はじめに主催者がこのバルコニーに出て、お客さまにご挨拶をする習わしなのです」ファルカークが説明する。「きょうの主催者は四人でした。位の高いほうから順に、女王、女王のおいとこさまのモルシュタイン王、ヨーク大主教、そして、オズワルド・ローントン卿（きょう）」

ホームズがにっこりした。「なるほど、騎士（ナイト）と主教（ビショップ）と、王（キング）と女王（クイーン）か。ポーン（チェスの駒のうち、もっとも価値の低いもの。将棋の歩にあたる）にしかなれない身分の卑しい男が、この四人を危機にさらしたわけだな。ぼくは昔からチェスが好きなんですよ。ところで、銃声が聞こえたとき、四人のかたがどこに立っておられたのか、教えていただけますか」

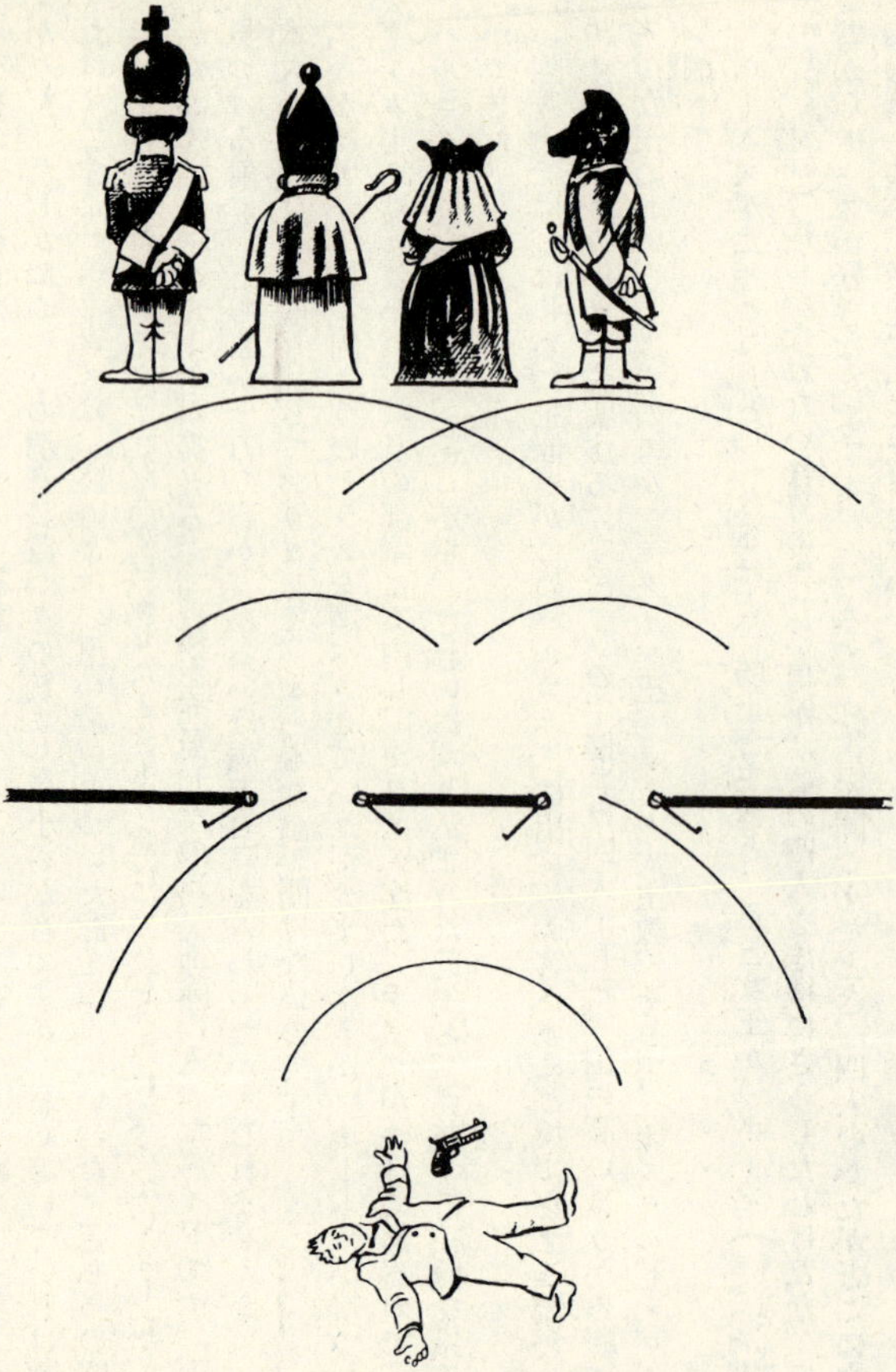

園遊会

大尉はホームズの軽口にぎょっとしたようだったが、要求には応じ、四人がそれぞれ、敷石のどこに立っていたかを示した。わたしは絵には自信がないが、位置が正確にわかるよう、略画を描いておく。「四人とも手すりの前に立っておられました。女王が中央、その右にオズワルド卿、左に大主教。王は大主教の左でした。もし窓がほんとうに両方ともあいていたのなら、全員がはっきり銃声を聞いたはずだと、誰もが思うでしょう」

「当然、どちらか一方の窓が閉まっていた可能性もあるのですね」ホームズが考えながら言う。「かりに右の窓が閉まっていたとすれば、オズワルド卿は音からいちばん遠い位置にいたことになる。左が閉まっていたのなら、王の耳には届かなかったかもしれない。だが、実際は、女王と王の両方がはっきり聞いておられるのに、卿と大主教は何も聞いておられない。まったく、妙なことがあるものだ」

突然、ホームズがぱっと目を輝かせ、仕立屋が使うような巻き尺を懐中から取り出すと、およそ三メートルと思われる細長い窓の寸法を測り、それから、壁から手すりまでの距離を測った。こちらは四メートル。

「まるで家を買いにきた疑り(うたぐ)深い客が、建物を調べているようだ」ファルカークが小声で言った。「ここが売り物ではないことはわかるだろうが……」

と、そのとき、ホームズが勝ち誇ったような声をあげて、背中を起こした。「銃声は、一秒につき百六十五サイクルだった」確信に満ちた声で言う。「ワトスン、きみは音が波であることは知ってるだろう。その波が秒速三百三十メートルで進むこともね。すると、銃声の波長は？」

「二メートルだ」わたしは即答した。ホームズはしばしば、わたしを見くびっているような態度をとる。

「ねえ、ワトスン、きょうぼくらは、海の波がぶつかり合ったとき、一方の波の山と他方の波の谷が出合えば、たがいに打ち消し合ってしまうという話をしたね。音波は、水の波とはやや違った性質を持っていて、空気が圧縮される部分と希薄になる部分が交互に現れる形をとる。この場合は、圧縮が最大となる場所から、次の圧縮が最大となる場所までの距離が——同様に、最小になる場所同士の距離が——二メートルなのだ。ここから、どんなことがわかる?」

「そうだな、一方の圧縮された部分と、もう一方の希薄になった部分とが一致すれば、ふたつの音波が相殺されてしまうのだろうね」わたしは言った。「だが、いつどこでそれが起きるのか、どうやって判断するつもりなんだい?」

ホームズは笑みを浮かべた。「簡単そのものだよ、先生。女王は、ふたつの窓から等距離の位置に立っておられた。両方の窓から同時に出た波の山は、同時に女王のもとへ届くから、波は相殺されるのではなく、増幅される。

それに対して、オズワルド卿のほうは、右の窓の四メートル前におられた。波長で言えば二個分だ。だが、左の窓との距離は五メートル。これは、波長にすると二・五という半端な数値になる。右の窓から出た波の山は、左の窓から出た波の谷とぶつかって、音を完全に打ち消してしまう。だから、卿の耳には何も聞こえないのだ!」

依頼人の顔に、みるみる安堵の表情が広がっていく。

「大主教は左の窓の四メートル前、右の窓から五メートル離れたところにおられたので、やはり卿と同じ理由で、何もお聞きにならなかった。王が立っておられた位置はさらにおもしろい。左の窓のおよそ四メートル前で、右の窓から六メートルだ。すると、連続した山が同時に届くのだ。たがいに増幅し合うので、王もまた、はっきりと音をお聞きになる。これで、枕を高くしてお休みになれますよ、オズワルド・ローントン卿」――これを聞いて、ファルカークもわたしもびっくりした――「もちろん、偽名だということは、すぐわかりましたよ。女王のお言葉を疑う必要はありませんし、ご自身の名誉を犠牲にしてうそをつき、女王をお守りしようなどと、お考えになる必要もありません。あなたと大主教は、何もお聞きにならなかったが、女王と王ははっきりと銃声をお聞きになった。それでも、なんの矛盾もないのですよ」

「すごいな、ホームズ、専門外の領域でみごと謎を解いてみせるとは」パーク・レーンのホテル群の向かい側にあるハイド・パークに入り、広々とした気持ちのよい道を北へ向かって引き返しながら、わたしは言った。

ホームズは首を横に振った。「きみが思うほどではないよ、ワトスン。けさチャレンジャー教授が訪ねてきたときに、似たような科学実験の話をしていったんだ。じつは教授は、波がたがいに干渉し合う現象をとても重要だと見なしていてね。ほんとうに光が波かどうかという問題をめぐるサマリー教授との長い論争でも、これで優位に立てると信じているんだ。ぼくを訪ねてきたのも、きょうの五時から開かれるサマリー教授との公開討論に招待するためだ。きっと自分が認める知性の持ち主に勝利を見届けてもらいたいんだろうね」

ホームズは懐中時計を見た。「もうはじまっているころだ。ほんとうは行くつもりじゃなかったが、偶然とはいえ、こちらの問題解決を助けてもらったわけだから、借りができてしまった。場所は、ここからほど近いバーリントン・プレイスにある英国学士院の講堂だ。ちょっと寄り道をしていこうじゃないか」

講堂に入ると、折しもサマリー教授の笛の音のような甲高い声が響き渡っているところだった。こっそり席に着くつもりだったのに、座席がかなり急な階段状にしつらえてあったので、わたしたちの姿が演台から丸見えになった。演台の右側には、チャレンジャー教授が横柄に脚を大きく広げ、悠然と座っている。彼は目をちらっと上げ、わたしたちが着席するのを見て、重たげなまぶたを片方だけつぶってみせた。

「……というわけで、電磁波を伝えるエーテルという物質は存在しないことがわかりました」サマリー教授が話している。わたしはうなずいた。いまやわたしもずいぶんと詳しくなった光速の実験が、これを決定的に証明したはずだ。

「だが、わたしは、このような空論のみに頼って、自分の見解の正しさを証明しようとは思いません」サマリーは続けた。「ふたつのまったく異なった実験があります。どちらも簡単にできるうえ、ちょうどすべての物質が目に見えない原子でできているように、光もまた、目に見えない粒子でできていることがはっきりと証明できるのです。ちなみに、わたしはこの粒子を光子と呼んでおります。

まず、しかるべき処理をした金属に光があたったら、どうなるかを考えてみましょう。吸収されたエネルギーが、金属の表面から電子を放出させます。この電子の数とその速度は、すぐに測ることができます。

このとき、光の色は変えずに強さだけを二倍にしたら、どうなるか。わが同僚、チャレンジャーの波動説をとれば、電子の数も速度も増えるはずです。だが実際は、入射する光子の数が二倍になっても、電子の速度はまったく変わらず、電子の数だけが二倍になる。

さらに意義深いのは、入射光線の強さはそのままにしておき、色だけを変えた場合の変化です。たとえば、電球のフィラメントの温度を二倍にすれば、色相を鈍い赤から青白い色に変えることができるのです。チャレンジャーなら、光の波長を半分にしたから色が変わったのだと言うでしょう。ですがわたしは、色が変化するのは、放出される個々の光子のエネルギーが二倍になるからだと考えています。わたしは自分のほうが正しいと確信しております。なぜなら、最初のときと同じだけのエネルギー——同じワット数——を持つ光の色を赤から青に変えて金属を照らしたとすれば、放出される電子の数は半分になりますが、個々の電子のエネルギーは二倍になるからです。光子一個につき、一個の電子に衝突するのだと考えれば、簡単に説明がつきます。光子の数は、最初の半分になりますが、光子一個のエネルギーは二倍になるのです。しかし、この結果を波動説から説明するのはまず不可能です。

ふたつめの実験は、さらに決定的です。この実験では、まったく異なる色の光を——X線照射という形の、目に見えない光を——ある種のガラスに反射させます。ふつうに考えれば、当然、反射光は入射光と同じ色のはずですね。だが、ほんとうにそうだろうか」

サマリー教授は、ポケットから小さなゴムボールを取り出すと、うしろの壁にぶつけ、跳ね返ってきたところを受けとめた。何人かの学生がぱらぱらと短い拍手を送り、教授は、こわい顔をして、彼らをにらみつけた。

「このボールの弾性が完璧なものだとしたら、どうでしょう。投げたときと同じ速度でわたしの手に戻ってくるでしょうか」

手が上がり、サマリーはその主に向かってうなずきかけた。おずおずとした声が発言をする。

「速度は遅くなると思います。壁は絶対に均質というわけではないし、また何よりも硬いわけではないので、ごくわずかにへこむでしょう。そうして、ボールからエネルギーをいくらか奪うのではありませんか」

サマリーは満足げにうなずくと、今度は台のそばに置いてあったフットボールを手にして、それをチャレンジャーに渡した。チャレンジャーのげじげじ眉が吊り上がる。「教授、すまんが、あんたの都合のよいときにそのボールを真上に数フィートばかり放り上げてもらえませんか」

サマリーは舞台の端まで歩いていった。チャレンジャーは肩をすくめたが、頼まれたとおり、フットボールを放り上げた。ボールが頂点に達したところで、サマリーはゴムボールを力いっぱい投げつけ、フットボールの真ん中にぶつけた。五十年前のクリケット場に意気揚々と立つ名投手、サマリー少年の姿が見えるようだった。フットボールは衝撃で弾き飛ばされて斜めに落下し、ゴムボールは失速して、サマリーの手に戻った。さっきより大きな拍手が起こり、皮肉にもチャレンジャー教授までがこれに加わった。

「いまお見せしたのは」サマリーは厳しい口調で言った。「わたしがさきほど言いましたX線が結晶体にぶつかったときのようすです。X線は、物体に衝突してへこませたかのように、エネルギーを失って戻ります。

電磁波の放射には計算できるだけの運動量はあるのですが、たいへん小さいので、結晶体全体をへこませるところまではいきません。表面の原子の層にすら影響を与えることができないのです。しかし、この相互作用を、光子が結晶体から電子をたたき出しているのだと考えれば、X線から失われるエネルギーは、電子が飛び出すときのエネルギーに等しいことがわかります。ですから、放射は波ではありません。大量の光子なのです。光子のひとつひとつが、一個の電子に衝突し、エネルギーを失って跳ね返り、電子はあのフットボールのように影響を受けるのです」

また拍手の波が起こったが、今度はうしろに座っている学生たちだけではなく、灰色の口ひげをはやして最前列に陣取っている聴衆も、喝采(かっさい)していた。わたしの目には、サマリーが圧倒的勝利をおさめたように見えた。だが、彼が着席するとすぐに、チャレンジャーが堂々たる態度で立ち上がり、少しもうろたえたようすは見せずに、客席を見渡した。

「紳士、淑女のみなさん。たったいま、わたしの同僚は、いかにももっともらしい説明を加えました。光と物体のあいだの相互作用においては、光のエネルギーが小さな粒の形で吸収されたり反射されたりすると言い、そのエネルギーは光の色によって――わたしの表現で言えば、波長、あるいは振動数によって――異なるのだと説明しました。だから光は目に見えない粒からできているに違いないという推論には、非常に知性の高い人でもころりとだまされてしまうほどの説得力があります」チャレンジャーはにこやかに見渡したが、サマリーは身を硬くして座っている。

「しかしながら、この説は、まったく筋が通らんのです。ここに来ておられる学生諸君にはおなじみの、もっとありふれた例を引きましょう。たとえば、パブへ行き、店の主人が客の注文を受けて、樽(たる)からビールを注ぐのを見るとする。主人が注ぐ分量は、必ず一パイントの何倍かになっておる。だからといって、ビールがそれだけの容積を持つ目に見えない固体からできていると言えますか。言えませんな、あれはもっと少ない量に分けることもできる液体だ」

「大学の近所の酒場に行ったこともないくせに！」若い声が飛んだ。揶揄(やゆ)するような歓声があがったが、教授は黙殺した。

「ですから、サマリー教授の発言は、わざわざ反論するまでもなく、無視してよいのです。光がほんとうは波であり、一定量の連続した空間に広がるものであることを、わたしがきっぱりと証明してごらんにいれましょう」チ

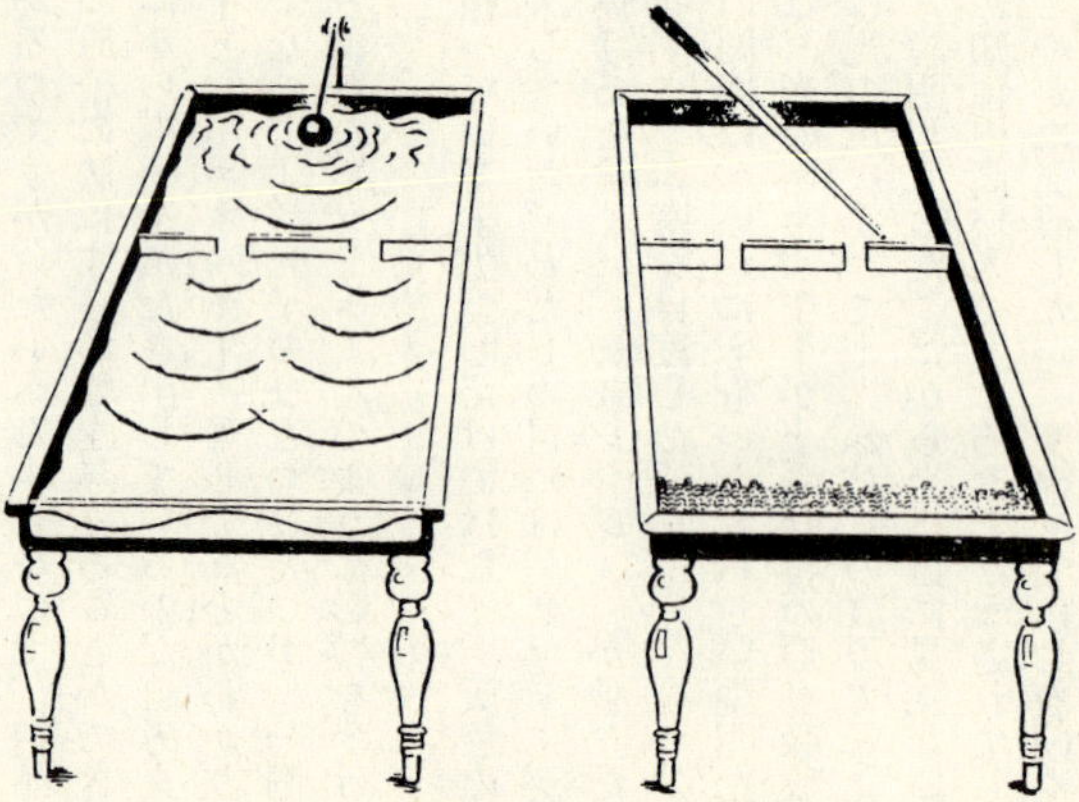

二台の玉突き台

ャレンジャー教授は、舞台の上に置かれた装置を指し示した。

わたしは鶴のように首を前に伸ばした。演台の前に、二台の玉突き台が置かれていた。ひとつは、台の上に木の仕切板が何枚かついている以外は、ごくふつうの台に見える。もう一方も見た目はまったく同じだが、妙な具合に表面がちらちら光っている。よく見ると、色のついた水が数インチばかりの深さで、張ってある。ふたつが並んだところは、最終試験が終わった日の夜の、大学の玉突き場を連想させた。チャレンジャーは水を張っていないほうの台の向こう側に行き、ふつうのキューを手にした。彼が立った側には、たくさんの球が集めてある。

「これらの球を適当に打つとします。サマリー教授にお願いしましょう。教授、あっちへ向けて球を打ってもらえますかな？」と、真ん中の仕切板にできたふたつの隙間を示す。正確に打たなければ、球はそこを通らないわけだ。

　サマリーは進んで前に出てくると、チャレンジャーに渡された球をすばやく突いていった。だが、サマリーの突き方が悪かったのか、球かキューに欠陥があったのか、どれもまったくでたらめな方向に転がっていく。わたしは、このあいだ観たギルバートとサリヴァン（十九世紀末に活躍したイギリスの劇作家、作曲家コンビ。十四編のコミカルなオペレッタを共作した）の新作オペレッタの、登場人物がいかさま玉突きに激怒する場面を思い出した。こんなおもしろい一節があったのだ。

細工をしたキューを操り
斜めにかしいだ台を使い
楕円（だえん）の球を突くがよい

ほとんどの球が中央の仕切板にぶつかり、チャレンジャーはそれをひとつひとつ、すばやく台から取り除いていったが、それでも、何個かは隙間を通った。ふたつの隙間には、それぞれ青と赤の絵の具がべったり塗ってあった。結局、台の向こう端にこしらえてあるふたつの溝には、ほぼ同数の球が入る結果となった。

サマリーが最後の球を突き終えるのを待って、チャレンジャーが前に進み出た。「サマリー教授ははからずも、ある非常に古い実験――ふたつの細長い切り込み(スリット)に光を通す実験――を、みずから唱えた光子説にしたがって再現してくれました。両端のポケットに、同数の球、つまり同数の光子が入ったことがおわかりでしょう。

もしこのふたつの門のうちひとつを閉じてしまったら、どうなるか、お考えいただきたい。この青い絵の具をつけたほうにしましょう。つまり、赤い色のついた球だけが通れるようにするのです。すると、それぞれのポケットにおさまる球の数は、いまよりも少なくなるか、多くてもせいぜい同数にしかならないはずだ。わたしがどんな細工をして球や台の形を変えようと、片方の門を閉じてしまえば、ポケットに入る球の数が増えることは絶対ないのです。

もうひとつ、べつの例をお見せしましょう」チャレンジャーは、水の入った台のほうへ行き、端っこに取りつけた小さな機械を作動させた。すると、水面に小さな波が立ち、波紋が広がった。波紋がふたつの隙間を通って、反対側の端に達し、そこの水面を妙な具合に上下に振動させた。端っこには蠟引き(ろうび)きの紙が貼ってあったので、水はこぼれず、紙はもっとも水位の高いところまで、黒っぽくなった。この黒い帯は、規則正しい間隔を置いて二センチぐらいの高さになっているが、頂点と頂点のちょうど真ん中あたりでは、すっかり消えている。

わたしは、はっとした。「宮殿で事件が起きたときの位置関係にそっくりじゃないか、ホームズ！　波立つ物体は、銃声というか、音源に相当する。中央の仕切板は、ふたつの窓がある壁だ」

友はうなずいた。「まったくだ。波のいちばん強いところといちばん弱いところにチェスの駒を置いたら、完璧だね」と、静かに答える。

チャレンジャーは、むずかしい手品の終盤にさしかかった奇術師のように見えた。「では、よく見ていてください」と言う。「これから門のひとつを閉じます。いま波立っていない水面は、どうなるでしょう……」

チャレンジャーが隙間を閉じると、先刻の波の模様は消えてしまった。その代わり、残った隙間から波が出てきて、端っこの水面全体が持ち上がったり、下がったりしだした。

「ごらんのとおり、門を閉じると、さっきは静かだった部分の衝撃が増すわけだ」チャレンジャーが言った。「玉突きの球では起きないことが起こったのです」

チャレンジャーは舞台の奥へ歩いていく。そこには、覆いの掛かった大きな写真乾板が数枚、立てかけられている。「しばしば、これとまったく同じ方法で光の実験が行われてきました。光をふたつのスリットに通すと、似たような形の相殺が起きるのです。専門用語では、これを〝波の干渉〟と言います。

この問題に決着をつけるため、わたしはわが友アダムズ博士が考案した超高感度の写真乾板を使って、この実験を何度か行いました。光源はごくごくかすかなものとし、サマリー教授が言うように光が粒子であった場合も、一度に一個の光子しか存在しえないようにしました。こうしておけば、複数の光子が衝突し合ったり影響し合ったりして、波のような模様が出現する可能性はなくなります。わたしはまず、スリットをひとつにして実験しました」チャレンジャーはいちばん左の写真乾板の覆いをとった。一面が灰色だ。

「このように、光は広く均一に広がりました。次に、スリットをふたつともあけて実験しました」―二枚めの写真乾板の覆いを除くと、明暗の帯がくっきりと写っていた。「ごらんのように、干渉縞（かんしょうじま）、つまり干渉による縞模様ができました。サマリー教授の考えが正しいとすれば、個々の光子がなんらかの方法で両方のスリットを認識していなければ、こういう模様はできません。光子が乾板上の特定の位置をめがけてぶつかっていったりするはずはありません。ふたつのスリットからの距離が、それぞれ光の波長のちょうど半分の長さだけ違っているからです」

チャレンジャーは少し間を置いたが、新たに拍手のさざ波が講堂に広がると、片手を上げて静粛を求めた。「これでおわかりのように、光と物質とのあいだに、どのような相互作用があろうと、光の本質は波なのです。しかし、この実験がはじめて行われたのは、今世紀のはじめでした。頭脳明晰（めいせき）な御仁ならば、考えるまでもないはずだ……」と、サマリーをにらみつける。

「わたしがきょう、ここへ来ることに同意したのは、そんな古い問題のおさらいをするためではない。まったく新しい発見について、ご報告したかったからです。科学界を根底から揺さぶる大発見と言っても過言ではないでしょう」

チャレンジャーが言葉を切り、息詰まるような沈黙が広がる。わたしはふと、この人は科学的な才能がなかったら、俳優か演説家として成功していただろうと思った。

「わたしはこのふたつのスリットの実験を、光ではなく、電子や原子、あるいは分子で行ったらおもしろいだろうと思ったのです。いまは、そうした粒子の流れを人工的に作り出し、それぞれを一定の割合で放出させることができる装置があります。アダムズ博士の写真乾板なら、こうした個々の粒子の衝突が撮影できますから、サマリーの言う〝光子〟のように写せるはずです。正直に申しますと、わたしはこの実験では、玉突きの球のような結果が出ると思っていました。波と違って、個々の電子は、どちらかひとつのスリットしか通らないはずですから。電子同士が衝突し合って波のようなものができてしまわないよう、装置で作る流れを抑えて、一度に一個の電子しか飛ばさないようにしました。

スリットがひとつの場合は、予想どおり、電子がてんでんばらばらに散らばり、写真乾板一面に霧がかかったようになりました。わたしは、スリットをふたつにしてもまったく同じような霧が写るに違いない、ただその明るさが倍になっているだろうと、確信していました。結果はこのとおりです」

彼は三枚めの覆いをとった。聴衆がいっせいに息をのむのがわかった。光子によって作られたのとまったく同じ、明暗の縞がくっきりと写っていたのだ。

「多くの実験から、電子が目に見えない小さな粒であることは、すでに知られています。しかしこの結果は、個々の電子がなんらかの形で両方のスリットを通り抜けたことを示しています。つまり、電子はじつは波である、という結論にしかなりえないのです。どんな瞬間をとってみても、電子の存在はまぼろしでしかないということです。

わたしは原子でも同じ実験をし、ありとあらゆる粒子で試してみました。どの場合も、波そっくりのふるまいが確認できました。紳士淑女のみなさん、わたしはこうして、すべての固体がただのまぼろしにすぎないことを証明したのです。宇宙はすべて、波でできております。きみの体ですら――」と、サマリー教授のほうを向き、「ほんとうは固体ではなく、波のかたまりなのだよ。時が流れるに従って、徐々に端から消えていく。果てしない海に漂うちっぽけな漂流物にすぎんのだ」チャレンジャーはサマリーに背中を向けると、まじめくさった顔をして、左右、正面の聴衆に頭を下げた。

講堂は一瞬静まり返ったが、すぐに雷鳴のような拍手がわき起こった。しかしわたしは、多くの科学者が心から拍手を送っているわけではないことに気がついていた。チャレンジャーが提示した概念を必死で理解しようとしているのだろう、思案顔で眉(まゆ)をひそめていたのだった。それでも、恐るべきチャレンジャー教授に議論を挑もうとする者はなく、聴衆は席を立ち、列を成して講堂の外へ出ていった。ホームズとわたしも、その流れに従った。

10 誰もいなかった海岸

秋の訪れを知らせる強風が吹きつけ、窓枠が揺れて音をたてる。わたしは、ベイカー街の下宿の居間にひとりで座っていた。ここ一週間ばかり、シャーロック・ホームズは毎日のように出かけている。何か事件を追っているらしいが、詳細については話してくれないので、わたしは置いてきぼりを食っているような気がしていた。だから階段をあがってくる靴音が聞こえたときには、期待に胸がふくらんだ。しかし、扉をあけてみると、電報配達夫の少年が立っているだけだった。〝至急〟用の赤い封筒の宛名は〝ホームズさま〟としてあるが、わたしはかまわず封を切った。ホームズからはつねづね、不在のときは開封してよいという許可を得ていたからだ。

内容は簡潔なものだった。〈ボーンマスノ海岸ニテ、アリエナイ状況ノ遺体ヲ発見。満潮ニヨリ証拠ガ破壊サレル恐レアリ。デキレバ至急来ラレタシ。グレゴリー〉

わたしはためらった。いまホームズがどこにいるかはわからないが、現地へ向かうのが遅くなれば、できる援助もできなくなるだろう。それにわたしは、ホームズがボーンマス署のグレゴリー警部に期待を寄せていることを知っていた。警部は実績を積んで、スコットランドヤードへの転勤を願い出るつもりでいるのだ。

わたしは何度か、ホームズの手を借りずに捜査をしたことがあるが、残念ながら、満足な成果をあげられたことはない。しかし、この事件なら、医師としての経験を生かして、法的な効力のある証拠を集めることができるだろう。この目で見てきたことを相棒に報告するだけでも、重要な手がかりを提供できるかもしれない。わたしは、鉄道時刻表を調べると、配達夫に渡された返信用紙に、五時十五分に駅まで迎えにきてほしいと書いた。ホームズには、できればあとから来てくれという書き置きを残し、冷たい潮風に備えて充分に厚着をしてから、ヴィクトリア駅に向かった。

発車時刻より三十分ほど早く着いたわたしは、ホームズが駆け込んでくる場合を考え、駅の入り口にいちばん近い、最後尾の車両のコンパートメントに乗り込んだ。果たして、車掌が二度めの呼子を吹き鳴らしたとき、あたふたと駆けてくる足音が聞こえ、かたわらの扉がさっとあいた。安堵(あんど)したのも束の間、汽車ががくんと揺れて動きだすや、乗り込んできたのは相棒ではなく、でっぷり太ったチャレンジャー教授であることがわかった。チャレンジャーのほうもわたしと同様、びっくりした顔をしている。

「こんにちは、ワトスン先生。診察の合間の息抜きかね?」ぜいぜいとあえぎながら、呼吸を整えようとする。

「まあ、そんなところです」わたしは言葉を選んで答えた。なぜなら、警察からの依頼はつねに極秘にしておくようにと、ホームズにきつく言われていたからだ。「教授も?」

「ああ、ある意味でな。また北海へ行って、例のささやかな冒険の続きをしてこようと思ってな」チャレンジャー教授は、おどけたしぐさで、指を一本立てて振ってみせた。「覚えとるだろうが……。運動における見かけのパラドックスは、隠れた波のしわざだったたな。目に見えないところで生まれた波が、海面にある物体に現実的な作用をしかけるのだ。あの体験から得たものは大きかった。じつに示唆に富むできごとだったよ。おかげでわたしは、この宇宙に存在する物質は、固体も光もふくめてすべてがほんとうは波でできているのだと確信するにいたったのだ」

わたしは、先日の公開討論で、チャレンジャー教授が玉突き台を使ってそれを実証しようとしたことを思い出した。「ええ、最終的には、教授のお考えがサマリー教授の主張に優ったようでしたね」汽車が加速していくのを感じながら、わたしは言った。

チャレンジャーは肩をすくめた。「サマリーはそう簡単には、負けを認めなんだ。原子が粒子のような性質を持つという証拠には説得力があるからな。原子は、サマリーが想定した光子と違って、ある特定の時間、明確に定義された場所では、はっきりと観察できるのだ。わたしは、ふたつのスリットに電子を通す研究によって、電子に波のような性質があることを証明した。それだけではなく、特定の波長を持っていることも推理できた。この波長が一定ではなく、電子の速度に応じて変化することもわかった。電子の速度が遅ければ、それだけ波長は長くなる。ほかの粒子についても、これは同じだ。しかしサマリーは、いろいろな方法を使って、電子の大きさが非常に小さいことを確認した。現代の技術では測定できないほど小さいこと、わたしが測った波長よりもはるかに小さいことは間違いない。サマリーとわたしが、それぞれの実験方法に磨きをかけ、繰り返し実験を行ってみたら、わたしの測る波長はどんどん長くなっていき、サマリーの電子はどこまでも小さくなっていく。とてつもない矛盾が生じているようなのだよ。

われわれはついに、ふたりが一致して決定的と認められるような実験をすることにした。サマリーが電子を探知する装置を考案したのさ。たった一個でも電子が通過すれば探知できるという高性能の機械だよ。われわれは、わたしが考えついたふたつのスリットを通す実験を、それぞれのスリットのそばにサマリーの探知器を置いてやってみることにした。そうすれば、個々の電子がひとつのスリットだけを通るのか、あるいは、一個が分かれてふたつのスリットを通るのかが、間違いなく確認できると思ったのだ」

チャレンジャーは沈んだ表情で首を振った。「結果には、ふたりとも同等に驚いたと言うのが公平だろう。われわれはまず、サマリーの装置の電源を入れずに予行演習をした。写真乾板には、いつものように干渉による縞模様が現れた。次に、装置の電源を入れて、やってみた。サマリーが言ったように、個々の電子が間違いなく、どちらか一方のスリットを通り、それぞれの表示ランプがともった。ところが、乾板を現像してみると、なんと干渉縞が消えていたのだ！

この宇宙が陰謀をたくらみ、ふたりの実験者に、相反するふたつの現実を突きつけたのではないかと思いたくなったよ。電子は波のようにふるまうが、それを粒子として探知しようとしたとたん、波に似たふるまいが消えてしまう！　かわいそうに、窮したサマリーはすっかり虚脱状態に陥ってしまったよ」

わたしには初耳だった。その驚きは表情に出ていたことだろう。

「気の毒なサマリーは、一転、波の存在を信じると言い出した。ただし、〝確率の波〟としてのみ信じるというのさ」チャレンジャーは自分の大きな頭を意味ありげにたたいてみせる。「サマリーは、原子や電子といった粒子の位置は、実際に測定できる日が来るまでは、確率分布としてしかとらえられないと言う。測定できさえすれば、確率の場の特定の位置に、なぜかその粒子がぽんと出現するのだという」

わたしはチャレンジャーの見方には少々偏りがあると思った。

「つまり、少なくとも人間のような大きな生物にとっては、電子はどちらかと言えば抽象的なものだということですね」わたしは言った。「電子は、ただの確率の集合だと考えたほうが、わたしには気が楽です」

チャレンジャーは激しくかぶりを振った。「やつの理論が正しいとすれば、この効果が原子でも分子でも、もっと大きなものでも実証できるはずだ。猫でもゾウでも――因果応報思想に従えば、サマリー自身でもできなければならん」

チャレンジャーは少年のように目を輝かせた。「サーカスで大砲から人間を発射させる曲芸を観たことがあるだろう。もちろん、仕掛けはパチンコといっしょだが、印象を強くするためにフラッシュ用の粉を少し使う。発射された人間は、サーカス・テントの端に張ってある網まで飛んでいく」わたしはうなずいた。「かりにサマリー教授をそうした大砲に仕込み、ふたつのスリットをあけた壁に向かって飛ばすとしてみよう。この実験を何度も何度も繰り返すのだ。サマリーはある確率でどちらかのスリットを通って壁の向こう側へ飛んでいく」

チャレンジャーは指を一本立てた。「次に、少し変更を加えよう。実験方法は変えないが、今度は真っ暗闇の中でやってみるのだ。サマリーが飛ぶ姿は見えなくなるが、波のようなふるまいが起きるだろうから、着地点に干渉縞が現れるだろう。走り幅跳びの選手が使うような砂場を用意し、飛翔(ひしょう)と飛翔の合間に熊手でならさずにおけば、そのうち、決まった形のくぼみができていくはずだ。当然、サマリー教授が言うところの、確率の波の理論なら、ちゃんとこれが説明できるに違いない」

「その実験は、実行へ持っていくのがむずかしいでしょうね。とくに、ご本人の協力を取りつけるところが……」わたしは言った。

「だが、原則的には可能だよ」チャレンジャー教授はわたしの軽口を黙殺して言った。「さて、何度めかの着地を終えたサマリー教授に、どういう経験をしたか、きいてみるとしよう。きみは現実的な男だ、先生。サマリーがこんなふうに言うと思うかね？『大砲から飛び出したとたん、自分の体が拡散して、幽霊のような確率の雲に変化するのを感じた。その雲の一部は壁にぶつかり、一部はふたつのスリットを通り抜けたが、明かりをつけて砂場を調べてみるまでは、自分がこの地点と合体したような感触はなかった』と」

そういう言い方をすると、たしかにばかげた話に聞こえる。

チャレンジャーは鼻を鳴らした。「たわごとだよ、先生。人気取りのための詭弁にすぎん。偉大とは言わんが、多少の知力があった頭脳も、これでおしまいだ」

わたしは彼の傲慢さを少したしなめてやりたくなった。「では、チャレンジャー教授は、この驚異的な結果を完璧に説明することがおできになるのでしょうね」

チャレンジャーは、わたしの皮肉には気づかなかったらしく、笑みを見せた。「わたしは先刻、ある意味で、北海の冒険の続きをしにいくのだと言っただろう？　サマリーは理論家だが、わたしは元来が行動家だ。波の性質をより深く理解するため、わたしは、若干名の研究者を集めて、ボーンマス郊外に波浪研究所を設立した。むろん、海の波は、実体のない数学的な波とは性質が違うが、それでも、きわだった類似点がいくつかあるのだ。サマリーには疑問視されたが、研究所はすでに有益な研究成果をあげた。おそらく、わたしは画期的な大発見を発表することになるだろう」

そう言ったきり、教授は黙り込んでしまった。わたしは何度か、もっと話をさせようとしてみて失敗し、そのあとは窓のほうを向いたきり、外の景色を眺めていた。そして、いつのまにやら眠り込んでしまったらしい。

チャレンジャーに肩を激しく揺すられ、わたしはびっくりして目を覚ました。汽車が停車していたので、一瞬、目的地に着いたのかと思ったが、じつは、荒涼とした海岸の前にとまっていたのだった。大きな波が雷のような音をとどろかせ、一列に並んだ岩のあいだを通って、小石に覆われた浜に打ち寄せている。心なごむ風景とは言いがたい。なぜイギリス人は祝祭日になると、タビネズミ（爆発的増殖のあと大群で移動し、海に飛び込んで溺死することがある）よろしく、どっとこの海岸へ繰り出すのだろう。もしイギリスがもう二、三千マイル南に位置していれば、わからなくもないが。

「あれをごらん、先生！　海の波が、現実の性質をより深く理解するのに役立つことがよくわかるだろう」チャレンジャーは指さした。「ほら、あそこの岩は、だいたいどれも二、三メートルずつ離れとるだろう？　だが波の幅はゆうに三十メートルあり、しかも少しも衰えることなく、横に並んだ岩のあいだを通っていく」

「そのようですね、教授。波はいったん縮んで岩と岩のあいだを通り、抜けたところでまた元に戻っている」

「だが、もし波が個体だったなら、そんなことは不可能だ。このことから、有数の科学者を悩ませてきたふたつの現象の秘密が明らかになる」汽車がひと揺れしてまた動きだし、チャレンジャーが前につんのめった。ボーンマス駅のプラットホームが視界に入ってきた。

「以前は、金属が――いやなんでもいい、物質が――電気を伝える仕組みがどうしてもわからなかった。もし電子がニュートンの運動法則に従って、玉突きの小さな球のように、ほかの電子や原子から飛び出すとすれば、それはほんのわずかな距離を移動しただけでエネルギーを失い、さらなる衝突を起こすことはできない。だから、あらゆる物質が絶縁体になってしまうはずだ。

ふたつめの問題が浮上したのは、近ごろ発見されたヘリウム・ガス専用の軽い容器を造る必要が出てきたからだ。もしこの気体を、壁の薄い容器に入れたとすると、たとえその容器には穴がなく、どんな欠陥もないことが確認されていても、このガスは、囚人が脱獄用のトンネルを掘るようにして、固い壁から漏れ出てくるだろう。

どちらの現象も、電子や原子がほんとうは波だと考えれば、容易に説明がつく。なぜなら、波は、障害物が並んでいてもあいだを自由にすり抜けられるし、たがいを透過し合うこともできるからだ。しかも、そのことによって受ける影響は比較的小さい」

汽車のエンジン弁が開いて蒸気を逃がし、シューッと大きな音がして、列車が停止した。チャレンジャーがコンパートメントの扉を大きく開き、おりる準備をする。

「でも、それは固体の粒子かサマリー教授のおっしゃる〝確率の波〟にしか言えないことでしょう」わたしは言った。「もしあらゆる位置が、確率的にしか決まらないとしたら、壁に近いところにある粒子が、外側に出てくることだってあるでしょう。その理屈で行けば、囚人が独房の扉にはまった鉄格子に体を押しつけると、運がよければ——不思議なことに！——いつのまにか外へ出ていた、というようなことが起きますよ」

わたしは冗談のつもりで言ったのだが、チャレンジャーはさも軽蔑したように鼻で笑った。そして、そっけなく手を振ると、足早に去っていった。

駅には人けがなかった。この保養地の夏は、終わったらしい。出口に近づくと、グレゴリー警部の姿が目に飛び込んできた。警部はわたしがひとりで来たのを見て、滑稽なほどがっかりした顔をした。

「すぐにはホームズの居どころがわからなかったのです」わたしは説明した。「だが、ひょっとすると、次の汽車で追いかけてくるかもしれません」

グレゴリーはため息をついた。「それでは、満潮にまにあいません。じつはこの時間でもぎりぎりなんですよ。当地の医師はたいへん有能なのですが、べつの先生のご意見をうかがうのはいっこうにさしつかえないと思います。それに、ホームズさんはほかの誰より、ワトスン先生の見立てに慣れておいででしょう。ともかく、海岸へご案内しましょう」

警察の馬車に乗って、浜辺へ向かった。一マイルかそこら海岸を走り、遊歩道が尽きる場所まで行ってから、防波堤の泥だらけの階段をおり、小石の浜を歩いて、濡れた砂地が広がるところへ案内された。砂地の向こうに、大波が押し寄せてくるのが見える。グレゴリー警部は、三十メートルばかり海寄りの位置に横たわる遺体を指し示した。その周囲にあるのは、なんの跡もついていない砂だけだが、わたしたちが立っているところからそこまでは、何度も往復したとおぼしい足跡が細い列を成していた。われわれは、その足跡をたどって慎重に歩を進めた。

わたしは遺体のそばにひざまずいた。若い男で、長身だが筋肉に締まりがない。死因は明らかだった。頭髪にこびりついた血を見れば、何か鋭くとがったもので力いっぱいそこを殴られたことがわかる。遺体が身に着けているのは海水着で、まだ少し濡れているが、水を飲んだ形跡はなく、ほかに外傷は見あたらない。

「殺人に間違いないですね」わたしは、なぜグレゴリーが判断に迷ったのかはかりかねて、そう言った。「かなり鋭くとがったもので強打されたのでしょう。凶器は棍棒ではないし、ナイフでもありません。場所から考えると、むしろオールのようなものかもしれません。絶命したのは、攻撃を受けたあとすぐ——そうですね、数秒以内——でしょう。でなければ、打撲傷のようなべつの傷があるはずです」

グレゴリー警部は考え込むように首を振った。「先生のおっしゃるとおりだと思いますが、ひとつだけ、特異な状況があるのです。この遺体は、四時間ほど前に遊歩道を巡回していた警官ふたりが発見しました。ふたりが近づいたときには、この遺体は、干潮がはじまった海の、水際から約二十メートルのところにあったのですが、あたりの砂地には、足跡も何もついていなかったのです。誰もここへは来ていないわけです。来ていれば、足跡がはっきり残っていたはずですから」

わたしはしばらく考えてから、「犯人が用心深いやつで、被害者の足跡を踏んでうしろ向きに戻っていったとは考えられませんか」ときいてみた。

「足跡はまったくなかったんですよ、先生。被害者のも！　ありえないことですが、まるで空から降ってきたようなんです。引き潮のせいで遺体が打ち上げられた可能性もありますが、それなら、波が周囲の砂にくぼみをこしらえたはずだし――この近辺では、よく人や動物の死体が打ち上げられるので、わたしもそういうことに詳しいんですよ――、また、肺の中に水が入っていたり、血のかたまりが海水で溶けていたりするはずです。だが、どの形跡もありません」

「ボートから落ちて、最初にわたしが推理したとおり、船底の竜骨（キール）かオールで頭を打ち、それから岸まで泳いできたのではありませんか」おずおずと意見を述べてみる。

「いいえ、それならすぐ気を失っているはずです。それにこの波では、船で海岸に近づいたりすれば、座礁したことでしょう」グレゴリーが海を示した。強まりくる風を受け、すでに海面は激しく波立っている。

　サマリー教授の言う〝確率の波〟のことが、ちらっと頭に浮かんだ。ある場所にいる人が足跡を残さずに自然にべつの場所に移動することなど、できるだろうか。社会人としての一般常識が、ここで自己主張をしはじめる。たとえサマリーの説が正しいとしても、顕微鏡的な世界でなければ、その効果はきわめて小さいだろう。さもなければ、そういう現象がもっとしばしば観察されるはずだ。わたしは、べつの角度から攻めてみることにした。

「その人の身元なり素性なりについては、何かわかっていますか」

「ええ。たまたま、署の者と面識があったのでね。名前は、アンドリュー・ミラー。いい人ではありましたが、オーストラリアへ移住をもくろんで失敗し、最近帰ってきたばかりだそうです。あっちの生活は厳しいですから、性に合わなかったのでしょう。帰国後は、一風変わった職業に就きました。最近、ロンドン在住のふたりの教授が共同で設立したという波の研究所の技師になったのです。どちらの教授もりっぱなかたなのでしょうが、雇い主としては相当変わっているというわさです。ひとりはチャレンジャー、もうひとりはサマリーというお名前です」

わたしは、この偶然に気をとられないようにしようと思った。おそらく、いずれ新しい科学が関係していることがわかるだろうが、わたしにはどういうわけか、オーストラリアとの関連のほうが重要に思えたのだ。先日、たまたまオーストラリアから帰ってきたばかりの遠縁の者と食事をする機会があったので、彼に聞かせてもらったおもしろい話を思い出そうとした。突然、霊感のようなものがひらめいた。

「警部、オーストラリアのブーメランという飛び道具のことをご存じですか。誰かがそれを使って、この人を殺したのかもしれない！　その道具は、投げると手元に戻ってきますから、こんなふうに足跡を残さずにすむのです」

グレゴリーはうなずいた。「わたしも同じようなことを考えてみましたよ。しかし、手元に返ってくる種類のブーメランは軽量で、スポーツ用にしか使われないそうなのです。獲物を仕留めるような狩猟用の重いブーメランは、高密度の木でできていて、あたると地面に落ちるらしい。ですから、その推理は成り立たないと思います」

わたしは自分の推理が気に入っていたので、反論しかけたが、ちょうどそのとき、誰かの呼ぶ声がした。四人の人間が近づいてくる。背が低く、どことなく子どもっぽい体つきのチャレンジャーと、やせっぽちのサマリーの組み合わせはいささか滑稽で、遠くからでもすぐ、このふたりであることがわかった。ふたりの私服警官がいっしょに歩いてくる。一行が近くまで来たとき、わたしは、チャレンジャーの憔悴しきった暗い表情に気づいて驚いた。いつもの自信に満ちた気取った歩きぶりからは、想像もつかないありさまだ。

「正式に遺体を確認していただけますか」グレゴリー警部が静かにきいた。

「ああ。たしかに、わたしの研究所に勤めていたアンドリュー・ミラーですよ。彼が命を落としたことには、責任を感じとります。全面的にわたしの責任だ」

一瞬、殺人の自白に立ち会ってしまったのかと思ったが、教授は先を続けた。「わたしは、若者にとっては危険などたいしたものではないということを忘れていた。自分の同輩や先輩に認めてもらうためなら、どんな危険も辞さないのが若さだということをな。あの考えを彼に吹き込んだのは、このわたしだ。そして、オーストラリアでの体験が、それを実行に移させてしまった」

「ああ、やっぱり。ブーメランだったのですね」わたしは言った。

教授はけげんな顔でわたしを見た。「ブーメランだと？　ブーメランになんの関係があるのだ？　この青年を殺したのは波だ。しかし、それ以上に責められるべきは、わたしの自尊心、自負心だよ。わたしは、ここにおられるサマリー教授を驚かせるような実験をしようと考えた。そしてミラーに、主役を演じてみないかと持ちかけた。しかし、なんとばかなことを……。たったひとりで、しかも助けを呼ぶに呼べない場所で実行におよぼうとは！　そんなことをするとは思わなかった」

われわれ全員の唇が、さらなる質問を発しようとしたそのとき、大粒の雨がぽつりぽつりと降りだした。嵐が近づいているのだ。グレゴリーが大声で部下に命じて、防水布を持ってこさせ、遺体に掛けた。ふたりの教授とわたしは彼らにその場をまかせ、走って海から離れていった。堤防の下に、〈密輸屋の宿〉という看板の掛かった小さなパブを見つけて入ってみると、中は込んでおり、客は船乗りばかりだった。いかにも場違いな感じのするわれわれは、窓際のテーブルを選んで陣取った。チャレンジャーは暗い目をして、猛り狂う海を見つめている。

「ねえ、教授」わたしは、チャレンジャーの気が紛れればと思い、口を開いた。「教授がおっしゃったように、向こう見ずで衝動的なのが若さですよ。あの青年の不運がご自分のせいだなどと、お考えになってはいけません。教授が計画しておられた実験は、きっと重要なものだったのでしょう。どういう性質のものなのか、聞かせていただけませんか」

チャレンジャーは気乗りのしないようすで肩をすくめた。「それにはまず、サマリー教授から、確率の波の理論を説明してもらわねばなるまい」

わたしがサマリーのほうを向くと、サマリーはうなずいた。ちょうど女給が酒を運んできたところだった。「計算は複雑だが、根底にある考えは単純だ」サマリーは淡々と言う。「原子や光子の小さな世界を調べていくうち、わたしは、観察される現象に規則性がないことに気がついた。

たとえば、あの恐ろしい偶像の材質を形づくっているような不安定な原子は、ときどき、自然に分裂を起こすのだ。なぜそうした分裂が起きるのか、なぜ一個の原子がある瞬間に分裂するのか、はっきりした原因はないように思える。もっとも、時がたつうちには、平均的な確率が一定してくる。まるで原子の中に小さな悪魔がいて、ひと組のさいころを振っているようなのだ。そうして、たとえば七回続けて七が出たら――ボン!――、それがきっかけになって、原子が分裂する。

そのうえ、こうした小さいもののふるまいを正確に把握しようとしても、妙に非生産的な結果にしかならないのだ。たとえば、ある原子の位置をきわめて正確に測定したいと思ったら、何かほかの粒子とのあいだに、相互作用を起こさせねばならない。が、その原子の運動量――運動の方向と速さ――は、いまのところわからないのだ。位置を正確に測ろうとすればするほど、運動量は不確かになっていく。逆に、位置の測り方が不正確になればなるほど、運動量ははっきりしてくる。ちょうど幻灯を映すとき、スライドの――つまり、元の写真の――焦点がぼやけているのに、幻灯機の焦点を合わせようとするようなものだ。充分な視力に恵まれた目でじっと見ているのに、実体そのものの焦点がぼやけている。違った言い方をすれば、つかめるのは確実性ではなく、非常に微細な段階での、存在の可能性だけだ。科学者が顕微鏡でのぞいてようやくちらっと確認できるような、小さいものが観察されないかぎり、この可能性は現実にはならない」

チャレンジャーがあざけるようにふふんと笑ったが、サマリーは無視した。「確率の波という考え方をすれば、ふたつのスリットを通す実験がうまく説明できる。光子の場合も原子の場合もな。最終的な測定がされるまで、粒子はどこにもとどまらない」

「先日観たバレエに少し似ていますよ」わたしはなんとか理解しようとしながら、言った。「舞台照明にストロボライトが使われていたのです。ほら、衝立を回転させることによって、照明が一定の間隔でともっているように見せる仕掛けですよ。閃光が走るたび、踊り手たちが違う場所で動きをとめているように見えました。踊りのほうも、バレリーナがどういうふうに動いて次の位置に行ったり、次のポーズをとったりしたのかわからないような振り付けにしてありました。正直言って、あまり楽しめませんでしたよ。料簡（りょうけん）がせまいと言われるかもしれませんが、わたしは、滑らかな動きだけで進行する昔ながらの歌劇のほうがずっと好きですね」

サマリーがうなずいた。「わたしもだ。だが、自然はあるがままの姿でしかない。知力に限界のある頭でも理解できるよう、作り変えるわけにはいかない」

「つまり、この不確実性は」と、わたしは勇気づけられて言葉を継いだ。「個々の粒子にのみ、あてはまるのですね。いわばふたつの道があり、個々の粒子はそのどちらかを選ぶことができるわけでしょう」

サマリーが答えようとするのを、チャレンジャーがさえぎった。

「ワトスン先生、あんたは、完全に的を外しとる」わたしは怒鳴りつけられた。「まったく、そこまで誤解する人がおるとはな。信じられん！」

チャレンジャーは、近くに置かれた玉突き台を指さした。おりしも、ゲームが進行中だ。

「サマリーの言う規則は、どんな大きさのものにも、どんな状況にもあてはまるのだ。たとえば、あの男が適当に球を突いたとしてごらん。まあ、あれだけ酩酊（めいてい）しとったら、いい加減にしか突けんだろう。球は何個かずつかたまって台の中央に散らばり、そのかたまり同士のあいだには充分な空間ができる。球一個がそこを通り抜け、縁のクッションにぶちあたるまで速度を落とさずに転がっていくことも可能だ。もし台が真っ暗なところにあるとしたら——どんな粒子も逃がさないだけの暗さが必要だから、壁を二重にした魔法瓶の中にしまうことにしようか——、突かれた球が縁のクッション上の一点にあたる確率は、波のようなふるまいをするかどうかにかかっている。干渉縞が現れるだろうが、それは、考えられる軌跡のひとつにすぎないわけだ。ふたつのスリットの実験より複雑な結果が出るかもしれん。

実際、最初のひと突きが強ければ、過去に描かれたことのある軌跡がすべて現れるかもしれんのだ。左に行く球、右に行く球、あるいはポケットに落ちる球、落ちない球、ほかの球に触れて束の間とまり、次の衝撃を伝える役目をになう球。すべての球がそれぞれの位置に落ち着くころには、考えうるかぎりの波の模様が描かれているだろう」

そのとき、店のおんぼろピアノの上で毛づくろいをしていた猫が、突然、玉突き台に飛び降りてやろうと思ったらしい。運悪く、勝負中のひとりが球を突いたところだった。尻尾に球があたって、猫は大きな鳴き声をあげ、跳ね返ってくる球を避けようと、台の上を猛烈な勢いでぐるぐる駆けまわった。酔っ払いたちがどっと歓声をあげる。

チャレンジャーがかすかに笑みを浮かべた。「われわれの筋書きには、あの猫と、あの異様な行動もふくまれる」と、言う。「ああした動物の頭蓋骨は非常に薄いから、過去に描かれたことのある軌跡の中には、球がそいつの頭を強打して、殺してしまうものもあるかもしれん。サマリーなら、こうした過去の軌跡がたがいに影響し合って、最終的な結果を生み出すのだと説明するだろう。その結果は、魔法瓶から玉突き台を取り出してみるまではわからんのさ。ふたつのスリットの実験で干渉縞ができるということは、あるひとつの光子なり原子なりが、ある意味で両方のスリットを通り、波のように干渉して、最終的な結果を生み出す、ということだ。サマリーはおそらく、台が人の目に触れないところでは、ある意味であの猫も、生きていると同時に死んでいると信じているのだろう。そうして、われわれが目にする観察結果の統計値ができあがるのだとね。なあ、教授——」と、あわれむような声を出す。「誰の観察が、こうした確率を現実に変える力を持っているのか、知りたいものだ。たとえば、猫の代わりにサマリー教授をあの台に載せ、魔法瓶に入れたとしたら、どうだろう。すぐれた観察者であるサマリー教授の目の前でなら、波のようなふるまいは、実験のあいだずっと、現実に変化し続けるのだろうか。そうして、統計上、異なる結果を出すのだろうか。だとすれば、猫よりすぐれた知能を持つ大学教授なら、球を支配する物理的法則を変えることができることになる！　では、もし猫の代わりに、人類としての知力を獲得しかけた猿人を使ったら、どうなる？　もちろん、サマリー教授の観察者としての能力が、彼を上まわっているものとするよ」

　ふたりの教授は、鼻を突き合わせるようにして、にらみ合っていた。酒場の中は静まり返っている。ここの客は、口論が高じて、賭けに値する殴り合いに発展しそうなときには、敏感に察知するのだろう。しかしほっとしたことに、サマリーが引き下がった。

「では、あんたの説明を聞かせてもらおう」サマリーはばかにしたように言った。

チャレンジャーはうなずいた。「オーストラリアの海岸地方に、人気の高いスポーツがあるという。そこの浜には、しじゅう大波が打ち寄せてくるそうだ。波が高くて泳げないときは、若者たちが〝サーフボード〟と呼ばれる板を持って海に入る。この板は、バルサ材のような密度の低い木材でできているため、肩にかつげるほどの軽さながら、人が乗っても沈まないだけの浮力がある。

　これを使って波乗りをしようと思ったら、まず水の中を歩いて岸から少し離れ、大波が来るのを待つ。来たら、急いで板の上に乗り、波が板にあたったら、ぐっと上体を前にかがめる」

チャレンジャーはビールが入っているコップの敷き皿をとり、それを、テーブルにこぼれたビールの上にそっと浮かべ——この店の衛生状態には、ぞっとする！——、指を二本載せて曲げ、波乗りの姿勢を模してみせた。

「もし板の上で正確に体の均衡がとれれば、うまく波頭に乗って、ものすごい速さで前に進むことができる。少し体を傾ければ、ある程度方向を変えることもできるが、どっちへ行くかは、だいたいが波まかせだ。見た目にはすばらしいスポーツだが、かなりの危険をともなう。必ず最後は海に落ちるのだからな」

「板が流されてしまうこともたびたびでしょうね」わたしはきいた。

「返し波にさらわれていくことがあるらしい」チャレンジャーは答えた。「もちろん、次にまた大きな波が来て、戻されてくれば、取り返すことができる。しかし、いつもよい結果になるとはかぎらんのだ。足をつこうともがいておるところへ、板が戻ってくることもあるのでな。もしそれが頭にぶつかりでもすれば——」

「かわいそうに、ミラー青年はそういう運命に見舞われたわけですか！」わたしは叫んだ。

チャレンジャーはうなずいた。「おそらくな。ようやく浜へ泳ぎついたところで一撃を食らったのだろう。引いていく波が足跡を消し、板を運び去った」と言い、うつむく。「ミラーは、波乗りには自信があると自慢しておった。だが、たくましいとは言いがたい体格だったところを見ると、あれは誇張だったのだろう。よほど未熟でないかぎり、あんなへまはせんはずだ」

「しかし、それが波や粒子の物理学とどんな関係があるのですか」わたしは尋ねた。謎が解けたはいいが、話がわき道へそれてしまったように思えたのだ。

「わからんかね、先生。粒子は波に導かれるのかもしれんということさ。まったく違うものではあるがね」

サマリーの顔がぱっと輝いた。

「空間は、目に見えない波に満たされており、光子や電子といった粒子は、波乗りが海の波に運ばれるようにして、そうした波に導かれるのではないか」チャレンジャーはもったいぶった調子で続けた。「ふたつのスリットの実験を考えてごらん。電子を放出する現象が、電子を運ぶ波も起こすとしたら、どうだ？　電子はある時点では、ある位置だけに来て、どちらかのスリットを通る。しかし、波は両方を通るので、電子もその波にさらに運ばれ、その軌跡がもうひとつのスリットの存在に影響される」

わたしは教授のずばぬけた才能に、あらためて畏敬の念を覚えた。

「しかし、電子がどちらのスリットを通ったかを測定しようとすると――つまり、観測して確かめようとすると――干渉縞が壊れてしまう。これをどう説明するのだ？」サマリーがきいた。

「測定によって、電子が波からたたき落とされるのだと思う。波乗りをしている者が、ちょっと押されただけでよろけてしまうのと同じだ」

サマリーはビールをひと口飲み、とたんに酢でも飲んだような表情をした。「原子の世界本来の恣意性は？」ときく。「正確な測定や予測をさまたげる不確実性は、どこから来るのだ？」

チャレンジャーは勝ち誇ったように微笑んだ。「ブラウン運動のことはよく知っておるだろう？」わたしたちはふたりともうなずいた。わたしは、例の女性患者のことを思い出した。あのご婦人は、小さな空気の分子が行きあたりばったりに埃の粒子に衝突し、それを振動させる現象をまのあたりにして、原子の存在を認め、命拾いをしたのだった。

「宙に浮いた埃の粒子は振動する。その振動は規則性がなく、統計上の法則では時間とともに相殺されてしまう。埃の粒子の位置は、ある瞬間ならうまく特定できるが、そのほんとうの運動速度——たとえば、重力に引っぱられて下向きに移動する速度など——を測るには、充分に時間をあけて二度測定しなければならない。さもなければ、振動のせいで、大きな狂いが生じるからだ。しかし、一定の時間が流れるあいだの位置は、うまく特定できない。振動するということは、まったく同じ位置には二度と来ないということだからな。原子の位置と運動量を測定する問題に、驚くほどよく似ておると思わんか？

説明しようか、サマリー」チャレンジャーの口調は、まるですがるような真剣さを帯びている。「原子の段階で見られる不規則性は、現代の装置ではとうてい観測不可能な、顕微鏡的段階の結果にすぎない。これは、わたしの言う運び役の波のせいだと思う。絶えず海面に立っておる波と同じさ。海がほんとうに静かなことはまれだ」

ふたりの教授は見つめ合っている。チャレンジャーは勝ち誇ったような顔をしているが、サマリーは無表情だ。わたしは、ふたつのすぐれた知性の関係が決定づけられる瞬間が来たと思った。次にどんな言葉が発せられるかで、チャレンジャーがサマリーに勝ったことになり、ふたりが永遠に敵同士になるか、あるいは、共同で偉大な発見をした仲間になるかが、決まってしまう。

わたしは、さっと立ち上がった。「おめでとうございます、おふたりとも！」と、大きな声で言った。「ここ数ヵ月、わたしはずっとその問題に頭を悩ませてきました。この宇宙はほんとうに、サマリー教授のおっしゃるとおり、粒子からできているのだろうか、あるいは、チャレンジャー教授のおっしゃるように、波に満たされているのだろうか。

しかしいま、ようやく、おふたりとも正しいのだということがわかりました。光と物質の根本的な要素は、光子や電子といった粒子なのですね。だが、こうした粒子はすべて、その運命を決める波に乗って運ばれていく。おふたりの激しい対立がなければ、この深遠な真理は、永遠に発見されなかったことでしょう。それぞれに、ご自分の説の正当性を熱心に主張なさったからこそ、この真実が明らかになったのです。質の高い科学論争が、新事実の発見につながったわけです。どうぞ、おふたかた、握手を！」

するとふたりは、しぶしぶながらも握手をした。酒場の荒くれ男たちはまったく事情がわかっていなかったが、ともあれ、激しい口論をしていたふたりが仲直りをしたことを喜び、拍手をした。

その夜、わたしたち三人は最終列車の同じコンパートメントに座って、ロンドンへの帰途についた。わたしはみごと仲裁役を務めた達成感に浸り、胸に温かいものが広がるのを感じていた。すると突然、サマリー教授が口を開いた。「ああ、チャレンジャー、あんたの主張の間違いがわかったぞ！」

わたしは内心、低くうめきたくなったが、チャレンジャーは至極満足そうな顔をして、目を上げた。

「おや、それはおめでとう。なんだ、言ってくれ」いかにもうれしそうに言う。

「実際にこの目で波乗りを見たことがあれば、もっと早く気づいていたと思うよ」サマリーが言った。「はっきり言おう。光子の場合、あんたの言う運び役の波は、光と同じ速度で進むはずだったな？　ということは、たとえば光速に近い速さで運動する電子の場合は、その波もやはり光速に近い速さで進むのだな？」チャレンジャーはうなずいた。

「しかし、それだと、光子も電子も、時折、光よりも速く動くことになってしまう。あんたの説に従えば、光子や電子は、波の上をジグザグに進んでいくのだろう？　波乗りを楽しむ人は、波の方向に沿って進んでいけば、おそらく実際の何倍もの速さで進むことができるはずだ。それと同じように、光子や電子も、ときには光よりずっと速く進むことがあるに違いない」

「はさみの刃と刃が交差する点が刃よりも速く動くのと同じですね」わたしは、迅速至上主義の実業家が依頼してきた一件を思い出し、大声で言った。ふたりの教授はうなずいた。

「つまり、相対性理論では、見る人によっては、粒子がそのうち後退し、明らかなパラドックスが生じるわけだ」サマリー教授が説明した。だが、チャレンジャーは少しもあわてたようすを見せない。

「そのとおりだよ、ある意味ではな」と言う。「もちろん、その難点には気づいておる。わたし自身もしばらく頭を悩ませておった。しかしな、サマリー、ありえない速さで進む粒子をこの目で見ないかぎり、それはどうでもよいことなのだ。ワトスン先生が観たバレエと同じだよ。ストロボライトの合間に、ありえない動きがあったように思えはするが、それをきちんと実証することはできんのさ」

「ダチョウが頭を砂の中に突っ込んで敵の目をごまかそうとするのに似ているな」サマリーが

軽蔑したように言う。

チャレンジャーは首を振った。「それ以上だよ、教授。重要なのは、波に乗る粒子には、絶対に光より速く情報を運ぶことはできんということさ。波が粒子を運ぶのであって、粒子が波を引っぱっていくのではない。波に乗っている粒子を調べようとしても、それだけで粒子は波からたたき落とされてしまう。だから、たとえ理論上、粒子が光速を超えうると考えられても、実際の影響やメッセージがその粒子によって伝えられはしないのだ。パラドックスも生じないというわけさ」

わたしには要領を得ない話だったが、サマリーはすぐにうなずいた。そのあとは、終着駅に着くまで、驚くほど平和的な沈黙が続いたのだった。

11 ハドスン夫人の猫

　扉をたたく音がしたような気がしたが、あまりに音が小さかったので、最初は風のいたずらだろうと思い、放っておいた。だが、また少し大きめのノックがあったので、扉をあけてみると、ハドスン夫人の娘のアンジェラが、思い悩んだようすで立っていた。

「先生、母がとても怒っておりますの！　助けていただけないかと思って、うかがいました」

　わたしの心は沈んだ。シャーロック・ホームズは、おそらくロンドン一の厄介な間借り人だ。寛大このうえないハドスン夫人だが、いよいよその忍耐が尽きたときには、たいてい、わたしが仲裁役を務めるはめになる。ホームズは外出中だから、今夜すぐ、彼に自分のしたことを突きつけるわけにはいかない。

「もちろん、わたしにできることでしたら、喜んで」わたしは言った。「原因はなんです？」

「いやらしいのら猫たちですわ」アンジェラが答えた。「ヘンリエッタが恋の季節を迎えたんですが、まるでロンドン中の雄猫が、うちの屋根の上をうろついているような具合ですの。窓を引っ掻いたりするものですから、その都度、母はぎょっとするんです。このところずっと、ぴりぴりしどうしなんですの」

　今度ばかりはホームズのせいではないとわかり、ほっとした。

「気持ちを落ち着かせるような薬を処方しましょうか」わたしはきいた。

「あら、そうじゃないんですのよ、先生。母はそういったものがきらいなんです。問題は、猫たちが台所の屋根の上、つまり、ちょうどこちらの部屋の窓の外にあがることですわ」と、部屋の奥の窓を指さす。わたしたちはいっしょに窓辺へ行き、きょう一日、ロンドンをすっぽり覆っていた黄色い霧をすかして、屋根の上を見た。なるほど、二匹の雄猫が屋根の真ん中、明かりのともったハドスン夫人の私室の窓から数ヤードのところにうずくまっている。アンジェラがぱんぱんと手をたたいて叱りつけると、猫たちは魔法のように姿を消した。

「ごめんどうでなければ、気をつけていて、追い払っていただけないでしょうか」

「いいですとも」わたしはまるで騎士になったような気分で言った。「すぐにお母さまのところへ行って、ご心配召されるなとお伝えください。わたしが、この小さな城を全力をかけて守ってみせますよ」

猫が近寄らないようにするには、明かりのともった窓のすぐそばまで近づく瞬間を待って、効果的な抑止力として働くような脅しをかけるのがいちばんだ。そこでわたしは、自動拳銃(けんじゅう)を引っぱり出し、空包をこめた。いたずら小僧になった気分で窓のそばに座ると、少しだけ窓をあけて、じっとりした霧をひと筋、招き入れた。それから、拳銃を窓台にもたせかけておいて、本を手にした。ページを繰る合間に、ときどき外を見るつもりだった。

だがいまいましいことに、いわゆる現場を押さえるのはむずかしいことがわかった。はじめ、二匹の雄猫は、屋根のいちばん低いところへ退いていた。わたしは、姿を見られないように気をつけながら、何度も外を見た。猫たちはいつも背中を丸めて、忍び足で屋根のてっぺんをめざそうと身構え、少しずつ位置を変えていく。だが、何度かのぞいているうち、さっきより前に出ていたかと思うと、うしろへ下がっていたり、でたらめに場所を変えていることに気がついた。なのに、わたしが次に読む本を探そうとして、ほんの数秒窓際を離れたとたんに騒ぎが起き、二匹が揃って目的を果たしたことがわかった。わたしは窓辺へ駆け戻り、拳銃を構えた。

「おいおい、ワトスン、何をやらかす気だい？」ホームズが部屋の入り口に立っていた。

わたしはいささか照れくさい思いをしながら、振り向いた。「だいじょうぶだよ、ホームズ。ただ空包を一発撃って、のら猫を追っ払おうとしていただけだ。うちの家主さんが困っておられるらしいのでね」

「のら猫に驚くような人に銃声を聞かせたりしたら、よけいに心の平和をかき乱すことになると思うがね！」

わたしは窓辺を離れた。「いずれにせよ、わたしはあまり成功を見ていないのだ。まったく、猫にはどこか不気味な、超自然的なところがあるね。わたしが窓の外を見たときには必ず、行きあたりばったりとしか思えない位置に何食わぬ顔でうずくまっている。なのに、ちょっと目を離すと、どうだろう！　一瞬のうちに、狙った場所へ行っているのさ。確率の法則が少しも役立たない」

ホームズは鼻を鳴らした。「そりゃそうだよ、ワトスン。猫が自分を物陰から見ているものを察知する能力はかなり高いからね。窓からたった数フィートのところで、頭をしゃんと起こして座ってる姿が影絵のように映っているのに、見られもせず、物音も聞かれないでいられると思っているのかい？　猫はね、自分が何に気づいているかを獲物に悟られて、逃げられることがないようにする本能を持っているだけだ。猫の動きはきっと行きあたりばったりだったのさ。きみが目を離すたび後退し、またそっと飛び跳ねて前に進んでいたに違いない」

ホームズは疲れたようすで椅子に腰を落とした。「このところ兄のマイクロフトを悩ませている問題によく似ているよ。何か一杯注いでくれないか、ワトスン。ぼくも、精神安定剤がほしいような心境なんだ。今夜はずっと、兄が気を高ぶらせたご婦人のようにとめどなくしゃべるのを聞いていたのだ」

「外交上の問題でも起きているのかね？」わたしはデカンタの準備をしながら、きいた。

「そうじゃない。差し迫ったことじゃないのは、たしかさ。そうでなきゃ、もっと同情できたんだがね。兄は先見の明のある人だから、ぼくやきみには考えられないような遠い未来のことが身近に感じられるのだろう。

だが今度だけは、兄の想像力が暴走をしているように思えてならないんだ。兄は、新世紀に持ち上がってくる問題を予見できると豪語するのさ。歴史の尽きることのないエネルギーが、やがて戦争を引き起こすというのだ。強国のあいだで、これまでになかったような規模の戦争が起きるんだとさ」

わたしはため息をついた。「たしかに悲劇的なことだがね、ホームズ、戦争はめずらしいものじゃない。もし賭(か)けをして、これから先五十年間、世界のどこにも戦争が起きない、というほうに賭けたら、勝てる見込みは少ないだろう」

ホームズは首を横に振った。「兄の心配は、もっと深いところにある。兄はね、科学的な知識がこのままどんどん増えていけば、やがてとんでもない恐ろしい兵器が開発されると予測しているのさ。兄が想像している未来の戦争は、きみの大好きな空想科学小説家、ウェルズ氏が考え出したどんな戦争より、はるかに悲惨なのだよ。とくに恐れているのは、新しい物理学

――つまり、ぼくらも誕生に立ち会うことになった相対性理論と量子論――がいずれ生み出すと思われる兵器だ」

「そうか、相対運動と光速のパラドックスから、あの恐るべき爆弾が生まれたのだったね」わたしは、ロンドンを破壊するところだったフットボール大の装置を思い出し、身を震わせた。

「だが、その量子論というのは、いったいなんだね?」

「チャレンジャー、サマリー両教授が最近行った共同実験で、光や物質は波のようでもあり、粒子のようでもあることがわかっただろう? 量子論というのは、そうした性質に対して新しく考え出された名前なんだよ。連続した波のような存在は、観測すると、エネルギーがはっきり決まった電子や光子のような、個別の粒子や量子として現れてくるのだ」

「そんな目に見えない小さなものの話をするときにしか役立たない理論から、脅威的なものが生まれるとは、思えないが」わたしは言った。

「ああ、光速を測定しようという試みほど、難解で抽象的なものはないよな。それが相対性理論につながったわけだがね」ホームズが言う。「兄がいちばん案じているのは、量子論にしても、そこに秘められた可能性にしても、現在ではまだまだ、わからないことが多すぎることなのだ」

「しかし、光波動説の研究成果は十二分に検証されたのじゃないのか?」わたしは驚いていた。

「量に関してはね。だが、ニュートン力学は、相対性理論が発見されるまでは、じつに正確であるとされていた。物体が超高速で運動するようすを表すにも、爆弾で吹き飛ばされたくない人々のためにも役立っていた。兄は、量子論の真の理解――あるものが波でもあり粒子でもありうることがきちんと説明できる、あるいは、視覚化できる段階——には、まだまだ到達できていないと考えているのさ」

「だが、チャレンジャーが波乗りになぞらえて、うまく説明してみせたのじゃないのかい?」

「兄はふたつの理由から、あれには満足していないんだよ、ワトスン。ひとつは、波に乗った粒子が光よりも速く進むという問題。これは矛盾をはらんだ結果につながりかねないんだ。ふたつめは、ただ観測するだけで、波のように無限に広がっていく可能性の中から、即座にひとつの現実的な結果が出るかどうかという問題。

きみと猫との攻防戦を見て、兄から聞かされた実験の話を思い出したんだ。専門的なことを省いて、要点だけ話してみよう。まず、ある磁気の罠（わな）の中に、電子をたくさん閉じこめる。最初、エネルギーがいちばん低い状態のときには、電子は底に沈んでいる。屋根の庇（ひさし）におりていた猫たちのようにね。だが、この電子の位置を観測せずに放っておくと、サマリーが確率理論で予想したように、位置の不確定性が増していく。ある程度の時間のあいだ放置すれば、いくつかの電子が罠から飛び出していくのさ。ちょうど、窓のところへ行ってしまった猫みたいだろう?

だがね、ここにおかしなことが出てくるんだよ、ワトスン。電子の位置を定期的に観測しておけば——何もせず、ただ観測するだけでいい——、エネルギーがもっとも低い段階に近い状態が保てるんだ。上へのぼってきて逃げ出すようなことは、絶対にない」

わたしには信じられなかった。「しっかりした観測者がいるだけで、つまり顕微鏡をのぞく目があるだけで、そんな効果があるのかい?」

「ああ、そこまで単純ではないがね。電子は顕微鏡ではとらえられないのさ。電子のエネルギーを測定するには、短いパルスの光を何度か輻射する。観測者がいるかどうかではなく、こうしたパルスを浴びるかどうかで、違いが決まるんだね」

わたしはふふんと鼻を鳴らした。「ほんとうだな、ホームズ、わたしと猫の攻防戦にそっくりだ。光のパルスが、電子に物理学的な影響を与えるのだろうね。観測者の視線というような心理効果とは関係ない」

ホームズはにっこりした。「きみの良識には、ほっとさせられるよ、ワトスン。じつはぼくもそれを兄に言おうとしたんだ。だが、兄は、電子にはそうした〝観測者効果〟がいろいろな状況に強く見られると言って聞かない。観測方法には関係ない、というんだ。観測の対象となる量子系を観測者もふくめたものに拡張してしまう効果、つまり、観測によって環境を変える効果があり、それが系全体を変えてしまうのだとさ。まるで単なる情報を利用したか、あるいは取り出したかしたために、従来の物理学の法則とは違った効果、あるいは、それでは説明のつかない効果が生まれたみたいだね」

ここまで話したところで、階下が騒がしくなり、話が中断された。廊下で大きな声が飛び交っている。そのうちのひとつは、甲高い。わたしは扉へ向かった。ハドスン夫人が外套とショールをはおろうとしており、アンジェラが玄関扉と母親のあいだに立って、通せんぼをしている。

「母さん、こんなに暗くて、霧が出ているのよ、行ってはだめ。いま時分は、往来も安全じゃないし、ひどい風邪を引いてしまうかもしれないわ」アンジェラは、すがるようにわたしを見上げてくる。「ヘンリエッタが外へ出ちゃったんですの、先生。ホームズさんがきちんと扉を閉めてくださらなかったらしくて、玄関から表へ飛び出していってしまったんです。母は自分が捜しにいくと言って、聞きませんの」

ホームズとわたしの責任であることは、はっきりしていた。不注意だったホームズと、見張り役の任務を怠ったわたしの。

「あなたがいらっしゃることはありませんよ、ハドスン夫人」わたしは二階から呼びかけた。「ホームズとわたしは、散歩に出る口実がほしいと思っていたところです。猫を捜しにいくのも悪くありません」

ホームズはしぶしぶついてきたが、わたしは彼がいっしょでよかったと思った。黄色い濃霧に包まれたロンドンには、いささか不気味な雰囲気が漂っているからだ。音をたててもかき消され、ほんの先までしか届かないぐらいだから、視覚だけではなく、聴覚が利く範囲も身のまわりにかぎられる。時折、のら猫がうろついているのがわかった。ヘンリー・ジェームズが書いた怪談をちらっと思い出し、現実離れした想像が脳裏をよぎった。もし誰も見ていなければ、ヘンリエッタはどこにもおらず、ただ、たくさんの猫の幽霊として存在しているだけなのではないだろうか。そうして、人間に見られてまた現世の体に戻るのを待っているのではないか。この想像は現実離れしているだろうか。優秀な頭脳を持つ学者たちの唱える量子論とは、そういうことを言っているのではないのか。

ヘンリエッタを見つけたと思った瞬間、ホームズのくぐもった声が聞こえてきた。「いたぞ、ワトスン！」

「いや、こっちだよ。ヘンリエッタに間違いない」わたしは怒鳴り返した。かがみ込んで抱き上げようとすると、その雌猫は歯をむき、さっと逃げてしまった。すぐそばでホームズのくやしそうな声が聞こえた。わたしはおぼつかない足どりで、その声のほうへ歩いていった。ホームズは引っ掻かれた指をさすっている。

「どっちが正しかったんだ？」霧をすかし見ながら、わたしは言った。

「どっちも間違っていたんだろうな。闇夜の霧のロンドンで、見つけられたがっていない黒猫を捜すなんて、無駄なことだよ。自分を名探偵と思い込んでいる人間にはうってつけの仕事だがね！　おっと、いまの言葉、レストレード警部に聞かれなかったことを祈りたいよ、ワトスン。さもなきゃ、最後の……おや、こんばんは、レストレード！　こんな天気の悪い夜に、どこへ行くんだい？」

　トレンチコート姿で、霧の中からのっそり出てきて、われわれにぶつかりそうになったのは、ほかならぬスコットランドヤードの敏腕警部だった。

「いえ、あなたのところへうかがおうとしてたんですよ、ホームズさん。だが、あなたも何かご用がおありのようですね」

　わたしが説明しかけると、ホームズが手を上げて制した。

「ぼくらは、霧が視覚と聴覚におよぼす影響について、ちょっとした科学実験をしていたんだ」と、平然とした顔で言う。「だが、もう結論も出たことだし、そろそろ炉端が恋しくなってきたところだ。来たまえ、レストレード、お役に立てるかどうか、話を聞かせてもらおう」

　ベイカー街の下宿まで戻ってくると、玄関前の階段にヘンリエッタがいた。ホームズはヘンリエッタを抱き上げ、ハドスン夫人の手に返した。夫人があんまり何度も礼を言うので、レストレードは不思議に思ったようだが、ホームズは説明を求めるひまも与えず、さっさとわれわれを階段の上に引き立てていってしまった。ほどなく、われわれ三人は、充分に火を熾(おこ)した暖炉の前でトディ（ウイスキー、ラム、ブランデーなどを水か湯で割り、砂糖、シナモン、ナツメグなどを加えた飲み物）のグラスを手に、ゆったり腰を落ち着けていた。レストレードが少々困惑した表情で、身を乗り出した。

「さほど劇的な問題ではないんですよ、ホームズさん。殺人事件や誘拐事件に比べたら、たいしたことはありません。ですが、詐欺事件担当課の優秀な連中でさえ、めんくらってるんです。顧問をお願いしている科学者の先生も、こんな妙な事件ははじめてだとおっしゃる。刑法に触れるような思いつきを、いくつも摘発してきた人がですよ！　原因は、これです」レストレードは、下に示すような札

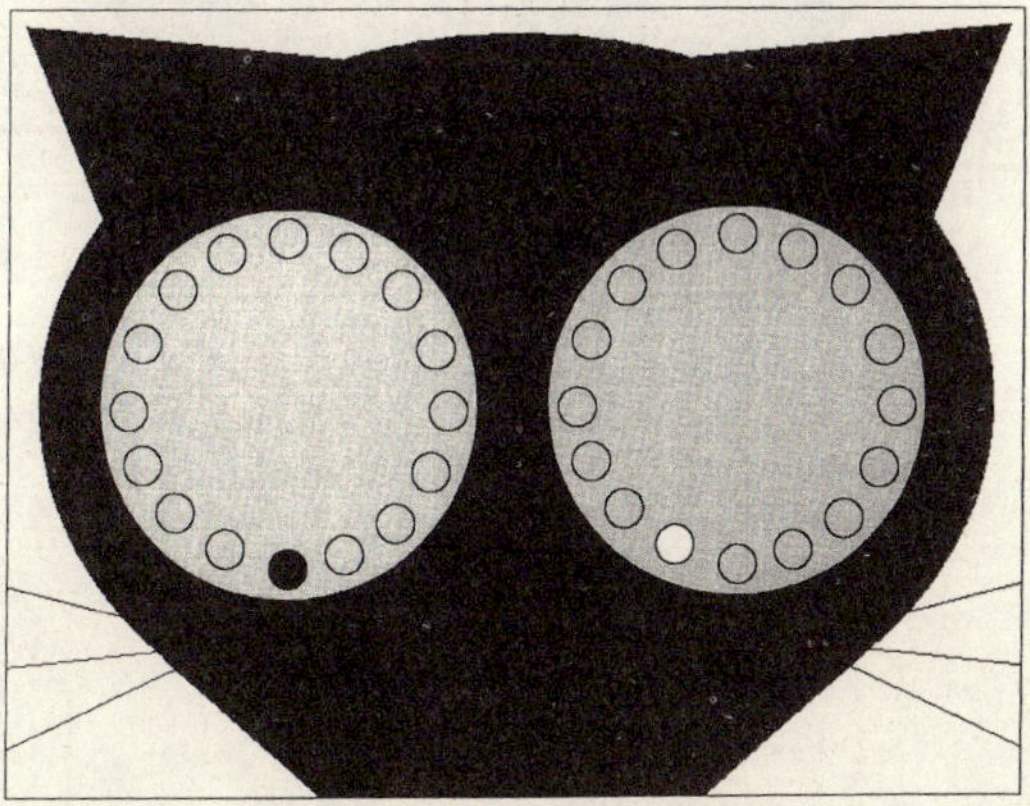

勝ち札

《この富くじであなたも大儲け》

1　猫の目に貼った銀紙の下には、次の絵のように、黒と白の四分の一円が交互に並んだ単純な模様が隠れています。

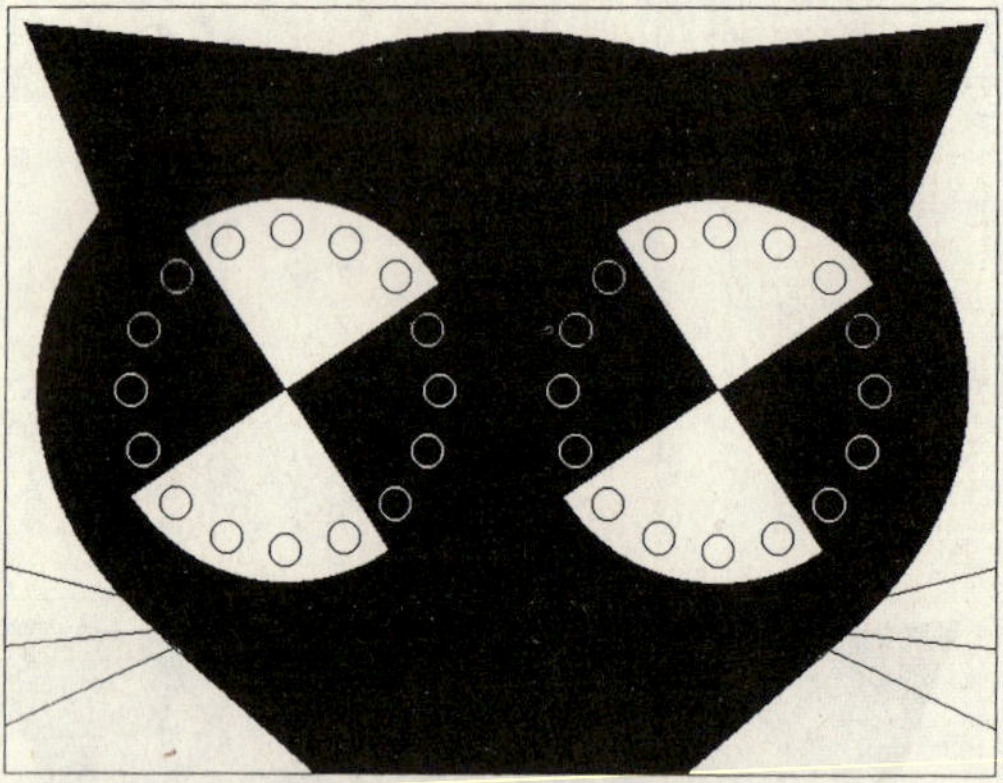

2　この模様がどの角度で描かれているかは、札によって違いますが、左右の目の模様はまったく同じです。

3　目のふちに沿って並んだ○印を、左右の目からひとつずつ選び、そこの銀紙をはがしてください。下に隠れた黒、白、どちらかの色が出てきます。

4　選んだ○印の位置がひとつだけずれていて、しかも左右で違った色が出てくれば、その場で五シリングさしあげます。

警告

はがすのは、左右一箇所ずつにして下さい。
それ以上はがすのは危険ですので、厳重に禁じます。

をポケットから引っぱり出した。

「最近、こんな札がロンドン中の新聞店に出まわってるんですよ。一枚一シリングで売られていて、ある種の即席富くじになってるんです。説明が裏に印刷されてます」

レストレードは、ホームズとわたしに読ませるため、札を裏返した。それは右の図のようなものだった。

「誰かがこの札で勝ったのですね」わたしは言った。観察力ではホームズに負けないところを見せたくて、指を折って数え、意見を述べる。「どちらの円にも、黒と白が隣り合わせになっている場所が四箇所ずつあるわけですね。隣り合った同士の組み合わせは、十六通り。ということは、勝つ確率は十六分の四、つまり、四分の一だ。四枚買えば一枚があたるということは、四シリングの投資で、五シリングを手にする勘定ですか。おやおや、これでは、くじを売り出したほうが大損をする！」

レストレードはにっこりした。「ところが、ロンドン中の、ワトスン先生と同じぐらい頭のよい人たちが同じ結論に達したせいで、この札が飛ぶように売れてるんですよ。でもホームズさんなら、実際に勝てる確率はそう高くないと聞いても、びっくりなさらないでしょう。スコットランドヤードでは、任意に買い求めてきた大量の札で実験をしてみましたが、実際の勝率はたったの七分の一であることがわかりました。売り手がちゃんと儲（もう）かるようになっているんですよ」

シャーロック・ホームズは眉（まゆ）をひそめた。「きっと一回ごとに、残った印の銀紙を全部はがして、説明書どおりの模様が描いてあるかどうか、確認したのだろうね」

レストレードは困ったように、咳払いをした。「いえ、じつはしてないんです。この札を作った人間は、相当悪知恵の働く化学者らしく、絶対にそうした検査ができないよう、細工をしてるんですよ。ご自分でなさってみれば、どういうことかおわかりになると思います」

友はペーパーナイフを取り上げると、左目のいちばん上の銀紙をこすった。と、そのとたん、札が燃えだしたのだ！　そしてたちまちのうちに小さな灰の山と化し、それ以上詳しい調べができなくなってしまった。

「どういうからくりなのか、われわれにはわかりません」レストレードは言った。「しかし、絶対失敗しないようにできてるようです。片方の目につき、ひとつしか情報が得られない。しかも、その情報とは、そこが黒か白かということだけだ。ですから、ほんとうは銀紙の下がどんな模様になっているのか確かめることができませんし、説明書のうそを証明することもできません。何より厄介なのは、どんなに知恵を絞ってみても、われわれが出したような結果になる模様が見つからないことです」

わたしはもう、黙っていられなくなった。「しっかりしてください、レストレードさん！　なんの謎もないでしょう！　そういう結果が出るような単純な規則に従って、色が塗ってあるに決まっていますよ。わたしにだって、ひとつ考えられます。七枚の札のうち六枚が、両目とも真っ黒か、両目とも真っ白なんです。七枚めの札の目だけが、片方が真っ黒、もう片方が真っ白に塗ってある。すると、七回に一回は勝てることになりますよ」

レストレードは微笑んだ。「われわれも最初は、そう考えてみたんですよ、先生。しかし、この約束ごとを守ったうえで、札が燃えないようにする方法は、いろいろとあるんです。ひとつは、両方の目の、同じ位置の銀紙をはがして、結果を見る方法。何百枚もの札でこれをやってみましたが、どの札でも、両方の位置に同じ色が出ました。ですから、左右の模様がまったく同じというのはほんとうらしい。つまり、片方の目が真っ黒で、もう片方が真っ白って猫はないんです」

シャーロック・ホームズは考えをめぐらせているような表情を浮かべて、口を開いた。「左右まったく同じではあっても、四分の一円が交互に並んだ模様でないことはたしかだな。少なくとも、そういう札がまじってるはずだ。この説明書の例にある絵は、ビーチボールを下から見たところにそっくりじゃないかね。ふつう、ボールは平面的に見るものじゃなく、適当な角度から立体的に見るものだ。すると、模様がまったく違って見えることがある」ホームズは次のページにお目にかけるような絵を描いた。

「たとえばこの場合だと、黒と白が隣り合った場所はふたつしかないから、この札で勝てる確率は八分の一になる。こういうのをまぜれば、勝率が落ちて、きみたちの実験結果のとおりになるよ。もしそうなら、巧妙だな。説明どおりだと言えなくもないからね。起訴はむずかしいかもしれない。この手を使ったとすれば、札の考案者は、ある種の紳士だね。悪意があるんじゃなくて、頭が切れるだけなんだ」

「ホームズさんは、紳士的な犯罪者を扱い慣れていらっしゃいますが、わたしの経験では、こういうからくりを考えつくやつは、一筋縄ではいきません。いずれにせよ、いまおっしゃった可能性については、すでに検討し、除外しました。われわれは、左と右とで、角度が九十度違うようにして、銀紙をはがしてみたんです。たとえば、左目のいちばん上と、右目のもっとも

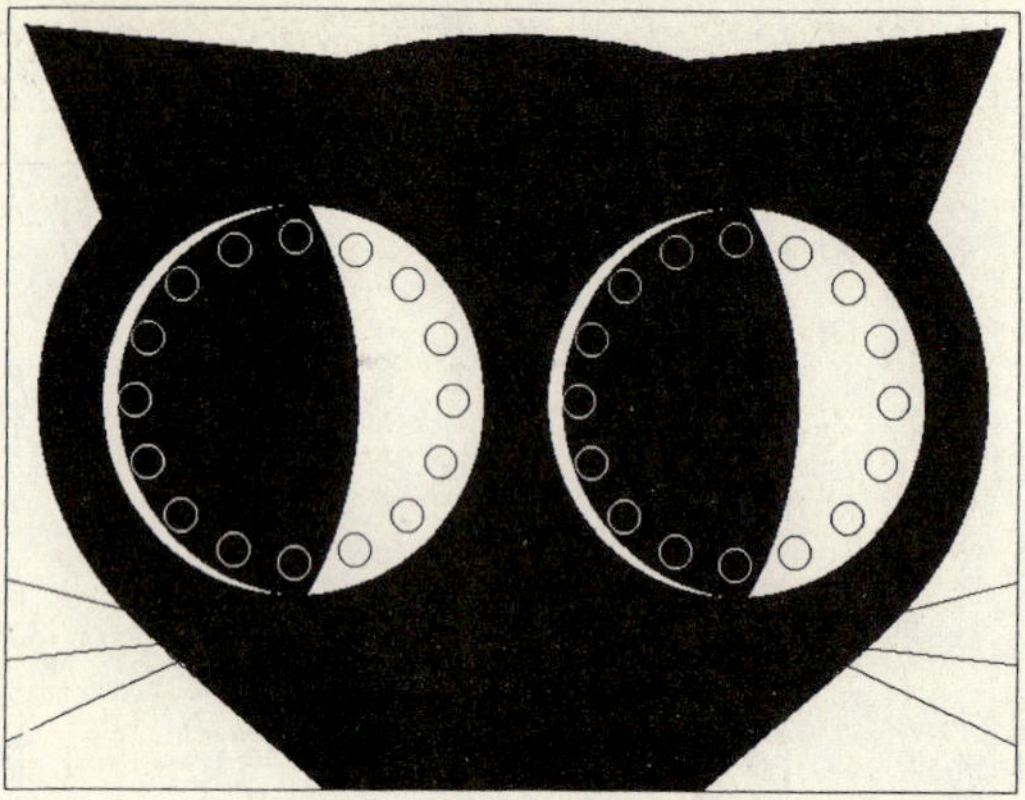

シャーロック・ホームズが最初に考えた例

右よりの位置、というふうにね。もしいまおっしゃったような模様が描かれているとすれば、どの札でも違う色が出るはずです。同じ色が出る札が一枚でもあれば、このぺてん師を取り調べる口実になる。だが、どの札でも、違う色が出たんですよ」

「つまり、ほんとうに四分の一円が交互に並んでいるわけですね！」わたしは叫んだ。

シャーロック・ホームズはいらだたしげに首を振った。「そうじゃないよ、ワトスン。これでわかるのは、ともかく四つの部分から成る対称模様になっているらしい、ということだけだ。それがどういうものかは、わからないのさ。いいかい？　どれでもいい、四分の一円をひとつ選んで、九十度回転させ、色を逆にして――黒を白に、白を黒にして――、黒と白が隣り合った部分をこしらえる。それをもう一度回転させて色を逆にすれば、こうした部分がもうひとつできる。同じことをさ

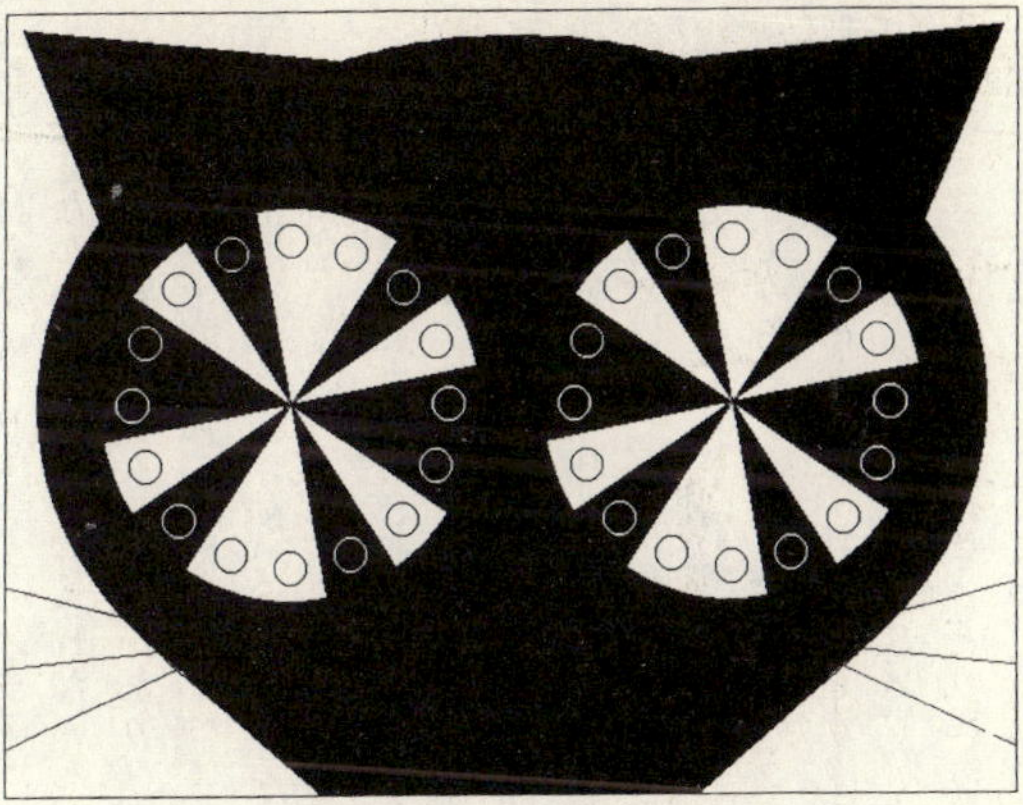

シャーロック・ホームズが二番目に考えた例

らにもう一度繰り返せば、こうした部分が四つ、できるわけだ。たとえば、こんなふうな模様になるんだよ」ホームズは上のような絵を描いた。

「なるほどね」レストレード警部はうれしそうに言った。「みごとな推理ですが、その模様には、ひとつだけ、無理があります。黒と白が隣り合うところが八つもあるでしょう? すると、この札で勝てる確率は、七分の一ではなく、二分の一になってしまうんです! もう少しお考えいただきましょう。進展ぶりをお聞かせいただくのを楽しみにしていますよ、ホームズさん!」

レストレード警部は、実験用の真新しい札の山をわたしたちの前に積み上げると、案内も乞わずに、いそいそと出口へ向かった。わたしは、友が眉根を寄せたまま、じっとしているのを見て、驚いた。

「そんな顔をしないでくれ、ホームズ。現実の人生にはパラドックスはないのだよ！　求める模様を見つけ出せばすむことじゃないか」

「気をつけたまえ、ワトスン。パラドックスが解決できなかったのならまだしも、パラドックスが見えなかったことは、許されないんだ。一度に一歩ずつ進めるしかない。どんな場合も、黒から九十度離れたところに白があり、白から九十度のところに黒があることは、わかっている。中心角九十度の弧の中には――つまり、ある○印から横に四つ移動するうちには――少なくとも一箇所、黒と白が隣り合っているところがあるわけだ」

「ああ、間違いない」

「そこからさらに九十度移動すれば、また黒と白が隣り合っているところを通る。もう一度同じことをすれば、また隣り合っている場所が来る。これをさらに二度繰り返せば、もとの位置に戻る。つまり、黒と白の境界を最低四回またぐことになるんだね。どんな模様であれ、レストレードの実験どおり中心角九十度の扇形が四つ並んでいるとすれば、勝率は少なくとも四分の一以上であるはずだが、実際は、七分の一と出た。まったく、これは謎の中の謎だね！」

　翌朝起きてみると、ホームズはきのうと同じしわくちゃの服を着たまま、赤い目をしてまだ座っていた。その前には、札の山と走り書きをした紙が置いてある。

「やっと起きてくれたか、ワトスン。解決策が見つかったんだが、それが正しいかどうか調べるには、きみの手を借りなきゃどうにもならないんだ。

　ほら、ぼくはいつもこう言ってるだろう？　ほかの説明がありえないようなら、もう十中八九無理だと考えるべきだってね。レストレードの実験結果を説明する唯一の方法は、○印の下の模様は固定したものじゃなくて、流動的なものと考えることだ。つまり、印のひとつをはがしてみるまでは模様が実在しないと仮定してみるのさ。右からでも左からでもいい、片方の目の一箇所を選んで銀紙をはがすという行為が、もう一方の目の模様を決めるんだよ。つまり、目の下にどんな模様が隠れているのかという疑問は、もともと意味がない。実際に見てみないかぎり、決定的な答えは出ないのさ。

だとすれば、左右の目のあいだに、なんらかの形で情報交換が行われてるはずだ。ぼくは物理学で言う〝相互作用〟なんてものの存在は信じないからね、左右を切り離せば、この情報交換を妨げることができると思う。そこで、たくさんの札を用意して、半分に切り離しておいた。すまないが、この右半分をきみの部屋へ持っていって、札の順番を変えないようにして、適当にどこか一箇所ずつ銀紙をはがしてくれないか。ぼくはここで、残った左半分を同じようにする。あとで合わせて比べてみたときに、どういう結果が出るかはわからない。だが、レストレードの実験結果とは絶対にどこかが違っているはずだ。命を賭けてもいい」

友の賭けに応じるような人間が来合わせていなかったのは、さいわいだった。なぜなら、あとで結果を比べてみたら、レストレード警部とまったく同じ確率になったからだ。

「おそらく」と、わたしは言った。「情報交換とは関係のない、不確実な要素があるのだろう。○印の色は、銀紙がはがされた瞬間に、適当に決まるのじゃないかね？」

「だめだよ、この問題の根っこにある事実を見過ごしては……。ほら、左右同じ位置を選びさえすれば、必ず同じ色になるんだったろう？　左右のあいだに情報交換が起きないかぎり、不確実な要素が少しでもあれば、逆に反証になってしまうんだよ」

彼は首を振った。「ワトスン、ぼくは複雑な問題にめんくらうのは慣れている。だが、この問題の単純さには、もうお手上げだ。初歩的な常識に反した結果が出たんだからね」

朝食をとりながら、友の憔悴（しょうすい）しきった顔を子細に見たわたしは、彼が気の毒になった。

「ホームズ、これはきみにとっては専門外の科学がからんだ問題じゃないのか。わたしだって、自分がよく知らない病気に出くわせば、恥ずかしがらずに専門の先生に助言を求めるよ」

ホームズはしばらく、沈んだ顔をして考え込んでいたが、ふいにぷっと吹き出し、声をあげて笑いだした。

「きみの言うとおりだよ、ワトスン。くだらない自尊心がじゃまをしてるんだね。自分にも見つけられそうな単純で論理的な解決策を、人から聞かされるのがたまらなくいやなのさ。まずは、ちゃんと朝食をとろう。それから、科学界の友人を訪ねよう。きっと納得のいく説明をしてもらえるよ」

わたしたちは、ハイド・パークを突っ切って、インペリアル・カレッジへ行き、チャレンジャー教授の部屋を訪ねたが、教授は地下の実験室にこもりきりだという。ここでお待ちくださいとすすめるのを黙殺し、ホームズとわたしは反響する石の階段をおりていった。幅の広い扉をあけると、中は真っ暗だったが、目の前にある大きな装置が、不気味な青い光をかすかに放っているのを見て、少しほっとした。すると、いきなり怒鳴られた。「扉を閉めろ。くそ、いまいましい、誰も来させるなとあれほど言っておいたのに！」

電灯がつき、チャレンジャーとサマリーが、次の絵のような簡単な装置を据えた台の前に突っ立っているのがわかった。装置の覆いが取りはずされており、台の中央には、青い光を放つ電球が置かれている。台の両端には、まったく同じ大きさの円形のガラスフィルターが取りつけられていた。これは回転させられる仕掛けになっており、そこから中央へ寄った位置に、何かレンズのはまった道具が置いてある。

「申しわけありません、教授。どうにも手に負えない問題にぶちあたりましてね。教授の鋭い洞察力におすがりすれば、きっと解決していただけると思ったのです」ホームズが恐縮した口ぶりで言う。

　チャレンジャーはため息をついた。彼もサマリーも、ホームズと似たり寄ったりの状態だ。どちらも、徹夜で仕事をしていたような顔をしているし、その頬は、ふつうなら一日に一度はひげをあたるところ、最後に剃刀（かみそり）の刃に遭遇してから、とうに二十四時間を過ぎているようすだ。

「いや、じつはちょうどわれわれも行き詰まっていたのだ。サマリーとふたりで、最近ヨーロッパで行われたという驚異的な実験を再現してみようとがんばっておったのさ。その実験について伝えられておることは、わたしもサマリーも信用しとらんが、何度やっても、わけのわからん結果が出るのだ。ここらでひと休みして、やさしい問題を考えれば、気分転換になるやもしれん」

　サマリーのほうがまだ少しは元気な顔をしている。「わが同僚の無礼を許してやってくれ」しかつめらしく言う。「チャレンジャーは少々お

偏光フィルターで光子を検知する

かんむりでな。われわれは、彼が言うところの〝目に見えない海〟、つまり、量子を震わせている波を、広範囲にわたって破壊していたところなのだ」

チャレンジャーは手振りでわれわれに背の高い丸椅子をすすめると、ホームズが札のパラドックスについて簡潔に、だが理路整然と説明するのを、熱心に聞いてくれた。ホームズの話が進むにつれ、チャレンジャーもサマリーも、驚愕した顔つきになった。やがて突然、チャレンジャーが、大きなこぶしでかたわらの机をどんとたたいた。

「われわれをからかいに来たのか？　え？」吠えるように言った。そして、ホームズとわたしの表情をとくと眺めてから、怒ったように頭をのけぞらせた。

「どうやらそうではないらしいな。信じがたいことだが、いま聞かせてもらった問題は、ひと晩中われわれを悩ませた実験の問題点と酷似しているのだ。

量子は波に運ばれるとするわたしの理論の問題点は、わかっとるだろう？　いや、それを言うなら、これまでに出たほかの説の問題点もわかっとるはずだ。第一の問題点は、波に乗る粒子が、光速以上の速さで移動する場合が出てくること。第二の問題点は、観測しただけで――単に量子体系についての情報を得ようとしただけで――、いくつか共存しておる可能性が崩れ、結局はたったひとつの結果しか出てこないことだ」わたしもホームズもうなずいた。

チャレンジャーが続ける。「ヨーロッパのある科学者が、このふたつの問題をあぶり出すような実験を考えついた。そのような独創的な実験は見たことがないし、またこれほど説明がつきにくい実験結果が出た例も聞いたことがない。

特殊な光源から（チャレンジャー教授は青い電球を指し示した）、二個ひと組の光子が放出されると、各組の光子はたがいに反対方向へ飛ぶ。同じ組の光子がまったく同じ特性を持つようにする作用によって、こうした光子の組が放出されてくるのだ。その特性には、偏光もふくまれる」

わたしは咳払いをした。「勉強不足で申しわけないのですが、それはなんですか」

チャレンジャーがいらだたしげにわたしをにらみつけた。「光子の特性のうち、回転によく似たものだ。いまはとりあえず、光子を小さな円盤と考えてみなさい。水平回転をしながら、いろんな角度に傾いて飛ぶのだと思ってくれ。さて、その円盤が格子窓に近づいていくところを想像してごらん。いいかね？」わたしはうなずいた。

「もしこの円盤の面が、鉄格子に平行だったとしたら、格子のあいだを通り抜ける可能性は大きい。だが逆に、鉄格子に垂直だった場合は、間違いなく、あたって撥ね返されてしまう。ガラスに特殊な加工をすれば、光子に対して、そうした格子窓のような働きをさせることができる。これを偏光フィルターと呼ぶのだ。台の両端に取りつけた円形のガラスがこのフィルターだ。自在に回転させて、二枚のガラスの角度を同じにしたり、違えたりすることができるようになっておる。

さて、光子はどれもまったく同じだから、想定した円盤もつねにたがいに同じ角度に傾いていると考えよう。じつは、ふたつの光子の角運動量を合わせるとゼロになるので、一方が時計方向に回転するとしたら、もう一方は必ずそれとは正反対の方向に回転するのだ。しかし、どちらも同じ面内にある。ではきくが、おのおの光子が偏光フィルターに達したら、何が起きる？」

「そうですね、もし格子に平行に飛んできたなら、通り抜けるでしょう。垂直だったら、撥ね飛ばされてしまうのでしょうね」わたしは言った。「でも、どちらでもない角度の場合はどうなるのですか」

チャレンジャーはうなずいた。「その場合は、確率の問題になってくるのさ。通り抜ける確率は、その格子と、光子の偏光面との角度の、コサインの二乗になる。しかし」と、片手を上げてわたしの抗議を封じる。「三角法を使わなくとも、この問題は理解できる。さて……」

チャレンジャーはわたしに向かってしかめ面をしてみせた。「ふたつの光子のあいだに情報交換が行われていないことは明らかだ。跳ね返るか、通り抜けるかは、言うなればそれぞれが自分で決定しなければならん」

「ああ、それぐらいなら、わたしにもわかりますよ」わたしは言った。「だって、同じ組の光子が同時に両端のフィルターにあたるのでしょう? たがいに信号を送り合ったとしても、光より速く進めるものはないのですから、当然、一方の衝突が他方に影響を与えるはずがありません」

チャレンジャーはわたしに向かって微笑みかけた。「そうだとも。しかし、どちらかが測定されるまでは、このふたつの光子は、不確実な状態の量子体系を作っている。それは確率の重なりにすぎない。少なくともサマリーの統計論では、そういうことになる。

では、サマリーの説が予測していることを、数学を使わずに、吟味してみよう。もしふたつのフィルターがまったく同じ角度に傾いていれば、二個の光子はつねにまったく同じようにふるまう。二個とも通り抜けるか、二個とも跳ね返るかだ。先に格子にぶつかった光子が、通り抜けられる角度に身をひねるか、逆に、格子に垂直な角度を向くかすると、もう一方の光子も、何か不思議な力によって、同じようにする。そんな具合なのだな。だから、二個ともつねに同じようにふるまう」

「いえ、わたしなら、もっと単純な方法で説明できますよ」わたしは言った。「三角法など使わなくていい。かりに、光子は、格子との角度が四十五度より小さければ、必ず通り抜け、大きければ必ず跳ね返ると考えてみるのです。そうすれば、不思議な絆の存在など想定しなくとも、同じになる理由がうまく説明できるじゃありませんか！」

チャレンジャーはうなずいた。「よく考えたね、先生。きみの仮説を使えば、もうひとつの観察結果も説明できる。両端に置かれたフィルターのうち、一方を九十度回転させると、光子のふるまいがまったく違ってしまうんだよ。つまり、一個は通るが、もう一個は必ず跳ね返るのだ。しかし――」と、チャレンジャーは満足げに続けた。「フィルター同士の角度の差が小さくなるようにした場合――たとえば、四十五度の半分の二十二・五度にしたとき――は、どうなるのだろう」

わたしは考えた。「そうだな、だいたいは同じ結果になるでしょうが、必ずとは言えなくなりますね。わたしの仮説に従えば、四回に一回、一方が跳ね返るでしょう」

「そのとおりだよ。では、これをどう説明するね？」チャレンジャーがここでいきなり声を大きくしたので、わたしは思わずすくみ上がって、身を引いた。「われわれの観察では、七回に一回、跳ね返ったのだ。これをどう説明する？」

〝七のうち一〟という数値を聞いて、ゆうべの記憶がよみがえった。「もっと複雑な公式があるんでしょう」わたしはか細い声でそう答えた。

チャレンジャーは激しくかぶりを振る。「違うよ、先生。どんな複雑な公式を作ってみても、この結果を説明することはできん。考えられんことだが、光子がたがいに情報交換をしているというのでなければな。

わからんかな？　これはまさに、きみらが持ち込んだ富くじ札のパラドックスと同じなのだ。二個の光子を、猫の左右の目と同じだと考えてごらん。ふたつのフィルターを違う角度に傾けるという処理は、銀紙をはがす場所の選択に相当する。フィルターを同じ角度にしておくのは、左右の目の同じ場所の銀紙をはがすのといっしょだ。ふたつのフィルターがたがいに垂直になっている状態は、左右の目の銀紙をはがす場所が、たがいに九十度違っているときに等しい」

チャレンジャーは、低くうめいた。「理解を超えておる。常識を超えておるよ。どんなにばかげた仮説を立てる用意があってもな」と、鋭い目でわたしをにらみ据える。「人間、捨て鉢になれば、捨て鉢な方法を考えつくものだ。サマリーとわたしはな、ひょっとしたら、光子のあいだには、光より速い信号が交わされとるんじゃないかと話しておったのだよ。

だが、そうすると、どちらの光子が相棒に作用するのかという疑問が出てくる。なぜなら、相対性理論に従えば、見かけ上の成り行きはすべて、どの基準系をとるかという問題に帰結するからだ。たとえば、この実験室から見て東へ移動しつつある観察者から見ると、左の光子のほうが先に標的に達する」彼は装置の左端を指さした。「だが、西へ向かおうとしている観察者から見れば、右の光子のほうが先だ。ある観察者には、左の光子が先に行動を決定し、他方のふるまいまで支配するように見えるが、べつの観察者には、右の光子が決定し、左の光子が従うように見える。論理的な観点にはなりえんのだよ。

しかも、こうした現象は、光子だけではなく、あらゆる相互作用を引き起こす、あらゆる粒子に影響を与えるのだ。たとえばわたしがある宇宙線――というのは、どこか遠い星から絶えず光速で地球に飛んでくる帯電粒子だ――を検知したとする。するとそのとたん、地球が誕生して以来その宇宙線と相互作用をしてきたものがすべて、変質してしまうのだろうか。そんなことは、とうてい信じられん！」

わたしはめまいがしてきた。そこで、現実的な問題に話を戻してもらうことにし、「しかし、あの富くじ札の場合は、どうなのです？」ときいてみた。

サマリーがもどかしそうに手を振った。「巧妙な仕事だが、あれを作った人間は、この量子効果を利用したにすぎない。たとえば、その札の猫の両目には、電子が一個ずつ埋め込まれていて、たがいに連動して回転を続けるようにしてあるのかもしれない。化学(ばけがく)の知識を応用したぺてんだな。写真のフィルムかそれに似たものを使い、電子の回転に応じて、銀紙をはがした場所に色をつけるのだろう」

チャレンジャーが肉の厚い手を上げた。「自分の言ったことをよく考えてみろ」と、太い声でがなり立てる。「きみは原理を明らかにしたかもしれんが、それを実用化できるような化学者は、わたしの知るかぎりではまだひとりもおらんぞ。新しい物理学の理解、応用において、われわれをはるかにしのぐ人間がいるということだ。しかもそいつは、正統な科学機関への協力をいやがり、犯罪行為のほうに興味を覚えておる。アナーキストにすら同情しとるかもしれん」

チャレンジャーはホームズのほうを向いた。「だがわれわれには、世界一有能な調査員がついておる。ホームズさん、ロンドン中に出まわるほどの富くじ札を作った会社を突きとめるのは、きみにはたやすいことだろう？」

友は微笑んだ。チャレンジャーが机をぴしゃりとたたく。「この謎をきわめた人物に会える日を楽しみにしとるよ。狂っておっても、そいつは尊敬に値する。謎の答えがわかるまでは、ぐっすり眠ることもできんよ」

帰路につき、またハイド・パークを歩いていたとき、驚くべき可能性がひらめいた。

「あのロールマン氏が生きていればと思うよ」と、わたしは言った。「わたしが相対性理論を信じるかどうかはともかく、うちの居間に散らかったあの富くじ札を使えば、ロンドンからニューヨークへ、いや、どこへでも、光より速くメッセージを届けられることがわかったからね。ただ、札を半分に切ればいいのだ。そして、たとえば、きみが左半分を持ってニューヨークへ行き、わたしはロンドンに残る」

「それで？」ホームズが静かにきいた。

「わからないかい？」わたしは彼の察しの悪さに驚いた。「前もって約束しておいた時刻が来たら、それぞれがひとつの印の銀紙をはがすのだよ。きみは必ず、いちばん上のをはがし、わたしは、株を買いたいときには、いちばん上、売りたいときには、左をはがす。ふたりのはがしたところが同じ色だったら、株を売れ、ということだ」

「ぼくは三千マイルも離れたところにいるのに、どうやって自分のはがした場所の色がきみのと同じだとわかるんだ?」

「それはだね……」わたしは口ごもった。「ああ、そうだ、きみとわたしが——いや、それもだめだな。お手上げだよ、助けておくれ、ホームズ。何か方法があるはずだ！」

ホームズはため息をついた。「どうやったって、無理だよ。問題は、きみには、札のどの位置を黒にするか、あるいは白にするかを決める力がないことさ。きみは、自分が送るメッセージの色を決められない。札同士の関係は、並べて比較しなければ見えないのだ。札を考案した人間は、内部の情報交換機能を慎重に設計し、みだりにいじくられないようにしたようじゃないか」ホームズは、冗談めかすような口ぶりで言う。

「時間を超えて信号を送り合うことは許されないんだよ、ワトスン。この宇宙は、そこまで不思議なところではない。だが、たしかにかなり妙なところだな。サマリーは、多大な犠牲を払って勝利を得たわけだ。彼の数学が勝ちはしたものの、みんながとまどうような結果が出てきてしまったんだからね」

12 失われた世界

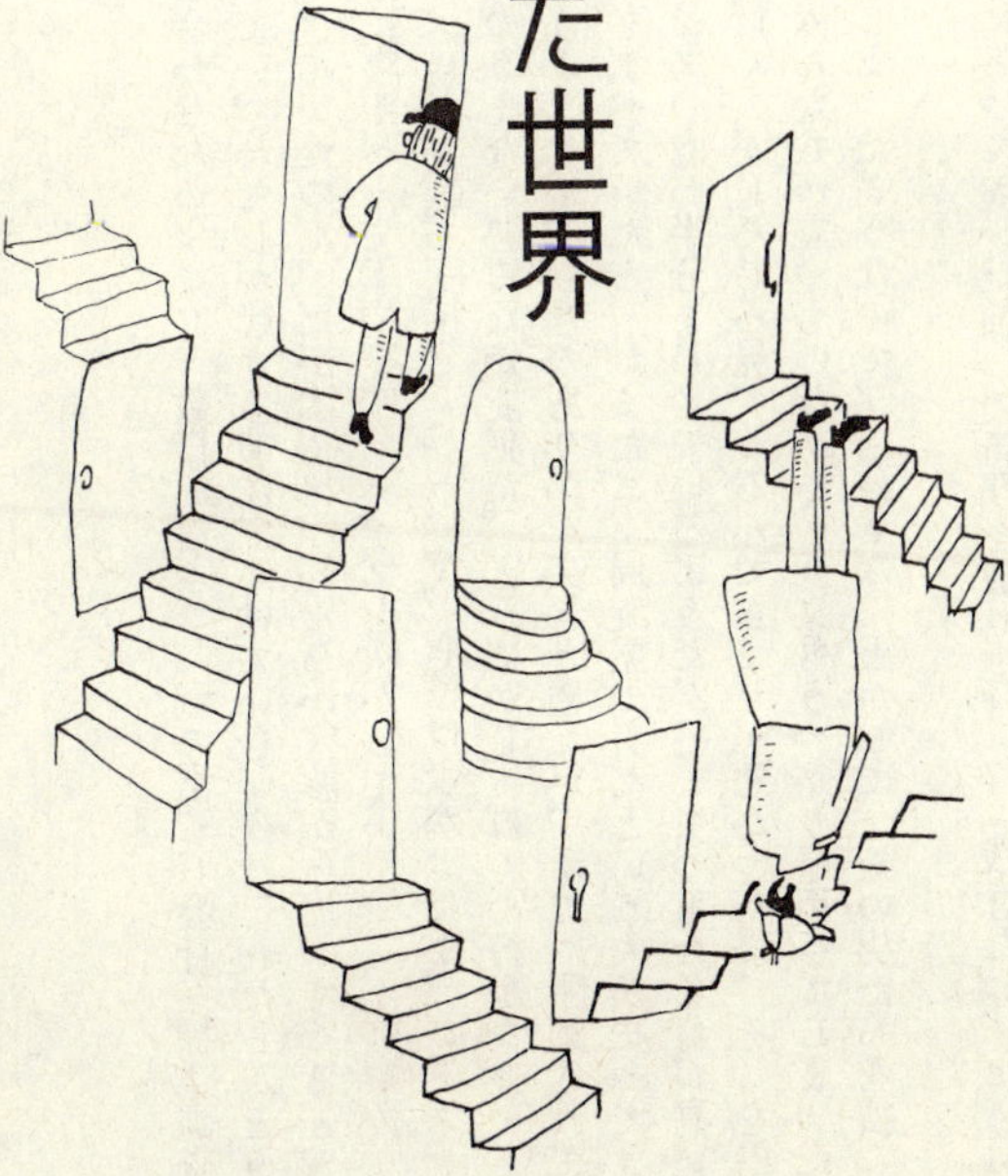

ほとんどホームズと顔を合わせないままに、数日が過ぎた。例の富くじ会社を探す調査が思いのほか難航し、彼はたいてい、わたしが起きる前に出かけていき、夜は、わたしがとうに床に就いているころに帰ってきていたのだ。だが木曜日、わたしが往診から帰ってくると、ホームズは暖炉のそばで長椅子に寝そべって、物憂げにパイプを吹かしていた。

わたしの問いに、ホームズは首を振って応じた。「いや、収穫はなかったよ、ワトスン。この組織の裏にいるのは、このうえない悪質な知能犯だ。どうにかしてぼくの行動を逐一、予測しているようなんだ。きょうようやく、会社のありかを突きとめたが、すでに閉鎖されていてもぬけの殻だった。あたりを調べていたら、たまたま、周旋屋の者だという人がやってきた。人目を惹くご婦人でね、アジアの血が半分まじっているようだが、とてつもなく背が高い。彼女に話をきいていると、道行く人がじろじろ見てくるんできまりが悪かったよ。そこを借りていたのは数人の男たちで、みんな弁が立つものだから、彼女もうっかり信用してしまったというんだ。貸間を引き払ってしまったようなので、自分もなんとかして、その男たちを捜し出したいと言っていた」

わたしはホームズのためにとっておいた前日の新聞を取り上げた。「残念だね、ホームズ、あの富くじ札に利用されていた量子測定値のパラドックスを解明する試みのほうも、うまく進んでいないようだ。あの問題を話し合うため、英国学士院で開かれた侃々諤々の会議のもようが、ここに書いてある。われらがイリングワース博士が議長を務めたらしく——」ホームズがふんと鼻で笑う。「しまいには会場が騒然となったそうだ。チャレンジャーとサマリーがそれぞれ見解を述べたあと、イリングワース博士が、参加者の意見を求めた。応じたのは、大半が科学者ではなく、哲学者か論理学者で、しかもどの意見も突飛だったようだね。たとえばある人は、自由意志や任意選択などというものは、もともと実在しないのだということが、あの実験で証明されたのではないかと言う。富くじ札のどこをはがすか、あるいは、偏光フィルターの向きをどうするかといったことは、いくら気分まかせで決めたつもりでも、じつは、そうなるようあらかじめ運命づけられていたのだというのさ。また、宇宙のありとあらゆるものが、実際は、複雑に関係し合っているのではないかと言う者もいた。宇宙は理性ある観察者の心の中にしか存在しないのだという意見、ひとりの理性ある観察者の存在が、何か神秘的な方法で事象の意義づけをしたり、複数の事象を結びつけたりするのだという意見も出た。どうしてそういう結果が出るのかということは、仕組みが目に見えない以上、問題にすること自体が無意味だと言う者、また、その過程はあまりに複雑なので、人間の頭ではとうてい理解できないのだと言う者もいたらしい。わたしには、どれもこれも負け犬の遠吠えにしか聞こえないよ、ホームズ。結局、わたしはこの会議を正当に評価していないのだろうね。哲学者を気取るつもりもないよ」

ホームズは笑みを浮かべた。「きみが哲学者でなくてよかったよ、ワトスン。説得力のある哲学思想より、単純な常識のほうがずっと信頼できるからね」

「いちばん奇妙な意見を出したのは、傍聴人席に座っていたご婦人だった」わたしは続けた。

「その人は、量子の崩壊現象、つまり、複数の可能性が分解して、ひとつの結果が出る現象を、きわめて正確に説明した。そして、ここにお集まりのみなさんはなぜ、こんなことが起きるとお考えなのかときいたそうだよ！　彼女はね、世界はひとつではなくたくさんある、いや、無数にあるのではないかと言ったそうだ。あらゆる量子は、そうしたさまざまな世界で生まれたのではないかと考えているのさ。彼女によれば、ひとりの観察者がひとつの世界を見ているのは、一貫性のあるまぼろしを見ているのと同じなのだそうだ。ちょうどおおぜいががやがやしゃべっているところで、直感的にひとつの声だけを選んで耳を傾けようとするのに似ているというのだよ。

壇にあがっていた者のうち何人かが、そのご婦人の発言をきちんと受けとめたらしい。世界がほんとうに無数に存在するのか、時間がたつとともに増えるのかはともかくとして、そうした世界の数は、どのぐらいなのか、ときいた。そして、世界はひとつという認識が幻想にすぎないと断じる根拠を尋ねた。だがイリングワース博士は、そのご婦人にきちんと答える時間も与えず、彼女の経歴について無礼千万な質問をいくつも投げつけたあげく、この名誉ある演台は、素人のくだらないおしゃべりを聞くためにあるのではないと言い放った。そのご婦人はくるっと演台に背中を向け、講堂を出ていったそうだ。だが今度ばかりは、わたしもイリングワース博士に同情するね。たしかに、この女性は頭がおかしいようだ。

しかし、そのときチャレンジャーが、あのご婦人の仮説は、不必要な推論を付け加えることなく、実験結果を説明しきったものとしては、はじめてだと言った。そしてまた、熱のこもった意見交換が続いた。そのうちとうとうチャレンジャーが、壁に掛けてあった装飾用の剣を手にとり、これはオッカムの剃刀だと叫んで、壇上でイリングワースを追いまわした。取材に来ていた記者連中は、存分に仕事をさせてもらったわけさ」

「ああ、オッカムのウィリアムが提唱した〝節減の法則〟だね。事実を説明するときには、仮説をむやみに使わず、最低限必要なだけにとどめておけというやつだろう？　中世イギリスのあの論理学者なら、きっとすばらしい探偵になっていただろう」ホームズはしみじみと言った。

わたしはふと、記事の中のひとことが気にかかった。「さっききみが話していた人目を惹く周旋屋さんだがね」さほど深刻には考えずにきいてみる。「もしやその人は、カニの形の金ボタンがついた青いマントを着ていなかったかい？」

ホームズは飛び上がり、新聞をひったくった。一気に目を通すと、ちくしょうとつぶやいて、放り出した。「彼女だよ、ワトスン。まったく、分別がどこかへ行ってしまってたんだな。彼女には、隠そうとしても隠しきれない度胸と知性があった。ぼくはそれがわかっていたのに、ただ魅力を感じたせいなのだと思って、自分の感情を無視した。そして、みすみす彼女を逃してしまったんだ！　なんと情けない！　ぼくは、ああいう奇妙な事象をほんとうに理解できる人間が、その知能を使ってアナーキストの科学的なテロ活動を陰で操っていると思っていたのだからね、なおさら情けないと思うよ」

わたしは、はっとして友の顔を見た。ホームズがこんなふうにわずかでも女性に心を揺さぶられたことをほのめかしたことは、ほんの一、二度しかない。もう少しきいてみようとしたちょうどそのとき、扉があいて、調和のとれていない光景が出現した。大柄で恰幅のよい紳士が高級そうな服をきちんと着こなして立っていたのだが、その顔からは血の気が引き、マラソンでもしてきたようにぜいぜいと荒い息をついている。

ホームズは手振りで椅子をすすめた。「お客さまにブランデーだ、ワトスン！」

紳士はまだ息が切れて話ができなかったが、名刺を取り出し、ホームズのほうへ差し出した。

「〝教育実践研究所、グレイナー博士〟」ホームズは声に出して読んだ。「ああ、グレイナー博士、あなたの有名な――というより悪名高い――研究施設については、ちょっとばかり聞いたことがありますよ」

紳士は、ホームズの暴言に関心がないのか、あるいは、あまりに動転していて抗議するどころではなかったのか、ただ黙ってうなずいた。「そこでたいへんなことが起きてしまいました」うめくように言う。「ある青年が自室で死んでいるのが見つかったのです。まだ二時間もたっていません。電線が体に巻きついていましたから、明らかに感電死です。おそろしいことですよ、おふたかた！　おそろしいことだ！　わたしの人生はもうおしまいかもしれない」

ホームズの両眉がぴんと吊り上がった。「興味深い事件ですね。捜査熱心な警察に現場を乱されないうちに行って調べてみる必要があります。辻馬車を呼んできてくれるか、ワトスン。道々、事件の背景を聞かせていただくとしよう」

グレイナー博士の学校はイングランド東部の沼沢地方にあることがわかったので、われわれはそれから半時間後、汽車に乗ってフェンチャーチ街駅を出発した。コンパートメントにはほかに乗客がなかったので、グレイナー博士は、すぐに自分から話をはじめた。

「二十年ほど前、まだ若くてこわいもの知らずの研究生だったわたしは、ふたつの大きな発見をしました。

わたしは、論文の主題として瀝青（れきせい）（アスファルトなどの炭化水素化合物の総称）を取り上げ、瀝青から貴重な化学製品を作る方法について書いていました。まったく新しい製造方法を考えついたのです。指導教授の友人で、パークス氏というあやしげな評判のある実業家が、わたしの研究の進展に、学問的ではない関心を持ち、期限までに研究を終えられたらたんまり礼を弾もう、前金を払ってもいい、と言ってきました。

しかし悲しいかな、大きな街には、若者の気を惹くことがたくさんあります。動機づけは充分だったのに、わたしの論文は、約束のときをとうに過ぎても、仕上がりませんでした。そんなある日の早朝、大きな男がふたり、わたしの下宿にやってきました。パークス氏があんたに会いたがっている、いやとは言わせない、と言います。

わたしはさして抵抗もせずに、彼らの馬車に乗りました。すると、パークス氏の住む郊外の宮殿のような屋敷ではなく、沼沢地方の粗末な石造りの小屋に連れていかれたのです。参考書類と、わたしの未完成の論文が与えられました。ふたりの男のうちでも、大きいほう——そして、醜いほう——が、論文を書き上げるまでは、この小屋から一歩も外へは出さない、ぐずぐずしたらひどい目に遭わせるぞ、と言いました。

でも、わたしは笑ってしまったのです。創造的な仕事は、強制されてできるものではない、それよりはむしろ平常心でいられることのほうがたいせつなのだ、と説明しました。質の高い仕事を三十分間するためには、午前中ずっと友人とコーヒーを飲んでおしゃべりをして、脳を休めたり刺激したりしておくことも必要なのだ、と言ったのです。

すると、ごろつきはわたしの襟首をつかんで、歯がかちかち鳴るほど揺さぶりました。そのときですよ、わたしが驚くべき発見をしたのは！　だらだらとおしゃべりをしたりコーヒーを飲んだりしながら頭が正常に働きだすのを待たなくとも、とどのつまりは、充分に強い動機づけさえあれば、創造的な仕事ができるということです！」

「まったく、世界中の学生をあっと驚かせる大発見だ」友が冷ややかに言った。

「そのとおり！　わたしは論文を書き上げ、約束どおりの報酬を受け取ると、優秀な頭脳に恵まれながらそれにふさわしい根性のない人々のため、その金で一種の隔離施設を作ることにしました。世の中にごまんといるそういう人たちに、フェアリー農場と名づけたその施設へ来てもらい、ほとんど毎日、個室に閉じこもって、ペンと紙以外に気をとられるものがない生活をしてもらうのです。食事といったささやかな贅沢は、生産的な研究をしなければ与えられません。論文の原稿一枚と引き替えに、パンひと切れを与える。それがうちの基本方針です。フェアリー農場は、たいへんな人気になりました。定員を超える申し込みが殺到し、まもなく利用料をうんと高くする必要が出てきたほどです。以来、今日にいたるまで、施設の運営は順調でした」

グレイナー博士は、見るからに沈んだ表情になった。ホームズは慰めるように片手を彼の肩に置き、「亡くなった若いかたについて、お聞かせください」と、穏やかな声で言った。

「ペンバートンのことですか。そうですね、うちに来る人としては、まあふつうの——つまり、非常に優秀な——学生でした。ケンブリッジ大学の優等試験で最高位の一級をとったあと、数理哲学の分野で野心的な論文を書こうと決意したのです。だが三年たっても、ほとんど進展がなかったので、彼の家族が仕送りを渋るようになってきました。家族は、いちおう不自由なく暮らせてはいましたが、裕福ではなかったのですよ。ペンバートン自身は文無し同然。そこで家族は、彼をフェアリー農場に入れることにしました。最初は、うちのやり方がうまくいっていたのですが、最近——」と、眉をひそめる。「わたしが期待しただけの成果をあげていなかったのですよ。いや、考えてみれば、ここ数週間ほど、利用者の大半がじつに嘆かわしい内容の論文を出してきているのです。まったく、近ごろの若い者ときたら、何をしてやっても……」

グレイナー博士の痛烈な批判がはじまった。それがようやく中断されたのは、汽車が小さな無人駅にとまったときだ。駅前で待っていた軽馬車での道中は長く感じられたが、たそがれが迫るころには、背の低い、大きな建物の前に着いた。

「こうして隔離しておけば、利用者を誘惑から守ることができるのです。ああ、ただいま、ケイト」美人だががっしりした体格の女が玄関前の階段に出てくるのを見て、グレイナーが言った。「ごらん、相談に乗ってもらえる探偵さんをすぐにお連れしただろうが」

女はふんと笑った。「電報を打てばすむのに、そうしてロンドン中をほっつき歩いていらして、それをきょうの仕事だとおっしゃる気なんでしょう？　いいわ、あなたがご案内なさらなくてもいい、あたくしがやります。あなたには仕事があるでしょう。たいへんな事件が起きたからといって、帳簿の整理がひとりでにすむわけがありませんからね」

そうは言ったが、女はグレイナーにやさしくキスをし、それから、ホームズとわたしを案内して廊下を歩いていき、独房のような小部屋へ連れていった。高い窓がついており、家具は、机がひとつに、堅い椅子が一脚と、せまい寝台があるきりだ。端整な顔立ちの青年が、机に突っ伏している。額のすさまじいやけどの痕が、感電が起きた場所を示していた。こめかみに電線が二本、封蠟でとめてあり、それが窓枠にあいた小さな穴を通って外へ伸びている。

「この電線がどこへ通じているか、調べてみましたか」ホームズがきいた。グレイナー夫人は、首を振った。「地元の警察に、ケンブリッジから刑事さんがいらっしゃるまでは、何にも手を触れないようにと言われたものですから」

ホームズはうなずいた。「それはよい助言ですね、奥さん」彼は言った。「じゃあ、それまでぼくらは、ちょっと外を歩いてきますよ。どの部屋にも、こういう窓がついているんでしょうね？」

外へ出ると、ホームズは先に立って、ずらりと並んだ窓のそばを歩き、ひとつひとつの窓枠をていねいに見ていった。どの窓枠からも、かなり目につく二本の電線が出ている。隣り同士の窓には、さらに細い導線が花飾りのように渡してあるが、壁を這わせてあるので、ちょっと見ただけではわからない。こうした電線はすべて、小さな物置のような建物につながっていた。その建物の中には、たくさんのライデン瓶（一種の蓄電器）がしまってあり、それがすべて直列につながれて、高電圧を作り出していることがわかった。

どういうふうにすれば感電するのかは明らかなのに、なぜこんな常軌を逸した細工をしたのだろう。わたしにはその論理的根拠がまったくわからなかった。だがホームズは、突然あっと叫び、家の中へとって返した。ケイト・グレイナー夫人がやってきた。ご亭主のほうは、まだ懸命に仕事をしているのだろう、姿を見せない。

「どなたか利用者のかたにちょっとお話をうかがうというのは、ご迷惑でしょうか」

グレイナー夫人は唇をすぼめた。「日課を狂わせたくないんですけれどもね。でも、消灯前に少しのあいだお話しするだけなら、かまいませんわ。きょうはいつもの時間割より、ほんの数分だけ早く進んでいますから」

夫人は、個室のひとつへ案内し、鍵をあけた。貧弱な顎をした青年が、わたしたちを見返した。「ディグビーさん、このかたたちが、ペンバートンについて二、三、あなたにおききしたいことがあるそうです」と、きびきびした口調で言う。

ホームズは夫人が行ってしまうまで待ってから、ディグビーのほうを向いた。青年は見るからに不安そうにしている。「ゲームは終わりだ」ホームズは静かに言った。「ラジオのことは何もかも、わかっている。今夜はどんな指示を受けたのか、きちんと話してもらおうか」

「あれはペンバートンの思いつきだったんです。ほんとうに、他愛のないいたずらだったんだ！」青年は叫んだ。ホームズは続きをじっと待っている。

ディグビーはため息をついた。「ぼくらはみんな、ここへ勉強をしにきたわけですが、ときどき、この隔離生活が耐えられなくなるんですよ。日曜日には、近くの村まで歩いていってくることが許されています。そこに、小さなラジオ屋があるんです。ペンバートンが、みんなでめいめい、イヤホンをひと組と電池を一個ずつ、買わないかと言い出しました。それから、みんなで金を貯め、ラジオの受信機を一台、買ったのです。

でもぼくらは、強い誘惑を避けるべく、工夫をしました。電池を一度に一個ずつ使うようにしたのです。電池が切れたときには、メイドに金をやって新しいのに取り替えさせることにし、みんなのイヤホンを直列で受信機につなぎました。

そんなふうにすれば、みんなが同時にイヤホンのスイッチを入れないかぎり、電流は流れません。毎日、午後一時から一時半までのあいだ、ニュースを聴くときだけつけるという約束でした。もし誰かひとりでも——あるいは、ひとりをのぞいて全員が——裏切ったら聴けません。とても厳しい取り決めでした」

「きょうまではね。違うかね？」ホームズが言った。

ディグビーはうなずいた。「きょう、ペンバートンが、この楽しみを考え出した見返りに、自分のちょっとした思いつきに協力してほしいと言いだしたんです。けさ早く、彼はそっと部屋を抜け出してきて、みんなの部屋の窓ひとつひとつに、説明を書いた手紙を入れました。

ぼくのには、ニュースのすぐあとに放送されるニューマーケット（ケンブリッジ東方の街）競馬の結果を、注意して聴くように、と書いてありました。十時半のレースに、フィドラーズリーチという馬以外の馬が勝っていたなら、ぼくの導線を逆に接続して、ショートさせろというんです。高圧電流が流れているといけないので、絶対に素手でやらないように、と書かれていました。

隣りの部屋のウィラビーも似たような指示を受けましたが、十一時のレースに、ロングボーイ以外の馬が勝っていたら、という条件でした。そうやって、順に次のレースにずらしてあったんだろうと思います。でもぼくは誓って言いますが、ペンバートンが何を計画していたのかは、知らなかったんです。上機嫌だったし、得意がっているようにさえ見えました。やつが自殺を考えていたなんて、誰にもわからなかったはずです」

ホームズはうなずいた。「きみの言うことを信じよう。ありがとう。もうおじゃますることはないと思うよ」

母屋からは、またグレイナー夫人が夫を怒鳴りつけている声が聞こえてくるが、ホームズはそっちへは戻らず、もう一度、ペンバートンの遺体がある部屋へ行った。そして、驚いたことに、そっと遺体のポケットをまさぐりはじめた。

「何を探している?」わたしは小声できいた。

「ふたつのものだよ、ワトスン。馬券と手紙さ。それは隠せないだろう。ああ、あったぞ」ホームズは、胸ポケットから桃色の紙切れを抜き出してわたしに渡し、それから、〝関係当事者殿〟という宛名のある、封をした手紙を取り出した。わたしは呆然(ぼうぜん)としてその馬券を見つめていた。賭(か)けごとはやらないが、その倍率が尋常ではないことぐらいはわかる。

「それは、〝繰越勝馬投票〟と呼ばれる賭けの控えだ」わたしがめんくらっているのを見て、ホームズが説明した。「ひとつのレースだけを対象にするんじゃなくて、続いて行われるレースをいくつかまとめて対象にするんだ。最大は、この場合のように、その日に行われるレース全部を対象にすることができる。続けて五レースまでってことだね。

最初のレースに勝てば、その賭け金は、しかるべき倍率に応じて増えるが、その配当金はそっくりそのまま、二番めのレースの賭け金になる。二番めのレースに勝てば、またその配当金が三番めのレースの賭け金にまわるわけだ。一回でも負ければ賭け金はすべてなくなってしまう。しかし、どのレースでも勝てば、通常の制限には関係なく、一回ごとに配当が何倍にも増えていく。そうやって、天文学的な大金を手にするという、非常に見込みの薄い可能性に賭けるわけさ。誰かが一度、この〝繰越勝馬投票〟に勝って大物の胴元を破産させたことが知られている。

わかるかい、ワトスン。ペンバートンはきょう、百万長者になるか、苦しむことなく死ぬかするつもりだったんだ。彼は友だちにその仕事をさせ、賭けに負けたときには、自分がそれを知る前に死ねるようにしたのさ」

「だが、なぜだね、ホームズ?」わたしは叫んだ。「絶望的な状況にあったわけでもない人間が、手に入る見込みのない大金に命を賭けるなんて……。わけがわからないよ」

「ああ、それについては、想像がつく」ホームズは言った。「だが、この手紙は本来、グレイナー夫妻に宛てたものだろうから、あのふたりの前で封を切るべきだろうね」

数分後、隙間風（すきま）の入る居間で、ホームズは手紙の封を切り、声に出して読みあげた。

拝啓

昨日、わたしは、感嘆すべき理論に出会いました。それは、わたしたちは、じつは無数のたがいに似通った世界に同時に住んでいるのだ、というものです。そして、幾とおりもの画期的な変化が同時に起きるたび、住むべき世界を選びとっているのだというのです。わたしは、この説に納得がいきました。自分自身の研究から、無数の二倍はやはり無数であることも知っています。むろん、無数を無数倍しても、やはり無数以上にはなりません。ですから、わたしは、十万分の一という確率に自分の命を賭けてみようと決心しました。

無数に存在するわたしの複製のうち、この確率どおり、十万人にひとりが生き残ることに賭けるのです。生き延びたわたしの複製たちはみんな、いままで夢見たこともないような富を手に入れるはずです。

わたしが書いているのは、ただの空想、わたしの目から見ても実在しえない複数の世界のことです。しかし、もし心ある方がこの手紙をお読みになっているのであれば、どうぞわたしの家族に、わたしが詫びていたとお伝えください。そして、わたしにこんなことをさせたのは、絶望ではなく、単純な論理なのだと説明してやってください。こんな理由で死を選んだ者はいまだかつてないでしょう。

敬具

アーサー・ペンバートン

「この一件には、まだひとつだけ、どうにもわからない点がある」その夜、ロンドンへ戻る汽車に揺られながら、わたしは言った。

ホームズが目を上げた。「なんだね？」

「グレイナー氏は明らかに、頭はいいが怠慢な男だ。そんな人が事業で成功できたことが、ちょっと不思議なのだよ。結局、雇われたごろつきどもは、グレイナー氏が論文を仕上げたあとはもう、かまってこなかったのだろう？　そのあとは、どうやって動機づけをしてきたのだろう」

友はにっこりした。「グレイナー氏のご家庭で見聞したことを思い出してみたまえ。氏がじつに理想的な形でその問題を解決したことに気づくはずだ」

ホームズは新聞を膝におろし、真顔になって言った。「もしきみがこのささやかな冒険を書いて出版するつもりならね、ワトスン、読者に警告したほうがいいことが、いくつかあるよ。ひとつめは、複数の世界が存在するという考えは、言うまでもなく、推測の域を出ないということ。

ふたつめは、よしんばこの説が正しいとしても、ほんとうに、同じような世界が無数に――あるいは多数――存在するかどうかは、定かではないこと。無数の十万分の一は、無数だ。しかし、かぎりある数が十万分の一になれば、もとの数よりそれだけ小さくなる。

三つめは、自殺装置がうまく機能せず、本人がけがをするか障害を負うかする確率は、十万分の一よりはるかに高いだろうということだ。もしそういう結果に終われば、金持ちのアーサーよりも、けがをして生き延びるアーサーの人数のほうが多くなるんだ。

四つめは、こんなやりかたは、利己的だということ。だって、おおぜいの家族や身内の人を悲しませることになるんだからな。実際に交信できないような世界は存在するはずがないと考えるべきだ。そういう哲学的見識が持てないのは、単なる自己中心主義だろう」

わたしは話の流れを変えようとして、片手を上げた。「ホームズ、わたしの読者に対して失礼だよ。それじゃあまるで、〝よい子のみなさん、おうちでこれを真似しないでくださいね〟と書けと言ってるようじゃないか。無鉄砲な冒険譚(たん)を書いた子ども向きの本の終わりに書く文句みたいにね。常識のある人なら、そんな注意書きは必要ないと思うよ。だが、そうしたほうがきみが安心できるのだったら、考えてみよう」

翌朝、深い眠りから覚めたわたしは、ホームズに肩を揺すられていることに気がついた。

「急げ、ワトスン！　勝負がはじまった。アナーキストが動きだした。有能な人材が必要とされている」

わたしはやっとの思いでベッドから出て、着替えをした。外はまだ真っ暗だ。警察の四輪馬車が歩道の前で待っていた。だが、まだ何も動きはないようだ。ホームズのようすから判断して、てっきり暴動が起きたのだと思っていたので、わたしは馬車が走りだすとすぐに、非難がましくホームズにそう言った。ホームズ自身は、すっかり目が覚めているようだ。

「そうじゃないんだよ、ワトスン。もっとわかりにくい形の脅迫が来たのさ。だが警察がぼくらの協力を要請してきたんで、行かざるをえなくなったわけだ」

ケンジントン通りを半分ほど行ったところに、警察が置いた柵（さく）があった。二百ヤードほど先にも、同じものがある。寝間着のままで出てきた野次馬が、追い払われている。その混乱の中にレストレード警部の姿が見えた。

「おはようございます」警部が弾んだ声で挨拶（あいさつ）をする。「じつは、お力を借りるまでもないようなことなんですよ、ホームズさん。爆弾を撤去するあいだ、動転せずに持ちこたえられるかどうかだけが問題でね。今度は小さいやつです。使われている火薬の量は、せいぜい数ポンドでしょう。ただひとつ厄介なのは、警察を攪乱（かくらん）するのが狙いとみられる声明文が届いたことと、頭のおかしな大学教授がわれわれのじゃまをしたがっているらしいことです。これ以上茶々を入れてくるようなら、留置場で何時間かおとなしくしててもらおうかと思ってます」

遠くで雄牛のような声が聞こえ、その頭のおかしな教授の正体が、はっきりとわかった。

「チャレンジャー教授なら、ぼくの友人ですよ」ホームズが言う。

「じゃあ、あの先生をなだめて、ここから立ち去らせてください。よろしくお願いします」レストレードは、手振りで前に行けとすすめる。何かの会社らしい建物のロビーに入ったわたしたちは、奇妙なものを目にした。扉の奥に、いろいろな機械が入ったガラスの水槽があり、その側面から管が一本出ている。飾り板のようなものも貼りつけてあった。そのそばにチャレンジャーが立ち、ふたりの警官を相手に、激しく言い争っている。チャレンジャーはホームズを見て、手招きをした。

「ああ、来てくれたのか、ホームズさん。きみなら、このさしでがましい公僕どもと対話をする手だてを知っておろう」と、大声でがなりたてる。「わたしは、これはただの爆弾ではなく、一種の知能検査みたいなものだということを、なんとかこいつらの頭にたたき込もうとしとるのだよ。

その飾り板の説明によると、この爆弾には時限装置がついておらんのだ。しかし、非常に感度の高いスイッチがついておる。安全に取り除くことはできん。光子一個が衝突しただけでも爆発するらしい！　さいわい、そのスイッチは、封をした穴に取りつけられておる。管のふたをとればその位置がわかるそうだ。だがこの説明書きには、スイッチがすでにおりている——つまり、爆弾が使用済み——のこともある、その場合は、危険はないとも書いてある。しかし、おりているかどうかははっきりしないのだから、細心の注意を払う必要があるのだ」

レストレード警部がやってきて、背後に立っていた。「もし爆弾がまだ爆発していないなら、いずれ爆発するだろうってだけのことですよ、教授。いつまでも住人を避難させておくわけにはいきません。とりあえず安全なところまで避難してもらって、爆弾をつついてみるしかないでしょう。爆弾に欠陥があるようなら、めでたしめでたしだ。ないようなら、爆発させて、あとはその辺を掃除しときゃいいんです」

「では、この爆弾が生きていることが確実にわかっていても、きみはそうするのかね？ このあたりには、貴重な芸術品を所蔵する美術館、博物館がいくつもあるのだぞ」チャレンジャーが指摘した。

レストレードは肩をすくめた。「必ず爆発するとわかってたら、土嚢を積むなどして、対処しますよ。だが、そんな可能性の低い事態に備えて、そこまでの準備はできません。それに、スイッチの感度がきわめて高いっていうんじゃ、爆発させてみなきゃ爆弾が生きてるかどうかはわからないでしょう」

チャレンジャーが嘲笑するように鼻を鳴らした。「だからわたしは、ここにおるおたくのぼんくらどもにそれを説明しようとしておったのだ。時間がもらえれば、ほぼ完璧に安全を確認する方法を考え出せると思う。だが、途中で爆発が起きる危険を覚悟するなら、いますぐにでも、この爆弾が生きておるかどうかを確かめることはできる」

「どうやって確かめるおつもりなんです？」レストレード警部がきいた。

「光子を一個、ぶつけてみるのさ」

「そんなばかな！ 教授はたったいま、爆弾が生きていれば、光子が一個ぶつかっただけでも爆発するとおっしゃったじゃありませんか」

チャレンジャーはため息をついた。「ここにおられるホームズさんに説明するよ。この人なら、少なくとも、近代科学の基礎ぐらいはわかっておられるからな」

レストレードは懐中時計を見た。「では、ホームズさんのご判断におまかせすることにしましょう。ですが、五分以内にホームズさんを説得できなければ、部下のじゃまにならないよう、ここから離れてください。さもなきゃ、高名な教授だろうがなんだろうが、署までご同行願いますよ」警部はうんざりした顔で、歩み去った。

チャレンジャーはポケットから鉛筆と覚え書き用の紙を取り出した。「劇場の芝居に幽霊を登場させる仕掛けを知っとるかね？　ガラス板を一枚、舞台と観客席とのあいだに置いて、そこにあたった光の半分が反射し、半分が通り抜けるような角度に傾けておくのだ。そうすると、ガラスに映った像と、ガラスの向こうの背景の両方に、同等の立体感を持たせることができるのだ。そうしておいて役者に舞台の袖を歩かせれば、舞台の上を歩いているように見え、家具やなんかの中を通り抜けていくようにさえ見えるのさ。

わたしが使おうと思っとる装置も、似たようなものだ」チャレンジャーは、右のような略画を描いた。「まず、光子を一個だけ、傾斜させたガラスに向けて放出する。右側に反射するか、

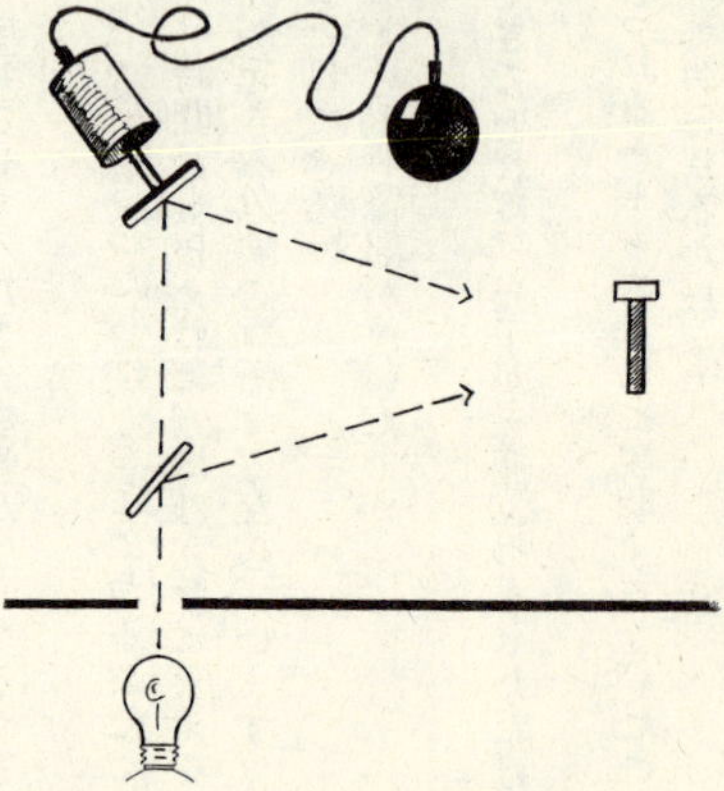

途方もない爆弾検査装置

ガラスを通って、爆弾のスイッチ――これには図のような角度で鏡が固定してある――にぶつかるか、確率は五分五分だ。わたしの使う装置の右側には、アダムズ博士が考案した高感度の乾板を置いておく」

「なるほど！」わたしは大きな声で言った。「原理としてはふたつのスリットの実験と同じですね」

チャレンジャーはうなずいた。「よくわかったね、ワトスン先生。もしスイッチがおりていれば、たくさんの光子を放出して、この写真乾板におなじみの縞模様を描かせることができる。光子を一個放出すれば、乾板のどこかに点がひとつ現れるだろう。ただし、縞模様の黒い帯ができる位置の真ん中にだけは出てこない。これはもちろん、干渉のせいだよ。

では、スイッチがまだ押されていない場合は、光子を一個ぶつけたら、どうなるだろうか」

「そうですね、吹き飛ばされて天国へ行く確率が五十パーセントなのでしょう」わたしは言った。「だが、光子が手前のガラスに反射されれば、乾板に点が一個現れるはずです」

「乾板のどのあたりに？」

「どこに出るかはわかりませんが、黒い帯の真ん中でないことだけはたしかだ」わたしは自信を持ってそう答えた。

チャレンジャーは首を振った。「まったく、きみの思考過程はじつに興味深い」と、棘のある物言いをする。「忘れたのかね？　光子がどのスリットを通るかを測定によって確かめようとしたら、縞模様が消えてしまうのだったろう？　爆弾のスイッチは、この測定装置に相当するんじゃないかね？　きみの頭でも、それぐらいはわかるだろう。もし爆弾が爆発すれば、光子が奥の鏡まで飛んだという証拠だ。爆発しなければ、手前で反射したことになる」

わたしは、気を取り直そうとした。「ということは、もしスイッチが有効なら、干渉が起きないので、光子が黒い帯の真ん中に行くこともありうるわけですね。ほかの場所にぶつかるかもしれないが、そこにぶつかることもあるでしょう」

「そのとおりだ。では、光子を放出するとしよう。爆弾が破裂するかもしれんし、手前のガラスに反射して乾板にぶつかったところで結局は何もわからんかもしれん。だが、ガラスに反射して、運よく干渉縞の黒い帯が現れるような位置にぶつかってくれれば、爆弾が生きていることがわかる。そのときには、爆弾は破裂せず、しかもスイッチは、少しでも触れれば動く状態だということが証明できる」

わたしには、突拍子もない考えに思えた。チャレンジャーは、実際にスイッチに衝撃を与えることなく、爆弾のスイッチが光子の衝撃に強いか弱いかまで確かめてみせるというのだ。この論理は、何か間違っている！　だが友は深く考えているようすで、うなずいている。

さいわい、そこはインペリアル・カレッジのチャレンジャー教授の研究室に近かった。一時間もしないうちに、教授が図示した装置が用意された。光子を一個ずつ放出できる電球のスイッチに、長い導線がつけられた。わたしたちみんなが安全な位置まで下がって地面に伏せ、手で耳を覆うのを待って、チャレンジャー教授がスイッチを押した。はっきり目で確認できるようなことは起きなかった。警官のひとりが忍び笑いを漏らしたが、チャレンジャーは乾板を回収し、現像しにいった。ほどなく、彼は真っ青な顔をして戻ってきた。

「警部」と、真剣そのものの表情で言った。「爆弾は生きておるよ」

調停役を引き受けたホームズが時間をかけてレストレードを説得しなければならなかったが、やがてレストレードは、爆弾の周囲に土嚢を積む許可を出し、交通に支障はあったものの、道路は通行止めのままにしておくよう指示した。夕方までには、必要と考えられる対策がすべてとられた。チャレンジャーは装置から鏡を抜き取り、またスイッチの前に立った。今度は、光子はべつの進路をとらずに、爆弾のスイッチにぶつかることになっている。

わたしは、いずれ気まずい空気が流れだし、面目ない結果に終わるものと思い込んでいた。だが、すぐに爆発が起きた。爆弾はほんとうに生きていたのだ。土嚢のおかげで損害を最小限に抑えられたことを証明したチャレンジャー教授は、得意満面でわたしたちの肩をぴしゃりとたたき、おやすみ、と言った。

「わたしはどうしても、チャレンジャー教授の検査をある観点から見てしまうんだがね」帰途につき、次第に濃くなるたそがれの中を歩きながら、わたしは言った。「つまりね、あそこではふたつの世界が並行して存在し、実験の性質上、ほんの一瞬だけ、そのふたつのあいだに情報交換が行われたのじゃないだろうか。一方の世界は、運がなかった。最初の検査で爆弾のスイッチが押され、爆弾が爆発した。しかし、そのときに交わされた情報が、こっちの現実世界に伝えられ、われわれは、スイッチを押してみたらどうなるかを知った。実際に押してもみないうちにね」

シャーロック・ホームズは何も言わない。

「少なくとも、そう考えれば」と、わたしは向きになって言った。「何が起きたか、理解できる。多数の世界があるという考え方も、事実かどうかはともかく、ひとつのものの見方としては役に立つのではないか」

シャーロック・ホームズは微笑んだ。「きみは用心深いな、ワトスン。まるでコペルニクスのようだ。地球は太陽のまわりを公転しているように見えるが、実際にそうだとは言わない、ただ、そのように想像すると、計算や予測が非常にうまくいくとだけ述べておこう……」

突然、ホームズが身をこわばらせ、わたしの肩をぎゅっとつかんだ。「ワトスン、あれを見たまえ！」

わたしは、深まりつつある薄闇をすかし見た。向こうのほうの舗道を、アジア系らしい顔立ちをした背の高い美しい女が大股に歩いていく。マントの襟元でボタンが光っている。友は駆けだしたが、女はこちらに気づいて、さっと周囲の人混みに紛れてしまった。

そのあとの追跡劇は、ホームズが哀れなほど真剣でなければ、滑稽に見えただろう。〝つれなき手弱女〟（イギリスの詩人ジョン・キーツの詩より）か、妖婦にたぶらかされているのだと思われても、文句は言えないありさまだった。どんな好奇心よりも強い力に引かれて、ホームズはどんどん追いかけていき、やがてナイツブリッジ地区を過ぎて、富と商業的な活気がまじりあうロンドンの偽りの顔とも言うべき一角を抜け、ずっと東の、みすぼらしい沿岸地区へと導かれていった。女が姿を見せたのが偶然ではなかったことには、わたしも、そしておそらくホームズも、ちゃんと気づいていた。釣った魚のようにホームズをいたぶりながら、彼をどこかへおびき寄せようとしていることにも。しかし、だからといって、ホームズがあらがえない誘惑に駆られていることに変わりはなかった。ややあってようやく、女は何かのクラブらしい名前を書いた看板の掛かる薄汚い扉を開け、中へ引っ込んだ。ついていけば安全の保障はなかったが、ホームズを引きとめることはできなかった。中へ入ると、とたんに、阿片の煙に包まれた。女が奥のほうへ行ってしまったので、めまいに耐えながらあとを追っていくと、講堂のような部屋に出た。すでに人がおおぜい集まっている。

芥子の香りが立ちこめ、息苦しい。わたしは頭がふらふらしてきた。司会者らしい人間がわれわれに向かってこわい顔をしてみせ、身ぶりで座れと命じると、すぐに色鮮やかな盛装に身を包んだ奇術師が舞台に出てきた。ほんの数秒のうちにがらりと違う衣装に着替えていたので、それが自分たちの追ってきた女であることに気づくまで、少しひまがかかった。

女は手品をいくつか披露した。どれもなかなかのものだが、個性的とは言えない。観客は熱狂的な拍手を送ったけれども、友の関心は依然として、手品ではなく、それを披露している本人にあった。やがて女が手振りで静粛を求めた。

「みなさま、今宵いままでお楽しみいただいてまいりましたのは、客間でごらんに入れるような小手先の業でございます。けれども、これからが本番、掛け値なしに驚異的な奇術をごらんに入れましょう。

最近、優秀な科学者の先生がたが、わたくしたちの感覚でとらえられる世界は、もっと高い次元の大きな世界の断面図にすぎないのではないか、とお考えになりました。わたくしたちの観点から見れば、わたくしたちが現実に何かを選択するときには、その場その場で、そうした多くの選択肢の中から選びとっているのだというのです。ひとつの世界を生きると同時に、多くの世界をも生きているのだ、と。光子に、上下のどちらへ進むか選択権を与えれば、まったく正反対の結果が、ふたつの現実となって現れます。みなさま、わたくしには、そのふたつの現実のあいだにあるヴェールをとってごらんに入れることができるのです。もうひとつの世界は、ほんの一瞬、この世界と接触しただけでさっと離れてしまいますが、わたくしにはその後も、あちらの世界と交信を続けることができるのでございます」

女は舞台中央の大きな装置を指し示した。それは黒い布に覆われており、ふたつのスイッチと、上から突き出た電球がのぞいている。

「このボタンを押すと」と女が言い、大きいほうのスイッチを指さした。「光の光子がガラス板に向かって発射されます。ガラスを通り抜けられる確率は、約〇・五です。通れば、原子が一個励起させられますので、この電球がともります。小さいほうのボタンを押しますと、原子が放電し、明かりは消えます。

光子がガラスを通らなければ、電気はつきません。けれども、ふたつの世界の原子が両方とも、ずっと絡み合った状態にあれば、一方が他方に影響を与えることができます。ですから、光子が通ったほうの世界の原子を放電させれば、光子が通らなかったほうの世界の原子に影響を与えるのです。つまり、あちらの世界でも、電球に明かりがともるわけです！

それをこれから、ごらんに入れましょう。どなたか、お手伝いいただけますか」

ホームズがさっと立ち上がった。女は彼を見て、にっこりした。「せっかくですけれど、頭の切れるかたでは困りますの。絶対に信頼の置けるかたのほうがよろしいのです。さくらではないかと疑われそうにないかたで、しかも、絶対にうそをおっしゃらないかたが必要なのです。

お連れのかたがぴったりかと存じます」驚いたことに、女はわたしを指名した。「舞台へどうぞ、先生。では、わたくしの言うとおりになさってください。アルファベットの中からお好きなひと文字を選んで、思い浮かべてください。どの文字かわかるようなそぶりはお見せにならないように……これから、わたくしがこのボタンを押します。

もし電球がつけば、すぐに答えをおっしゃってください。つかなかった場合は、黙っていらしてください。わたくしが先生に申しあげますから。もうひとつの世界にいる、もうひとりの先生が、それを教えてくださるのです！　では、はじめましょう。アルファベットを思い浮かべてください」

わたしは、北(NORTH)のNを選び、うなずいた。女が大きいほうのスイッチを押す。電気がともり、女がすぐに首に掛けたストップウォッチを押した。「おっしゃってください」と言う。わたしは、Nと言った。女は目を凝らしてストップウォッチを見つめ、慎重に頃合いを見計らって、小さいほうのスイッチを押し、電気を消した。それから、装置と時計の両方をもとどおりにする。

「では、また思い浮かべてください」とうながされて、わたしはOを選び、うなずいた。女がもう一度大きいボタンを押したが、今度は、電気がつかなかった。ストップウォッチを押し、両手を食い入るように見つめていると、数秒後に電気がついた。女は勝ち誇ったようにわたしを見た。

「Oですわね」

どうしてわかったのだろう。わたしは驚愕(きょうがく)して、口をあんぐりとあけた。

次はRにした。電気がつかなかったので黙っていると、すぐに女が、「Rでしょう」と言った。

こんなふうにして進めてゆき、数分後には、〝NORBURY〟という単語の綴りができあがった。進路の分岐が起きてから、ふたつの世界のあいだに信号が交わされるまでの時間を正確に測ったのか。だから、わたしの分身が明かした文字が、こちらへ伝えられてきたのだろうか。女が最後の文字を言いあてた瞬間、ホームズが弾かれたように立ち上がった。

「マダム、その機械を調べさせてもらえますか」ホームズは言った。女は首を振ったが、ホームズはかまわず舞台へ飛び上がった。しかし、すぐにふたりの大男に取り押さえられてしまった。このいかがわしい施設の秩序を守る役目を担っているのだろう。わたしも友を助けに駆けつけたが、やはり同じようにつかまってしまった。よいにおいのする布が顔に押しつけられ、それからあとのことは、わからなくなった。

気がつくと、堅い木のベンチに座っていた。冷たい夜気が、鼻腔を火のように焼く。そばでうめき声がしたので目をやると、ホームズが朦朧とした意識と闘いながら、目を覚まそうとしていた。わたしたちは肩を貸し合って、立ち上がった。

「ここはどこだ？」わたしがきいた。ホームズがあたりを見まわし、「ああ、ユーストン通りじゃないか」と言う。「ベイカー街へは歩いて十分足らずだ。もっと悪い結末を迎えていても不思議はなかったね」

わたしたちはしばらく黙り込んだまま、ゆっくり西のほうへ歩いた。やがてついに、わたしが緊張に耐えられなくなった。

「ホームズ、ここ数日のできごとなんだがね……あれは、ほんとうにあったことなのだろうか」ときく。

ホームズはうなずいた。「そうだよ、ワトスン。少なくとも、今夜までに起きたことはね。チャレンジャーの爆弾検査だって、ちゃんと安全に、繰り返し行われた実験のひとつにすぎない。

だが今夜の冒険は、ぼくらのために綿密に計画されたものだ。もちろん、あの女はわざとぼくらをあの阿片窟へ誘い込んだのさ。あそこでぼくらは、阿片の煙を嗅がされ、知覚を鈍らされた。そして、ぼくの知るかぎりではまだ誰もやったことのない実験を、あの女がやってみせると言い、ふたりして、それを見たのさ」

「だが、あれがどうして単なるまやかしだと言えるんだい？」わたしは半信半疑できいた。

ホームズは声をたてて笑った。「占い師や、霊媒とかいうやつがよく使う手だ。だまされやすい人間を、それとは気づかれないようにして、心理的に操作するのさ。〝NORBURY〟というのは、きみが適当に選んだ単語のように見えるがね、じつは、ぼくがもっとも不評を買うことになった事件があった場所だ。ほら、ぼくが自信過剰になってきたときには、この地名を耳元でささやいてくれる約束だっただろう？」

わたしは自分の頰が赤くなるのを感じた。「じゃあ、同じ世界がもうひとつあるという説は、まったくのたわごとなんだね」

ホームズは首を振った。「まだ実証されていないだけのことだよ、ワトスン。ぼくが鉄則にしていることを知ってるだろう？　とうてい起こりえない事柄を除外したら、あとに残った事柄は、たとえどんなに異様に見えても、真実と見なす。たくさんの世界があると考えてみたって、ぼくがこれまで見てきた量子の世界の珍奇なパラドックスは少しも解消されない、とだけ言っておこう」

ユニヴァーシティ・カレッジが見えてきて、あの通用門の威圧的な碑文を思い出した。〝数学の才なき者は入るべからず〟……。

「この事件が、もっとすっきりした形で終わってくれればと思うよ、ホームズ」ややあってわたしは言った。「だが、この分野に関しては、最終的には——きみでさえ——手を引いて、哲学や数学など、高度で難解な学問の専門家にあとをまかせるしかないのだろうね」

ホームズはにっこりした。「いや、それは違う。現実の生活には、未解決のことがたくさんあるものだし、おそらく科学の問題にしても、ひとつ解決がつくたびに、もっと深い問題が出てきてしまうんだよ。あと数年のうちに、チャレンジャーやサマリーのような人間がもっと出てきて、新しい発見をしていくことだろう。

だが、こうした問題は過ちを犯しがちな学者先生にすっかりまかせておけばよい、と考えるのはよくない。すぐれた頭脳の持ち主ほど、自分をだましてしまうものだ。ぼくにも、単純な説明で充分なのに、それに気づかず、ついつい複雑で突飛なものに目を奪われがちなところがある。きみも一、二度指摘してくれただろう。

理論家は、正直でなければならない。頭脳明晰（めいせき）な人間が、専門知識を持たない人にきちんと説明できなかったら、それは、ほんとうは自分もわかっていないという証拠なんじゃないかな。

恐れることはないよ、ワトスン。ずば抜けた知能の持ち主が、思考という名の広野をどこまでさまよっていこうとも、堅実な常識を持った人間、現実にしっかり根をおろして生活している人間は、いつの世も必要とされる。そういう人は、詭弁という妖婦の歌声などには絶対に惑わされない。だからこうした研究でも、きみやぼくのような人間が役に立つことがあるのさ」

著者あとがき――パラドックスとパラダイム・シフト

現実の科学研究は、現実の犯罪捜査のように地道に手がかりを追うことによって、すでにだいたいのところがわかっている事柄をさらに確認し、詳細を詰めていく作業である。しかし、歴史的に見てわりあい最近には――とりわけシャーロック・ホームズが生きていたと推定される一八五〇年から一九三〇年ごろにかけては――、現実の犯罪捜査よりむしろ探偵小説に出てきそうな、きわめて刺激的な事件がいくつも起きた。上質の探偵小説では、プロットに何度もひねりが加わり、そのたび、登場人物とその行動に、新たな光が投げかけられる。シャーロック・ホームズは、ある〝特異点〟を探す方法をワトスンに教えるのだが、こうした特徴を手がかりにすれば、事件が見せているうわべの姿が崩れ、そこにかかわった人々の行動を支配している、これまでになかった考え方、つまり、新しいパラダイム（ひとつの時代や分野に特有の認識方法、理論的枠組）が明らかになってくる。わたしがここに書いた物語もまた、科学上のパラダイムの変革（シフト）を描いたものである。科学は一般的には、忍耐強く一歩一歩進むものと思われている。だが科学の歴史を概観してみると、従来の考え方ではとうてい説明できないような、大きな矛盾をはらんだ実験結果が出たために、その時代の世界観そのものを壊して、さらに複雑な新しいイメージを描き直す必要に迫られた時期が何度か出現している。

こうしたパラダイム・シフトがはじめて起きたのは、固定して動かないと信じられていた地球が、宇宙を移動しているだけではなく、恐るべきスピードで自転をしていることがわかったときだ。地球が動いているという考え方は、コペルニクスやガリレオの時代から広く受け入れられてはいたが、ほんとうに、回転しているのは天球ではなく地球のほうであることをきちんと証明したのは、『科学好きの貴族』に取り上げたように、レオン・フーコーが工夫した振り子である。

次の大変革がやってきたのは、エネルギーがきちんと理解できたときである。ジェームズ・プレスコット・ジュール（一八一八―一八八九）が、エネルギーはひとつの形からべつの形へと自由に変換しうること、だからフロギストン存在説はナンセンスであることを証明した。ジュールがはじめてこのことを書いた論文は、一八四七年、英国学士院に拒否されたが、彼はあちこちで講演をして、粘り強く自分の意見を発表し続けたので、やがて英国学士院のほうでも、認めざるをえなくなった。このパラダイム・シフトは、実践上、たいへんな重要性を持っていた。エネルギーの変換を支配する法則がわかったことで、世界初の効率のよい蒸気機関や牽引車が発明され、やがては、農業が発明されて以来、人類がみずからの運命とあきらめてきた肉体労働の重荷から、解放されたのである。『失われたエネルギー』に詳しく書いたできごとも、やはり事実に基づいている。北海では、一九六〇年代に、ここに書いた事件とよく似た状況でふたりの潜水夫が悲劇的な死を遂げている。ノルウェーのフィヨルドでは、まれではあるが、実際に海中で波が発生する。

地球の自転は、実証を待つまでもなく、はるか以前からそうではないかと推測されていたが、あらゆる物質が原子からできているという考え方も、かなり古くから存在した。しかし、ブラウン運動が原子の存在を示すだけではなく、その大きさの推定にも役立つことが発見されたのは、二十世紀のはじめになってからである。アインシュタインが突きとめたこの事実は、『原子論を知らなかった医者』に紹介した。

『実験を妨害された科学者』で取り上げた、写真乾板の曇りを観察する方法で放射能を発見、一九〇三年にキュリー夫妻とともにノーベル賞を受賞したのは、アンリ・ベクレル（一八五二―一九〇八）である。この現象の研究により、原子はほんとうに目に見えないだけではなく、その原子がさらに基本的な粒子から成り立っていること、また、ひとつの元素にふくまれる原子は、変化してべつの元素の原子にもなりうることも明らかになった。こうして、十九世紀の化学の常識が覆されたわけである。

『飛ぶ弾丸』で紹介した光の速さを決定する実験には、多くの研究者が参加した。マイクロフトが話したような、地球の自転によってエーテルが引きずられる現象を検知する実験は、アルバート・マイケルソン（一八五二―一九三一）とエドワード・モーリー（一八三八―一九二三）によって行われた。この業績によりマイケルソンは、一九〇七年、アメリカ人科学者としてはじめてノーベル賞を受賞した。どのような基準系においても光速は不変であるという一見矛盾した真理を受け入れるには、時間と空間を絶対とする古い考え方を捨てなければならないことがわかった。

アルバート・アインシュタイン（一八七九―一九五五）は、すぐれた思考実験を通じて、世界ではじめて〝時間と空間は伸縮する〟という新しい認識を構築した。『相対的嫉妬をめぐる三つの事件』では、そのアインシュタインの、有名な〝ふたごのパラドックス〟（当初は彼自身、間違っていた）と、さほど有名ではない〝汽車のパラドックス〟を再検証した。どちらも、同時という認識が無意味であることを証明したものである。アインシュタインはまた、『迅速至上主義の実業家』で紹介したように、光よりも速いコミュニケーションが不可能であることも実証し、『活動的なアナーキスト』で紹介したように、質量とエネルギーが等しいことも証明した。この業績は有名である。彼は、不活性の物質に膨大量のエネルギーがふくまれていること、そのエネルギーが、原子核の分裂や融合によって放出しうることを発見した。これによって、科学では、ほんのわずかな発想の転換から、実用的な理論が生まれることが証明されたのである。

『不忠義者の召使い』に紹介したようなふたつのスリットの実験を使って光が波の性質を持つことをはじめて実証したのは、トマス・ヤング（一七七三—一八二九）である。アインシュタインは今世紀のはじめに、光子が粒のようなものであることを証明して光電効果を説明したが、それは、光が波であるという事実と矛盾するように思われた。このパラドックスが、難解な量子論の誕生につながった。量子論では、現実世界に存在するものの性質は——とくに、粒子であるか、波であるかは——、それを測定する方法によって違ってくるとする。アインシュタインは、自分と同時代の人々がこの概念を理解しようとするのは、何を考えているのかわからない狂人の思考過程を解明しようとするのに等しいと言ったと伝えられている。

シュレディンガーの有名な猫がゲストとしてビリヤード台上に登場する『誰もいなかった海岸』には、故デイヴィッド・ボームなどの科学者が、一般の人々にもわかるよう量子実在論を説明するために工夫した方法を、具体的なイメージに仕立ててみた。この説にとって脅威だったのは、入念に準備された量子体系にとっては、一箇所を測定すれば、光速以上の速さはないはずなのに、それが瞬時に、遠く離れたところにある粒子にまで作用するらしいということだった。この有名なパラドックスは、一九三五年に、アインシュタイン、ポドルスキー、ローゼンによって提示され、ジョン・ベルによって磨きをかけられ、その後、数々の実験が行われることとなった。もっとも決定的な実験は、一九八二年、アスペクト、ダリバート、ロジャーによって行われた。『ハドスン夫人の猫』でチャレンジャーとサマリーがやってみせたのは、この実験を単純化したものである。猫がハドスン夫人の部屋に入らないよう、見張っていたワトスンが遭遇する〝観測者効果〟は、ギリシアの哲学者の名前をとって、〝量子ゼノン効果〟と呼ばれている。たとえば、ベリリウムという金属元素のイオンは、ただ定期的に観測するだけで、一定の磁場に閉じこめておけることが実証されている。

量子論のパラドックスは未だ解決を見ていない。どんな物理学的システムも、さまざまな形で（ありとあらゆる経過をたどって――たとえば、レンズを通る光子の軌跡など）発展していくように見えるが、どの過程をたどろうと、〝観測〟、あるいは周囲の環境との相互作用によって出てくる結果は、ただひとつである。こうした還元を〝量子崩壊〟という。これは、観測が行われた瞬間に起きると思われる不確かな現象である。その物理学的システムにふくまれる要素が空間的に広く散らばっている場合でも、これが起きる。量子論の数学的法則を使えば、きわめて正確な結果が出るが、その基礎となっている現実は、少しもはっきり見えてこない。わたしたちは学校時代、理科の宿題をやるときには、ただ真似をしていたのでは効果がない、なぜその答えが正しいのか理解しないで、本に書いてあるとおりに計算をしていてもだめなのだと教えられた。しかし今日、世界のトップクラスと言われる物理学者の現状が、まさにそれなのである。

もちろん、量子論の解釈をめぐる論議は、いまも続いている。おなじみのジョークにも言われているように、四人の物理学者を集めて、量子実在論の本質について討論をさせれば、たがいに正反対の意見が五組以上出てくるだろう。何より奇抜なのは、一九五七年、ヒュー・エヴァレットが、多世界存在説を唱えたことだ。エヴァレットは、たがいに関連のある世界、分岐してできた世界では、実際、ありとあらゆる結果が起きているのだとした。じつはこの説は、実証された事実に対する推測が最小限ですむ考え方なのである。現在でも多くの支持者がいるが、その中には、センセーショナルに扱われることを恐れて、公の場でこの問題に触れるのをいやがる人もいる。サンタフェ研究所のある物理学者は、『失われた世界』に描いたような経緯で、自殺をして自説を証明してみろと迫られたという。もちろん、うまくことわったらしい。

こうした理論をめぐる論争から生まれるのは、光ではなく、むしろ熱だろう。わたしはそのようすを、十二番めの短編でワトスンが報告する討論会の模様として、風刺的に描いてみた。いまは、〝デコヒーレンス〟（数多くの構成要素から成り立つ物質の状態が、たがいに干渉しない状態に分岐していく過程）が流行（はやり）だ。重複発生した状態が崩壊して、ひとつの結果が出るまでのプロセスを、数学を使ってすっきり示そうというのである。しかし多くの人が、デコヒーレンスという概念では、重複発生した状態が〝実在〟するかどうかという問題はいっこうに解決されないと言っている。たとえシュレディンガーの箱をあけたときに猫が死んでいたとしても、この猫が実際に、箱の中で生きていたとき、苦しんでいたときもあったと言えるのだろうか。世界はほんとうはひとつなのか、それともたくさんあるのか。

さらにすぐれた実験が行われ、現在もこの問題の探求が進められていると聞くと、ほっとする（事実を確認しないうちから理論を構成するのは、大間違いだよ、ワトスン！）。たとえば、チャレンジャーがアナーキストの爆弾を調べるために使った〝途方もない観測技術〟は、一九九三年、エリツァーとヴァイドマンがはじめて提案し、以来、アントン・ザイリンガーとその同僚たちによって研究が続けられていた。その結果、技術が改良されて、いまでは爆発の危険をきわめて低く抑えたうえで、安全に爆弾の検査ができるようになった。べつの研究グループは、もっと大きなシステムについて、共存する状態の実在を証明する研究に力を入れている。もっとも、シュレディンガーの有名な思考実験に出てくる、死んでいる状態と生きている状態が共存している猫については、まだ答えが出ていないのだが。

しかし、答えを出すことが、ほんとうにたいせつだろうか。物理学者の中には、実験によって量子論の解釈の正しさが立証できるとはかぎらないのだとしても、数学がどんな実際的な目的にもかなうのであれば、もう悩むのはやめればいいと説く者がいまだにいる。歴史を見れば、この考え方が間違っていることは一目瞭然（りょうぜん）だろう。コペルニクスが太陽中心説を唱えたときには、ただ計算を簡単にするための数学的な手段として提案するにとどめておいた。地球がほんとうに動いているかどうかという問題は、実際的な意義を持たないと思えたのだろう。だが現代では、真実を認めなければ、天気といった日常的な現象を理解することもできないし（たとえば、風の動きは、地球の自転による遠心力や、転向力（コリオリ）によって引き起こされる）、もちろん、宇宙船の打ち上げも成功させることができない。特殊相対性理論の変形は、当初はただ有益な数学的処理としか見なされていなかったが、それはやがて、質量とは閉じこめられた形のエネルギーなのだという重大な発見につながった。同じようにして、量子論を数学的に表現していけば、その意味がわかってくるにつれ、もっと深い理解につながるかもしれない。

読者のみなさんはすでにお気づきかもしれないが、わたし自身は、複数の世界が実在するという説にちょっと魅力を感じている。この仮説をはっきり確認するための実験は、これまでいくつか提案されてきた。十二番めの短編に出てくる阿片窟での奇術は、マックス・プランク研究所のライナー・プラガが提案した実験を、わたしなりに想像してみたものである。この本のほかのところに書いた驚くべき現象はすべて実証されているが、この実験だけは、文脈からもおわかりのとおり、推測だけで書いている。いつか量子がきちんと理解され、複数の世界が実在するという仮説の正しさが証明される日が来たとしても（多くの物理学者がひとつひとつの問題をめぐって論争することだろう）、こんなふうに単純な実験で明確な結果が出せれば幸運だと思うのである。しまいにはSF小説の域に踏み込んでしまったと批判されることを覚悟で、わたしは、重要点を強調するためにこのエピソードを盛り込んだ。それは、遅かれ早かれ、非常にすぐれた実験によって量子実在論に光が投げかけられるだろうということ、それが重要な意味を持ってくるだろうということだ。多世界存在説が正しかろうと、まったく違う考え方が正しかろうと、量子論がきちんと理解される日が来れば、これまでにないパラダイム・シフトが起きることは間違いない。

訳者あとがき

大胆な試みである。これまでシャーロック・ホームズを主人公にしたパスティーシュは数多く書かれてきたが、物理学を題材に使ったミステリ短編集というのは、本書がはじめてだろう。著者のコリン・ブルース氏は、イギリスのオックスフォード在住の物理学者で、サイエンス・ライターとして科学関係の著述を手がけるかたわら、推理小説を書いている。熱烈なシャーロッキアンでもあるようだ。

ここに収録された十二編の短編では、事件の謎がすべて科学的に解明される。原典のホームズは、地動説すら知らなかったことになっている（『緋色の研究』）が、ここではその論理的分析能力を科学の分野で生かし、事件の解決に挑む。

語り手を務めるのは、もちろん、ワトスン博士だ。彼が助手役も兼務するが、謎の科学的解明には、四人のアドバイザーが手を貸す。この顔ぶれがまたすごい。『失われた世界』、『毒ガス帯』など、コナン・ドイルが書いたSFシリーズで活躍する科学者たちなのだ。まず、チャレンジャー教授。それから、彼の盟友にして最大のライバル、サマリー教授。このふたり、オリジナルのシリーズでは公開討論会で激しい論戦を繰り広げるが、この短編集でも、光が粒子か波動かをめぐって、公の場で対決する。やはり同シリーズに登場するイリングワース博士も、エキセントリックな科学者として顔を出す。原典ではチャレンジャー教授とイリングワース博士が動物学者、サマリー教授が比較解剖学者だが、本書ではこれまた大胆に設定を変え、チャレンジャーとサマリーを物理学者、イリングワースを天文学者にしてある。

残るもうひとりのアドバイザーは、なんとシャーロック・ホームズの兄、マイクロフトだ。彼は外務省に勤めているが、ここでは思考実験の形で科学上の問題に取り組み、事件解決を助ける。『シャーロック・ホームズ百科事典』（マシュー・バンソン編著／日暮雅通監訳／原書房刊）によれば、彼は原典では『ギリシア語通訳』と『ブルース・パーティントン型設計図』の二作にしか登場しない。著者にとっても、想像力を働かせる余地が多くあったのだろう。本書では、相対性理論の解説までやってのける重要な役どころを演じている。

この短編集は、一般読者のために物理学をやさしく解説する目的で書かれているが、全編を読み通すと、古来、人が自分をとりまく世界——広く言えば宇宙——をどのように見てきたか、その世界観がどのようなきっかけでどのように変化してきたかがよくわかるようにも工夫されている。古代人の天動説とは、地球、つまり自分自身を中心と考える世界観だ。そのうち、それでは矛盾が出てくるというので太陽中心説が登場し、何か絶対的なものを基準とする価値観が生まれる。ところがこれにもパラドックスがあることがわかり、本書の時代背景である二十世紀はじめ、絶対的基準をよりどころとしない相対的な価値観が誕生する。物理学の歴史をたどるかに見えて、じつは人類の精神史が語られているようにも読めるのだ。

相対的な価値観が生まれた世界では、あらゆる文化が等価として扱われる。この短編集には、すべての文化、生き方が同等の敬意を受けてしかるべきだとするメッセージも込められているようだ。冒頭の短編、『科学好きの貴族』で命を落としたフォーリー卿が、生前そのようなことを口にしていたようだし、最後の短編『失われた世界』(このタイトルは、著者がドイルに敬意を表してつけたものと思われる)でも、ホームズは、専門知識を持った人間だけに科学の問題をまかせておいてはいけないと指摘し、「堅実な常識を持った人間、現実にしっかり根をおろして生活している人間は、いつの世も必要とされる」と言っている。わたくしのような科学音痴の凡人には、何よりうれしい言葉だ。それはまた、本書が文系人間にも楽しめる内容であることの証拠だとも思う。科学的知識はなくとも、一種の思考ゲームとして楽しめる趣向になっているのだ。そこに本としての深みがある。

科学音痴だと白状してしまったが、そのわたくしが光波動説や量子力学といった高度な内容に取り組み、どうにか翻訳作業を切り抜けられたのは、ふたりの強力なアドバイザーのおかげである。訳した作品はすべて東京都立日比谷高等学校の吉澤純夫先生、神奈川県立柏陽高等学校の右近修治先生に分担して目を通していただいた。用語の校閲だけではなく、数値計算の確認までしていただき(実際は、計算間違いを多く訂正していただき)、不明な箇所についてもていねいに教えていただいた。わたくしにとっては思いもかけない実り多い仕事になった。おふたりのご協力がなければ、著者の狙いどおりの科学作品集には仕上がらなかっただろう。ほんとうに、いくら感謝してもし足りないと思っている。

科学短編集とはいえ、やはりパスティーシュ、著者はシャーロッキアンらしいいたずらもしている。たとえば、『失われたエネルギー』では、過去、多数のパスティーシュ作家の想像力をかき立ててきた〝マティルダ・ブリッグズ号〟を登場させ、〝スマトラの大ネズミ〟の正体を明らかにしてみせている。原典では『サセックスの吸血鬼』の中で、ホームズが〝マティルダ・ブリッグズ号事件〟を成功裏に解決したこと、この事件が〝スマトラの大ネズミ〟と関係があることが言及されているが、詳細は明らかにされていないのだ。また、『不忠義者の召使い』で馬丁のジェンキンズが自殺に使った空気銃は、原典の『空き家の冒険』でホームズの命を狙った銃と同じもののようだ。目の見えないドイツ職人、フォン・ヘルデルの仕事というくだりを読んで、思わずにんまりなさった読者もあることだろう。それから、『失われた世界』で奇術師の舞台に引っぱり出されたワトスンが選ぶ〝ノーベリー〟という言葉は、ある事件が起きた土地の名だが、これは、原典『黄色い顔』事件のことである。なお、ホームズのせりふなど、引用部分については、文脈に合わせてわたくしが訳させていただいた。不備のないことを祈っている。

本書は一九九七年夏に英米で刊行され、個性的な短編集として注目を集めた。『ニューヨーク・タイムズ』など各紙誌が書評欄で取り上げて、賛辞を送っている。幅広く読者を得たようで、アメリカでは物理の副教材に使っている高校もあるらしい。科学に詳しいかたには、著者が科学的なテーマにどうアプローチしていくのか、興味を持って読んでいただけるだろう。科学に縁のないかたには、新たな世界に触れるよいチャンスになるはずだ。本書をきっかけに興味を深めていただければうれしいと思う。

一九九九年五月　　　　布施由紀子

本書は一九九九年六月に刊行された小社単行本『ワトスン君、もっと科学に心を開きたまえ
名探偵ホームズの科学事件簿』を改題のうえ、文庫化したものです。

ワトスン君(くん)、これは事件(じけん)だ！

コリン・ブルース

布施由紀子(ふせゆきこ)＝訳

角川文庫　12280

平成十三年十二月二十五日　初版発行

発行者――角川歴彦

発行所――株式会社角川書店

東京都千代田区富士見二―十三―三

電話　編集部（〇三）三二三八―八五五五

営業部（〇三）三二三八―八五二一

〒一〇二―八一七七

振替〇〇一三〇―九―一九五二〇八

印刷所――e―Bookマニュファクチュアリング

製本所――本間製本

装幀者――杉浦康平

落丁・乱丁本はご面倒でも小社営業部受注センター読者係にお送りください。送料は小社負担でお取り替えいたします。

定価はカバーに明記してあります。

Printed in Japan

フ 31-1　　ISBN4-04-289401-1　C0197

角川文庫発刊に際して

角川源義

第二次世界大戦の敗北は、軍事力の敗北であった以上に、私たちの若い文化力の敗退であった。私たちの文化が戦争に対して如何に無力であり、単なるあだ花に過ぎなかったかを、私たちは身を以て体験し痛感した。西洋近代文化の摂取にとって、明治以後八十年の歳月は決して短かすぎたとは言えない。にもかかわらず、近代文化の伝統を確立し、自由な批判と柔軟な良識に富む文化層として自らを形成することに私たちは失敗して来た。そしてこれは、各層への文化の普及滲透を任務とする出版人の責任でもあった。

一九四五年以来、私たちは再び振出しに戻り、第一歩から踏み出すことを余儀なくされた。これは大きな不幸ではあるが、反面、これまでの混沌・未熟・歪曲の中にあった我が国の文化に秩序と確たる基礎を齎らすためには絶好の機会でもある。角川書店は、このような祖国の文化的危機にあたり、微力をも顧みず再建の礎石たるべき抱負と決意とをもって出発したが、ここに創立以来の念願を果すべく角川文庫を発刊する。これまで刊行されたあらゆる全集叢書文庫類の長所と短所とを検討し、古今東西の不朽の典籍を、良心的編集のもとに、廉価に、そして書架にふさわしい美本として、多くのひとびとに提供しようとする。しかし私たちは徒らに百科全書的な知識のジレッタントを作ることを目的とせず、あくまで祖国の文化に秩序と再建への道を示し、この文庫を角川書店の栄ある事業として、今後永久に継続発展せしめ、学芸と教養との殿堂として大成せんことを期したい。多くの読書子の愛情ある忠言と支持とによって、この希望と抱負とを完遂せしめられんことを願う。

一九四九年五月三日

角川文庫海外作品

五人の妻を愛した男(上)(下)　ルイーズ・アードリック　小林理子＝訳

借金逃れのため、焼死したと見せかけ姿をくらましたジャック。彼の葬儀の帰途、一台の車に乗り合わせた妻たちは吹雪に閉じこめられて……

ブラッド・キング　ティム・ウィロックス　峯村利哉＝訳

始まりは殺した筈の元警部から届いた遺言状だった。精神科医グライムズは逃れる術なく狂気のゲームへと呑み込まれていく…。戦慄のサスペンス。

グリーンリバー・ライジング　ティム・ウィロックス　東江一紀＝訳

囚人たちの暴動で完全に秩序を失ったグリーンリバー刑務所。仮出所直前の囚人医師は、ぎりぎりの理性を揺るがせながら善悪の彼我を彷徨する。

ホットロック　ドナルド・E・ウエストレイク　平井イサク＝訳

出所早々、盗みの天才ドートマンダーに国連大使から大エメラルドを盗む話が舞い込む。不運な泥棒ドートマンダーの珍妙で痛快なミステリー。

強盗プロフェッショナル　ドナルド・E・ウエストレイク　渡辺栄一郎＝訳

盗みの天才ドートマンダーの今度のやまは、トレーラーで仮営業中の銀行をそっくりそのまま盗むというもの。かくして銀行は手に入ったが……。

星の王子さまを探して　ポール・ウェブスター　長島良三＝訳

世界中で読みつがれる『星の王子さま』を生んだサン＝テグジュペリ。空に憧れ、愛を求め続けた永遠の少年の魂の軌跡を描く伝記文学。

エクスタシー　アーヴィン・ウェルシュ　池田真紀子＝訳

MDMAが中枢を駆けめぐる！　この悲惨で最低な人生に真実の愛はあるのか？　現代の不安と焦燥をテーマに構成された圧倒的中篇傑作集。

角川文庫海外作品

ハイロー・カントリー
マックス・エヴァンズ
鈴木　恵＝訳
第二次大戦後の西部。広漠とした牧場の続くハイロー・カントリーに戻ってきた青年と、その親友が織りなす愛と欲望、友情と裏切りのドラマ。

アメリカン・サイコ(上)(下)
ブレット・E・エリス
小川高義＝訳
昼は、ブランドで身を固めたビジネスエリートが、夜は異常性欲の限りを尽くす殺人鬼と化す。現代の病巣を鋭くえぐり取った衝撃の問題作。

不滅の恋
ジェイムズ・エリソン
小西敦子＝訳
ベートーヴェンが死に臨み、全ての財産を贈ると記した〝不滅の恋人〟とは……。〝世界的音楽家〟の秘められた愛と魂の物語。

シティ・オヴ・グラス
P・オースター
山本楡美子
郷原　宏＝訳
ニューヨーク、深夜。孤独な作家のもとにかかってきた一本の間違い電話が全ての発端だった……。カフカ的世界への彷徨が幕を開ける。

リービング・ラスベガス
ジョン・オブライエン
小林理子＝訳
若くしてアル中。男はラスベガスを死に場所に決め、情夫から逃れた娼婦と暮らし始めた。二人は短いがゆえに純化された愛を生ききった。

X-ファイル ～闇に潜むもの
クリス・カーター
チャールズ・グラント
南山宏＝訳
科学では解決不能とされた怪事件簿・X-ファイルにFBI特別捜査官が挑む！　全米で超人気ドラマシリーズのオリジナル小説。

X-ファイル～旋風
クリス・カーター
チャールズ・グラント
南山宏＝訳
インディアン居住区で、牛と人間の無惨な変死体が発見された。モルダー捜査官は論理的思考の相棒スカリーと現地へ赴くが……。

角川文庫海外作品

X-ファイル　～グラウンド・ゼロ
クリス・カーター
ケヴィン・J・アンダーソン
南山宏＝訳
核物質のない研究室で、爆発が起こった。しかし、現場からは大量の放射線が検出された。さらに同様の不可解な核事故が各地で相次ぐ……。

X-ファイル～遺跡
クリス・カーター
ケヴィン・J・アンダーソン
南山宏＝訳
メキシコの古代マヤ遺跡で発掘調査隊が忽然と姿を消した。失踪者が続発するこの地では、地球外起源らしき遺物も出土していた……。

X-ファイル　～呪われた抗体
クリス・カーター
ケヴィン・J・アンダーソン
南山宏＝訳
ガン研究所襲撃の裏に隠されている真実とは？二人の捜査を阻む影の組織の正体がいよいよ明かされる、待望のオリジナル小説、第五弾！

奇跡の少年
オースン・スコット・カード
小西敦子＝訳
七番目の息子の七番目の息子であるアルヴィンには不思議なパワーが授けられていた。米SF界の俊英が描くファンタジー。世界幻想文学賞受賞作。

赤い予言者
オースン・スコット・カード
小西敦子＝訳
開拓時代のアメリカ。〝メーカー（造る者）〟として、大地の意志を伝える予言者とともに過酷な冒険に挑む少年の魂の旅路。

あいどる
ウィリアム・ギブスン
浅倉久志＝訳
情報と現実をシンクロさせるレイニーは、ホログラム「あいどる」を調査するため東京へと向かった…。幻視者ギブスンによる21世紀東京の姿！

アメリカン・ゴシック1
ショーン・キャシディ他
長橋美穂＝訳
アメリカ南部の平凡な町で突然起きた超常現象に巻き込まれる少年と家族の姿。「X-ファイル」に続く全米TVシリーズ話題作、小説化！

角川文庫海外作品

アメリカン・ゴシック2
ショーン・キャシディ他
長橋美穂＝訳
次々と起る謎の事件に、少年は勇敢に立ち向かう。ホラー映画界の鬼才、サム・ライミが製作総指揮を務める話題の全米TVシリーズの小説第二弾！

アメリカン・ゴシック3
ショーン・キャシディ他
長橋美穂＝訳
姉の死の真実が暴かれそうになった時、男は――。全米TVシリーズには登場しない、数十年前に起こった謎にも迫る小説第三弾。

アメリカン・ゴシック4
ショーン・キャシディ他
長橋美穂＝訳
数十年前からの怨念の対決、未来を変えるパワーとの勝負など、「アメリカン・ゴシック」のみどころのすべてを結集した、シリーズ最終編！

ジェネレーションX
加速された文化のための物語たち
ダグラス・クープランド
黒丸尚＝訳
エリートたちの拝金主義にうんざりし、都会を逃げ出し砂漠に移り住んだX世代の若者たち。圧倒的に支持されたX世代のバイブル。

切り裂き魔の森
A・クラヴァン
中野圭二＝訳
緑の森に囲まれた家、優しい夫と二人の子供。ホワイト夫人の生活は平穏だった。夫へのある疑惑が生じるまでは……。

秘密の友人
A・クラヴァン
羽田詩津子＝訳
華奢で美しい少女が殺人罪で起訴された。自分の中に誰かがいると言う彼女を看ることになった精神科医に恐ろしい事件が振りかかる！

傷痕のある男
K・ピータースン
A・クラヴァン
羽田詩津子＝訳
マイケルがクリスマスイブの夜に恋人に語った架空の物語「傷痕のある男」の連続殺人鬼が、現実の恐怖となってあらわれた！

角川文庫海外作品

スカイジャック
トニー・ケンリック
上田公子＝訳
三百六十人の乗客がジャンボ機ごと誘拐された！　そこに若き弁護士ベレッカーと元妻アニーがさっそうと登場するが…最後に待つ意表外な結末とは？

リリアンと悪党ども
トニー・ケンリック
上田公子＝訳
誘拐されるための偽装家族？　そこには聞くも涙、語れば笑いの物語があるのだが……抱腹絶倒確実の傑作ユーモア推理、待望の再登場！

マイ・フェア・レディーズ
トニー・ケンリック
上田公子＝訳
40万ドルのエメラルドを狙う、美女とペテン師の奇想天外な計画とは——意外性に満ちた展開をみせる、傑作スラプスティック・ミステリー！

女優の条件（上）（下）
オリヴィア・ゴールドスミス
川副智子＝訳
「もっと美しかったら」という女性の永遠の願いをテーマに、ハリウッド裏話をエッセンスに繰り広げられる傑作ロマンス・エンタテインメント長編。

洗脳裁判
ジーン・ハンフ・コレリッツ
法村里絵＝訳
善良なホームレスが少女を刺した。なぜ？　事件の謎に迫る新人弁護士シビラが見た恐るべき事実とは…。NYを舞台にした法廷サスペンスの傑作。

紅の華網（はなあみ）
リサ・シー
篠原　慎＝訳
米中要人の息子が同時期に死体で発見された。女刑事胡藍（ホウラン）と米連邦検事補がコンビを組むが……。二大国を舞台にした壮大なサスペンスミステリー。

ラブ・ストーリィ
ある愛の詩
エリック・シーガル
板倉　章＝訳
愛とは決して後悔しないこと——美しく清冽な愛のかたちが世界中の若者の心を捉え、永遠のベストセラーとなった一冊。

角川文庫海外作品

ドクターズ(上)(下)
エリック・シーガル
広瀬順弘＝訳
兄弟のように育ち共に医科大学院に入学したバーニーとローラが踏み出した新しい世界。医学生たちの愛と苦悩に満ちた青春を描く。

愛　死
ダン・シモンズ
嶋田洋一＝訳
戦地ベトナムから休暇で訪れたバンコクを二十二年ぶりに歩く。あの日追い求めた欲望と失ったものを辿って……。「愛と死」の五編。

夜の子供たち(上)(下)
ダン・シモンズ
布施由紀子＝訳
ドラキュラの末裔の遺伝子がエイズや癌の画期的治療の鍵になるのか——ルーマニアの孤児を巡って展開するゴシックホラーの傑作。

太陽の王ラムセス1
クリスチャン・ジャック
山田浩之＝訳
古代エジプト史上最も偉大な王(ファラオ)、ラムセス二世。その波瀾万丈の運命が今、幕を明ける——世界で一千万人を不眠にさせた絢爛の大河歴史ロマン。

太陽の王ラムセス2 大神殿
クリスチャン・ジャック
山田浩之＝訳
亡き王セティの遺志を継ぎ、ついにラムセス即位の時へ。だが裏切りと陰謀が渦巻く中、次々と魔の手が忍び寄る。若き王(ファラオ)、波瀾の治世の幕開け！

太陽の王ラムセス3 カデシュの戦い
クリスチャン・ジャック
山田浩之＝訳
民の敬愛を得た王ラムセスに、容赦無く襲いかかる宿敵ヒッタイト——難攻不落の要塞カデシュの砦で、歴史に名高い死闘が遂に幕を開ける！

太陽の王ラムセス4 アブ・シンベルの王妃
クリスチャン・ジャック
山田浩之＝訳
カデシュでの奇跡的勝利も束の間、闇の魔力に脅かされるネフェルタリの為、光の大神殿を築くラムセスだが……果して最愛の王妃を救えるのか⁉

角川文庫海外作品

太陽の王ラムセス5 アカシアの樹の下で
クリスチャン・ジャック
山田浩之＝訳
ヒッタイトとの和平が成立、遂にエジプトに平穏が訪れる——そして「光の息子」ラムセスにも静かに老いの影が……最強の王の、最後の戦い！

バルコニーの男
PM・シューヴァル
P・ヴァールー
高見浩＝訳
陰鬱な曙光の中、バルコニーからストックホルムの街路を見下ろしている男……。少女誘拐と強奪、二つの連続する事件が絡み合う。

笑う警官
PM・シューヴァル
P・ヴァールー
高見浩＝訳
バスの中には軽機関銃で射殺された八人の死体が……。アメリカ推理作家クラブ最優秀長編賞を受けた、謎解きの魅力に溢れる傑作。

消えた消防車
PM・シューヴァル
P・ヴァールー
高見浩＝訳
ベックの僚友ラーソンの眼前で監視中のアパートが爆発炎上。なぜ消防車は現れなかったのか。やがて浮かび上がる戦慄すべき陰謀。

ロゼアンナ
PM・シューヴァル
P・ヴァールー
高見浩＝訳
運河に全裸死体が……。ストックホルムを舞台に描かれる警察小説の金字塔〝マルティン・ベック〟シリーズの記念すべき第一作。

蒸発した男
PM・シューヴァル
P・ヴァールー
高見浩＝訳
取材でハンガリーを訪れたルポ・ライターが消息を絶った。真相を探るため単身ブタペストへ飛んだベックを尾行者が待っていた。

サボイ・ホテルの殺人
PM・シューヴァル
P・ヴァールー
高見浩＝訳
スウェーデン南端の町のホテルで晩餐中の大物財界人が狙撃された。犯人を追うベックの前に立ち現れるこの大資本家の冷酷な面貌。

角川文庫海外作品

唾棄すべき男
P・ヴァールー
M・シューヴァル
高見浩＝訳
凄惨な殺人現場。ベックの前に横たわる死体はニーマン主任警部だった。敏腕警察官で鳴る男の知られざる一面に解決の鍵が……。

密室
P・ヴァールー
M・シューヴァル
高見浩＝訳
銃創も癒え十五か月ぶりに登庁したベックが受け持った孤独な老人の変死事件……。真の悪とは何か。痛烈な問いかけに満ちた一作。

警官殺し
P・ヴァールー
M・シューヴァル
高見浩＝訳
出張捜査でベックとコルベリの前に容疑者として現れたのはかつて逮捕した男だった。アイロニーとシリーズ独自の興趣に溢れる。

テロリスト
P・ヴァールー
M・シューヴァル
高見浩＝訳
タカ派米国上院議員の来訪に際してベックは特別警護班の責任者に任命された。十年にわたる警察大河小説の掉尾を飾る白熱の巨編。

鮮血の音符
フランソワ・ジョリ
長島良三＝訳
リヨン郊外で開かれたジャズ・フェスティバルの会場でリヨン革命組織の残党が殺された。音と香りに彩られたフレンチ・ハードボイルド。

200本のたばこ
スペンサー・ジョンズ
シェイナ・ラーセン＝脚本
皆川孝子＝訳
'81年12月31日、年越しパーティーに招かれたNYの若者たち。それまでの1年をリセットし、新しい年を新しい恋で迎えることができるのは……？

刺青の虎は嗤う
フィリップ・シンガーマン
峯村利哉＝訳
殺人罪に問われた男を救うため調査に乗り出した元刑事のトロイ。真相を追い「跳ね虎」と呼ばれる武術集団の謎に迫るが…。怒濤のスリラー。

角川文庫海外作品

気象予報士(上)(下)
スティーヴ・セイヤー
浅羽莢子＝訳

異常気象の日に発生する連続殺人。犯行は天候変化を知るものの仕業か？　スティーブン・キング絶賛の異色サイコ・サスペンス。

ジョイ・ラック・クラブ
エイミ・タン
小沢瑞穂＝訳

中国からアメリカに移住した四人の女性の希いと悲劇を描く、永遠の母娘の絆の物語。処女作にして感動の作品と絶賛された米文学の収穫。

キッチン・ゴッズ・ワイフ(上)(下)
エイミ・タン
小沢瑞穂＝訳

秘密の過去を懐いて生き抜いてきた母は娘にすべてを語り始めた。家族の絆を知恵の宝石(パール)でつないだ女たちの、喜びと哀しみの物語。

花の影
陳凱歌
葉青＝訳

少年の姉に犯され心に傷を負う上海のジゴロ忠良は、蘇州の富豪の娘如意と出会った。古都蘇州と魔都上海を舞台に描く愛と宿命の物語。

トゥルーナイト
エリザベス・チャドウィック
布施由紀子＝訳

アーサーへの愛を誓ったグイネヴィアは、騎士ランスロットに出会い、その運命を変えた！　世界各国を興奮させた愛と冒険の物語。

君のいた永遠(とき)
シルヴィア・チャン＝監督・脚本
湯山玲子＝編

17歳のシューヤウとチャンリーは19歳のホークァンと出逢う。20年の時を越えて、想いは永遠のものに昇華される。金城武主演恋愛映画のノベライズ。

夢で死んだ少女
デクスター・ディアス
伏見威蕃＝訳

英国郊外の環状列石(ストーン・サークル)脇で少女の死体が発見された。容疑者は車椅子の通俗小説家。だが、証人が次々と消えていく。法廷心理サスペンス。

角川文庫海外作品

彼が彼女になったわけ
デイヴィッド・トーマス
法村里絵＝訳
二十五歳の平凡な男が患者取り違えで性転換手術をされた！ 次々降りかかる事件を乗り越え、彼はプライドと愛を取り戻すことができるのか？

ポネット
ジャック・ドワイヨン
青林霞
寺尾次郎＝編訳
天国のママにもう一度会いたい——交通事故で母を失った四歳の少女ポネット。その無垢な魂が起こす奇跡とは？ 静謐な思索に満ちた珠玉の物語。

アルファベット・シティ
スティーヴン・ナイト
小西敦子＝訳
世界屈指の危険地帯「アルファベット・シティ」。この地を描いた一冊の本から引き起こされる殺人。偽りが怪物（モンスター）へと変貌する本格不条理サスペンス！

殺人症候群
リチャード・ニーリィ
中村能三・森慎一＝訳
凄まじいまでの女性への憎悪が、内気なランバートと自信家のチャールズを結びつけた。そしてNYに〝死刑執行人〟が登場した——。

心ひき裂かれて
リチャード・ニーリィ
佐和誠＝訳
妻がレイプされた。夫は警察の捜査に協力するが、一方でかつての恋人との間に知られてはならない秘密をつくろうとしていた——。

ネオン・レイン
ジェイムズ・リー・バーク
大久保寛＝訳
娼婦、死刑囚、ニカラグアからの亡命者——狂気と背中合わせの連中を相手にロビショーのハードな捜査が始まった。シリーズ第一弾。

ブラック・チェリー・ブルース
ジェイムズ・リー・バーク
佐和誠＝訳
元警部補の貸しボート屋が守るべきものはなにか？ ニュー・オーリンズを舞台にした香り高きハードボイルド。MWA長編賞受賞。

角川文庫海外作品

天国の囚人
ジェイムズ・リー・バーク
大久保寛＝訳
ある朝、貸しボート屋のロビショーは近くの海に墜落した飛行機から少女を救う。「南」から来た何かが再び彼を脅かす……。シリーズ第二弾。

エレクトリック・ミスト
ジェイムズ・リー・バーク
大久保寛＝訳
連続レイプ殺人事件と二十年以上前の黒人殺人事件。不思議な因縁で絡みあう二つの事件を追う刑事に、霧の中から現れた亡霊が何かを告げる……。

プリティ・ブライド
S・パリオット
J・マクギボン他
高橋結花＝訳
過去3度、結婚式当日に逃げ出したマギーがついに運命の人と出会い…。ジュリア・ロバーツ&リチャード・ギアが贈るラブ・ロマンスを小説化。

天才アームストロングのたった一つの嘘
ジェイムズ・L・ハルペリン
法村里絵＝訳
2024年、若き天才プログラマーが的中率100%の嘘発見器を発明。嘘がなくなることで犯罪率は低下し世界中に平和が訪れたかに見えたが…。

螺線上の殺意
リドリー・ピアスン
羽田詩津子＝訳
上司をかばうため、刑事は過去に殺人を自殺と断定した。だが今、また新たな事件が……。最先端の遺伝子治療と激しいハイテク追跡劇が錯綜する！　傑作ミステリー。

魔女の鉄鎚
ジェーン・S・ヒッチコック
浅羽莢子＝訳
魔法書と共に消された父。事件の真相究明を通じて自分の中の魔性に目覚めたビアトリスに、カルト教団の影が忍び寄る……。驚愕の問題小説。

ふりだしに戻る（上）（下）
ジャック・フィニイ
福島正実＝訳
サイモンは、九十年前に投函された青い手紙に秘められた謎を解くために過去に旅立つ。奇才の幻のファンタジー・ロマン。

角川文庫海外作品

絵に描いた悪魔
ルース・レンデル
小泉喜美子＝訳
雀蜂の異常発生の最中に催されたハロウズ荘の若い女主人タムシンの誕生パーティー。翌朝、彼女の夫が死体で発見された……。

引き攣る肉
ルース・レンデル
小尾芙佐＝訳
刑期を終えて出所した男と、元刑事とその恋人。恐怖が精神を、そして肉体さえをも変える……。レンデルタッチの極致！

死を誘う暗号
ルース・レンデル
小尾芙佐＝訳
公立校に通うマンゴーの密かな楽しみは暗号を使った「スパイ活動」だった。しかし、何者かがその暗号を手に入れ、悪夢が始まった……。

求婚する男
ルース・レンデル
羽田詩津子＝訳
一人の女を愛し続ける男。その愛情は激情、そして狂気へと向かう。緩やかに崩れ落ちる男の内面を冷徹な筆致で描いた、心理サスペンス。

眠れる森の惨劇
ルース・レンデル
宇佐川晶子＝訳
銀行強盗にひとりの警官が殺された。同じ日の晩、森の奥で裕福な女性作家と家族が撃たれた。ふたつの事件の関係は？　謎が謎をよぶサスペンス。

愛をもう一度
ジョアン・ロス
小林町子
小長光弘美＝訳
翡翠(ひすい)色の瞳をもつトップモデルのジェイド。彼女には隠された過去があった。恋と野望の行方は？めくるめくロマンシング・ジェットコースター！

悲劇はクリスマスのあとに(上)(下)
ノーラ・ロバーツ
中谷ハルナ＝訳
オークションで手に入れた一枚の絵をめぐり、国際的密輸組織に命を狙われるドーラ。人気女流ベストセラー作家のミステリー・ロマンスの傑作。